BIBLIOTHÈQUE ANGLO-SAXONNE

LE LÂCHE

Jarred McGINNIS

LE LÂCHE

Traduit de l'anglais (États-Unis)
par Marc Amfreville

Éditions Métailié
20, rue des Grands Augustins, 75006 Paris
www.editions-metailie.com
2022

Retrouvez-nous sur les réseaux sociaux :

Titre original : *The Coward*

Published by arrangement with Canongate Books Ltd, 14 High Street, Edinburgh EH1 1TE

ISBN : 979-10-226-1214-2
ISSN : 1248-6485

*Pour S_*

1

Quand je me suis réveillé à l'hôpital, ils m'ont dit que ma petite amie était morte. Ce n'était pas ma petite amie, mais je ne les ai pas contredits.

Les premières semaines se sont passées dans un chaos de morphine et de néon fluorescent. Une inconnue en blouse m'a annoncé que je ne remarcherais jamais. Elle m'a parlé d'un fauteuil roulant et j'ai dit que je préférais les béquilles, parce que je n'avais toujours pas compris.

Le matin arrivait toujours trop tôt et accompagné du vacarme du rideau qu'on tirait : les infirmières bavardaient, les machines bipaient, les patients appelaient, les roulettes des seaux à serpillières couinaient, les familles des malades haussaient le ton, les médecins discutaient, les chasses d'eau étaient actionnées, et j'entendais dans ma tête ma propre voix faire inlassablement le compte de toutes les erreurs qui m'avaient conduit là. Je supportais mal d'être arraché à des rêves où je me voyais distinctement en train de marcher, où je ne souffrais pas sans arrêt et où je n'avais pas croisé Melissa ce soir-là. Embrumé par les analgésiques, les décontractants musculaires, les anticoagulants et les antispasmodiques, mon cerveau transformait ces rêves en reconstitutions organisées de ma vie. Grâce aux médocs, je saisissais toutes les occasions de voir quelle scène de mon histoire le sommeil allait rejouer pour moi. Ces rêves étaient plus vrais que les moments de veille sans couleur passés à l'hôpital. Les perruques des personnages étaient de travers et les comédiens mal choisis pour leurs rôles, mais c'était moi le réalisateur. Quand les dialogues se retournaient contre moi ou que le scénario m'échappait, j'arrêtais le tournage, je repositionnais les acteurs et on reprenait en haut de la page. Je coupais dans les dialogues de façon à choisir mes répliques. Je supprimais des scènes entières de ma vie. Je réécrivais l'histoire parce que je n'aimais pas la fin.

Mon compagnon de chambre était un brave type qui s'était cassé le cou lors d'une partie de pêche avec plus de bouteilles que de poissons. Ses copains, sa famille et sa petite amie lui rendaient visite tous les jours, et invariablement, en ouvrant les yeux, je découvrais sur sa table de chevet toute une nouvelle collection de vœux de rétablissement. Tous les jours : un dessin de chien entouré de tournesols qui souriaient ; un soleil qui souriait ; encore un soleil, encerclé de fleurs celui-là – autant de cartes qui lui enjoignaient joyeusement de se remettre vite. Je l'emmerde, le clebs. Je les emmerde, les fleurs. Je l'emmerde, le soleil.

Durant les premiers mois, il fallait me ceinturer dans un corset en métal avant de me faire descendre en salle de kinésithérapie. L'aide-soignant ajustait mes jambes l'une après l'autre. Mes nerfs détériorés me transmettaient vaguement l'impression d'une traction au niveau des hanches, mais quand il me touchait les pieds, on aurait dit qu'il me les plongeait dans de l'eau bouillante. À peine effleurés, ils devenaient écarlates. Les docteurs et les kinés m'assuraient que c'était normal.

Au milieu de la salle de rééducation, trois marches s'élevaient comme un autel. Un monsieur âgé, qu'un AVC avait rendu complètement bancal et dont le bras gauche ressemblait à une branche morte ratatinée, ramait pour amener sa jambe au niveau de la première marche, tandis que trois kinés l'entouraient et lui murmuraient des encouragements. Une demi-douzaine de patients en fauteuil roulant – vieux, jeunes, gros, maigres, blancs, café au lait, noirs – s'échinaient à soulever des poids ou pédalaient sur des vélos à main. Une série de monstres de foire pitoyables, et j'étais l'un d'eux. Ouin, ouin, glouglou.

La kiné m'a piqué avec une aiguille. Dans mon dossier médical, elle a délimité sur la planche anatomique d'un corps asexué les zones insensibles. Elle a tiré sur mes jambes et m'a expliqué quels muscles elle, et non plus moi, faisait travailler. Elle m'encourageait comme si elle apprenait la propreté à un chiot. C'est bien. Félicitations. Bravo.

Bravo ! Bravo à cette créature sans bite dont les succès se mesurent à la capacité d'éviter les escarres, la constipation ou les pieds tombants. À la fin de notre séance, elle m'a poussé vers les appareils de muscu et m'a conseillé de ne pas trop forcer tant que je portais le corset. J'ai attendu qu'elle tourne les talons, puis j'ai demandé à la mère d'un patient de me pousser dehors, jusqu'à l'endroit où les aide-soignants vont s'en griller une.

J'ai fait un check à Ricky. Sa tunique et son pantalon verts moulaient ses bras et ses jambes musclés. Il avait l'air d'un voyou, mais j'avais déjà vu ce gaillard au torse de taureau et aux cheveux en brosse comme un marine prendre dans ses bras une vieille dame, toute pâle et fragile dans sa chemise de nuit d'hôpital. Il l'avait portée délicatement de son fauteuil roulant à son lit. Il avait consciencieusement repoussé ses mèches de cheveux gris éparses et, en réponse à ses remerciements répétés, il lui avait souhaité une bonne nuit.

– Tu fais pas tes exercices ? m'a demandé Ricky en me tendant une clope. Je l'ai remercié d'un signe de tête.

– Pourquoi vous essayez tous de me coller un ballon de basket sur les genoux ? J'en avais déjà pas grand-chose à cirer du sport quand je mesurais mon mètre quatre-vingt-cinq, mais alors j'en ai vraiment plus rien à foutre maintenant que je suis haut comme trois pommes à genoux. Dieu a clairement décidé qu'il voulait me voir assis sur mon cul d'estropié. Alors je suis qui, moi, pour le contredire ?

– Mais qui est-ce qui te parle de basket ? – Ricky a tiré une grosse taffe sans me quitter des yeux. Il a soufflé la fumée par-dessus son épaule. – Tes triceps et tes deltoïdes, c'est tes jambes, maintenant. – Il a tendu un bras et, des deux doigts qui tenaient sa cigarette, il a désigné ses muscles bandés. – Tu pourras pas toujours demander aux mamans des copains de pousser ton fauteuil.

– C'est noté.

– Putain, mec, elle est où ta famille ?

– J'en ai pas.

Il a suçoté ses dents.

– Tout le monde a une famille.

J'ai détourné la tête et tiré sur ma clope. Après ça, on a écrasé nos mégots, et Ricky m'a ramené jusqu'à mon lit. Il a positionné le fauteuil roulant à côté et serré les freins.

– Pas mal de mecs font comme si de rien n'était. Ils ignorent les conseils qu'on leur donne, mais plus vite tu te fourres la vérité dans le crâne, plus vite tu peux revenir à la normale.

Encore ce mot. On ne peut pas dire à un individu physiquement apte que se retrouver infirme n'est pas un coup de tonnerre. Il ne peut pas l'accepter. À ce moment-là, je ne pouvais pas. Quelle que soit la manière dont on l'envisage, la vie suppose l'usage de deux jambes qui fonctionnent. Quand le handicap vient de vous tomber dessus, vous ne pouvez pas deviner qu'avec le temps vous n'aurez plus besoin de réfléchir à la façon de manœuvrer votre fauteuil roulant pour descendre d'un trottoir ou monter une marche. Vous vous adapterez et vous vous déplacerez différemment mais avec la même facilité. Suivant qui vous êtes, les handicapés vous apparaissent comme des memento mori, la bonne action de la journée à accomplir, un réceptacle pour votre pitié ou un motif de curiosité. Mais la dernière chose que vous êtes prêt à entendre, c'est que votre état n'a rien de grave.

J'ai lutté pour ne pas perdre l'équilibre tandis que Ricky soulevait mes jambes pour me coucher.

– Tout ça… – Il a fait un geste circulaire et s'est arrêté sur le fauteuil roulant. – Tu te dis que c'est la fin du monde ? Eh bien, ça l'est pas. T'es pas si estropié que ça, même si tu veux pas l'entendre.

– Tu as raison, je préfère pas.

– J'allume ou j'éteins ?

– Tu éteins.

J'ai été réveillé par une aide-comptable. Elle m'a secoué vigoureusement l'épaule en répétant mon nom plusieurs fois. Elle portait une veste polaire avec des écussons de carlins qui pratiquaient un sport, et pourtant, avec trois centimètres de moelle épinière de plus que moi en état de marche, elle m'était supérieure sur tous les plans.

– Ces petites bêtes jouent au foot ? je lui ai demandé.

– Mon mari me l'a offerte pour Noël.

Elle a tiré sur le revers et regardé les dessins en souriant.

– Vous êtes toujours ensemble ?

– Bien sûr, a-t-elle répondu en fronçant les sourcils.

– Incroyable.

– Monsieur, je suis désolée de vous avoir réveillé mais il faut que nous préparions votre sortie.

Je me suis redressé d'un coup, sans prendre garde aux élancements de douleur.

– Je ne peux pas sortir.

– Les médecins sont très satisfaits de vos progrès. On va pouvoir vous retirer le corset.

Elle paraissait toute joyeuse en me tendant une lettre du chirurgien, mais son sourire de façade s'est évanoui quand elle a vu que ma main tremblait. Impossible de déchiffrer les mots.

– Ils avaient dit six mois. Je suis là depuis trois. Pourquoi ils ont changé d'avis ?

– Étant donné la situation de votre assurance santé…

– J'ai nulle part où aller, j'ai gémi.

– Vous saviez très bien que cela risquait d'arriver. Nous en avions parlé.

– C'est à cause de l'histoire du hot-dog ?

Elle a secoué la tête.

– Je voulais juste amuser la vieille dame. L'infirmière se comportait comme une imbécile. C'était pour rire.

Elle a pincé les lèvres et regardé le plafond en soupirant.

– C'est parce que le type dans la chambre d'en face m'a refilé ses médocs ?

– Rien à voir.

– Je jure de prendre ma rééducation plus au sérieux.

Elle a posé son classeur sur la barrière du lit. Elle paraissait fatiguée.

– Il ne s'agit pas d'une mesure disciplinaire. Nous avons un nombre limité de lits.

Sa lassitude m'a dissuadé de continuer à me battre.

– Qu'est-ce que je dois faire ?

Elle a ouvert le classeur et m'a montré les papiers à signer. J'ai suivi son doigt au fil des pointillés et des cases à cocher.

– Y a-t-il une personne que vous voudriez que nous prévenions ?

– Non. Je vais le faire. Vous pouvez demander à l'infirmière de m'apporter des antidouleurs ?

Sans le corset, je pouvais monter et descendre du fauteuil roulant, mais les mois passés au lit, le Sophidone et les pauses cigarettes alors que j'aurais dû faire mes exercices ont transformé la distance à parcourir pour aller jusqu'à la cabine téléphonique face au bureau des infirmières en marathon. Au bout de dix ans, je savais toujours son numéro par cœur. À n'importe quel moment depuis dix ans, j'aurais pu le composer, il aurait décroché à la troisième sonnerie, et il aurait dit…

– Allô. Jack à l'appareil.

Autour du combiné, tout le mur était couvert de numéros de téléphone gribouillés. Qu'avait dit la personne qui avait écrit "Ackroyd 781 23 07" quand Ackroyd avait décroché ? Comment Ackroyd avait-il réagi ? Aucune bonne nouvelle ne pouvait être annoncée depuis cette cabine.

– Allô, a répété la voix dans le combiné.

– Allô, j'ai réussi à répondre sans que la mienne se brise.

Un silence, et puis Jack a dit "OK", sans paraître surpris, comme s'il s'était attendu depuis toujours à recevoir ce coup de fil.

– Qu'est-ce qui t'arrive ? Tu as besoin de quelque chose ?

– Est-ce que tu seras dans les parages demain matin ? Il faudrait que tu viennes me chercher.

Entendre la voix de mon père après toutes ces années me serrait la gorge. Appeler de la cabine de cet hôpital, assis sur un fauteuil roulant, m'a fait l'effet d'un poids qui m'entraînait vers mon lit : j'étais prêt à laisser les médocs me ramener en douceur vers mes rêves soigneusement orchestrés.

– D'accord. Donne-moi l'adresse. Attends, je cherche un stylo. OK.

J'ai respiré un grand coup et je me suis frotté les yeux. Je lui ai lu l'adresse de l'hôpital sur un papier scotché sur le cadran du téléphone. En petites lettres carrées, quelqu'un avait ajouté : "Fait chier !"

– Tu vas bien ?

J'ai gratté le bout de papier et détaché une fine bande de ruban adhésif. Puis, j'ai noté le nom et le numéro de Jack sur le mur. Je ne sais pas pourquoi.

– J'ai eu un accident de voiture.

– Grave ?

– Pas trop, j'ai répondu en essayant de dissimuler l'émotion dans ma voix.

– Tu veux bien me raconter ce qui s'est passé ?

Ricky passait dans le couloir. Je me suis tourné pour appuyer ma tête contre le mur. Je ne voulais pas qu'il me voie pleurer.

– Tu es toujours là ?

– Oui, oui. Est-ce que je pourrais crécher chez toi pendant une semaine ou deux, le temps de récupérer ?

– OK. On va te ramener à la maison. Tu as besoin que j'apporte quelque chose ?

J'ai essayé de dire non, mais un sanglot s'est échappé de ma bouche. Je pleurais de reconnaissance, et aussi en grande partie sur mon sort. Je me lamentais sur ma vie, aussi pourrie qu'elle ait été, parce que maintenant elle était foutue. J'aurais voulu dire à Jack que j'avais la trouille, mais je n'y arrivais pas. Je n'étais pas prêt à reconnaître que ces dix ans d'échec n'étaient dus qu'à moi. Se retrouver infirme dans un hôpital avec d'autres tout aussi bousillés, c'était supportable. Mais une fois lâché dans le monde extérieur, il fallait accepter l'idée d'être un raté, et un raté cloué dans un fauteuil roulant par-dessus le marché.

– C'est à quelques heures de la maison, mais j'y serai aussi tôt que possible.

– T'en fais pas. Je bouge pas.

– OK.

2

Dans le rêve dont je ne pouvais modifier ni la mise en scène ni le script, les ambulanciers se penchaient sur moi. Les immeubles alentour et des gens en combinaisons imperméables se fondaient dans le clignotement rouge et orange d'une voiture de pompiers dont le moteur tournait au ralenti. Je ne ressentais aucune douleur, pour l'instant. La confusion régnait. La peur rôdait. Mon cœur essayait de bondir hors de ma poitrine. Mais pas de douleur, et ça aussi, ça m'effrayait. J'allais mourir. Je le savais. J'aurais voulu demander si j'allais mourir mais je ne trouvais pas les mots. De plus en plus de gens autour de moi. Certains parlaient au chauffeur. D'autres à Melissa. Est-ce qu'elle allait bien, Melissa ? Je voulais savoir si elle s'en était tirée. Tous les embryons d'idée m'échappaient avant que j'aie réussi à les fixer. Une voix sur ma gauche. J'ai regardé. Une femme d'âge moyen. Son casque, tellement jaune qu'on aurait dit qu'il brillait, s'est rapproché jusqu'à ce que je ne voie plus que son visage aux traits recuits par le soleil. Les pattes d'oie autour de ses yeux lui donnaient un air doux et gentil. Je me suis dit que peut-être tout irait bien.

En fait, non.

– Vous m'entendez ? Comment vous appelez-vous ? – Derrière ses lunettes de protection, ses yeux noirs brillaient à la lumière des phares. – Pouvez-vous me dire votre nom ?

– Jarred.

– Bonjour, Jerry. Savez-vous si vous êtes allergique à certains médicaments ?

– Non.

– Non, vous ne savez pas, ou non, vous n'êtes pas allergique.

– Pas allergique.

– Jerry, je vais insérer ce tube entre vos côtes pour gonfler vos poumons. Vous avez les côtes cassées. Ça va vous faire mal. Vous êtes prêt? Un… deux… trois.

La douleur a éclaté comme prévu. Une explosion de souffrance digne du 4 Juillet s'est déclenchée sur tout le côté. Le feu est descendu en crépitant le long de ma cage thoracique, il a gagné la colonne vertébrale, les épaules, les bras, le cou, le crâne. Mes dents se sont déchaussées. La douleur en a entraîné d'autres en cascade. Une décharge électrique est partie de la fracture de mon bras et m'a retourné l'estomac. Je ne voulais pas vomir. Je n'allais pas pouvoir m'en empêcher. Il fallait que je leur dise que j'allais vomir. La femme au regard doux m'a placé le bras dans une attelle et j'ai entendu le jappement atroce d'un chien battu. C'était moi qui avais poussé ce cri. Terrorisé, j'étais terrorisé. Des étincelles dorées voletaient et flamboyaient devant mes yeux, et chaque fois qu'elle réajustait le tube entre mes côtes cassées, la douleur se réveillait et se réverbérait. Ça ne pouvait plus durer. Rien ne pouvait être pire. Je me trompais. Chaque terminaison nerveuse frémissait de haine, et chaque léger souffle d'air qui me brûlait la gorge venait me confirmer que ce n'était pas un rêve. Tout mon corps s'est mis à trembler.

– J'ai froid, j'ai dit en claquant des dents.

– On va prendre soin de vous.

Dans l'obscurité, je me suis senti léviter. Les bruits de la nuit se sont évanouis et je n'ai plus entendu que le bip-bip régulier d'une machine invisible. Une lumière vacillante s'est mise à rétroéclairer mes paupières. Je les ai ouvertes: j'étais allongé dans mon lit d'hôpital. Les draps étaient mouillés de sueur. Mon plouc de voisin de chambre ronflait comme un sonneur de l'autre côté du rideau, il devait rêver de bière et de truites. La lumière crue qui passait sous la porte éclairait la chambre d'une pâle lueur jaune. Il a fallu que je me convainque que j'étais bien réveillé, que ce n'était pas un cauchemar. Mais la douleur était toujours là.

Ma tête était dans un étau. À chaque palpitation, un poignard me transperçait les yeux. La nausée me barattait l'estomac et j'ai cherché le bassin à tâtons. Mon cœur a bondi trois fois dans ma poitrine avant de reprendre un rythme normal. J'ai écrasé le bouton de la sonnette pour appeler les infirmières. Une force inconnue tordait mes jambes insensibles et inertes. J'étais étendu sur le dos, mais elles remontaient sous mon corps, elles se recroquevillaient comme une plante qui se racornit. À force de se tordre, la gauche s'est soudain détachée de moi. Les fagots de mes muscles ont craqué un à un sous la torture. J'ai essayé de me hisser plus haut dans le lit pour échapper à cette attaque. J'ai continué à appuyer de toutes mes forces sur le bouton d'appel. J'entendais la sonnerie retentir dans le poste de soins au bout du couloir. Mes cris résonnaient sous mon crâne et couvraient les ronflements de mon imperturbable voisin. J'ai hurlé encore un peu plus fort, en partie pour me soulager, en partie pour faire se presser l'infirmière, et en partie pour réveiller le plouc. Une infirmière est entrée et s'est approchée de mon lit en prenant tout son temps. Il me fallait de toute urgence partager cette souffrance.

– Mes jambes ! Qu'est-ce qui se passe avec mes jambes ? Elles sont en train de se casser. Elles se cassent, je vous dis.

Elle a écarté les draps. Elle m'a palpé les jambes, avec le même calme exaspérant, pendant que je me contorsionnais sur mon matelas en pétrissant la peau de mon ventre. Elle m'a touché le front. Comment pouvait-elle rester aussi imperturbable dans un moment pareil ? Comment mon voisin pouvait-il dormir ?

– Vous avez l'impression d'avoir la gueule de bois ? Des nausées ?

– Oui, j'ai craché en serrant les dents.

– Il faut vous asseoir. – Elle a appuyé sur une manette du lit. Une autre infirmière est entrée pour prendre ma tension. – Avez-vous uriné ?

– Mes putains de jambes. Elles sont toutes tordues. Remettez-les droites, remettez-les droites !

– Elles sont droites. C'est une douleur neurologique, sans doute de la dysréflexie. Je vais aller voir si on peut vous donner un médicament.

– Bien sûr qu'on peut, j'ai beuglé tandis que les mains invisibles me faisaient pivoter les jambes dans une direction impraticable. La paraplégie ne vous assure pas seulement des places de parking prioritaires et la condescendance générale. Elle vous apporte aussi quelques surprises, comme la dysréflexie autonome et le syndrome des membres fantômes. C'était cette douleur fantôme qui me torturait, mais j'ai appris plus tard que c'était cette affection autonome du système nerveux qui pouvait me tuer.

Elle est revenue avec deux cachets jaunes. J'ai agrippé la barrière si fort que j'en ai eu mal aux doigts et j'ai essayé de l'arracher au lit. Je voulais qu'autre chose à part moi soit cassé. Que les infirmières aient aussi peur que moi. Que mon voisin se réveille et qu'il assiste à la scène. La tempête sous mon crâne a commencé à s'apaiser, mais on continuait à vouloir me dévisser les jambes.

– Les cachets me font aucun effet.

– Ça va venir, ça va venir.

– Non. Je vous dis que non !

Les deux infirmières ont échangé un coup d'œil sans me perdre de vue, manifestement elles se consultaient à mon sujet. J'avais envie de crier : “Mais comment vous pouvez rester aussi tranquilles ? Regardez mes jambes !” L'une des deux est sortie de la chambre et est revenue en remplissant une seringue. Elle m'a fait la piqûre et aussitôt le calme, la paix et le bien-être ont inondé mon corps révulsé. Mes jambes ont doucement repris leur place, et je me suis sereinement laissé sombrer dans le sommeil ; en m'endormant, j'ai entendu mon voisin, avec son lourd accent traînant du Texas, me glisser : "Bienvenue dans le merdier, mon pote !"

Plus tard dans la nuit, le rai de lumière sous la porte s'est transformé en plein soleil avant de décliner à nouveau rapidement pour redevenir une lueur blafarde et crue. Le rideau autour de mon lit a couiné en s'ouvrant, puis il s'est refermé, et j'ai entendu une femme glousser de rire.

– Salut, mon chou, a-t-elle dit.

À en juger par l'ombre de sa silhouette, j'ai compris qu'elle avait posé une main sur mon lit. Peut-être sur mes jambes. Qu'elle me touchait. Même paralysé, on continue à sentir la présence de ses jambes. Elles sont là et on a conscience de leur position, mais les détails sont effacés. Elle a effleuré mon pied, peut-être, et ensuite j'ai deviné que sa main remontait jusqu'à mon genou. Elle m'a tapoté la rotule, je crois. Est-ce qu'elle me tripotait la cuisse ? Je n'ai pas parlé ni bougé. Elle s'est rapprochée et j'ai senti le parfum frais de son savon et de son shampoing. Je me suis rendu compte que j'avais la mâchoire pendante. J'ai dégluti.

– Il se réveille ce garçon, il veut ses œufs au bacon ? a-t-elle murmuré tout près de mon oreille. J'ai ouvert la bouche pour répondre.

Alors elle s'est exclamée :

– Merde. Je me trompe de lit.

Son ombre a disparu. Le rideau d'à côté a grincé.

– Salut, mon chou.

Les grognements de mon voisin qui se réveille, le murmure étouffé d'une conversation, l'échange de baisers, le sifflement de deux bières qu'on décapsule. J'ai repensé au moment où elle m'avait caressé la jambe et s'était penchée pour me donner un baiser qui ne m'était pas destiné. J'ai senti mon désir monter. Leur sommier grinçait, ils pouffaient de rire, coin-coin. Je ne pouvais pas m'empêcher d'entendre. Le moteur du lit a ronronné, trop fort, quand je l'ai relevé en position assise. Elle a gémi et j'ai arrêté le mouvement. J'étais gêné d'être aussi excité. En silence, précautionneusement, j'ai sorti mes jambes du lit. Je craignais que les mains invisibles recommencent à me torturer, mais je ne ressentais plus qu'un résidu de douleur dans les jambes et le dos. Ces médocs faisaient leur effet, mais j'avais perdu l'équilibre. Les bruits de l'autre côté du rideau se sont faits plus réguliers, de plus en plus pressants. J'ai tenté le coup de les laisser seuls pour qu'ils profitent du moment.

3

J'ai regardé dans le rétro pendant que Jack tirait du coffre le châssis du fauteuil, puis les roues et les accoudoirs. Des doigts aussi puissants que des racines pivotantes manipulaient les différentes pièces comme s'il savait d'instinct comment l'ensemble fonctionnait. Ses épaules larges et son corps svelte le faisaient paraître plus jeune que ses soixante ans et quelques. C'était le même visage malgré les rides accumulées ces dix dernières années. L'âge lui allait bien. Ses cheveux noirs avaient presque tous blanchi mais ses sourcils épais conservaient leur couleur. Il se peignait avec une raie du côté droit, l'épi à l'arrière toujours rebelle. Il aurait dû être un marin pêcheur au bord de la Baltique, sur une côte battue par les vents, plutôt que ce veuf trop paisible qui habitait depuis plusieurs décennies dans une banale maison de trois pièces et de plain-pied dans la banlieue d'Austin. À l'hôpital, il n'avait pas posé de questions, à part "Tu es prêt ?", et ensuite nous avions roulé en silence.

Jack a ouvert ma portière.

Des bardeaux couleur brique surplombaient le rectangle blanc de sa maison, au bout d'une courte allée signalée par une boîte aux lettres en aluminium. Le 99 gravé sur le poteau en bois sentait la patte de Jack.

– Allez, descends.

J'ai esquissé un hochement de tête.

Il a reculé le fauteuil de cinquante bons centimètres.

– Tu sautes ? Tu en es capable, j'en suis sûr. – Il a balayé d'un haussement d'épaules sa plaisanterie qui était tombée à plat.

Le pacanier était toujours campé droit devant la façade, mais il avait perdu du volume et paraissait ordinaire. Dans mes souvenirs d'enfance, c'était un monstre couvert d'écailles grises et rouges qui écrasait la maison de toute sa hauteur. Ses branches touffues d'où pendaient de longs chatons jaunes plongeaient le jardin dans l'ombre si bien que la pelouse était pelée par endroits. Dessous, j'ai aperçu l'enfant de huit ans que j'étais qui craquait des noix de pécan entre deux fragments de ciment. Il avait les doigts noircis par les coques trop vertes. Du coin de l'œil, j'ai vu le gamin de treize ans s'enfuir par une fenêtre sur le côté de la maison alors qu'une voiture de police s'arrêtait dans l'allée. Devant la porte d'entrée peinte en jaune doré – je croyais me la rappeler blanche –, l'ombre d'un Jack plus jeune empoignait par le cou l'adolescent de seize ans. La maison était hantée par les souvenirs.

Un poids me clouait à mon siège. Mon corps savait que si je franchissais ce seuil, je ne pourrais plus faire semblant. J'étais désormais un paraplégique de vingt-six ans sans un sou en poche qui rentrait vivre à la maison avec un homme, mon père, que je n'avais pas vu, avec lequel je n'avais pas échangé un mot, depuis dix ans. Ce serait la porte ouverte aux mauvaises blagues de Jack, aux fantômes accusateurs et à la déchéance prématurée qui attendaient l'invalide que j'étais.

À l'hôpital, disséminés parmi nous autres, les estropiés de fraîche date, se trouvaient les patients qui revenaient. Ces hommes – c'étaient toujours des hommes – avaient passé dix ans ou plus en fauteuil roulant. Ils étaient de retour pour des raisons diverses : calculs rénaux, escarres, dysréflexie, thrombose, embolie, ostéomyélite, et autres. J'avais entrevu celui que je serais un jour dans les lits du service. Un moi futur au visage bouffi et mal rasé, avec en prime d'aigres relents de transpiration. Un moi futur qui roterait à la lueur de son téléphone portable et qui tapoterait sur son clavier d'un doigt tordu et enflé.

Jack a sorti mes jambes de la voiture. On avait retiré les lacets de mes Adidas rouges pour que je les enfile et que je me déchausse plus facilement. Quand il a posé mes pieds par terre, le bruit a résonné jusqu'à ma taille. Ça m'a troublé.

– Agrippe-toi à mon bras. Tu te suspends à la poignée de maintien et tu te soulèves.

Mes biceps ont tremblé sous l'effort. J'ai secoué la tête. C'est à des moments pareils que vous traverse l'idée qu'on aurait mieux fait de ne pas en réchapper. Rien qu'un éclair d'envie de néant qui s'éteint avant que vous ayez eu le temps de fouiller l'armoire à pharmacie à la recherche d'un tube de cachetons suffisamment plein. Ces moments finissent par disparaître.

– Je vois. Laisse-moi te filer un coup de main.

Il s'est penché et m'a hissé hors de la voiture sans effort apparent. Il portait la même eau de toilette que quand j'étais ado. Une fois assis dans le fauteuil, je me suis appliqué à garder mon équilibre quand j'ai empoigné mes chevilles pour poser mes semelles sur les appuie-pieds.

– J'irai acheter du bois demain et je fabriquerai une rampe pour que tu puisses passer la porte d'entrée plus facilement dans les deux sens.

Les rosiers de maman n'étaient plus là où je me les rappelais. Après sa mort, la maison avait toujours eu une odeur de vide, de poussière et de peinture. Quand Jack m'a porté dans la salle de séjour, il y avait aussi un relent huileux que je n'ai pas réussi à identifier jusqu'à ce que Jack range son kit d'entretien pour chaussures : une chaussette de gym blanche pleine de boîtes de cirage. Soudain, on a entendu un coup retentissant sur le battant de la porte.

– Tu attends quelqu'un ? m'a demandé Jack.

J'ai fait signe que non. Il est sorti et est revenu en tenant en main un pot de chambre rose. Les trois princesses en robes longues sur le couvercle étaient toutes délavées. Malheureuses ombres disneyennes condamnées pour l'éternité à regarder les bambins faire leurs besoins sous le nez de leurs altesses.

– Les livreurs d'Amazon se donnent même plus la peine de sonner, a plaisanté Jack.

– Mais pourquoi on a balancé ce truc sur ta porte ?

– Des gamins du quartier qui font les andouilles. Il y en a toute une bande dans les parages. Des petits cons. Je vais le jeter aux ordures.

– Tu vas juste leur redonner des munitions.

Jack est sorti. Le foyer de mon enfance me paraissait à la fois étrange et familier. Je connaissais cette maison. Je ne la connaissais pas. C'était chez moi. Mais pas chez moi à la fois. J'avais le mal de mer à force de tanguer. Jack est revenu, me disant quelque chose avant de franchir le seuil.

– Quand on t'apprenait à faire sur le pot…

– Ça arrive souvent ?

– Quoi donc ?

– Qu'on fasse valser des pots de chambre sur ta porte ?

Jack a ricané comme si j'avais posé une question idiote. Pour être honnête, elle l'était.

– Écoute un peu. Quand tu étais petit, on t'avait acheté un pot qui faisait de la musique quand on s'en servait. Ça ne t'intéressait pas du tout. On a essayé de te convaincre pendant des mois. J'étais vraiment impatient d'avoir un derrière en moins à torcher. Et puis un jour, ta mère a entendu résonner l'air de "London Bridge" et elle s'est précipitée vers la salle de bains pour voir son petit malin de fils faire son affaire comme un grand. Mais tu crois qu'elle a vu quoi à la place ? Tu étais en train de puiser de l'eau dans les toilettes avec une tasse et tu la versais dans ton pot. Et tu applaudissais chaque fois que la musique se déclenchait.

– Un pot de chambre de bébé jeté sur ta porte est un mauvais présage. Et c'est bizarre en plus.

J'ai jeté un coup d'œil par la fenêtre pour voir si les gosses revenaient à la charge.

– Tu as toujours été trop malin et ça ne t'a rien valu de bon. Tu n'as jamais fait ce que tu étais censé faire, et tu as quand même toujours été récompensé.

– La morale de cette histoire fantastique, c'est qu'il y a différentes manières de faire de la zique.

– Et ça rime, en plus. Tu devrais t'enregistrer, a dit Jack. Tu veux faire quoi, maintenant ? Manger un morceau ? Regarder la télé ?

– Rien que dormir, j'ai répondu, soudain épuisé par l'effort de la conversation.

– Entendu. Je t'ai installé dans ton ancienne chambre.

Il a poussé le fauteuil jusqu'à ma piaule, et on a passé la porte sur laquelle on voyait encore un trou datant de plus de dix ans – comme si j'avais besoin qu'on me rappelle que les souvenirs ici ont des conséquences. Il y avait des cartons dans tous les coins. Le seul signe que cette chambre avait été la mienne était un tableau que j'avais peint en cours de dessin au lycée. Un portrait de ma mère jeune, avec une chemise de cow-boy, qui cachait son visage derrière sa main.

– Bon, je te laisse tranquille. Tu veux quelque chose ? Un café ? Du jus d'orange ? Un coup de pied aux fesses ?

J'ai réussi à articuler :

– Des antidouleurs ?

– OK. Je reviens tout de suite. – Il a réapparu avec les médocs et un verre d'eau. – Autre chose ?

– Non, merci. Je vais faire un somme. Le trajet en voiture m'a crevé. J'ai mal partout.

Jack a pointé le menton vers le tableau.

– Tu te rappelles que c'est toi qui l'avais fait ? Tu peins toujours ?

Je n'ai pas répondu. Jack essayait de me dire que notre passé était loin derrière nous. Il fouillait les cendres pour trouver quelque chose d'intact, mais j'étais cassé depuis trop peu de temps pour saisir cette chance de soigner les vieilles blessures.

Embarrassé par mon silence, il a balayé la pièce du regard.

– Entendu. Si tu veux toujours ce coup de pied aux fesses, tu n'as qu'à m'appeler. Je ferme, d'accord ?

Au dos de la porte était accroché un miroir en pied et, dedans, j'ai vu un visage, aussi émacié que celui du Christ, avec des cernes noirs sous les yeux. La tristesse m'a saisi comme un coup de froid. Sur le bras gauche, une échelle de points de suture enjambait le carré de peau que l'os avait transpercée. En me penchant en avant au prix d'un effort, l'équilibre franchement instable, j'ai réussi à retirer chaussures et chaussettes. J'ai bagarré pour me débarrasser de mon caleçon. Mes muscles étaient atrophiés, et la peau de mes cuisses pendait sur les os décharnés de mes jambes.

Un matin à l'hôpital, un infirmier m'avait réveillé pour retirer les agrafes que les chirurgiens avaient posées pour maintenir les chairs en place. Il m'avait aidé à rouler sur le flanc. Une agrafe après l'autre, j'avais senti le pincement et la morsure des coups de pince qui extirpaient le métal de mon corps. Quand il a eu terminé, il m'a montré le haricot et le tas de petits M en ferraille. Comme un coiffeur fier de son travail, il m'a demandé si je voulais voir mon dos. Il m'a tendu un miroir pour que je découvre le mille-pattes de la suture qui rampait sur ma colonne vertébrale. La tête de l'animal constituée par la greffe de peau reposait sur les vertèbres écrabouillées au-dessus de la ceinture, là où le tissu spinal était devenu une cicatrice. Il a passé sa main gantée sur toute la longueur, s'est exclamé "Oh merde" en découvrant une agrafe oubliée, et j'ai regardé ma peau se tendre comme si elle refusait de lâcher ce dernier éclat de métal.

Je me suis appliqué à chasser ce souvenir jusqu'à ce que le sang cogne à mes tempes. Dans le vieux miroir de ma chambre d'enfant, l'infirme de l'hôpital m'avait suivi. Il avait les joues rouges et marbrées d'avoir pleuré. Il avait l'air pathétique. J'ai vu celui que les autres voyaient en lui. J'ai collé le fauteuil roulant contre le lit et je me suis hissé dessus. Il fallait que je soulève mes jambes inutiles, l'une après l'autre. L'impression de froid est revenue et m'a pénétré la poitrine. J'ai respiré un grand coup et j'ai tiré la couverture sur mon corps nu. Le paralytique aux yeux rougis du miroir de la porte était là, couché dans son lit, la couverture remontée jusqu'au cou, et il lui rendait son regard. J'ai serré mes paupières de toutes mes forces, refusant de croire qu'il était moi, jusqu'à ce que les médicaments me transportent dans le passé, vers des rêves de Jack, maman et moi.

4

C'était le réveillon de Noël. Je ne me rappelle pas exactement quel âge j'avais. Cette année-là, mon gros cadeau était un camion Tonka, jaune et indestructible. Ça veut dire quel âge, neuf ou dix ans ? Ma mère était encore avec nous, de ça je suis sûr.

Sur la gauche, la télé. Sur la droite, le sapin en plastique avec son étoile qui caressait le plafond. Entre les deux, une cheminée avec des bûches qui rougeoyaient plus qu'elles brûlaient. Maman et papa, assis sur le canapé. Elle avait posé les jambes sur ses genoux. Il lui caressait la cheville ou lui massait le mollet pendant que tout finissait bien dans les émissions de Noël pleines de paillettes. Tous les chiens errants retrouvaient un foyer, tous les orphelins leurs parents. Et chez nous, les verres n'étaient jamais vides. Chaque fois qu'il revenait de la cuisine, papa avait droit à un baiser et maman le resservait.

Tout petit, j'ai compris que l'histoire d'amour de mes parents était exceptionnelle. Ils flirtaient comme des lycéens. Alors que Patrick, mon frère aîné, terminait ses études secondaires, maman et papa s'étaient réinstallés dans leur vie de couple quand j'ai mis en échec le moyen de contraception quelconque qu'ils utilisaient pour éviter d'être à nouveau distraits pendant dix-huit ans de leur romance. Ils buvaient et ils s'aimaient. Moi j'étais là un peu par hasard.

– Je vais ranimer le feu, a dit papa.

Il est allé chercher un bidon d'essence au garage.

Ses yeux brillaient et reflétaient les guirlandes de couleur du sapin. Il a aspergé d'essence les bûches fumantes. Une boule de feu a fusé et papa a juste eu le temps de reculer. J'ai été saisi de panique en regardant les flammes grignoter les éclaboussures de combustible. Elles se sont arrêtées sur un cadeau, ont failli embraser le sapin, et elles ont mordu en six ou sept endroits le tapis de chiffon tissé par maman. J'ai bondi pour écraser les flammèches. Maman s'est mise à crier en montrant du doigt le cordon bleuté d'une flamme qui partait à l'assaut du bidon d'essence. Papa jurait comme un charretier, il l'a ramassé et s'est précipité hors de la pièce en laissant derrière lui des flaques illuminées. Il a jeté le bidon dans la baignoire, a ouvert la douche et claqué la porte en verre.

– Laisse ce téléphone. Ce feu va s'éteindre tout seul, lui a-t-il dit.

Au bout du compte, oui, il s'est éteint. La chaleur a fait exploser la porte en verre et un large ruban de suie s'est étalé sur le mur. L'eau de la douche n'a pas du tout arrêté la combustion de l'essence, et le lendemain mes parents riaient encore de l'erreur paternelle.

– Et tu vois, mon garçon ; ce n'est pas comme ça qu'on fait un feu, m'a-t-il expliqué alors que les flaques irisées brûlaient encore dans la baignoire.

Ils ont repris leurs places sur le canapé, et papa m'a envoyé de temps à autre jeter un coup d'œil dans la salle de bains pour lui faire un état des lieux pendant que le feu finissait de consumer l'essence. Ma mère a pleuré son tapis de chiffon détruit, inspectant les trous du bout de ses orteils, mais ni elle ni Jack ne l'ont retiré de là.

Au matin, le tapis avait disparu. À la place, j'ai repéré les sillons parallèles que le fauteuil roulant avait tracés dans la moquette bleu ciel que je n'avais pas remarquée la veille. La maison était silencieuse. Après des mois d'agitation hospitalière, cette immobilité était déconcertante. Mes acouphènes remplissaient le vide, et je me suis forcé à tousser pour interrompre ce tintement incessant. Jack avait déjà déplacé les meubles pour que le fauteuil puisse passer. La table basse du séjour avait été remisée au garage, que je ne pouvais pas explorer parce qu'il y avait une marche à descendre.

La roue avant du fauteuil avait rayé le chambranle de la porte de Jack. J'ai frotté l'entaille laissée dans le bois blond. Il faut du temps pour acquérir le sens de sa nouvelle envergure. *Les* roues, *le* fauteuil deviennent *mes* roues, *mon* fauteuil. Les gens pleins de bonnes intentions qui vous poussent pour remonter une pente sans vous demander votre avis n'ont aucune idée de l'intrusion dans votre espace personnel que ça représente. Vous finissez par acquérir une conscience, pareille à la sensibilité des moustaches d'un chat, des espaces dans lesquels vous et votre fauteuil pouvez vous faufiler sans ralentir. Mais ça prend du temps, des pouces pincés et des chambranles de porte endommagés. Dans chaque pièce de la maison de Jack, les murs témoignent de cette histoire sous forme de hiéroglyphes de peinture éraflée et de traces de pneus.

Jack faisait son lit au carré, comme à l'hôpital. Des cerises au rouge délavé sur champ blanc constellaient le couvre-lit. C'était maman qui l'avait sans doute acheté et il s'était appliqué à le faire durer. J'ai souri en pensant à ce Jack toujours économe faisant son lit chaque matin avec des draps émaillés de cerises et suivant les conseils de lavage à la lettre. Dans la salle de bains, il y avait sa brosse à dents usée jusqu'à la garde, du dentifrice, deux restes de savonnettes écrasés pour en reconstituer une, et du white-spirit qui paraissait bien trouble au fond de la bouteille.

Après la mort de maman, combien de matins Jack s'était-il tenu là, à se laver les dents tandis que la brosse de sa femme restait inutile sur son support ? Combien de brosses avait-il utilisées avant de se résoudre à jeter la sienne aussi ? Il n'y avait aucun produit de maquillage, pas de brosse à cheveux, pas de robes accrochées à la porte pour que la vapeur d'eau chaude les défroisse. Aucune trace d'elle dans le placard non plus. Je m'imaginais les espaces vides entre la discrète garde-robe de Jack et les innombrables tenues de maman : les silhouettes bariolées de ses robes enveloppées dans les housses en plastique du pressing, ses blouses blanches d'infirmière et les manteaux en laine au parfum capiteux qu'elle portait si rarement. Ce que je croyais être une boîte à chaussures de femme était en fait remplie de papiers et de reçus.

Jack avait-il eu un jour une autre femme dans sa vie ? Il s'était peut-être remarié et cette personne avait alors jeté ou, pire encore, porté les vêtements de sa première femme ? Et si les draps aux motifs de cerises n'étaient pas ceux de maman ? Je n'arrivais pas à décider si j'étais triste, furieux, ou si je ne ressentais rien du tout. Je me suis demandé si le pistolet était toujours caché au fond du placard, enveloppé dans de la toile cirée. Je ne savais pas concrètement ce que j'en aurais fait – il était hors d'usage de toute façon –, mais j'avais du mal à chasser les idées les plus noires.

– Salut, l'Homme de fer. Dis donc, tu ne voudrais pas sortir de ma chambre et t'occuper de tes affaires ? a protesté Jack, campé sur le seuil. J'ai fait marche arrière afin de refermer le placard, mais le fauteuil a heurté le lit. Il a fallu que j'opère un demi-tour en trois temps pour y arriver. Je n'osais pas croiser le regard de Jack de peur qu'il voie à quel point j'avais pitié de moi-même.

– Qu'est-ce que tu cherches ?

– Rien.

La porte du placard a claqué plus fort que je l'aurais voulu. Jack s'est écarté de mon chemin, mais il m'a suivi jusqu'au séjour.

– Alors, monsieur le grincheux, si tu allais te pencher sur le mystère de la boîte aux lettres pleine ? Et plus question de fouiner dans ma chambre. – Il tendait le bras vers la porte d'entrée. – Je vais faire du café. Qu'est-ce que tu veux comme petit-déjeuner ? Tu prends quoi ces derniers temps ?

– Je peux pas.

Mon monde débordait de "Je peux pas", et j'en voulais à Jack d'en être témoin. Aujourd'hui, quand ce souvenir me revient, je ne revois qu'un vieil homme aussi dépassé que moi.

– D'accord. Pas de souci. Toi, tu fais le café, moi, je vais chercher le courrier.

Il a fallu qu'il m'aide pour ça aussi. Le café et les filtres étaient rangés dans un placard du haut, au-dessus de la cafetière. J'ai réussi à remplir le filtre, mais je n'étais pas assez grand sur mon fauteuil pour verser l'eau dans le réservoir. Inutile, je suis resté à le regarder finir l'opération, puis je l'ai suivi jusqu'à la table de la cuisine.

– Patrick a dit qu'il passerait te voir quand les choses seront un peu plus calmes à son travail.

– Ah super ! j'ai répliqué, mais Jack a fait comme s'il ne remarquait pas mon sarcasme.

– Après le petit-déjeuner, je vais aller à la quincaillerie acheter du bois pour la rampe. Je me suis aussi dit qu'il fallait que j'inverse les charnières sur la porte des toilettes pour que tu puisses faire ton affaire tranquillement. Je vais me débrouiller pour qu'elle s'ouvre sur l'extérieur plutôt que vers l'intérieur. Qu'est-ce que tu en dis ? Si une des portes est trop étroite, tu me le dis. On peut les élargir. Si c'est sur un mur porteur, ça demandera plus de travail, mais Patrick connaît des gens. Il mesure combien de large, ton fauteuil ? Soixante-trois, soixante-cinq centimètres, à vue de nez. Les roues ont l'air un peu inclinées. Ils font ça pour la stabilité ? Attends, je vais chercher mon mètre.

Jack s'est levé. Les pieds de sa chaise ont crissé sur le carrelage comme des freins mal réglés.

– Arrête un peu avec ces conneries de bricolage !

Jack a eu l'air de quelqu'un qui vient de prendre une baffe.

– Je vois que tu t'es fait un super plan de réconciliation père-fils, mais tu peux te le foutre au cul. Tu as eu ta chance, et tu l'as bousillée. Le passé, c'est le passé. Mais mon accident de voiture, c'est pas le début d'une thérapie familiale. Melissa est morte par ma faute !

Il a reculé, les paumes ouvertes.

– Il faut que tu te calmes. C'est pas du tout ce que j'essaie de faire. Qui est Melissa ?

– Est-ce que tu peux, s'il te plaît, s'il te plaît, me foutre la paix ? Ne me la joue pas prise de parole en public genre Alcooliques Anonymes. Ne viens pas me dire que Patrick est un brave type quand on apprend à le connaître. Et pas un mot sur l'enfance pourrie que tu m'as donnée !

Il a ouvert la bouche pour répondre, mais je l'ai arrêté.

– Et surtout, ne t'avise pas de me parler de maman.

Il a tourné les talons et il est sorti. La porte a claqué. Je savais que j'étais allé trop loin mais je m'en fichais. L'adrénaline valait mieux que la menace constante de peur et de tristesse.

Par la fenêtre de la cuisine, je l'ai vu immobile dans sa serre. Sur le moment, j'ai eu un sentiment de triomphe, mais aujourd'hui ce souvenir me cause des regrets et une certaine gêne. À vingt-six ans, je me comportais encore comme un adolescent. J'ai repéré un grand flacon de Vicodine sur le frigidaire. Le seul cadeau de départ offert par l'hôpital dont j'avais besoin. Ils pouvaient se garder leur rembourrage en mousse alvéolée bleue, leur pistolet en plastique et leurs brochures concernant toutes les fonctions corporelles, des intestins noués à la sexualité bridée. Je n'en voulais pas. J'ai attrapé une longue cuiller en bois et j'ai fait tomber le flacon sur mes genoux. J'ai fait sauter le couvercle et sorti les cachets. Une bonne poignée de cristaux de meth.

Tard dans la nuit, Jack est entré dans ma chambre, mais j'ai fait semblant de dormir. Il a remplacé le flacon de cachets ouvert sur ma table de chevet par une orchidée, une fleur avec des pétales bordés d'un liseré rouge entourés par une couronne de cinq autres, plus grands et blancs. Il a ouvert le tiroir du bureau et en a tiré un coffret en bois de santal. Les cachets entassés sont allés remplir le flacon. Le couvercle s'est refermé avec un petit clic. Bien sûr, il s'était souvenu de ma vieille cachette.

5

Jerry, je vais insérer ce tube entre vos côtes pour gonfler vos poumons. Vous avez les côtes cassées. Ça va vous faire mal. Vous êtes prêt ? Un… deux… trois.

La douleur m'a réveillé en sursaut et ramené vers le présent dans la maison de Jack. J'ai repoussé les draps, moites de sueur. Je me suis assis, j'ai bu un verre d'eau et j'ai lancé mes jambes par-dessus bord pour aller aux toilettes. Suivant chaque conseil donné par les infirmières. La panique du cauchemar s'est apaisée et ma respiration a retrouvé un rythme normal. J'ai passé la main sur la cicatrice de ma cage thoracique, là où l'ambulancière avait enfoncé le tube, ma peau était fine et douce ; en pressant assez fort, mes doigts auraient presque pu la traverser.

Pendant des années, vous redécouvrez la mauvaise surprise de tout ce que vous allez devoir faire à nouveau. Tous les désagréments et les indignités qui vous attendent. Vous mettrez au point stratégies et tactiques pour simplifier les gestes les plus banals. Comme s'habiller le matin. Vous apprendrez à poser vos vêtements sur la table de chevet afin de ne pas devoir vous lever pour les prendre et n'avoir plus qu'à vous allonger pour les enfiler. Pour l'instant, je n'avais pas encore trouvé le truc.

Jack a frappé à la porte de ma chambre avant de l'ouvrir. En suivant son regard, j'ai pris conscience des piles de mugs à café et de bols encrassés par une épaisse pellicule de lait et de céréales. Mes vêtements jetés aux quatre coins de la pièce. Mes draps roulés en boule au pied du lit. J'avais besoin d'une douche.

Il a observé les fenêtres dont j'avais obstrué les vitres avec les courriers officiels, les factures de l'hôpital et les avis de passage qui s'entassaient chaque matin sur le comptoir de la cuisine.

– Vraiment pas de quoi fouetter un chat ! s'est exclamé Jack. – Il a ramassé la pince de jardin que j'avais empruntée. Les mâchoires aux embouts en caoutchouc se sont docilement ouvertes et refermées quand il a actionné le mécanisme. – Un comportement tout à fait normal !

Durant les premières semaines passées chez Jack, j'étais trop hanté par la culpabilité provoquée par la mort de Melissa pour pleurer la perte de mes jambes. J'avais bien mérité cette punition. Ma dépression était pareille au soulagement que le condamné trouve dans le sommeil. La paraplégie m'offrait une bonne raison de me plaindre. L'hôpital m'avait donné suffisamment de renouvellements d'ordonnances pour s'assurer que je ne prendrais même pas le risque d'échouer à nouveau. Mes problèmes n'étaient plus de ma faute. Les coupables étaient le fauteuil roulant, la perte. Les deuils, au pluriel. C'était eux qu'il fallait accuser. Pas moi. Jack avait dû voir cette transformation commencer à opérer. Il avait vécu la même chose à la mort de maman. Je comprends maintenant que si, de façon exaspérante, il m'aiguillonnait sans arrêt, c'était pour s'assurer que je ne perdrais pas ce que lui avait perdu.

– Ça fait un bout de temps que tu n'as pas mis le nez dehors. Allons faire un tour.

Après le calme plat du milieu de semaine dont les banlieues se sont fait une spécialité, un ciel gris et pommelé semblait défier le soleil de réussir à transpercer les nuages. On entendait le léger ronronnement de l'autoroute dans le lointain. Nous avons descendu la rue, en nous collant au caniveau tout en contournant les pentes en ciment des égouts. Les rues étaient suffisamment larges pour avoir deux files dans chaque sens, mais pour l'essentiel elles étaient désertes. Les rares voitures qui passaient au ralenti s'écartaient le plus possible, comme si le vieil homme et le jeune mec en fauteuil roulant risquaient de se jeter contre leur pare-brise. Jack adressait un signe de la main à tous les conducteurs. C'était bon de me retrouver dehors après tout ce temps à l'hôpital. Je tournais la tête dans toutes les directions pour mieux mesurer les changements survenus ou pas dans le quartier. À chaque carrefour, il y avait désormais une croix de panneaux indicateurs d'un vert brillant. De gros caractères blancs annonçaient des routes aux noms d'arbres locaux que cette banlieue avait remplacés : Water Oak Lane (chênes d'eau), Red Cedar Road (cèdres rouges), Bald Cypress Street (cyprès de Louisiane).

– Pourquoi il n'y a pas de trottoirs ? Il y en avait avant ? j'ai demandé.

Jack s'est frotté la tempe comme s'il avait mal à tête.

– Surtout pas ! Quand ils ont construit ce quartier, c'était pour épater la galerie. Regarde-nous un peu. On peut tous se payer des voitures. Aujourd'hui, des yuppies qui se donnent de grands airs se sont installés, et ils pensent qu'il n'y a que les communistes pour marcher à pied. – Jack s'est arrêté devant une petite maison en briques disparaissant à moitié sous des buissons d'hibiscus. Un lapin de Pâques gonflable haut de plus de trois mètres souriait de toutes ses dents devant la porte. Dans sa patte enflée d'air, il tenait un pinceau, et dans l'autre un œuf de Pâques. – De quoi faire des cauchemars, a-t-il dit. Je n'aurais jamais cru passer mon soixante-neuvième anniversaire comme ça.

– Joyeux anniversaire, j'ai dit en me poussant en avant.

– Inutile de rêver d'un cadeau, je suppose. – Mais avant que j'aie pu répliquer par une boutade, il a continué. – Si tu ne veux pas me raconter ce qui s'est passé ces dix dernières années ou comment tu as fini par atterrir sur mon perron dans un fauteuil roulant, c'est bon. Je ferai comme si je ne voulais pas le savoir. – Il a balayé la route des yeux de droite à gauche et a recommencé à se frotter la tempe. J'ai évité son regard. – Tu n'as pas envie qu'on soit copains. – Il a fait la grimace. – Parfait. Ça se comprend. On sera juste colocataires jusqu'à ce que tu aies retrouvé assez de forces pour vivre tout seul. On échangera des banalités sur le sport et la météo. Après ça, tu retourneras à ta vie et moi à la mienne.

Il avait débité tout ça d'un ton un peu aigre jusqu'à ce que le vrombissement d'un souffleur de feuilles tout proche l'interrompe. L'homme qui portait des lunettes et un gilet de protection nous a adressé un signe de la main. Nous avons encore dépassé quelques maisons, puis je me suis agrippé aux jantes de mes roues, incapable de me forcer à aller plus loin.

– Comment tu veux que je fasse quoi que ce soit ? Je suis crevé rien qu'au bout de…

Derrière nous, on a entendu un crissement de freins et un feu arrière qui se brisait. Une Mercedes noire était sortie en marche arrière d'une allée et avait heurté une voiture garée dans la rue. Une femme d'affaires en jupe crayon et hauts talons en est sortie pour évaluer les dégâts. Je me suis penché en avant, le menton posé sur les genoux, en me couvrant la tête de mes mains. J'entendais le hurlement des freins de la voiture la nuit où Melissa avait trouvé la mort. Je ressentais l'impact. Le vacarme. Les cris. La panique et la douleur.

– Bon sang ! s'est écrié Jack.

– Elle est morte. Je supporte pas. J'en peux plus. Je vais dégobiller. – Et j'ai vomi.

Jack, le regard affolé, est passé derrière moi et a poussé le fauteuil jusqu'à la maison. À toute vitesse. Je ne pouvais plus m'empêcher de sangloter.

– La dame va bien. C'était juste une collision pare-chocs contre pare-chocs. Jarred, parle-moi. Tu es parti il y a dix ans. Tu reviens dans cet état. Je ne sais pas ce qu'il faut faire.

Jack peinait sur chaque petite phrase. Il avait du mal à reprendre son souffle.

J'ai filé dans ma chambre, Jack sur les talons.

Je lui ai fait face.

– Voilà le truc. Je peux plus marcher. Melissa est morte. Par ma faute, Jack. Tout allait bien pour elle avant de me rencontrer. C'est moi le coupable. Son mari veut me traîner en justice. Le conducteur a changé sa version des faits. Dieu sait ce qui va se passer si les flics m'accusent. Un infirme en taule. T'imagines un peu ? Toutes les factures de l'hôpital sont à ma charge.

– On trouvera un moyen. Mais il faut que tu me parles. Qui est cette Melissa ?

– Non !

Et j'ai claqué la porte.

6

Des cartons couverts de toiles d'araignée et imprégnés de l'odeur terreuse du grenier ont fait leur apparition dans ma chambre pendant que je dormais. Ni l'un ni l'autre n'a pris acte de ce geste ou des semaines que je venais de passer à dormir sans discontinuer. J'ai essayé de pousser un carton. Sans muscles dans vos jambes, c'est votre dos et votre ventre qui doivent faire tout le boulot. Votre centre de gravité est déplacé pendant des mois, jusqu'à ce que vos nouveaux muscles soient assez forts pour prendre le relais. Le carton était lourd : plein à craquer de vieux blocs à dessin, soigneusement empaquetés par Jack, remplis par mes soins à l'âge de quinze ans. Sur une page vierge, j'ai dessiné l'orchidée que Jack avait posée sur ma table de chevet. Mon crayon a essayé d'imiter la courbe des pétales, mais je n'en avais pas tenu un depuis bien longtemps. Pour rendre les ombres, j'ai plongé l'index dans un reste de café et j'ai tamponné le papier.

Jack était dans le séjour, allongé dans son fauteuil inclinable, les jambes étendues sur le repose-pied. J'ai préparé la question dans ma tête. Une phrase toute simple. "C'est quoi, cette fleur dans ma chambre, Jack ?" Mais non. Je gâchais tellement de chances de lui parler.

Il tenait une brochure posée sur ses genoux : "Lésion de la moelle épinière : les voies de la rééducation fonctionnelle." Ses yeux étaient fermés. Je me suis rapproché et j'ai tripoté l'accoudoir en cuir d'où s'échappaient des fragments de rembourrage. Je me suis rappelé ce moment où je m'étais dressé au-dessus de lui endormi dans ce même fauteuil, dans cette même maison, en brandissant une brique, les bras tremblant de haine. En le regardant assoupi, je ne ressentais que de la tristesse : une tristesse lourde, écœurante et constante.

La table basse, entaillée de marques et d'estafilades diverses, n'avait pas changé depuis mon enfance. Le canapé, le téléviseur non plus. Tant de choses ici étaient les mêmes. Tout comme Jack, elles avaient seulement vieilli.

– Bon Dieu ! a crié Jack en sursautant. Qu'est-ce que tu fabriques à t'approcher de moi comme ça sans un bruit ?

Il a glissé la brochure dans sa poche arrière.

– Cette maison a pas changé, toutes ces années.

– Sans doute parce qu'elle n'en avait pas besoin.

Il a refermé les paupières.

– Tu en as jamais marre de regarder tout le temps les quatre mêmes murs ?

– Il n'y a que les imbéciles pour faire attention aux murs, a-t-il répliqué les yeux toujours fermés.

Je me suis approché de quelques cadres et j'ai tracé des smileys dans la poussière sur les gens qui posaient. Jack et maman le jour de leur mariage, mon frère aîné recevant son diplôme de fin d'études secondaires, moi, le genou à terre, en uniforme de la Little League de base-ball, mais aucune photo de nous quatre ensemble. C'était sans doute impossible.

– On s'ennuie ici.

– Il n'y a que les idiots…

Les paupières toujours closes.

– … qui s'ennuient, j'ai complété.

– Bon d'accord. – Il a ouvert les yeux d'un coup, a tendu la main vers le levier du fauteuil inclinable et le repose-pied s'est remis en place avec un couinement de ressort et un petit claquement. – Puisque tu ne me laisses pas faire ma sieste, tu viens te balader avec moi.

– Je peux pas.

– Allons, allons. Ça fait un sacré bout de temps que tu te planques dans ta chambre. Tu devrais réduire la dose de ces cachets qui t'abrutissent et faire travailler tes muscles.

– J'ai mal au dos.

– Maintenant, je suis réveillé. Et tu ne peux t'en prendre qu'à toi. On va mettre le cap sur le marchand de donuts, et on ira aussi loin qu'on pourra.

Après deux pâtés de maisons, Jack a marqué une hésitation.

– Trop tard. Prends ton courage à deux mains. Elle a dû nous guetter, en embuscade derrière ses rideaux.

– Quoi ?

– C'est la commère du quartier. Elle est persuadée que son putain de clebs est le Messie.

Une vieille femme descendait son allée, un nid de boucles teintes en bleu perché sur un sac de peau ratatinée. Dans ses bras, un petit chien beige nous fixait d'un air déçu.

– Bonjour, Jack. C'est votre fils ? a-t-elle demandé d'une voix rendue rauque par le tabac.

– Oui, c'est mon cadet, Jarred.

– Jarred, est-ce que tu voudrais que je te présente Lulu ?

Avant que j'aie pu répondre, le chien était déjà sur mes genoux.

– Lulu est un croisement de cockers et il a son certificat de chien d'assistance.

Le chien a regardé l'espace entre sa maîtresse et moi d'un air abruti.

– Lulu, c'est le meilleur des meilleurs, le plus dévoué des chiens d'assistance, a-t-elle dit en s'adressant à son fidèle compagnon.

Son immobilité, la chaleur de son poids étaient agréables. Les billes en marbre de ses yeux brillaient. Le chien a donné quelques coups de langue timides dans l'air. J'ai adouci mon regard et je lui ai caressé la tête. Son poil doré était doux. Sa queue s'est mise à remuer plus vite et a balayé mon jean.

– Salut, Lulu.

La maîtresse du toutou a adressé un sourire rayonnant à Jack qui a détourné le regard vers la route.

– Lulu, tu es une vraie bouboule de poils, pas vrai ? j'ai bêtifié.

Jack a froncé les sourcils, manifestement confus. J'ai continué à caresser le chien. Sa queue ressemblait maintenant à l'aiguille d'un détecteur de mensonges en folie.

– Lulu, tu crois pas qu'on devrait montrer à la gentille dame où le vilain monsieur nous a touchés ? Si, si, je crois qu'on devrait. – J'ai soulevé l'animal. Il m'a couvert le visage de bisous de chien. Je l'ai couché sur mon bras, le ventre en l'air. Il m'a léché le cou. – Voyons, voyons. D'abord il m'a emmené acheter une glace. Puis il m'a conduit dans son mystérieux sous-sol en briques apparentes. – J'ai gratté et frotté le ventre du cocker. – Il m'a dit de retirer ma chemise et il m'a caressé un peu partout. – J'ai pointé du doigt les mamelons de l'animal. – Je me rappelais pas qu'il y en avait autant. C'était clairement ces deux-là. Ensuite, le vilain monsieur m'a touché là.

J'ai pincé la petite touffe de poils pareille à une fane de carotte au-dessus du pénis du cocker. Sa queue et sa langue tournaient à plein régime. Sa maîtresse a poussé un gémissement d'horreur et elle s'est ruée sur moi. Jack a étouffé un rire. La dame et moi avons lutté pour le chien qui a adoré faire l'objet de tant d'attention.

– Attendez, attendez, on vous a pas tout montré ! j'ai crié tandis que la voisine remontait précipitamment son allée. Lulu, Lulu, tu m'appelles, hein ?

– Je suis pressé de lire ce qu'elle va écrire dans le bulletin municipal sur cet épisode, a dit Jack. On a continué encore sur quelques pâtés de maisons jusqu'à ce que la douleur soit trop forte et Jack m'a poussé sur le chemin du retour. À notre arrivée, je ne sais plus si on a échangé des banalités sur le sport et la météo. J'espère que oui.

7

Quand j'avais dix ans, ma mère a fait une rupture d'anévrisme et c'était de ma faute. J'étais assis dans le bureau de l'infirmière et j'observais le bocal d'yeux de chèvres posé sur son bureau.

Plus tôt dans la semaine, l'infirmière avait apporté ce bocal dans notre classe de CM2 pour nous expliquer l'anatomie de l'œil. Elle avait décrit la fonction de chaque partie de l'organe et distribué les produits de plusieurs dissections à mes camarades. La lentille se détachait comme un autocollant. Le disque gélatineux et translucide était au creux de ma paume et me fascinait. À la fin du cours, elle nous avait tendu une cuvette en plastique pour que nous y déposions les restes. J'avais hésité, n'en ayant pas tout à fait terminé avec cette petite merveille, et toute la journée j'avais continué à renifler l'odeur aigre de produit chimique sur mes doigts.

L'infirmière badigeonnait mes genoux écorchés d'alcool iodé.

– Plus de bagarre, a-t-elle dit avant de s'asseoir à son bureau pour consigner ses notes. Un garçon, tout pâle et le teint verdâtre, est entré en se tenant le ventre. Ses joues se sont gonflées et l'infirmière l'a entraîné précipitamment dans les toilettes mitoyennes. Des éclaboussures violettes ont aspergé la cuvette tandis que l'infirmière l'encourageait à vomir jusqu'au bout. Pendant ce temps, j'ai dévissé le couvercle du bocal et repêché un œil de chèvre.

Le directeur de l'école, Dr. King, parlait rarement. Quelqu'un m'avait raconté que c'était à cause de la guerre de Corée. Je ne voyais pas bien le rapport, mais ça ressemblait à une explication. Campé devant la porte, il m'a fait signe de le suivre. J'ai tenté de cacher la marque mouillée sur mon short, mais il l'avait déjà repérée. Il a froncé les sourcils en pointant le doigt vers la tache.

J'ai sorti l'œil de ma poche et je le lui ai déposé sur la paume. Il a observé le galet blanc qui luisait et tout son front s'est plissé. Il a prestement reculé sa main et l'œil est tombé par terre avec un petit plof. Les coins de sa bouche se sont affaissés. Son dégoût est passé de l'organe au coupable. Il a désigné l'œil, puis le bocal. Je ne me le suis pas fait dire deux fois.

Nous avons traversé toute l'école, sa main posée sur mon épaule. Je marchais avec prudence pour éviter les fissures du trottoir, jouant à imaginer que la lave bouillonnait et s'apprêtait à en jaillir.

Dans son bureau, le Dr. King a ouvert un classeur et a composé un numéro de téléphone. Il m'a passé le combiné.

– Allô, maman.

– Qu'est-ce que tu as encore fait ? Je n'ai pas de temps à perdre avec tes bêtises. Tu ne peux pas te comporter comme il faut ? Ton père va te tuer.

– Je me suis bagarré.

Le Dr. King a levé un sourcil. J'ai caché la tache mouillée de mon short.

– Après, j'ai volé un œil à l'infirmière, mais je l'ai rendu.

– Comment ça, un œil ? Un vrai ?

– Oui, un vrai œil.

– Je ne comprends pas de quoi tu parles. Jarred, j'ai déjà la migraine. Passe-moi le Dr. King.

Ils ont parlé un moment. Il lui a expliqué ce que faisait ce vrai œil dans le bureau de l'infirmière. Maman a donné son accord pour que, comme punition, je passe le reste de la semaine à aider le concierge pendant les récréations. Il l'a remerciée avant de raccrocher. Je suis retourné dans ma classe. Tout le monde m'a regardé pendant que j'allais à ma place.

Un peu avant la fin de la journée, le haut-parleur au-dessus du pupitre de l'instit s'est mis à crépiter et on a entendu : "Jarred McGinnis est demandé dans le bureau du directeur." J'ai fixé la maîtresse avec nervosité. Elle a fait oui de la tête, et j'ai retraversé les couloirs déserts jusqu'au bureau du Dr. King.

Quand je suis entré, la secrétaire s'est levée de sa chaise pour s'approcher de moi. Ses yeux se sont remplis de larmes et elle m'a serré dans ses bras. J'ai tressailli au contact de ses rondeurs. Son pull-over empestait les cigarettes mentholées.

– Quelque chose est arrivé à ta maman. Ton père a appelé, il te retrouvera à l'hôpital. La sortie va bientôt sonner. Monsieur le directeur va t'emmener en voiture, d'accord ? Tu veux un verre d'eau ? Assieds-toi dans le couloir. Encore quelques minutes et le Dr. King te conduira auprès de tes parents, OK ?

J'ai obéi comme un automate. Assis dans le couloir devant le bureau du directeur, j'ai senti que tout tournait dans ma tête. Ma mère était morte parce que je m'étais mal conduit. C'était de ma faute. Ma mère était morte parce que je m'étais mal conduit. C'était de ma faute. Mon père et mon frère allaient me haïr.

La sonnerie a retenti, marquant la fin de la journée, et a déclenché une explosion sonore. Les rires, les cris et les bavardages faisaient un véritable raffut alors que mes camarades me passaient devant dans le couloir. Ils me regardaient fixement et j'ai eu honte. L'envie de pleurer montait mais j'ai réussi à me contenir. Devant les grilles, les chauffeurs de toute une file de cars de ramassage scolaire jaunes ont salué les élèves en mettant en marche leurs gros moteurs diesel. Quand le dernier s'est éloigné du trottoir, le Dr. King est sorti de son bureau. Il s'est accroupi devant moi et il a posé la main sur mon genou.

– Ce n'est pas ta faute. Je suis sûr qu'elle va s'en sortir.

Abasourdi qu'il ait lu dans mes pensées, j'ai éclaté en sanglots.

– Je vais te conduire à ton papa.

Papa était assis dans le couloir de l'hôpital, exactement comme moi un peu plus tôt devant le bureau du directeur. Deux sièges réservés à ceux qui attendaient d'être punis.

– Maman ?

– Non, elle ne va pas bien. Pas bien du tout.

Je me suis mis à brailler comme un veau. Mon corps était secoué par les convulsions mais mon père me tenait solidement. Il m'a regardé droit dans les yeux, et ses larmes ont commencé à couler en silence. À ce jour, c'est la seule fois où je l'ai vu pleurer.

Dans la chambre de ma mère, tout était transitoire. Tout le mobilier était sur roulettes : le lit, le fauteuil des visiteurs qui allaient et venaient, les machines de surveillance de location.

– Elle est dans le coma, a dit papa. Elle avait un petit air moqueur sous les bandages qui lui couvraient la tête, comme si elle nous faisait une farce et qu'elle s'amusait de notre naïveté. Il m'a expliqué ce qu'était un anévrisme sans que ni lui ni moi la quittions du regard. Ils lui avaient placé une pince dans la tête pour arrêter l'hémorragie, et maintenant il n'y avait plus qu'à attendre. Elle pouvait mourir. Ou bien rester comme ça, a-t-il dit en la montrant du doigt. Ou encore, son état allait peut-être s'améliorer. Ce qui pouvait signifier aussi bien une lésion cérébrale irréversible qu'un retour à la normale. Il fallait savoir attendre et observer.

La période d'attente et d'observation a duré un mois. Chaque jour après l'école, je prenais le car qui me déposait près de l'hôpital. Les autres élèves se comportaient comme si j'étais un intrus. Je regardais par la fenêtre, comptant les arrêts, et je les voyais dans le reflet qui me fixaient et me montraient du doigt. En attendant que papa me rejoigne en sortant du travail, je grimpais sur le lit de maman, arc-bouté contre la barrière.

– Maman, je suis désolé, je murmurais.

Je suivais du doigt les fines rides au coin de ses yeux et de ses lèvres, en me disant qu'elles la rendaient belle. Elle avait une petite tache de naissance couleur chocolat sur la joue.

– J'ai fait aucune bêtise durant tout ce temps.

Je proposais des marchés et j'essayais d'expliquer pourquoi je m'étais bagarré. Je prenais des engagements impossibles en échange de son pardon. Je guettais le moindre murmure dans sa respiration, et chaque tressaillement de ses muscles m'apparaissait comme un message à décoder.

Pendant que nous étions là enveloppés dans de légers draps blancs et que flottait le parfum du shampoing pour bébé que les infirmières utilisaient pour lui laver les cheveux, entre marchandages et promesses, je lui parlais des gamins à l'école qui me faisaient la vie dure, des enseignants injustes et de ma passion du moment pour les bandes dessinées que je réalisais. Ces moments-là, c'étaient les premiers de ma vie où je n'étais pas obligé de détourner son attention de papa ou des coups de fils à Patrick, étudiant à l'université. Surtout, je me sentais coupable et terrorisé en m'avouant que dans ce lit avec nous naviguait l'idée, soigneusement tenue à distance, que cette période d'attente et d'observation, moi, elle m'allait bien.

Quand le moment venait – toujours trop tôt – où papa devait arriver, je disparaissais pour rendre visite aux autres à qui on avait aussi recommandé la patience : des nouveau-nés dans leur couveuse en plexiglas (tubes énormes et corps minuscules), des séniors dont les chambres de résidents permanents étaient décorées comme des hôtels de luxe, les blessés, les porteurs d'attelles, les agonisants, et ceux qui allaient guérir. Je volais des seringues et m'en servais comme pistolets à eau pour terroriser mon reflet dans le miroir des toilettes. Dans la salle télé, la fumée des cigarettes me faisait tourner la tête et me donnait mal au cœur.

Les infirmières et les médecins avaient suggéré qu'on lui parle, mais quand papa et moi étions là ensemble, on n'y arrivait pas. On lui tenait les mains à la place. J'imitais papa et passais mon pouce sur sa peau douce de maman. Parfois, on restait comme ça pendant des heures. D'autres jours, seulement cinq minutes. Papa donnait le signal de la retraite. Il se levait et il disait : "On y va." Avant de rentrer, on dînait à la cafétéria de l'hôpital, ce qui me plaisait bien. Tous les soirs, j'avais droit à mes plats favoris : pizza, frites et gelée vert fluo.

Le jour où maman est sortie du coma, j'étais en train de lui raconter que j'entendais une nouvelle voix dans ma tête. Avant, cette voix me disait "Arrête !", mais j'étais déjà en train de faire une bêtise. Maintenant, elle me dissuadait à l'avance, et ça marchait.

– Tu es pas fière de moi ? – J'ai touché le bout de son nez, et j'ai senti le cartilage rebondir sous mon doigt. – Depuis que la voix a commencé à m'aider, on m'a pas souvent fait sortir de classe.

Ses yeux ont papillonné. Sa bouche s'est ouverte et refermée. Elle a tourné la tête et j'ai senti qu'un éclair de compréhension traversait son brouillard. Elle a chassé quelques larmes en battant des cils et elle a bredouillé :

– Oh mon petit, je suis tellement désolée.

Puis, ses yeux se sont révulsés à nouveau. Le blanc qui a émergé de ses paupières tremblotantes m'a fait peur et je me suis jeté au bas du lit.

Je l'ai secouée mais je n'ai pas aimé la façon dont sa tête roulait. J'ai couru vers le poste des infirmières en criant qu'elle s'était réveillée. Quand elles sont arrivées au chevet de maman, elle battait l'air de ses bras et de ses jambes comme si elle mimait ses rêves, et quand papa nous a rejoints, elles lui avaient déjà attaché les poignets au lit avec des sangles, et elle avait retrouvé son immobilité et son sourire éternel.

– Ensuite, qu'est-ce qu'elle a fait ? s'est impatienté papa.

– Je sais pas… je suis allé chercher l'infirmière.

– Elle était encore réveillée quand tu es sorti de la chambre ?

J'ai fait un signe que non.

– Il faut que tu restes à côté d'elle à chaque instant. Qu'est-ce que tu lui as dit ? Tout dépend de nous, maintenant. Il faut tout faire pour elle. – Le ton montait, il était de plus en plus en colère. – Je t'interdis de la quitter une seconde. Tu m'entends ?

Je suis resté pétrifié, j'avais trop peur pour répondre.

Il a ravalé ce qu'il s'apprêtait à dire et est sorti de la chambre en secouant la tête.

Maman n'a pas mis longtemps à sortir à nouveau du coma et, cette fois, elle est restée éveillée. La plaisanterie était terminée, son rictus joyeux avait disparu. Elle avait du mal à articuler, comme une pocharde. Elle ne pouvait pas marcher. La bande de cheveux de cinq centimètres qu'on lui avait rasée sur le côté du crâne lui donnait un air stupide. Elle dormait toujours beaucoup. Elle se plaignait de voir flou et d'avoir mal à la tête.

Le jour est enfin arrivé où la sortie de maman devait avoir lieu le lendemain. Je m'étais endormi sur le canapé quand j'ai entendu un gros bruit dans la cuisine qui m'a réveillé.

Le maillot de corps de papa était maculé de vieilles taches et de traces de bave récentes. Il n'avait rien d'autre sur le dos.

Encadrés par un rectangle fluorescent de peau qui n'avait jamais vu le soleil, son pénis et le reste pendaient d'un buisson de poils noirs. Il s'était servi un cocktail dans son verre préféré, un grand gobelet en plastique avec un dessin de Mickey. Je l'ai regardé le vider et entendu pousser un soupir satisfait. Dans son autre main, il tenait le tiroir à couverts comme un attaché-case. Cuillers, fourchettes et couteaux étaient tombés en cascade à ses pieds. Il m'a regardé, a froncé les sourcils et a shooté dans le tas de couverts.

– Et maintenant ?

Il a sorti le tiroir à bric-à-brac de son meuble. Des piles, des cartes à jouer, des stylos et des crayons se sont déversés. Il a brandi le tiroir au-dessus de son épaule et il l'a abattu sur les casseroles et les marmites suspendues au mur qui se sont décrochées. J'ai filé me réfugier dans le placard de ma chambre. Le vacarme de verre brisé, de portes claquées et de coups de poing dans les murs ne s'est arrêté que quand il a hurlé à nouveau un long "Et maintenant ?" plein d'angoisse.

Je me suis endormi recroquevillé dans le placard. Le matin, j'ai trouvé la porte du jardin ouverte. Papa avait disparu. Il y avait des gouttes de sang sur les plans de travail, le frigidaire, les assiettes et les verres brisés. Tous les tiroirs avaient été arrachés à leurs glissières et vidés. Les placards avaient la gueule ouverte et leurs crocs de porcelaine gisaient par terre. Éventrés contre la crédence de la cuisinière, des sacs de farine et de sucre avaient répandu leurs contenus qui recouvraient tout le carrelage. J'ai ramassé un paquet de Cheerios qui avait été piétiné et j'en ai mangé quelques poignées avant d'aller prendre le car de ramassage scolaire.

Quand je suis rentré à la maison, il y avait une ambulance dans l'allée. La cuisine avait été nettoyée, mais il restait des traces de la tempête. Les tiroirs avaient été remis en place, mais de travers. Une pellicule de farine était encore visible dans les coins et, çà et là, des éclats de verre brisé scintillaient.

Dans la chambre de mes parents, les ambulanciers s'adressaient à maman comme à une demeurée en la couchant dans son lit. Elle ne pouvait pas ou ne voulait pas s'intéresser à eux. Dans un coin de la pièce, papa se contentait de hocher la tête en écoutant leurs instructions. Je l'ai regardé avec dégoût. Tout comme il avait mis de l'ordre dans la cuisine, il avait arrangé sa tenue. Il portait une bande Velpeau autour de sa main et un filet de sang noir avait filtré à travers le tissu.

– Va dans ta chambre, a-t-il beuglé en surprenant mon regard.

Les ambulanciers sont partis après avoir pris congé de Mrs. McGinnis à peine consciente. On a frappé à la porte de ma chambre qui s'est ouverte en grinçant et j'ai entendu mon père crier mon nom. Il me cherchait dans toute la maison et sa voix résonnait d'une pièce à l'autre. Il est sorti, rentré juste après, m'appelant d'une voix de plus en plus affolée. La porte de mon placard a glissé sur son rail.

– Qu'est-ce que tu fabriques ? Sors de là. On a quelques trucs à discuter. – Il m'a entraîné dans leur chambre où je n'avais normalement pas le droit d'entrer. Maman dormait au milieu de leur lit. – Elle a eu une longue journée.

Je lui ai pris la main comme à l'hôpital.

– Ta mère n'est pas complètement rétablie. Elle va avoir besoin de beaucoup d'aide. C'est notre boulot maintenant. Elle s'est toujours occupée de nous. Maintenant, c'est nous qui allons prendre soin d'elle. Tu me suis ? Parfait.

Je l'ai regardé dans les yeux en essayant de ne pas me mettre à pleurer.

On a sonné à la porte.

– C'est sûrement l'infirmière.

L'uniforme blanc amidonné essayait en vain de dessiner quelques lignes droites dans le chaos des courbes de la dame. Son prénom était inscrit sur un badge accroché sur son sein droit : Daisy. Sa façon enthousiaste de nous dire bonjour m'a énervé. Les questions, qu'elle lisait au fur et à mesure sur un imprimé que papa allait devoir signer, étaient posées d'un ton chantonnant qui me tapait franchement sur le système.

– Paré au décollage, a déclaré Daisy. Elle a posé son écritoire à pinces et, sans rien demander à personne, elle est entrée dans la salle de bains de mes parents pour se laver les mains. Elle avait environ l'âge de ma mère et, même à ce moment-là, je me suis demandé pourquoi ce n'était pas Daisy qui avait fait cette rupture d'anévrisme et ma mère, elle aussi infirmière, qui était chez Daisy en train de poser des questions sur les allergies alimentaires et de se laver les mains dans le lavabo de sa patiente.

– Mrs. McGinnis, Mrs. McGinnis. Elle va s'étirer un peu maintenant, d'accord ? Voilà. Elle se réveille. Bonjour, Belle Endormie. Et comment elle se sent, Mrs. McGinnis, ce matin ?

Maman a hoché la tête. Elle a regardé papa en souriant.

– Bon, vu que votre maman ne bouge pas beaucoup toute seule, il va falloir que tu l'aides à faire marcher ses muscles. Tu veux lui rendre service, pas vrai ? m'a demandé Miss Daisy.

C'était clair, je ne pouvais pas la supporter, et j'ai jeté un coup d'œil vers mon père pour voir s'il ressentait la même chose, mais je n'ai pas réussi à lire sur son visage.

– Regarde bien comment je m'y prends, petit. – Les cordons fluos qui retenaient ses lunettes ont tressauté quand elle a pris le mollet de maman dans une main et lui a posé le pied contre son biceps. – Passe de l'autre côté du lit et appuie son pied contre ton bras comme je fais. Parfait. C'est ça. Là, tu tiens la position en comptant jusqu'à dix. Ensuite, tu relâches et tu recommences.

Les pieds de maman étaient froids et humides. C'était presque choquant de les toucher ; comme si on la forçait à subir un contact intime. Papa dodelinait de la tête pour me rassurer. Maman restait impassible tandis que Miss Daisy et moi étirions ses membres inertes.

Un jour, quand je suis rentré de l'école, papa et Daisy étaient en train de se disputer dans le séjour. Papa restait calme mais il parlait d'une voix forte. Daisy avait le visage en feu et, dans son uniforme blanc, elle avait l'air d'un asticot qui aurait eu un diplôme de secouriste.

– Je ne vous paie pas pour regarder ce connard de Pat Sajak à la télé.

– Elle se reposait.

– Ce qui ne veut pas dire que vous deviez en faire autant.

– Et vous voudriez que je fasse quoi au juste ? a-t-elle répliqué sur le ton de quelqu'un qui vous demande poliment d'aller vous faire foutre.

Papa, préférant la simplicité, a rétorqué cash :

– Allez vous faire foutre.

– Monsieur, je ne suis pas censée rester là à...

– Non, rien ne vous y oblige, effectivement. Jarred, dégage le passage.

– Vous allez...

– Ma petite dame, moins de paroles et plus d'action : dehors !

Elle est partie.

Il a rejoint maman dans leur chambre et ils ont ri jusqu'à ce que maman se mette à tousser.

– Jarred, ramène tes fesses, a crié papa. La bonne nouvelle, c'est que l'infirmière Ratched ne reviendra pas. La mauvaise, c'est qu'il faut qu'on donne un coup de collier. Je vais demander un congé au travail pour jouer les mamans pendant quelque temps.

Il lui a tapoté le bras et a souri.

Même à dix ans, j'ai compris le regard inquiet qu'elle lui a jeté.

Papa s'est révélé être un infirmier parfait pour maman, malgré le gobelet Mickey qui le suivait à chaque pas durant ses diverses tâches. Il le suivait au garage quand il triait le linge. Il le suivait dans la chambre de maman quand il s'occupait d'elle.

On mesurait ses progrès tous les jours à chaque mot nouveau qu'elle articulait et qu'elle ne pouvait pas encore prononcer la veille, ou par les quelques minutes de plus où elle ne se sentait pas fatiguée. Le congélateur était plein de mes plats préférés, comme à l'hôpital, pizza et frites. Presque tous les soirs, papa et moi préparions de la gelée. Assis sur une chaise, je touillais la mixture, une espèce de poudre de gélatine pâle qui prenait des couleurs quand on la versait dans l'eau. L'autoclave de maman avec sa bordure de petits canards en caoutchouc sifflait dans notre dos.

Maintenant, en rentrant de l'école, je filais m'allonger dans leur lit, et papa était déjà là ou ne tarderait pas à nous rejoindre, son Mickey bien rempli, et un whisky noyé pour elle.

– Vous voulez voir ce que j'ai fait ?

Maman a hoché la tête et papa a levé le nez de son journal. Il portait le tablier de sa femme, avec des trèfles et des petits cœurs.

– C'est un fusil.

L'arme se composait d'une règle en bois de trente centimètres avec une pince à linge collée à un bout. J'ai tiré un élastique sur toute la longueur, mais dès que je l'ai accroché, la pince à linge s'est envolée à l'autre bout de la pièce en décrivant un arc irrégulier.

– La colle n'a pas tenu, hein ? Suis-moi, a dit papa.

Il faisait doux dans le garage, plus frais que dehors, et l'air sentait bon l'huile de moteur et la sciure. Devant l'établi de papa, des outils étaient accrochés au mur, alignés comme les victimes d'un carnage. Dessus étaient posées des boîtes à café avec des écrous, des clous, des vis et des rondelles qui attendaient d'être triés.

– On va avoir besoin de résine époxy, mais ce qu'on a là… – Il a examiné ma règle. – C'est du matériel d'amateur. Redonne-moi donc un peu de carburant. J'ai laissé mon verre sur la table de chevet de ta mère.

À mon retour, il a bu une gorgée et a reposé le gobelet sur l'établi où il a laissé une marque de plus. Je suis resté à côté de papa, en faisant claquer un élastique sur ma joue, en tirant dessus de plus en plus fort chaque fois. Il a scié deux morceaux de bois pour leur donner la forme d'un fusil. Le grincement de l'égoïne faisait battre mon cœur de gamin d'excitation. Il m'a aidé à coller la pince à linge avec une seringue à époxy et a serré les mâchoires de l'étau.

– Pendant que ça prend, on va se trouver des munitions pour fusil de chasse à l'éléphant et installer une cible.

Il a fouillé un moment sous l'établi et a fini par dénicher une pelote de longs élastiques rouges. Ensuite, il a dessiné une cible sur une page de journal et l'a accrochée à la porte du garage.

– Eh, tu veux boire un coup ?

J'ai fixé ses yeux qui brillaient comme de la braise.

– Tout va marcher comme sur des roulettes maintenant. Ta maman est la personne la plus forte que je connaisse. Dix fois plus résistante que moi. Cent fois plus forte que n'importe qui dans les parages.

De longues secondes se sont écoulées.

– Eh, regarde-moi un peu. Qu'est-ce que tu as ?

Papa m'a pris dans ses bras et moi j'ai pleuré. Il m'a embrassé le sommet du crâne et a chuchoté des promesses dans mes cheveux.

– Je te le promets. Elle va se remettre. Tout dépend de nous. Je t'aime, fiston.

– Moi aussi, je t'aime.

– Tiens, mouche-toi, il a dit en me tendant un vieux chiffon. Il est temps de vérifier si notre bricolage a marché.

On a étiré les élastiques sur toute la longueur des bouts de bois et on les a accrochés aux pinces à linge. Quand on atteignait la cible, le papier journal claquait et ça laissait un trou rectangulaire. On applaudissait et on rechargeait.

– Tu crois que maman voudrait essayer ?

– Bonne idée.

On s'allongeait auprès d'elle et, chacun notre tour, on tirait sur un dragon en peluche, qui était mon jouet préféré. Quand venait celui de maman, je tenais le fusil et, d'un geste hésitant, elle desserrait la pince à linge pour libérer l'élastique. Papa tirait quelquefois lui aussi, mais il devait vite nous laisser pour vider le lave-linge, remplir leurs verres ou téléphoner à la compagnie d'assurances pour discuter d'une facture.

Pendant plusieurs semaines, nous avons flotté ensemble sur le radeau de leur lit pour nous éloigner de ce territoire hostile. Maman allait mieux de jour en jour.

On a amené la télé dans leur chambre et on l'a installée sur leur commode. On mangeait sur nos genoux en regardant des jeux télévisés et des séries. On faisait aussi des jeux de société, le plateau posé sur les draps. Seuls ensemble et loin du reste du monde, on était heureux. Jusqu'à ce qu'un jour, la période d'attente et d'observation prenne fin.

Maman est morte.

Deuxième rupture d'anévrisme pendant que j'étais à l'école. Deuxième attente dans le couloir du directeur pour qu'il puisse me conduire à l'hôpital, et la première fois où je me suis enfui en courant.

8

– Aujourd'hui, c'est le grand jour, s'est exclamé Jack en m'aidant à franchir le caniveau. Notre cible était toujours le marchand de donuts à l'autre bout du quartier. Il m'avait fallu des semaines, mais j'étais allé chaque fois un peu plus loin.

Il a tiré une lettre de sa poche arrière, l'a glissée dans la boîte et a levé le petit drapeau en métal rouge. Il avait essayé de faire vite, mais j'avais eu le temps de reconnaître l'adresse de l'hôpital. Il versait depuis un certain temps les sommes indispensables pour juguler le flot des créditeurs. Je n'avais pas le courage de lui dire d'arrêter, et il ne m'aurait pas écouté de toute façon.

Nous marchions le plus souvent en silence, mais de temps à autre Jack me parlait de ses "petites", les orchidées.

– Le mieux, c'est de les laisser tranquilles, autant que possible. À part ça, il s'agit surtout de connaître leur pays d'origine. Celle de ta chambre vient des Philippines. – Il a pointé le doigt sur une carte imaginaire. Son visage s'est éclairé. – Il faut savoir à combien de pluie et de soleil elles sont habituées. La tienne n'a pas besoin de beaucoup de lumière, et tu dois maintenir ses racines humides, jamais mouillées.

Je me suis penché en avant pour les dernières poussées, mes bras tremblaient et mes jambes demandaient grâce.

– Comment tu te sens ? Tu n'as pas trop mal ? Tu crois que tu vas y arriver ?

– Oui, je pense.

Nous avons traversé le parking et nous sommes passés devant les emplacements vides avec leurs vitrines sur lesquelles on lisait : "Pour toute demande de location, contactez Ed." Le centre commercial était un copié-collé de tous les centres commerciaux de toutes les villes de tous les États où j'étais allé : entouré d'un océan de places de parking pratiquement désertes, des haies taillées au bord de la route, une galerie avec tout le long des magasins aux façades peintes de couleurs aussi neutres que possible, leur nom en lettres rétro-éclairées sur les vitrines. "Mr. Donut" se trouve après "Goode, chiropracteur" et "D.D. Jones, grand maître de taekwondo". Tous mes muscles tremblaient, mais c'était bon. Quelques pas devant, Jack luttait contre son envie de se retourner pour voir si tout allait bien pour moi.

J'ai atteint le magasin et soufflé triomphalement.

– Je l'ai fait !

– Deux secondes, on n'y est pas encore. Les donuts sont à l'intérieur !

Le comptoir de la petite boutique regorgeait de donuts en tout genre et séparait quelques tables de l'arrière-salle où Mr. Donut et une vieille Laotienne empilaient des plateaux sur des rayonnages. Une machine à café en self-service se trouvait à côté du distributeur de boissons. Derrière le comptoir, on pouvait lire la question-jeu du jour. Si on répondait correctement, on gagnait un donut gratuit. Au feutre d'une couleur différente, après un astérisque, était précisé : "Pas d'Internet autorisé."

– Bonjour, Jack. Comme d'habitude ?

– Pour moi oui, et tout ce qui fera plaisir à ce jeune homme.

– C'est ton cadet ? Ça fait un bail que je l'avais pas vu.

Mr. Donut a soulevé la partie amovible du comptoir et s'est avancé pour me serrer la main. Je m'attendais au sempiternel "Ben qu'est-ce qui t'est arrivé ?" mais rien n'est venu. Peut-être Jack lui en avait-il déjà parlé, peut-être était-il assez malin pour se taire, à moins que la question ne l'intéresse pas. Dieu bénisse les êtres dénués de curiosité.

J'ai supposé qu'ils s'étaient connus aux Alcooliques Anonymes. Pendant qu'ils discutaient, je me suis approché d'une table et j'ai écarté une chaise qui me gênait. Pas besoin de siège quand on apporte son fauteuil.

Parmi les affiches qui déclinaient les noms des joueurs de l'équipe du lycée du coin – celui-là même dont j'avais été viré il y a bien longtemps –, une coupure du journal local, vieille de plusieurs dizaines d'années, montrait le jeune Mr. Donut, sa toque en carton à la main et souriant de toutes ses dents. Jack m'a rejoint avec deux cafés et un sachet de donuts.

– À la tienne ! a dit Jack, et nous avons trinqué avec nos donuts. Aujourd'hui des donuts, demain le monde entier !

Et nous sommes restés là un moment à lire le journal, comme un père et un fils normaux.

Jack a enfourné sa dernière bouchée avec un petit grognement de satisfaction. Puis, il a essuyé le glacis de sucre qu'il avait sur les doigts.

– Où tu en es avec ces cachets qui t'ensuquent ?

– J'ai diminué la dose. Un ou deux pendant la journée. Deux ou trois pour dormir. La nuit, j'ai l'impression d'avoir les jambes en feu.

– Vas-y mollo quand même.

– J'en prends note, j'ai répondu laconiquement, et il a compris qu'il valait mieux ne pas insister.

Une blonde aux cheveux gras s'est approchée du comptoir en tirant derrière elle une petite fille. Ignorant le bonjour de Mr. Donut, elle a montré du doigt la vitrine et passé sa commande. Quand il lui a demandé si elle désirait autre chose, elle a répondu qu'elle voulait une douzaine d'ordinaires, comme si c'était une évidence.

– J'en ai une fournée qui vont sortir d'ici quelques secondes. Ça vous ira, madame ?

– Ben oui, a-t-elle grommelé. J'ai senti qu'elle m'observait et j'avais bien envie de lui apprendre la politesse. Sans la moindre gêne, elle n'a pas cherché à dissimuler son dégoût tandis qu'elle passait en revue mes jambes et le fauteuil roulant. Son débardeur laissait voir son nombril pareil à l'œil d'un cyclope affligé de strabisme. Elle a remonté son pantalon de jogging et a aveuglé le monstre. Je me suis planqué derrière Garfield et Calvin & Hobbes, furieux de la honte que j'avais ressentie à sa place.

Elle s'est dirigée vers notre table.

– Qu'est-ce qui t'est arrivé ?

– Viêtnam, m'dame. Un putain d'engin piégé m'a bousillé les guiboles.

Elle m'a fixé d'un air soupçonneux et s'est tournée vers Jack.

– Il est pas trop jeune pour avoir fait le Viêtnam ?

– Allez dire ça à Nixon, ma petite dame. Maintenant est-ce que vous voulez pas aller vous faire foutre avec vos donuts et nous débarrasser le plancher ?

– Désolée ! On y va, Laura. Y a des gens qu'ont aucune éducation !

J'ai éclaté de rire devant cette retraite précipitée, et Jack a souri.

– Parfait. Et que ça saute, lui a-t-il crié alors qu'elle s'éloignait sans demander son reste.

9

L'après-midi, quand je me suis réveillé de ma sieste, Jack était dans sa serre. Trois mètres sur dix, elle avait la forme d'une ancienne grange et son toit et ses murs étaient tout en verre. Quand j'étais petit, sa serre n'était qu'une petite structure en bois couverte par d'épaisses bâches en plastique agrafées aux montants. Il y faisait pousser quelques légumes, et des fleurs pour maman.

J'ai tendu le cou, me suis soulevé de mon fauteuil et l'ai observé par la fenêtre. Il portait une blouse par-dessus sa chemise à manches longues et il jardinait. J'essayais de me rappeler si le Jack de mon enfance était aussi méticuleux. À travers les vitres de la serre, je l'ai vu pencher la tête comme un homme en prière et parler à ses plantes. Est-ce qu'il souffrait de la solitude, est-ce qu'il était heureux de son sort, ou les deux ? Je n'avais jamais réussi à connaître mon père, et soudain ça m'apparaissait comme une erreur.

À 14 heures précises, Jack raccrochait sa blouse toujours impeccable à une patère près de la porte et rentrait m'appeler pour notre promenade quotidienne jusque chez le marchand de donuts.

J'ai roulé jusqu'au séjour avec mes chaussures sur les cuisses.

– Tu as besoin d'aide ?

– Non.

Et j'ai tiré sur ma jambe pour la poser sur mon genou et enfiler ma chaussure tant bien que mal.

– Pense un peu à tout l'argent que tu ne vas pas dépenser en chaussures, a dit Jack.

Notre routine de l'après-midi a été interrompue par l'arrivée d'une Cadillac Escalade noire qui faisait paraître toute petite la Honda de Jack. Mon frère Patrick a frappé à la porte et est entré au moment précis où je réussissais à attacher mes lacets. Il m'a serré la main comme à un client.

– Salut, pa, a lancé Patrick.

– Où est ta femme ? Mes petits-enfants ?

– Ils sont tous à la maison. Les jumeaux ont un rhume. Rien de grave. J'étais en ville pour une réunion, je me suis dit que j'allais passer pour voir comment toi et Jarred vous en sortiez. Vous avez besoin de quelque chose ?

Il est allé s'asseoir sur le canapé.

Jack était dans son fauteuil habituel. Moi, j'étais déjà assis.

– Comment tu te sens, pa ? Tu vas bien ? Tu l'as pris ce rendez-vous, finalement ?

Jack a froncé les sourcils et, d'un signe rapide, il a indiqué que non. Moi, j'ai fait semblant de n'avoir rien remarqué.

– Je pourrais faire venir mes gars pour qu'ils te tondent la pelouse. Ils pourraient aussi élaguer tes arbres.

– Tout ça, je peux m'en occuper moi-même. Je vais lui attacher une tondeuse au derrière et le mettre au boulot, a-t-il répondu en me montrant du doigt.

Patrick a tourné la tête.

– Tu es tellement courageux. Dans notre église, on a prié pour toi. Comment ça va ?

– Génial, ça boume ! je me suis exclamé en imitant son ton trop chaleureux. J'en arrive à me demander pourquoi je me suis pas bousillé la moelle épinière plus tôt. Et toi ? Comment se portent Katie et tes 1,8 enfants ?

– Katie ?

– Ta femme. Elle s'appelle pas Katie ou Deborah ?

– Karen.
– J'y étais presque. Comment va Karen ?
– Très bien. – Patrick s'est retourné vers Jack. – Alors, la vie avec un coloc ?
– Tu as des yeux pour voir. C'est un petit con.
– J'avais remarqué.
– Frérot, quand j'étais à l'hosto à supplier les infirmières de me filer assez de morphine pour m'assommer, tu sais ce que j'ai trouvé dans le tiroir de ma table de chevet ? Une bible. Tu connais l'histoire d'Abraham ?
Patrick a souri :
– Évidemment.
Jack m'a lancé un regard d'avertissement.
– Et donc le Tout-Puissant demande à ce type de ramener son cul en haut de la montagne en disant qu'il lui faut un sacrifice de toute urgence. Et au passage il lui dit que c'est son fils qu'il doit sacrifier. Ce même gosse que ce pauvre Abe et Sara avaient attendu pendant des années.
Le sourire de Patrick s'est figé, mais il ne m'a pas interrompu. On savait tous comment ça allait finir. Des rôles bien rôdés depuis des années. J'avais un peu honte, mais je ne pouvais plus m'arrêter.
– Abe, ce nase, fait ce qu'on lui a dit.
Patrick a ouvert la bouche pour protester mais il s'est ravisé.
– Ne t'inquiète pas. Il va bientôt tomber de fatigue, a dit Jack.
– Il attache le môme qui sans doute hurle à la mort et regrette de pas être tombé sur la famille des gentils adorateurs d'idoles qui habitent à côté, et juste au moment où Abe lève son couteau et qu'Isaac pense “Je suis foutu”, Dieu ouvre les nuages avec un sourire jusqu'aux oreilles et leur dit : “C'était une blague ! ”
Patrick a regardé Jack qui a haussé les épaules en secouant la tête.

– Abe, abasourdi mais plein de gratitude, lâche le couteau. Il tombe à genoux en se demandant comment expliquer au Tout-Puissant où il peut se carrer toute cette histoire de prophètes, quand le Seigneur, ce grand pervers, lui fait un clin d'œil et annonce : “Mais il va quand même falloir me rendre un bout de sa queue. En signe d'alliance, tu vois le truc ?”

Jack a dit :

– Tu te sens mieux maintenant ? Tu l'as répété combien de fois ton petit numéro ?

– Désolé, Jarred. Je voulais seulement te témoigner un peu de solidarité.

– Eh bien, dis à tes bien chers frères de prier un peu plus fort. Je suis toujours dans mon fauteuil. Jack, je serai dans ma chambre si tu me cherches.

Je suis ressorti quand j'ai entendu le SUV s'éloigner dans l'allée. Jack, les pieds en l'air dans son fauteuil inclinable, lisait un de ses magazines de jardinage.

– Ce mec est un vrai cliché ambulant, j'ai dit en désignant la fenêtre. Cent pour cent américain, avec sa panse patriotique de Républicain buveur de bière.

Jack a reposé son magazine et il m'a regardé droit dans les yeux. J'ai continué sur ma lancée :

– Tu crois qu'il vient ici juste pour se vanter d'être plein de tune ? Combien de temps il est resté ? Une demi-heure ? Il a réussi à nous parler de son SUV et de la Mustang qu'il utilise seulement le week-end. Les chiffres, c'est toute sa vie : taux d'intérêt, prix du mètre carré… tu aurais dû lui taxer du fric au passage.

– Qui te dit que je ne l'ai pas fait ? a rétorqué Jack.

Je me suis arrêté net, complètement abasourdi, parce que je venais de comprendre que Jack avait emprunté de l'argent à Patrick et que c'était même sans doute la raison de sa visite.

Jack a poussé un gros soupir et reposé à nouveau son magazine.

– De quoi tu te mêles ? Il est heureux comme ça.
– Il a eu la vie facile.
Jack s'est levé.
– En fait, tout ça n'a rien à voir avec Patrick. Arrête un peu de jouer les petits malins pendant cinq minutes, et tu le comprendras peut-être.

10

Le jour des funérailles de maman, la maison était pleine de membres de la famille et de collègues. Patrick était là ; il n'avait pas encore trente ans, mais paraissait tout à fait à l'aise dans son costard. Il a salué un à un tous les visiteurs qui arboraient des mines sombres et apportaient leur lot de plats cuisinés. Jusqu'à aujourd'hui, les lasagnes sont toujours pour moi synonymes de mort.

Je venais d'échapper aux griffes d'une de mes tantes qui luttait pour me passer au cou une cravate de papa. Sa dernière tentative, un nœud de la taille de mon poing, avait paru la satisfaire. Je l'ai remerciée et j'ai filé. J'ai trouvé papa dans leur – désormais "sa" – chambre, et me suis assis à ses côtés. Nous avons fixé le mur en quête de réponses.

– Je vais pas à l'enterrement, j'ai annoncé.

– Ah non ? Et pourquoi ?

J'ai haussé les épaules, pris l'oreiller de maman sur le lit et j'ai enfoui la tête dedans à la recherche de son parfum. Nous avons continué à fixer le mur qui ne nous répondait toujours pas.

– Décidément, j'irai pas à l'enterrement.

Je me suis levé et je suis sorti de la chambre.

Dans la cuisine, j'ai attrapé un sandwich sur une pile et une canette de Coca sur le comptoir. Une femme que je ne connaissais pas m'a suggéré d'en prendre une fraîche au frigidaire. J'ai secoué la tête, pris un coin de l'oreiller de maman entre mes dents, et je suis sorti.

Le voisin d'en face laissait toujours la porte de son garage entrebâillée pour que ses chats puissent entrer et sortir. J'ai glissé mon sandwich, mon Coca et l'oreiller par l'ouverture, puis je me suis faufilé à l'intérieur. Il y avait un étroit passage qui sinuait entre les tas de cartons et de bric-à-brac. L'établi disparaissait sous une pile d'outils rouillés, et je l'ai comparé au rangement rationnel de mon père qui avait dessiné la place de chaque tournevis et de chaque clé sur le mur. Je me suis dit que quelqu'un devrait expliquer ce système au voisin.

J'ai avancé entre les cartons, les ouvrant au passage pour voir le contenu : photos, papiers, boîtes de conserve, bibelots enveloppés dans du papier journal et vieux appareils ménagers. Un auvent avec PIZZA écrit dessus était appuyé contre l'arrière d'un râtelier à fusils où étaient alignés des clubs de golf, ce qui créait un espace suffisamment grand pour que j'y tienne allongé. J'ai déplacé des cartons pour murer un des côtés, et je me suis retrouvé dans une forteresse imprenable. Peu de temps après, les gens ont arrêté de crier mon nom et les voitures sont reparties.

J'ai laissé l'oreiller dans mon château fort et jeté la canette vide dans une boîte. La porte de notre maison n'était pas fermée à clé, mais il n'y avait plus personne. La table de la salle à manger était couverte de tupperwares et de récipents en pyrex regorgeant de nourriture. J'ai enfoncé le doigt dans un plat de brocolis au gratin enveloppé de film alimentaire et fait un trou dedans. J'ai mangé un cookie et creusé plusieurs autres trous. J'ai grignoté des chips dans un saladier et continué à forer systématiquement, jusqu'à ce que le gratin de la ménagère pleine de bonnes intentions qui nous l'avait porté ressemble à un panneau perforé.

Je suis entré dans le dressing de maman en butant sur ses chaussures entassées et me suis enveloppé dans ses vêtements accrochés à la tringle. Les cintres ont cliqueté, et ses robes longues sont tombées quand je me suis pris les pieds dedans.

Dans sa salle de bains, j'ai décapsulé ou dévissé les bouchons pour renifler cet arsenal de flacons et de tubes dont les mères ont besoin. J'ai fait sortir de sa gangue un rouge à lèvres rose. Je m'en suis badigeonné la bouche et me suis regardé dans le miroir. J'ai dessiné deux traînées de peinture de guerre sur mes joues, et une autre sur l'arête du nez et le front. J'ai mordillé et mâchonné le bout du bâton avant de le remettre en place.

Je me suis glissé sous son côté du lit et, allongé sur le dos, me suis imaginé qu'elle dormait au-dessus de moi. C'est papa qui m'a réveillé en me tirant par la cheville. Il a essuyé le rouge à lèvres sur ma joue et a reniflé ses doigts.

– Ton frère va coucher dans ta chambre et il repartira demain. D'accord ? Toi, tu peux prendre le canapé ou dormir ici avec moi.

– Ici.

– Écoute, on a fait tout ce qu'on a pu pour ta mère. Tu t'es très bien occupé d'elle. Elle nous a quittés maintenant et il va falloir qu'on apprenne à vivre avec, mais elle est morte en sachant qu'on l'aimait. C'est plus que beaucoup d'autres dans le même cas.

J'ai hoché la tête mais je ne comprenais pas.

Il a continué :

– Pense à tous ces jours de plus qu'on a passés allongés à ses côtés à lui tenir la main. Tu te rappelles ? Il faut que tu te dises que c'est quelque chose d'unique. Tu m'entends ? Je le pense vraiment.

Il a attendu un moment que je réponde.

– Et maintenant, si tu allais te débarbouiller un peu ? À moins que tu aies un rencard ce soir ?

Pendant plusieurs mois après l'enterrement, j'ai vu peu à peu la lumière vaciller dangereusement dans les yeux de papa. Elle baissait d'intensité jusqu'à n'être plus qu'un mince filament rouge et que lui et son gobelet Mickey disparaissent dans le garage où il allait fouiller dans ses boîtes à café pleines de bric-à-brac. Parfois il s'animait un peu, il me parlait, il était l'adulte, le parent, mais chaque fois que cette lueur revenait, elle était plus faible. Pour autant que j'en sache, il n'est jamais retourné travailler. L'argent de l'assurance payait les factures d'électricité et continuait à donner à Mickey un beau bronzage couleur de whisky ambré.

Trop souvent, j'entendais la voix de maman. Je secouais la tête pour me débarrasser de ces murmures pénibles et on m'a envoyé plusieurs fois voir le psychologue de l'école avec des mots inquiets rédigés par l'institutrice. On a parlé des différentes étapes du chagrin en regardant des livres d'images.

– À quel stade penses-tu en être ?

Je donnais les réponses qu'avait l'air d'attendre ce petit homme à tête d'œuf de mouette et je repartais aussi vite qu'il me laissait le faire.

C'est à la maison que je l'entendais le plus souvent : elle chantait, appelait papa, qui avait plus d'épithètes glorieuses qu'un dieu de l'Antiquité. Parfois, c'était seulement l'écho des sabots de son infirmière qui résonnait sur le plancher.

Le chagrin m'attendait tous les jours au tournant.

Un après-midi, de retour de l'école, je prenais mon goûter en regardant un montage de scènes de *L'Agence tous risques* brandissant leurs armes de fortune, encouragés par leur générique entraînant. Les méchants faisaient au ralenti des sauts périlleux sans grand danger. Je pleurais tellement que je tremblais de partout. Papa m'a pris dans ses bras comme un bébé. Il avait l'air déconcerté et effrayé, ne sachant pas très bien quoi faire avec ce gosse bizarre dont il assumait maintenant seul la responsabilité.

– Allons voir ta maman.

On est sortis de la maison.

– On va faire le chemin à pied.

J'ai marqué une hésitation.

– Je suis trop fatigué pour conduire. – C'est seulement plus tard que j'ai compris que fatigué voulait dire soûl. – Allons, c'est pas si loin. On dit qu'on part à l'aventure.

Il faisait bon, le ciel était clair et les graines de peuplier de Virginie qui voletaient dans l'air donnaient au monde un air rassurant. Nous avons suivi les trottoirs de la rue principale et on s'est arrêtés dans une station-service pour acheter à boire. Papa a tiré une Coors du pack de six comme on cueille une pomme mûre et l'a vidée d'une seule gorgée. J'ai essayé de l'imiter, mais les bulles du Coca m'ont brûlé le nez. J'ai lâché un gros rot.

– Tu pourrais t'excuser.

– Pardon.

Il en a lâché un à son tour, sonore et puissant, et il s'est excusé.

Au cimetière, les rangées de pierres tombales étaient alignées comme si elles attendaient quelqu'un, n'importe qui. Une croûte d'argile rouge entre le gazon et les arbres marquait sa mort.

– J'ai encore reçu une lettre de ton école. Il faut que tu fasses profil bas et que tu évites les embrouilles.

Comme s'il s'était glissé dans le lit auprès de maman, papa s'est allongé sur le sol. Moi, je me suis assis de l'autre côté du rectangle de la tombe.

– Dis-moi quelque chose de sympa sur ta maman.

– Elle sentait bon.

J'ai cueilli des brins d'herbe et je les ai mis en rang, 111111.

– C'est vrai. Et elle avait de beaux yeux.

– Elle avait une tache de chocolat sur la joue. Il paraît que ça porte bonheur.

– Un grain de beauté. Tu penses que ta mère était parfaite ?

J'ai réfléchi une poignée de secondes. J'ai fait oui de la tête.

– Moi aussi. Je l'ai aimée toute ma vie. Je sais pas comment vivre sans elle. Pour elle, j'avais envie d'être quelqu'un de bien. Je trouve ça dur maintenant de continuer à essayer.

Je ne savais pas ce qu'il voulait que je lui réponde.

– Toi, tu grandis. D'ici peu, tu vas te mettre à t'intéresser aux filles. Tu tomberas amoureux et, avec un peu de chance, il y en aura une qui t'aimera aussi. Tu seras comme un idiot. On peut pas y échapper. Les mains d'un garçon sont toujours trop rêches pour le cœur d'une fille. Tu vas tenir pour acquis des femmes qui seront dès le départ trop bien pour toi. Tu n'es pas un homme tant que tu n'as pas assez de regrets pour que la honte fasse de toi un homme. Mais les garçons ils regrettent jamais rien.

Je voulais qu'il se taise.

– Je sais bien que tout ça, ça veut rien dire pour toi aujourd'hui et qu'en vérité, c'est à moi que je parle, mais j'espère vraiment que tu rencontreras une fille aussi parfaite que ta mère. Elle m'a donné tellement de bonnes années, plus qu'aucun homme en mérite.

Non, je voulais qu'il continue à parler pour ne pas me mettre à chialer.

– Je suis quand même content qu'elle soit partie la première. Je me l'imagine seule, triste comme moi maintenant. Il y a des moments où je peux même plus respirer, ça fait trop mal.

Je voulais être là, mais seul.

– J'aurais pas pu lui faire un coup pareil. Quand elle était vraiment malade, avant qu'elle se réveille la première fois, j'aurais dû tous nous embarquer en voiture et sauter d'une falaise. Je me déteste quand je pense à des trucs pareils.

Je voulais m'enfuir. C'était surtout ça que je voulais.

Papa m'a retrouvé dans un mausolée en train de disposer les vases dans les niches de façon à ce que toutes les fleurs soient du même côté.

– Je sais pas. Qu'est-ce qu'on fait maintenant ? On s'offre un donut ? Viens, on va s'en chercher. Ta mère voudrait qu'on soit heureux. Gros et heureux.

En finissant de lécher le sucre sur mes doigts, j'ai ressenti une espèce de bonheur. De retour à la maison, le ventre plein de pâte frite et la tête de souvenirs de maman, nous étions père et fils. On a allumé la télé dans le séjour. Papa m'a demandé comment allait l'école, mais il a vite renoncé devant mon manque d'intérêt. Je voyais bien qu'il cherchait désespérément un sujet de conversation. Je ne voulais pas le décourager mais je ne savais vraiment pas comment lui répondre.

Pendant une pub, papa s'est retiré dans sa chambre. Il en est revenu habillé de son vieil uniforme et de ses bottes de la marine. De la chair blanche s'échappait un peu d'entre les boutons trop serrés. Il s'est mis sur la tête un casque de moto qui avait la forme d'une carapace de tortue et il s'est dirigé vers le garage. La curiosité a détourné mon attention des images vides et vacillantes de la télé, et je l'ai rejoint pour voir d'où venait tout ce raffut.

Il était entouré d'un fatras de cartons déchiquetés.

– Approche. Il te faut une armure de combat pour l'Armageddon.

Il m'a fait passer la tête dans un trou qu'il avait pratiqué dans un carton, comme on enfile un poncho. Puis il l'a attaché avec de la ficelle. Il m'a confectionné des protège-tibias avec des boîtes de mouchoirs et a enveloppé mes bras dans les restes d'une cagette de bananes.

– Bouge pas.

J'ai tripoté mon armure, tout excité de voir ce qu'il avait en tête.

Il a réapparu avec une passoire en plastique et des lunettes de soleil.

– Mettez-moi ça, soldat !

Il a tiré de sa poche le rouge à lèvres de maman et m'a dessiné deux traits de peinture de guerre couleur rose tutu.

– Va chercher tes fusils à élastique.

Je n'ai pas hésité.

On a chargé nos armes.

– Nous voilà prêts à chasser le gibier le plus dangereux, a-t-il dit en se dirigeant vers la maison. J'ai commencé à le suivre, curieux de savoir ce qu'il avait mijoté, et il a lancé "Armageddon !" avant de bondir dans la maison, où il a poussé un nouveau cri de guerre "Armageddon !", avant de me tirer dessus.

L'élastique m'a touché à l'épaule.

– Aïe ! j'ai crié, alors que je n'avais pas vraiment mal.

– Dix… neuf… huit… sept… il a compté en rechargeant son fusil.

J'ai fait feu à mon tour alors qu'il détalait.

On a parcouru toute la maison en criant "Armageddon !" avant chaque détonation. Les cadres des photos se décrochaient, on se cognait dans les étagères. On se cachait derrière les meubles, prenant tour à tour l'autre en embuscade.

Quand il m'a mis au lit ce soir-là, j'avais mal aux joues d'avoir trop souri.

11

– Tu veux un sandwich ou quelque chose d'autre ? j'ai demandé en passant à côté de Jack, assis à la table de la cuisine et penché sur le reçu d'un magasin.

– Jambon-moutarde, s'il te plaît.

– C'est sympa d'être allé me chercher ces fournitures artistiques. Tu veux voir mon aquarelle ?

– Dans la boutique, il y avait une fille qui s'était étiré les oreilles comme une Indienne d'Amazonie. Pourquoi est-ce que les gens se font des trucs pareils ? – Jack a ouvert mon bloc. – C'est pas mal, dis-moi. Comment va ton orchidée ? Tu te rappelles son nom ?

– Oui. Jack, la phalène grincheuse, j'ai récité en étalant la moutarde.

– Le vrai nom ?

– Jack, la Phalaenopsis Aphrodite.

Il a hoché la tête, manifestement impressionné.

– Félicitations pour le nom de l'espèce.

Il a mordu dans son sandwich et mastiqué avec un grognement de satisfaction. J'ai repris l'aquarelle. Le vert était trop délavé.

– Bonne nouvelle, j'ai dit en tirant la lettre de refus d'entre les pages du bloc à dessins. À en croire la Sécurité sociale, je suis pas handicapé.

– Tu ne seras décidément jamais comme les autres, a dit Jack. – Il a parcouru la lettre et jeté un coup d'œil au verso. – C'est tout ? Ils n'expliquent pas pourquoi tu n'es plus bénéficiaire de l'allocation ? Bon Dieu. Je croyais que tu avais dit que cette femme à l'hôpital avait tout arrangé.

– J'ai essayé de l'appeler, et aussi l'antenne de la Sécurité sociale, mais j'ai réussi à joindre personne.

La voix de Jack a grondé de plus en plus fort :

– Génial. C'est vraiment génial.

– C'est pas contre moi qu'il faut te fâcher. Moi, je peux difficilement être plus infirme que ça.

Jack a levé les yeux de la lettre et son regard est allé se perdre de l'autre côté de la pièce.

– OK. On va se débrouiller.

Il a reposé le papier. La porte de derrière a claqué. J'ai jeté le reste de son sandwich à la poubelle.

Au départ de toutes nos balades de l'après-midi, Jack m'aidait à passer le caniveau. Cet obstacle insignifiant et superficiel qu'un gamin de deux ans ou un vieillard franchissent sans problème était insurmontable pour moi. J'avais traversé le pays en stop dans les deux sens des centaines de fois, et sauté dans des trains sans payer des centaines d'autres. Un fauteuil roulant plus tard, et je ne pouvais plus quitter notre allée sans quelqu'un pour m'aider.

J'ai fait reculer le fauteuil d'un coup sec et je suis resté en équilibre sur les grosses roues arrière. C'était bon d'avoir l'impression que mon corps n'avait plus aucun poids, que plus rien ne l'attachait à la terre, qu'il lévitait quelques centimètres au-dessus. Mes bras me maintenaient, moi et mon siège, en équilibre. J'éprouvais la même joie qu'un gosse qui fait ses premiers pas. De centimètre en centimètre, je me suis avancé jusqu'au caniveau. Légère accélération quand les roues arrière ont entamé la descente. Arrivé au point le plus haut, j'ai à nouveau fait basculer mon poids et j'ai reposé les roues avant sur le sol. J'ai souri, franchement heureux de cette victoire. Toute petite bataille remportée vaut son pesant de donuts.

– Où est ton vieux ? a demandé Mr. Donut.

– Il va pas tarder, j'ai menti. Vous m'en donnez un au sucre en attendant qu'il arrive ?

J'ai mangé mon donut sans penser à rien. Des enfants passaient en courant devant la vitrine dans leurs doboks de taekwondo.

– Tu veux bien me prévenir quand tu décides de disparaître comme ça ? a protesté Jack en entrant dans la boutique. Ne t'en fais pas pour les factures. On trouvera une solution. Tu n'y es pour rien.

– Mais si, c'est entièrement de ma faute. Tout allait bien pour toi jusqu'à ce que je me pointe. La dernière chose que tu m'as dite, la dernière fois qu'on s'est vus, c'était que je serais toujours un raté. Je l'ai jamais oublié.

Mr. Donut a salué Jack de derrière son comptoir.

– Comme d'habitude ?

Jack s'est redressé. Un sourire gentil s'est dessiné sur son visage. Il a répondu :

– Oui, chef. Et un café pour ce garçon.

Quand Mr. Donut nous a eu apporté deux ordinaires au sucre sur une assiette en carton et deux cafés noirs, Jack a articulé d'une voix grave, avec un air de regret sincère :

– C'était il y a longtemps.

– Mais non. Tu avais raison. Regarde un peu. Difficile d'être plus raté que ça. – J'ai cogné sur le fauteuil. – Et c'est très bien, je le mérite, mais toi, tu devrais pas avoir à en subir les conséquences.

– Le bien, le mal, ce n'est jamais une question de *mérite*.

– Je sais qu'il existe des foyers pour les gens comme moi. Je vais récupérer mon assurance maladie. Je vais voir si la Sécu paierait pas pour qu'on me trouve une place.

– Si c'est ce que tu veux, Jarred, on le fera. Mais je préférerais te garder à la maison.

On a bu nos cafés. La télé au-dessus de nous diffusait les infos du câble sans le son. J'ai déchiqueté mon gobelet en polystyrène et fait une mosaïque sur la table avec les morceaux.

– Pendant que j'essayais d'arrêter de boire, j'ai commencé à faire pousser des orchidées. Au début, c'était juste une façon de ne pas compter les heures passées sans picoler. Tu te rappelles Thomas ? C'est lui qui était passionné d'orchidées et qui m'a poussé à me lancer.

– T'y crois pas toi-même, pas vrai ?

J'ai baissé les yeux et continué de mettre ma tasse en miettes.

– Je ne crois pas à quoi ?

Jack a fini son donut et le reste de son café.

Du bout du doigt, j'ai posé un fragment de polystyrène à sa place.

– Moi je me rappelle pas les choses comme aussi nettes et faciles que ça. Tu allais te cacher dans ta serre pour boire et rester à distance. – J'ai rassemblé les autres morceaux au creux de ma paume et les ai jetés dans ce qui restait du gobelet. – Tu faisais pousser des orchidées bien avant d'avoir arrêté de boire.

– C'est faux.

Jack a secoué la tête mais j'ai bien vu que des souvenirs précis lui revenaient.

– Une fois, après que tu m'avais mis un œil au beurre noir, j'ai fait sauter ta serre avec un sac-poubelle rempli d'acétylène. L'explosion m'a crevé les tympans et brûlé les sourcils. Mes oreilles sifflent toujours.

– Peut-être, a concédé Jack. Le passé, c'est l'histoire qu'on se raconte pour supporter le présent.

Mr. Donut était dans l'arrière-boutique, il posait des plateaux sur des rayonnages réfrigérés.

– On dirait ce genre de proverbes pour alcooliques repentis qu'on trouve dans les biscuits chinois, j'ai dit en m'attaquant à nouveau à mon gobelet.

Jack a voulu boire une gorgée mais sa tasse était vide. Il a examiné le fond en fronçant les sourcils.

– Sans doute, mais c'en est pas moins vrai pour autant.

Et il est allé remplir son gobelet.

Il est revenu, recommençant à parler avant même de se rasseoir.

– Quand tu étais petit... vraiment petit... peut-être trois ans. On était au bord de l'océan, tous les trois. Patrick devait déjà être à la fac. Je t'avais dit et répété de te tenir éloigné de la digue. Mais tu avais la tête dure, déjà à ce moment-là. Et tu retournais sans arrêt près du bord pour jeter des galets ou autre chose dans les vagues. Je t'ai crié de ne pas t'approcher. Tu m'as regardé et tu m'as répondu : "Si je tombe à l'eau, tu viendras me sauver ?" Je t'ai dit : "On n'aura jamais cette veine." Tu m'as fixé d'un air bizarre. Je voyais bien que ta petite cervelle essayait de comprendre ce que j'avais voulu dire. Ensuite, tu t'es éloigné d'un pas mal assuré pour ramasser d'autres cailloux et tu es retourné au bord pour les balancer à l'eau.

– Je suis tombé ?

– Non, bien sûr que non. Mais je regrette d'avoir prononcé cette phrase. Je ne le pensais pas. Les parents disent parfois des conneries qu'ils ne pensent pas. Les gosses sont épuisants. Mais je le regrette quand même.

– C'est pour ça que tu veux t'excuser ? Parce que moi, je pense à d'autres choses.

– Ça ne m'étonne pas. Jarred, bon sang, il s'est exclamé sans colère. Laisse tomber les vieilles rancunes. Aujourd'hui, j'ai besoin que tu me laisses te dire ce que j'ai à dire.

J'ai hoché la tête et me suis à nouveau concentré sur mon gobelet. Je sentais son regard posé sur moi, mais j'ai continué à déchiqueter les fragments de polystyrène et à les laisser tomber dans ce qui restait du gobelet.

– J'ai appelé les flics plusieurs fois. J'ai signalé tes fugues. Mais personne ne s'intéresse à un poivrot et à son délinquant de fils. On me disait qu'on ne pouvait rien faire tant que tu n'avais pas commis de délit.

– Ils ont pas eu à attendre trop longtemps.

– Sauf que, pour être honnête, je ne faisais plus rien pour t'empêcher de fuguer. Ce n'était pas comme si tu étais en train de gâcher tes chances à Harvard. Je te laissais filer parce que je voulais que tu disparaisses. Et tu sais pourquoi ? Parce qu'une année de plus comme ça, terré dans ma chambre, à me demander ce que tu allais inventer ensuite pour me défier, et j'aurais pu recommencer à picoler. Je n'étais pas assez fort pour être un bon père et un bon mari. Quand tu auras des gosses, tu comprendras mieux. Les parents ne peuvent qu'avoir tort, quoi qu'ils fassent. J'étais prêt à ce que ce soit la faute de quelqu'un d'autre, pour une fois.

Mr. Donut était tout au fond de sa boutique. Il se tenait devant un évier industriel et il fixait le mur. Il avait les mains posées sur les coins de la paillasse en inox.

Jack a suivi mon regard.

– Qu'est-ce qu'il fabrique ? je lui ai demandé.

– Il pense sans doute à ce à quoi tout le monde pense.

– On fait quoi, alors ?

– On fait quoi, on fait quoi… a dit Jack. Eh bien, il vaut mieux laisser tranquilles les hommes qui fixent les murs. On va faire le grand tour pour rentrer à la maison, maintenant que tu es devenu un vrai voyageur.

12

Un aimant en forme de grenouille plaquait un billet de dix dollars sur le frigidaire. Certaines semaines, au lieu de me servir à acheter à déjeuner, cet argent me permettait le luxe d'un jus de fruits Capri-Sun, d'un assortiment de chips et de biscuits Little Debbie ; il était accompagné d'une note : "Pour la semaine. Fais-le durer." Une fois, j'avais trouvé sous l'aimant un billet de cent dollars qui m'avait valu une accusation de vol par la dame de la cantine et un coup de téléphone embarrassé d'un enseignant, durant lequel les cris ensuqués de mon père avaient résonné dans le combiné. Il arrivait aussi que l'argent du déjeuner du lundi n'apparaisse que le mardi ou le mercredi.

J'ai pris l'argent, fourré mes livres dans mon sac, et je suis allé attendre le ramassage scolaire. En quittant le quartier, j'ai joué à imaginer que maman était une acrobate qui faisait la course avec le car. Elle exécutait des doubles, triples et quadruples sauts périlleux par-dessus les voitures et les immeubles. Elle se balançait à un réverbère et, avec son survêtement blanc à bandes rouges, on aurait dit une toupie. En chemin, elle croisait mon père qui rentrait du 7-Eleven en traînant les pieds avec un pack de bières, déjà en train d'en vider une. Elle bondissait sans effort par-dessus cette pitoyable silhouette et, d'une roulade parfaite, traversait le carrefour pour rattraper le car.

13

J'ai fouillé dans le tiroir à bric-à-brac de la cuisine afin de trouver un truc pour écrire. Il y avait une boîte d'allumettes, que j'ai prise, ce qui m'a fait penser à fumer, et au fait qu'à vingt-six ans je devais demander de l'argent à mon père pour m'acheter des clopes. La réalité cognait dur si tôt dans la journée. J'ai trouvé un stylo en métal étonnamment lourd. Un cadeau qu'offrait à ses clients l'entreprise de Patrick, avec "Agence Immobilière McGinnis" en police Kunstler Script. J'ai griffonné : "Jack. Je vais marcher un peu." J'ai réfléchi à cette phrase. Je vais marcher un peu. Qu'est-ce que je pouvais bien écrire d'autre ? J'ai chiffonné le papier et je suis passé voir Jack dans sa serre.

– Jack, je vais faire un petit tour.

– Il est presque 2 heures. Si tu me laisses une minute pour ranger, je viens avec toi.

– J'ai plutôt envie d'être seul. – Il a eu l'air inquiet. Il cherchait la meilleure réponse possible. – Et relax, Max. Tout ira bien. Je risque pas d'aller loin comme ça, à pied.

– C'est pas faux, a-t-il répondu avec un petit rire. Tu as besoin d'argent ?

Et avant que j'aie pu répondre, il a sorti son portefeuille de sa poche arrière et m'a tendu un billet de vingt dollars maculé de terre.

– Merci.

J'ai traversé le caniveau au bout de l'allée, un peu plus facilement cette fois. En prenant à gauche, on allait chez Mr. Donut. J'ai choisi la droite. Il y avait une épicerie au bout du quartier où je pourrais acheter des clopes.

J'ai poussé le fauteuil tout au long de la rue. C'était la première fois que je me retrouvais seul depuis l'accident. Avant, je préférais la solitude. Maintenant, avec ce fauteuil roulant, ça me faisait un peu peur.

Au carrefour, les voitures qui filaient m'ont fait hésiter. Je me détestais d'être aussi trouillard mais j'ai attendu que le panneau lumineux passe du bonhomme rouge au bonhomme vert. J'avais les paumes en sueur. J'ai regardé à gauche, à droite, encore à gauche, encore à droite, effrayé qu'une voiture me percute d'une seconde à l'autre. À chaque poussée, tout le temps qu'a duré la traversée de l'intersection, la panique m'a fait palpiter le cœur. Quand j'ai atteint l'autre côté, il m'a fallu laisser passer quelques secondes pour que mes mains arrêtent de trembler suffisamment pour pouvoir pousser sur les roues.

À l'épicerie, j'ai fait le tour des rayons, des produits frais à la crémerie, sans but précis. Je n'avais pas fait les courses depuis si longtemps que tout me paraissait nouveau. Un ado en uniforme de la boutique a arrêté d'empiler les boîtes de soupe à la tomate quand je suis passé.

– Bonjour, monsieur. Je peux vous aider ?

– Non, tout va bien.

– OK. S'il y a quelque chose que vous pouvez pas atteindre, appelez-moi, a-t-il ajouté pendant que je poursuivais mon chemin dans l'allée.

Au rayon boucherie, j'ai manœuvré pour essayer de saisir un jambon et le poser sur mes genoux. Avant que j'aie réussi, une autre employée a fait son apparition, sa queue-de-cheval se balançant dans son dos.

– Je peux vous le porter à la caisse, si vous voulez, monsieur.

Et elle s'est penchée pour me le prendre des mains.

– Ça y est, je l'ai. Merci.

– Vous êtes sûr ?

– Oui. Merci.

– Vous êtes bien sûr ? OK. Bonne journée, a-t-elle dit avant de s'éloigner en sautillant.

On m'a proposé de l'aide encore une fois avant que je décide de mettre les voiles. À la caisse, on m'a demandé mes papiers pour les cigarettes. Je leur ai montré ma carte d'identité.

– Vous êtes ici tout seul ?

– Oui, j'ai grommelé avec mauvaise humeur.

– C'était un accident de voiture ?

– Curieux, je vois.

On s'est toisés.

– Le jambon aussi ? a-t-il demandé en désignant mes genoux.

– Non, il est à moi, celui-là. Ça, c'est mon jambon, il y en a beaucoup comme ça, mais lui c'est le mien.

J'ai frappé sur le jambon du plat de la main.

– Désolé, monsieur. – Il a pris mon argent et m'a tendu mes cigarettes et la monnaie. – Bonne journée à vous.

– À vous aussi.

Puis je me suis éloigné lentement, le poids du jambon rendant le mouvement plus difficile.

Une fois dehors, j'ai allumé une cigarette. Les clients entraient et sortaient, et sous l'influence de la nicotine je me suis laissé aller à rêvasser. Je n'étais pas prêt à rentrer à la maison. De l'autre côté de la rue, il y avait un ancien garage et une station-service des années 50 convertis en café, qu'on appelait la Filling Station. À l'intérieur, tout ce qu'on s'attendait à trouver dans un café : tables en bois brut, murs en briques apparentes, et un adage blagueur écrit à la craie sur une ardoise. Au-dessus des tables, à la place des ampoules, des bromélias pendaient des fils électriques. Certaines tiges s'étaient retournées et formaient des J fleuris de rouge.

La barista avait environ mon âge. En chantant sur la musique qui passait, elle nettoyait la machine à café.

Le teint pâle. Rousse. Sur son tee-shirt, on pouvait lire "Sexy Senior" en toutes petites lettres. Quand elle s'est retournée, j'ai vu dans son dos qu'elle avait sauté un passant en enfilant sa ceinture.

Elle m'a accueilli en lançant :

– Joli jambon. Qu'est-ce que vous prendrez ?

– Un café pour moi, et pour Señor Jamón ici présent, un verre d'eau.

J'ai choisi une table d'où on voyait le comptoir, posé mon jambon sur la chaise à côté de moi, et j'ai siroté mon café.

En entendant la porte d'entrée, Jack est sorti du garage.

– Alors, comment s'est passé ce premier vol en solitaire ?

Je lui ai tendu le jambon.

– C'était la journée "Cochon et Cul de jatte". Tu amènes un infirme et on t'offre un jambon. Un coup de pot, non ?

Il me l'a pris des mains et l'a rangé dans le frigidaire sans dire un mot. Je suis allé m'allonger. Bloquer les freins, passer du fauteuil au canapé, soulever mes jambes l'une après l'autre étaient devenus des automatismes.

Jack m'a rejoint, une lettre à la main, et s'est installé dans son fauteuil favori. J'ai senti mon estomac se crisper pendant que j'essayais de deviner ce qu'elle contenait.

– Tu promets de ne pas péter un câble ?

– Je peux pas le jurer. C'est un peu ma spécialité.

En m'appliquant à rester calme, je me suis tourné sur le côté pour mieux l'entendre. Mes genoux se sont entrechoqués et une décharge électrique a jailli de mes nerfs détraqués.

– Je suis bien placé pour le savoir, a repris Jack.

– Il faut dire que j'ai rencontré l'amour de ma vie aujourd'hui. Alors maintenant, c'est l'heure des mauvaises nouvelles.

– Ah oui ? C'est chouette pour toi.

– Très. On croise les doigts pour qu'elle s'intéresse aux alliages d'homme et d'aluminium. Allez, shoote ! Qu'est-ce qu'il y a dans cette lettre ?

J'ai tendu le bras et Jack me l'a passée.

– Un certain Farooq Al-Thani, ou plus exactement l'avocat de Mr. Al-Thani écrit pour expliquer qu'il réalise une estimation de mes biens et demande une copie de mon contrat d'assurance.

J'ai serré les mâchoires jusqu'à en avoir mal aux dents. La lettre mentionnait la mort de Melissa, ma responsabilité dans l'accident, et se référait au droit civil comme on cite des versets de la Bible.

– Cette bagnole aurait mieux fait de me tuer moi aussi.

– Je n'ai à moi que des clopinettes et des pets de lapin. Je les lui offre sans problème. Écoute, je ne suis vraiment pas inquiet pour ça. C'est pour toi que je me fais du souci.

– Je crois que j'ai eu ma dose pour aujourd'hui. Je vais me coucher.

14

J'allais très souvent à la Filling Station. À ce moment-là, j'avais réussi à me persuader que c'était parce qu'ils avaient des chiottes accessibles aux handicapés et qu'il n'y avait jamais grand-monde à part des hommes d'affaires qui laissaient tourner leur moteur au ralenti pendant qu'ils venaient prendre des lattes macchiato à emporter. En réalité, bien sûr, je voulais voir la barista et je recherchais ces petits moments de conversation entre client et serveuse. Ça me faisait aussi du bien de m'éloigner un peu de la maison et de ce cafouillage dans ma tête entre le Jack d'Hier et le Jack d'Aujourd'hui, ces moments de confusion où je ne savais plus si je lui en voulais, si j'étais en colère contre lui ou si je mourais d'envie de lui demander pardon. J'avais aussi envie de le soulager un peu du poids d'avoir en permanence chez lui quelqu'un qui vidait son frigo et laissait des traces de pneus sur le plancher et les murs.

Peu de temps après moi, une vieille femme est entrée dans le café. Elle a eu du mal à refermer la lourde porte, puis elle est allée en traînant des pieds s'installer à une table voisine. Sa tête croulait sous le poids d'un bonnet de laine rouge. La barista lui a apporté un café et des biscuits italiens. La vieille dame en a roucoulé de joie.

– Cadeau de la maison, a annoncé la serveuse, et elle m'a fait un clin d'œil en slalomant entre les tables pour retourner derrière son comptoir.

J'ai esquissé un portrait de la vieille femme sur une serviette en papier. Les yeux bleus grossis par ses culs de bouteille, elle se penchait en avant pour souffler sur son café. Elle était entièrement concentrée sur ses mains qui tremblaient et risquaient d'en renverser. Quand elle a réussi à porter la tasse à ses lèvres, ses yeux se sont écarquillés de surprise et de plaisir à chaque gorgée. Elle haussait les sourcils d'un air satisfait et se frottait joyeusement les mains après chaque bouchée de biscuit.

– Mais c'est génial, m'a fait sursauter une voix derrière moi. La barista désignait mon dessin.

– C'est parce qu'elle est adorable, j'ai répondu en guise d'explication.

– Je peux lui montrer ?

J'ai haussé les épaules.

– Elle peut même le garder si elle veut.

– Trudy !

La vieille cliente a approché la serviette de son nez.

– Très joli, a-t-elle déclaré avant de se replonger aussitôt dans son café.

– C'est vous.

– Oh mon Dieu !

– Ce jeune homme là-bas vous a dessinée, il dit que vous pouvez le garder si vous voulez, a soigneusement articulé la barista.

– Oh merci, a dit la vieille dame en se tournant vaguement dans ma direction.

– Je vous en prie, j'ai répondu, ce qui m'a valu un nouveau clin d'œil de la serveuse.

En plus du café, j'allais souvent au cimetière où maman était enterrée.

Sa tombe était très belle, Jack en avait pris soin. Des galets rouges et gris alternés, de la taille de poings, délimitaient le pourtour. À l'intérieur de cette frontière minérale, d'abondants buissons de camomille, constellés de boutons jaunes et pelucheux et de pétales blancs, répandaient un parfum de chewing-gum. À côté de la pierre tombale toute simple, deux orchidées aux fleurs blanches frangées de rouge montaient la garde dans leurs pots. Une gerbe d'autres orchidées, minuscules et jaunes celles-là, était posée sous l'inscription gravée des dates de naissance et de mort de ma mère. J'avais fait partie de cette vie durant une durée limitée. Les fleurs, dans un enchevêtrement aussi complexe que le mécanisme d'une montre, étaient encore bien fraîches. Jack devait venir les changer tous les jours. Je ne le savais pas. Nous n'en parlions jamais. Alors même que ce qui restait de notre famille s'était effondré après sa mort, cet endroit restait un lieu sacré. Là s'arrêtaient la terreur, la tristesse et le tumulte, et nous pensions à elle. Elle, béatifiée, canonisée, ne pouvait plus être prise en défaut. Seule la mort nous donne cette perfection. Quand je revois maman, encore aujourd'hui, elle est emmaillotée dans ses bandages et a aux lèvres le sourire plaqué du coma alors que nous sommes allongés côte à côte dans son lit d'hôpital.

J'avais envie de m'étendre à côté de la tombe, mais je ne voyais pas comment descendre de mon fauteuil, et encore moins comment y remonter. Rien que penser au poids mort de mes jambes me plongeait dans la détresse.

Le vieux gardien du cimetière, avec sa grosse bedaine et sa casquette de base-ball, avançait dans une allée entre les pierres tombales dans une voiturette de golf. Il s'est arrêté devant une sépulture, s'est penché précautionneusement en gardant une main accrochée au volant et a retiré le petit drapeau américain marquant la tombe d'un ancien combattant. Il l'a jeté à l'arrière de sa voiturette qui, d'une secousse, est repartie vers la tombe suivante. Il m'a adressé un signe de tête au passage, et j'ai repris le chemin de la maison.

Il y avait le Jack d'aujourd'hui et le Jack de mon enfance. Rien entre les deux. Une rupture comparable à la façon dont j'étais devenu infirme. Un jour je marchais, et le suivant j'en étais incapable. D'une certaine façon, ça valait mieux qu'une maladie dégénérative qui peu à peu vous grignote toutes les fonctions vitales.

Devoir sans arrêt s'adapter à une situation légèrement pire, encore et encore, en accumulant le ressentiment à chaque étape de la déchéance. Ma fugue m'avait donné, avait donné à Jack, dix ans de tissu cicatriciel. De la chair endommagée mais fonctionnelle. Le corps entier pouvait être sauvé si nous laissions le passé palpiter sous les vieilles blessures.

Je suis entré dans la serre en propulsant mes roues sur la barre de seuil. Il devenait chaque jour plus facile de contourner les obstacles ordinaires comme les fissures du trottoir, une marche ici ou là, l'herbe ou la terre.

Un parfum sucré de jasmin montait sous l'odeur mouillée de l'humus. Des plantes en pot s'alignaient sur la table. Des cadrans digitaux mesurant la température et l'humidité étaient accrochés au mur. Des copeaux de bois et du terreau emplissaient les carrés de béton qui constituaient le sol. Les racines de diverses plantes pendaient des poutres du plafond comme des barbes blanches et clairsemées. Les lignes brisées de rameaux chargés de fleurs antédiluviennes jaillissaient entre des feuilles d'un vert lustré. Les pots de fleurs, des crochets en fil de fer, des sacs de terreau, un cageot de copeaux de bois et une chaise pliante rouillée étaient remisés sous les tables de culture – chaque chose exactement à sa place. Je comprenais très bien que Jack y trouve du réconfort.

Il tenait un téléphone sans fil coincé entre l'oreille et l'épaule.

– Je vais très bien. Pas question de payer un médecin pour le privilège de m'entendre dire ce que je sais déjà. Je n'aurais rien dit si… Non, ce n'est pas la question. Je te rembourse… ça m'est égal. C'est comme ça… Patrick, lâche-moi un peu, tu veux ?

– Jack.

J'ai frappé sur le chambranle pour m'annoncer.

– Je vais installer des clochettes sur ton engin, a dit Jack en se tournant vers moi. Patrick, Jarred est là qui m'espionne. Je te rappellerai plus tard. Embrasse les petits pour moi.

– Tout va bien ?

– Oui, oui. C'est juste Patrick qui me materne.

J'ai repensé à la tombe de maman et au soin qu'il en avait pris. Les silences entre nous rendaient Jack nerveux et il se dépêchait toujours de les remplir par un quolibet inoffensif. Avant, ça m'agaçait, mais maintenant j'appréciais son souci de me ramener en terrain neutre. Je n'en avais pas la force. Je ne sais pas où lui puisait la sienne.

– Comment s'est passée la promenade d'aujourd'hui ?

– Bien, merci. Tu veux qu'on aille se manger un donut quand tu auras fini ici ?

Il a souri.

– Bonne idée. Approche un peu. Aide-moi à polliniser cette orchidée moine.

Je me suis approché de la table. Jack m'a montré un carré de papier. Une douzaine de grains de pollen jaunes étaient posés sur le pli central. Il m'a tendu un serre-tête de bijoutier, des espèces de grosses lunettes en métal. Il a installé une orchidée sur la table. À travers les loupes, j'ai pu admirer le vert moucheté des feuilles qui ressemblaient plus à du cuir qu'à un végétal.

– Pas vilaine, la diablesse, hein ? L'orchidée moine est dure comme de la corne. Elle est apparue en Afrique, puis elle est remontée par l'Amérique du Sud, les Caraïbes, et maintenant elle envahit la Floride. Un lieu idéal pour les orchidées. J'y aurais bien déménagé mais il y a un problème.

– Quoi donc ?

J'ai relevé la loupe du serre-tête en pensant qu'il était sérieux.

– Les Floridiens. Un croisement de New-Yorkais et de ploucs. Arrogants et arriérés. Non merci. Prends la pince à épiler.

J'ai levé les yeux au ciel et donné un coup de tête pour que la lentille revienne en place.

– Il faut que tu trouves le trou où va se loger le pollen. Tu tapotes doucement le pistil. Ça s'appelle le "stigmate". En général, ça brille et on le trouve sous cette partie-là. – L'énorme doigt ganté de Jack est apparu sous le verre grossissant. – Le voilà. Tu le vois ? Maintenant tu prends un grain sur le papier et tu le déposes dedans. Normalement, ça colle tout de suite, mais il vaut mieux pousser une ou deux fois pour t'assurer que le grain ne retombe pas. Parfait.

Jack a posé la fleur sur une planche juste à côté et m'a expliqué que, avec un peu de chance, une gousse allait se former qui donnerait naissance par croisement à une nouvelle espèce d'orchidées.

– Merci de ton aide. Mes yeux se barrent en couilles et j'ai la main moins sûre qu'avant. Je te conseille de ne pas vieillir. Ça fait vraiment chier.

15

Je me rappelle que c'était un samedi ou un dimanche. Au-dessus de la maison, un orage déchirait le ciel. J'avais épuisé toutes les distractions possibles. Dans ma chambre, le gamin de onze ans que j'étais, allongé sur le dos, tirait avec son fusil à élastique sur les stickers parfumés au citron collés au plafond.

Nous voilà prêts à chasser le gibier le plus dangereux, je me suis dit. J'ai retiré mon sweat-shirt noir et je m'en suis fait une cagoule de ninja. Les manches attachées sur la nuque, les yeux au ras de l'encolure, j'ai enfilé des chaussettes noires – genre, chaussures de ninja –, et délicatement, lentement, centimètre par centimètre, j'ai entrouvert ma porte. Papa était allongé sur le canapé du séjour et je ne voyais que ses jambes. Je me suis approché en rampant. Ses pieds nus étaient croisés et dépassaient du bord. Je me suis glissé jusqu'à lui et je lui ai posé le deuxième fusil sur la poitrine. Un soldat rêvant de défiler.

Je me suis relevé et j'ai fait face à ma cible, visant soigneusement entre les deux yeux, ses deux yeux aux paupières closes.

– Armageddon !, et j'ai fait feu.

Papa a bondi sur ses pieds en rugissant.

Il s'est jeté en avant. J'ai détalé. Il s'est élancé pour me poursuivre, mais il a trébuché sur le fusil. Le vacarme de sa chute a résonné dans toute la maison. Je me suis caché dans le placard. Il a balancé un coup de poing dans ma porte, laissant un trou rectangulaire dans le bois peu résistant. Tous les murs ont tremblé quand la porte d'entrée a claqué, mais je suis quand même resté dans mon placard toute la nuit.

16

– Bonjour. Jarred McGinnis? a demandé un moustachu.

– C'est Patrick? a crié Jack du fond de la maison.

– Non!

Les factures s'étaient transformées en avis de recouvrement, puis en coups de téléphone à Jack où on se faisait passer pour de vieux copains à moi et, enfin, en visites de types moustachus en polo de golf et pantalon en toile qui puaient le flic hors service.

– Il est mort. Il s'est fait sauter la cervelle hier. – Je mime l'explosion de mon occiput. – Un conseil d'ami. Quand tu veux nettoyer le sang d'un membre de la famille que tu aimes, vas-y au vrai détergent. Te contente jamais des produits écologiques.

Il a jeté un œil par-dessus mon épaule en direction de la voix de Jack et il a déposé une grande enveloppe en papier kraft sur mes genoux.

– Est-ce que vous pouvez…

J'ai fait voler l'enveloppe au-dessus de sa tête et j'ai claqué la porte.

– C'était quoi? s'est enquis Jack.

– Des témoins de Jéhovah.

– Des connards. Viens dans la serre, je veux te montrer quelque chose.

Je l'ai suivi dans le jardin.

En se retournant à demi, il m'a demandé:

– Quand Patrick viendra cette semaine, tu peux essayer de te montrer aimable?

À l'intérieur de la serre, il faisait chaud, humide et agréable. Les rayons du soleil traversaient le plafond de verre. Jack a pris sa blouse au portemanteau et l'a enfilée.

– J'ai abaissé la hauteur de cette table sur un côté pour que tu puisses travailler dessus.

Effectivement une table était vide, et plus basse que les autres. Son bois, blond et brillant, n'avait pas la patine due à l'eau et à la terre. Les rayonnages sous le plateau avaient été retirés pour que mon fauteuil puisse passer.

– Tu as fabriqué ça ? Il t'en a fallu du temps.

– Qu'est-ce que tu veux dire ?

– Je suis dans cette maison depuis combien de temps ? Et toi, tu construis cette table seulement maintenant.

Jack m'a mitraillé :

– Eh bien si tu ne passais pas ton temps à prendre des médocs qui t'abrutissent, que tu ne dormais pas toute la journée et que tu ne piquais pas une crise chaque fois que quelqu'un essaie de t'aider... – Il s'est arrêté quand il a vu que je souriais. – Petit con !

– C'est chouette d'avoir fait ça. J'apprécie.

– Il n'est pas trop tard pour remettre tout comme c'était et creuser une tranchée. Bon, maintenant, fais bien attention.

Il a saisi un sabot de Vénus. Sous ses feuilles épaisses et luisantes, il a examiné les racines trop développées. Il m'a expliqué ce qu'il allait faire et pourquoi. Il a nettoyé les racines des restes de copeaux de bois et de terre en plongeant la plante sans fleur dans un seau d'eau de pluie. Puis il l'a rempotée et installée à l'ombre dans un coin de la serre.

– Est-ce que je suis obligé de porter ce petit déguisement ? j'ai demandé en posant la main sur le tablier de sa blouse.

– C'est une tradition, je te rappelle. Je vais avoir besoin que tu me donnes un coup de main dans cette serre. Je vais bosser.

– Comment ça ? Tu veux dire un vrai travail ?

Il a opiné du chef.

– Tu m'avais pas dit que tu avais trouvé. Tu vas faire quoi ?

– Vigile dans un entrepôt d'aliments pour chiens. Enfin, je crois. Il n'y a pas de sot métier. Oh, je connais cette tête. – Mon expression avait dû trahir mes pensées parce que Jack a ajouté, en agitant les mains au-dessus de ses orchidées : – Fais pas la tronche. Ça va vraiment m'être utile que tu t'occupes de mes bébés.

17

La secrétaire du directeur m'a tendu une poignée de chips sur une serviette en papier qui gardait leur trace huileuse. J'avais décidé de ne pas toucher à son aumône, mais pendant que j'attendais que le Dr. King me fasse entrer dans son bureau, je me suis retrouvé en train de les croquer l'une après l'autre. J'avais à peine fini qu'elle s'est relevée, dans un grincement de chaise, s'est rapprochée, accroupie à ma hauteur, et m'a demandé gentiment si j'en voulais d'autres.

– Non, merci.

Elle a pris ma serviette roulée en boule. Après les avoir dûment réprimandés, le Dr. King a raccompagné deux gamins de CE2 à sa porte, et m'a fait signe d'entrer tandis que la secrétaire lui tendait mon dossier.

Nous nous sommes assis face à face. L'avant de son bureau était éraflé par le bout des chaussures des élèves indisciplinés qui se présentaient devant lui toute la journée. Mon dossier était ouvert à la page du dernier rapport rédigé par l'institutrice. Les bouts de sa moustache tressautaient pendant qu'il lisait.

– Tu vas bien ?

J'entendais souvent cette question dernièrement. À mon âge, que voulait dire "aller bien" ? J'étais trop petit pour comprendre que les parents ne souffrent pas forcément de maladies horribles. Je détestais l'idée que maman soit morte, mais je n'éprouvais pas la douleur supplémentaire de savoir combien c'était injuste. Que ce n'était pas normal. Que rien n'obligeait à ce que ça se passe comme ça, et que des millions d'enfants, même les méchants et les indignes, n'avaient jamais à porter le deuil de leur mère pendant que leur père creusait sa propre tombe en buvant comme un trou.

– C'est une brute, j'ai déclaré.

– Est-ce qu'il t'a brutalisé ?

J'ai haussé les épaules.

– Vous allez me donner une fessée ?

– Si je le fais, est-ce que tu arrêteras de te bagarrer ?

Nouveau haussement d'épaules.

– Tu connais le numéro de téléphone du travail de ton père ?

– Il travaille pas.

Sa façon de me regarder était pire que n'importe quel châtiment corporel. J'ai tapoté sur le bois du bureau pour voir si mes chaussures aussi allaient y laisser une rayure, parce que j'avais envie qu'il se dépêche, qu'il me donne cette fessée et qu'il me renvoie en classe.

– Est-ce que je peux appeler quelqu'un d'autre ?

Je me suis mis à pleurer.

Il a feuilleté mon dossier.

– Ton frère, peut-être ? Tu sais son numéro ? Comment s'appelle-t-il ?

– Patrick.

– Nous allons le chercher dans l'annuaire.

Patrick a débarqué dans le bureau du directeur. Aussi beau que maman, avec les mêmes yeux et les mêmes cheveux noirs, mais en costume-cravate sur mesure. Un homme séduisant, avec une autorité naturelle et beaucoup d'assurance. Dans mon monde, une sorte d'extraterrestre.

Quand on est montés dans sa voiture, il m'a dit :

– Pa ne se sent pas très bien. Ça te dirait de dîner chez nous ? Tu pourrais faire la connaissance de ta nièce.

Il était encore marié avec sa première femme, et leur premier enfant était né quelques mois plus tôt.

Je ne me rappelle pas la marque de la voiture. Un bolide de course. À mes yeux, un vaisseau spatial. Patrick m'a aussitôt mais gentiment demandé de ne pas toucher aux boutons de l'égaliseur de la stéréo.

– Jarred, depuis combien de temps tu n'as pas pris de bain ? Tu sens le fauve, gamin. Que dirais-tu d'une douche pendant qu'on prépare le repas ?

– Non.

Patrick a semblé décontenancé.

– Le directeur m'a dit que tu t'étais bagarré parce que l'autre gamin t'avait dit que tu puais. J'ai une idée. Et si tu piquais une tête dans notre piscine ? Tu fais quelques longueurs et Fran nous fait du poulet frit et de la purée.

J'ai nagé dans leur piscine. J'ai regardé leur bébé, pas très sûr de ce qu'ils attendaient que je dise. Il était tout petit et avait des yeux étonnés. Je lui ai dit bonjour. Leur repas était bon. J'ai gardé les yeux baissés, en espérant vraiment que sa femme allait arrêter de me fixer comme ça, le sourcil inquiet. J'ai regardé la télé et j'ai fait comme si je ne les entendais pas faire des messes basses sur papa et moi.

– Il est rentré maintenant. Et il a suffisamment dessoûlé pour répondre au téléphone, a dit Patrick à sa femme en raccrochant. Je ne suis pas sûr de savoir s'il faut que je ramène Jarred tout de suite. Qu'en penses-tu ?

– Il faut que tu parles à ton père. Il a un vrai problème. Il ne peut pas agir de cette façon avec ton frère.

Patrick s'est aperçu que j'écoutais.

– Tu es prêt à rentrer ? On pourrait s'arrêter faire quelques courses pour la maison.

Au supermarché, je me suis perché sur le caddy et Patrick l'a poussé. Il m'a demandé ce que je pensais qu'il nous manquait dans ce rayon. Il m'a laissé choisir, mais il m'a doucement orienté vers des articles utiles : papier hygiénique, fruits et légumes, plats surgelés. Patrick a continué à avancer dans les allées, en imitant des crissements de freins et d'accélérations du moteur. On filait à toute allure et Patrick criait par exemple “Ritz crackers”, et j'attrapais le paquet au passage et le jetais dans le caddy.

Il s'inquiétait de savoir comment nous allions entrer dans la maison si papa n'était pas encore là. Je lui ai expliqué qu'on ne fermait jamais la porte à clé.

– Pourtant il faudrait. C'est plus sûr. Tu as ta propre clé ?

J'ai fait non de la tête.

Nous avons rangé les provisions. La dernière chose qui a rejoint le frigidaire était le bonus, une bouteille de soda Mountain Dew verte comme de l'antigel.

– On fait la vaisselle ?

– D'accord.

Patrick a lavé, j'ai essuyé. Jack est entré dans la cuisine et nous a regardés.

– Jarred, tu peux aller dans ta chambre, s'il te plaît ? m'a demandé Patrick.

J'ai hésité.

Jack est sorti brusquement des brumes de l'alcool.

– File !

Il m'a donné un coup de pied aux fesses du bord de sa semelle. Je me suis cambré et mes genoux ont cogné contre le placard. J'ai couru dans ma chambre et je les ai écoutés se disputer du fond de ma penderie.

18

J'avais environ douze ans quand j'ai arrêté de l'appeler papa et qu'il a été rétrogradé à Jack. Parce que ça l'agaçait et que ça le blessait. Un coup de couteau d'une syllabe qu'il sentait encore.

J'étais en train de chercher de la lessive pour le lave-linge. Il restait un petit morceau de savonnette que j'aurais pu jeter dans le tambour si je n'en trouvais pas, mais je n'étais pas sûr que ça marcherait. D'ailleurs, ça n'a pas marché.

Sur la pointe des pieds, j'ai tiré sur un sac en toile pour voir s'il n'y avait pas de détergent sur l'étagère du haut. Une canette de bière pleine a roulé hors de son pack avec la précision d'une grenade sous-marine et m'a frappé au front avec un sinistre bruit métallique. J'ai éclaté en sanglots. J'ai ramassé la canette, cabossée par sa chute, et je suis allé me faire réconforter par papa.

Je l'ai trouvé dans le couloir, une odeur de brûlé venait de la cuisine. Son menton luisait de graisse. En écoutant mes explications larmoyantes, il a pris la bière et l'a ouverte, aspergeant mes yeux, les murs, et s'éclaboussant lui-même. Il a essuyé son torse nu, s'est sucé le doigt et a sifflé la canette.

– Secoue-toi, moussaillon, t'as une serpillière à passer !

Il m'a tendu la canette vide et a descendu le couloir en titubant.

– Va te faire foutre, Jack ! a jailli de ma bouche. Je tremblais de peur en regardant l'immense silhouette de mon père. Il a semblé pétrifié sur place. Il avait toujours le dos tourné. La marque brûlante au-dessus de l'œil, là où la canette m'avait touché, palpitait. Je pleurais déjà de ce qui allait se passer après.

Il s'est retourné.

J'ai reculé.

Il m'a giflé à la volée et m'a laissé là, le cœur cognant dans la poitrine.

19

Jack a frappé en entrant dans ma chambre. Il portait une cravate bleue unie. J'étais dans mon fauteuil et je dessinais. Il a ramassé une bouteille de bière vide, il a lu l'étiquette et l'a reposée sur la table de chevet.

– Je pars bosser d'ici deux heures. Tu as besoin de quelque chose?

J'ai continué à dessiner.

– Jarred, est-ce que je vais devoir me faire du souci pour toi pendant que je suis au travail? Tu commençais à aller mieux. Tu sortais et, maintenant, tu te refermes comme une huître.

– Tu veux que je te fasse voir quelque chose de magique? j'ai dit en feignant une excitation enthousiaste pour ne pas entendre dire à haute voix ce que je pensais tout bas.

Jack n'a pas répondu. Il n'était pas d'humeur à jouer cette comédie.

Je me suis approché du lit et j'ai tiré sur mes jambes pour passer sur le matelas. J'ai enlevé ma chaussette en chantant le thème musical de la 20th Century Fox.

– Tu es prêt?

Jack m'a regardé fixement.

– Je te demande si tu es prêt.

– Jarred, je n'ai pas envie de jouer. C'est malsain tout ça.

– Regarde et émerveille-toi, humanité! j'ai tonitrué.

Nous avons passé un moment à fixer mon pied et, soudain, mon deuxième orteil s'est mis à s'agiter.

Le visage de Jack s'est illuminé.

– Quand t'es-tu rendu compte que tu pouvais faire ça?

– Ce matin.

– Ouah ! Génial ! Refais-le.

Je me suis concentré. L'orteil a fait une nouvelle courbette. Puis, nous avons observé le doigt immobile pendant quelques secondes. J'ai dit :

– Le muscle est quand même complètement à plat.

– On ferait peut-être mieux de continuer à payer la location du fauteuil roulant.

– T'as pas tort.

Jack s'est assis sur le lit et a posé mes pieds sur ses genoux. Nous avons regardé l'orteil qu'il a fait remuer. Je l'ai forcé à faire encore un petit salut imperceptible.

– Tes pieds sont gelés. Tu as froid ?

Jack avait une expression sur le visage qui m'a effrayé.

– Tu te sens bien ? j'ai demandé.

– Où étais-tu passé pendant ces dix ans ? a-t-il chuchoté.

– Pas ici, en tout cas.

– Je n'aurais jamais pensé que tu étais si près.

– Seulement la dernière année, jusqu'à l'… – C'était idiot de ne pas pouvoir prononcer le mot "accident", mais je n'ai pas réussi. Je n'étais pas prêt à admettre que ce qui s'était passé s'était effectivement passé. Il m'a fallu longtemps pour démêler la honte que me causait la nuit de l'accident de celle d'être handicapé. – J'ai été partout. San Francisco. Chicago. Toronto. Un hiver entier dans le Chiapas quand j'avais dix-huit ans. Patrick a toujours été moins loin de toi. Tous les combien est-ce qu'il venait te voir ?

– Tu aurais pu passer au moins une fois. Ou aller voir Patrick. Ç'aurait été chouette de savoir que tu allais bien.

– J'allais pas bien, justement.

Jack a respiré un grand coup.

– Même si tu étais encore en rogne contre moi. La première fois que j'entends parler de toi, c'est d'un hôpital que tu m'appelles. Tu ne m'as toujours pas raconté ce qui s'était passé. Tout ce que je sais, c'est par l'avocat d'un type plein aux as et par les rapports de police. Qui était Melissa ? Tu flirtais avec la femme de ce richard ? C'est pour ça qu'il essaie de te faire porter le chapeau ?

– Le spectacle est terminé.

J'ai retiré mes jambes de ses genoux. J'ai senti une douleur fantôme dans les pieds en remettant ma chaussette.

– Chaussures ? j'ai commandé sèchement.

Jack s'est penché en grommelant.

Il a été obligé de m'aider à enfiler mes baskets. Ma tentative de le planter là pour mettre fin à notre conversation devenait grotesque et j'en étais d'autant plus furax.

– Mon fauteuil.

Jack l'a rapproché du lit.

En quittant ma chambre, j'ai touché au passage le trou de la taille d'un poing dans le battant.

– Tu as l'intention de me réparer ? En dix ans, t'as pas été foutu de réparer la porte que tu as pétée.

Je suis sorti de la maison et me suis dirigé vers la supérette. Je ne me suis même pas donné la peine d'être discret. J'avais compris qu'un fauteuil roulant vous rend invisible. Les gens vous bousculent, ils parlent de vous exactement comme si vous n'étiez pas là. J'ai posé le pack de six Coronas sur mes genoux, je suis passé devant la caisse et j'ai roulé vers la sortie.

Je suis allé droit dans la serre de Jack. La porte s'est ouverte et refermée dans mon dos.

– Une bonne cerveza bien glacée. – Puis, je me suis mis à séparer en deux une orchidée cattleya qui avait trop poussé, comme il m'avait appris à le faire. – Tu te rappelles le bon vieux temps après la mort de maman ? Tu t'en es payé, hein ? T'en veux une ?

– Merci.

Je lui ai tendu une bière, en prétendant examiner les racines de la plante.

– Tu as un décapsuleur ?

Je l'ai fait glisser vers l'autre bout de la table.

La mousse a fusé. Jack a claqué des doigts et la capsule a rebondi plusieurs fois avant d'atterrir au fond de la serre. Des nerfs anesthésiés depuis longtemps se sont réveillés et ont senti le danger. J'ai levé les yeux pour voir s'il allait boire.

Il a vidé la bière dans un tonneau à compost et a rangé la bouteille dans le pack, qu'il a soulevé de la table et jeté par la fenêtre au-delà de la clôture.

Marquant une pause sur le seuil de la serre, il s'est retourné :

– J'ai laissé le trou dans cette porte pour me rappeler de ne jamais plus me conduire comme ça. Tu crois que tu es le seul à connaître la honte et la culpabilité ? Combien de temps tu comptes faire comme si tu n'avais pas besoin d'aide ? Regarde les choses en face : tu es dans un fauteuil roulant.

Les tendons de ses avant-bras étaient gonflés à craquer, tendus comme des câbles de bateau. Il avait le visage en feu. La plupart du temps, nos vies se détraquent lentement, une suite d'incidents et de décisions séparés par des laps de temps suffisamment longs pour qu'on s'habitue peu à peu à un monde qui tourne de moins en moins rond. Il y a des exceptions. Un instant donné, un repère précis qu'on peut revoir et se dire : c'est là que tout a commencé. C'était un de ces moments.

– Jack ! j'ai supplié.

– Et si tu arrêtais un peu d'être un connard d'égoïste ? Hein ? Et si tu me demandais un peu ce qui m'est arrivé ces dix dernières années ? Ce que j'ai fait ? Où je suis allé ? Je vais te le dire. Je ne suis jamais allé nulle part au cas où le téléphone sonnerait et que tu aurais besoin de moi. Demande-moi combien de temps j'ai mis pour apprendre à arrêter de me ronger les sangs pour toi. Combien de temps il m'a fallu pour me dire, quand le téléphone sonnait, que c'étaient pas forcément les flics ou un hôpital pour m'annoncer que tu étais mort.

Des larmes ruisselaient sur mes joues.

– Jack ? Est-ce que tu as eu d'autres femmes dans ta vie après maman ?

– Non ! a-t-il crié. Ça suffit pas et c'est trop tard ! J'en ai ma claque de te materner pour la journée. Tu restes ici, et pour une fois c'est moi qui profite de la maison et de la clim. Quand j'irai au boulot, tu pourras rentrer. Je laisserai la porte de derrière ouverte avant de partir. Jusque-là, tu es interdit de séjour. Et t'avise pas de foutre le bordel dans ma serre !

20

Je suis rentré du collège. Jack n'était pas là. J'ai fait mes devoirs. Préparé à dîner. Suis allé dans ma chambre. Je ne me suis pas vraiment inquiété de son absence.

Il devait être franchement tard et, si ma vie avait davantage ressemblé à celles des enfants dans les séries télévisées, j'aurais depuis longtemps été dans mon lit, mes deux parents seraient venus m'embrasser, mon frère aîné à l'amour habituellement vache m'aurait souhaité de beaux rêves dans un moment de tendresse révélateur avant la pause publicité. Au lieu de quoi, je jouais avec des Legos et une cagette vide de vingt-quatre canettes de Michelob.

J'ai entendu un gros fracas en provenance du salon. Mon cœur a cogné dur contre mes côtes quand j'ai identifié le bruit de vitres qui se brisaient et celui de quelqu'un qui se faufilait à l'intérieur dans une pluie d'éclats de verre. J'ai guetté le moment où Jack allait se précipiter pour intercepter l'intrus, pour éloigner le danger, mais le silence est retombé.

L'armoire à pharmacie de la salle de bains s'est ouverte et tout le contenu a dégringolé dans le lavabo. Après chaque bruit, je m'attendais à entendre la voix de Jack s'écrier avec force: “Arrêtez!” L'intrus a farfouillé dans la cuisine, puis il s'est dirigé vers le séjour. Pourtant, il n'y avait toujours aucune explication effrayée, aucune supplication de ne pas appeler la police. Les interrupteurs électriques cliquetaient l'un après l'autre. La poignée de ma porte ne s'est pas ouverte lentement, théâtralement, comme dans les films, et Jack n'allait manifestement pas voler à notre secours. Le silence est à nouveau retombé.

À part mon pouls qui battait à mes oreilles, rien ne bougeait plus.

Il n'y avait rien dans ma chambre que j'aurais pu utiliser comme arme. Le cambrioleur était peut-être dans le garage, en train de fouiller dans les outils de Jack. J'ai décidé de m'approcher sans bruit de la porte et de l'enfermer dedans, d'appeler la police et de sauver la situation moi-même. Alors que je traversais le séjour à pas de loup, mes yeux se sont habitués à l'obscurité et j'ai peu à peu distingué chaque détail de la pièce plongée dans la nuit.

Jack était affalé, inconscient, dans son fauteuil.

La brique qu'il avait utilisée pour casser le carreau était posée sur le canapé comme un chat domestique. Il avait les deux poings enveloppés dans du papier hygiénique, des ronds de sang séchaient autour des jointures. Un de ses yeux était gonflé et il avait une entaille à la lèvre inférieure.

Je n'avais pour lui que de la haine. C'était un paumé, un lâche. J'ai ramassé la brique et je me suis campé à côté de lui. L'envie de lui faire mal vibrait dans tout mon corps et me bourdonnait dans les doigts.

Je me suis imaginé ce qui se passerait si je le frappais. Le sang, les dents cassées. J'ai brandi la brique au-dessus de sa tête et desserré un peu les doigts, en espérant que la force de gravité ferait le reste du travail. Jack a ouvert la bouche. La fine ligne blanche de ses dents du bas est apparue au-dessus de sa lèvre enflée et sanguinolente. Un ronflement grave et régulier s'échappait de sa bouche. Mon bras est retombé et je me suis précipité dehors en faisant claquer la porte de toutes mes forces.

J'ai traversé la rue pour aller dormir dans ma forteresse. Je ne pense pas que les voisins aient jamais soupçonné que j'avais établi mon campement derrière leur auvent PIZZA. J'avais empilé des couvertures, des livres, une torche électrique et des provisions auxquelles les souris s'attaquaient parfois.

Le garage était verrouillé. J'ai essayé la porte latérale, le panneau en verre coulissant sur la façade arrière et les fenêtres. Tout était fermé. Je suis retourné devant la porte principale, j'ai frappé, le cœur battant la chamade, en imaginant déjà le voisin m'ouvrir en pyjama. Une part de moi cherchait le conflit, au moins un échange désagréable. Je n'avais pas la moindre idée de ce que j'allais dire. J'ai cogné encore plus fort.

Aucune réponse.

J'ai donné des coups de pied dans le battant. Encore et encore, et à chaque coup ma colère montait. Je ne m'étais pas rendu compte que j'avais toujours la brique à la main et, sans l'avoir prémédité une seconde, je l'ai balancée sur la vitre. Je me suis pétrifié sur place, horrifié par les dégâts. J'ai retrouvé mon calme. J'ai passé la main par le trou et ouvert le verrou.

J'ai traversé la pièce. Le plan du rez-de-chaussée était le même que chez nous. J'avais presque l'impression d'être à la maison. Ça aurait dû être chez moi. Une maison où il n'y avait pas de mère morte ni d'ivrogne taré en guise de père. Je me suis étonné de voir qu'ils avaient mis une chaise là où nous avions installé une étagère. Leur télé était plus grande que la nôtre. Il y avait un vaisselier avec une collection d'hippopotames et d'éléphants en porcelaine entre les assiettes.

Là où auraient dû se trouver mes céréales du petit-déjeuner, ils avaient entreposé des bouteilles d'alcool. J'en ai ouvert une et l'odeur astringente m'a fait plisser les narines. Dès qu'une goutte m'a touché la langue, je suis allé cracher dans l'évier. J'ai jeté le reste en regardant le liquide clair s'évacuer par la bonde. Une fois la bouteille vide, j'ai remis le bouchon en place. Puis, j'ai fait subir le même sort à toutes les autres. Ensuite, je me suis dirigé vers le garage et j'ai allumé le plafonnier.

J'ai grimpé dans ma forteresse entre le râtelier à fusils et l'auvent PIZZA, et je me suis endormi, la tête sur l'oreiller de maman, qui n'avait plus son parfum mais une odeur de poussière.

21

L'air s'est soudain raréfié dans le dos de Jack. L'odeur aigre de la bière qu'il venait de jeter dans le compost a empli la serre. Assis devant une table, je passais le pouce sur le bulbe ridé et luisant d'une orchidée tout en surveillant par la vitre la maison des voisins. De ma place, j'apercevais une femme d'environ quarante ans avec une épaisse tresse de cheveux bruns qui lui tombait sur l'épaule. Allongée sur un canapé, complètement immobile, elle paraissait fascinée par la télévision. Le charme s'est rompu quand son mari est arrivé avec la pile de boîtes en carton qu'il venait d'aller chercher chez le traiteur chinois. Le visage de la femme s'est fendu d'un large sourire quand il lui a montré le contenu et qu'il a servi les plats luisants dans leurs assiettes. Il s'est assis à côté d'elle et elle a posé la tête sur l'épaule de son mari avant de lui faire une bise sur le menton. Ils se souriaient, riaient même de temps à autre, en regardant la télé et en mangeant, leurs assiettes entre les mains. Ils étaient complètement ordinaires, exactement comme les familles qu'on voit dans les pubs pour les dentifrices sont ordinaires. Le sourire facile, pas vraiment séduisants, mais pas repoussants non plus.

La femme s'est levée et a pris l'assiette de son mari. Elle était enceinte jusqu'aux yeux. Elle portait son jean très bas pour faire la place à l'ovale parfait de son ventre. Il a embrassé la bosse et a posé la tête dessus. Ils ont continué à parler dans cette position, elle debout avec leurs deux assiettes en main, lui les bras autour de sa taille et l'oreille pressée contre son ventre.

La mort de maman n'avait pas besoin d'être un tournant, le moment à partir duquel tout avait commencé à aller de travers. Les choses auraient pu être pires. J'aurais pu assister à la destruction progressive par deux alcooliques de l'amour unique qui les soutenait et les rendait capables de vivre. J'ai répété dans ma tête ce que je dirais à Jack tout en rempotant les bulbes. J'ai poussé mon fauteuil jusqu'à la maison, bien dans ma peau.

La porte de derrière était verrouillée. Il m'avait enfermé dehors. Il l'avait annoncé et il l'avait fait. J'avais oublié que Jack n'était pas homme à proférer de vaines menaces.

Avant l'accident, j'étais un gringalet, mais à force de pousser sur mes roues depuis des mois, mes épaules s'étaient élargies et mon torse s'était musclé. Mes bras aussi. J'avais de la corne aux mains. La preuve que je pouvais résister.

J'avais étendu mon périmètre de promenades au-delà de l'épicerie, de la boutique de Mr. Donut, du café à la serveuse rousse et du cimetière. Comme on pouvait s'y attendre, j'ai fini au centre commercial parce qu'il n'y avait nulle part ailleurs où aller. J'ai passé mon temps à lire dans les librairies, à observer les gens dans les aires de restauration et à tourner en rond jusqu'à ne plus supporter les douleurs dans le dos. J'ai appris à utiliser l'escalator en m'accrochant aux rampes et à le laisser nous hisser, mon fauteuil et moi, à l'étage supérieur. Ça inquiétait les gens, ce qui me donnait une raison de plus de le faire.

Dans l'aire de restauration, une femme m'a lancé : “J'ai bien failli finir comme vous.” Ce à quoi j'ai rétorqué : “Canon, vous voulez dire ?”, et j'ai poursuivi mon chemin vers le magasin de fournitures artistiques.

J'étais en train de glisser un bloc à dessins sous ma chemise quand j'ai repéré un type au bout de l'allée. Son corps tout maigre paraissait en équilibre instable sur le fauteuil roulant plein de ruban adhésif et d'éraflures qu'il luttait pour faire avancer. Il avait les jambes tordues et squelettiques. Des chaussettes grises et sales lui déparaient les pieds.

– Salut, a-t-il articulé non sans peine. Il était agité de nombreux tics. Ses lèvres se retroussaient toutes seules parce que ses nerfs et ses muscles récalcitrants combattaient sa volonté. Ses cheveux noirs, grisonnants par endroits, avaient grand besoin d'une coupe et d'un shampoing. – Belle... journée.

Pendant qu'il se bagarrait avec son propre corps, j'ai essayé de remplir les blancs inconfortables entre ses mots par un bavardage superficiel. Il a senti mon malaise et ses tremblements ont empiré. Le marteau d'une main griffue s'est levé et l'a percuté en plein visage. Cette attaque soudaine contre lui-même l'a surpris et ça m'a fait rire. Au prix d'un certain effort, il a réussi à froncer les sourcils pour signifier une colère sans ambiguïté devant ma réaction. Il a continué à se propulser par à-coups, mais son expression de fureur est demeurée intacte. Sous prétexte que nous nous déplacions dans ce monde de la même façon et que nous devions affronter les mêmes regards et les mêmes commentaires, il avait commis l'erreur de penser que je saurais le comprendre. Il ne pouvait pas savoir qu'en acceptant sa vulnérabilité, j'aurais du même coup accepté la mienne.

Une heure environ avant que Jack parte travailler et, avec un peu de chance, déverrouille la porte, je me suis réfugié au café. J'ai passé un certain temps à penser à ce type dans le magasin. Au mal que Jack et moi nous faisions. Mes acouphènes me sifflant aux oreilles, j'ai aussi réfléchi au mal que je m'étais infligé à moi-même.

– Ça va ? m'a demandé la barista rousse.

– Hein ?

– Tu m'as pas l'air bien joyeux, mon vieux. – Elle a posé un café noir sur ma table. – Cadeau de la maison. Tu t'appelles ?

– Jarred.

– Moi, c'est Sarah. Enchantée. Comment ça va aujourd'hui ?

– Pas terrible, pour être honnête.

– Je ne sais pas si ça peut te servir dans ta situation, mais des fois, quand j'ai le cafard, je me force à penser à ces dessins des deux frangins avec des méga gros bras – elle a exhibé ses biceps avant de poursuivre – et des torses musclés comme des taureaux, et ces petites jambes toutes grêles. Ça me fait rire et je me sens un peu mieux.

J'ai ri et Sarah a souri. Elle s'est assise. J'ai senti une grosse envie de la voir rester là à bavarder avec moi comme si j'étais normal.

– C'est à cause de mon père. Il est trop vieux pour faire les trois-huit, mais on a besoin de fric parce que j'ai été obligé de squatter chez lui après mon accident de voiture.

Elle a baissé les yeux vers mon fauteuil roulant quand j'ai tapé sur les accoudoirs en guise d'explication. Ça m'a fait du bien de laisser échapper un peu de tout ce qui restait coincé à l'intérieur.

– La plupart du temps, on s'évite, parce que sinon on se prend la tête. Même si on se bagarrait encore plus souvent quand j'étais ado. – J'ai pris une gorgée de café. – Désolé de te balancer tout ça. Je suis sûr que tu dois avoir tes propres embrouilles. – Je me suis senti ridicule d'avoir déballé mes problèmes devant une femme que je connaissais à peine, et encore plus con quand j'ai ajouté : – Merci pour le café.

– Ne t'en fais pas. On a tous nos casseroles. Je ne sais pas si tu veux des conseils ou si tu en as besoin. Mais, si j'ai bien compris, la situation avec ton père n'est pas terrible, mais mieux qu'avant. Mieux qu'avant, c'est déjà ça. On dirait surtout que tu t'inquiètes pour lui et lui pour toi. Et ça, ça signifie que vous tenez l'un à l'autre. Ça fait un tas de trucs à quoi se raccrocher.

J'ai hoché la tête pendant qu'elle parlait. Elle avait raison. C'était un vrai soulagement de l'entendre le dire à haute voix, ça m'autorisait à reconnaître que je tenais à Jack.

– Je te remercie. Je suis sincère. J'avais besoin de l'entendre.

– Ça fait partie de notre charte service clients, a-t-elle répondu en souriant. Elle s'est levée et m'a serré dans ses bras. Elle m'a murmuré à l'oreille : – Tiens le coup, mon p'tit !

Je me suis pétrifié sur place, ne sachant pas bien comment réagir. Personne ne m'avait étreint depuis l'accident. J'ai senti le poids de son épaule, de sa main, le contour de chaque doigt. Elle fleurait bon le sucre et la noix de coco. Ensuite, elle s'est redressée et j'ai éprouvé comme un manque.

– Ça va ? a-t-elle demandé encore une fois.

Mes yeux se sont mis à piquer, et j'ai répondu :

– Oui, merci.

Elle est retournée travailler. Après avoir terminé mon café, je lui ai fait un petit signe pour lui dire au revoir. Elle m'a rendu mon geste de derrière le percolateur sifflant.

Dans l'allée, à la place de la voiture de Jack était garée une vieille Toyota Camry avec des roues avant dépareillées. L'agent de recouvrement en est descendu et le bénéfice de l'apaisement que j'avais trouvé auprès de Sarah s'est évanoui. Il m'a tendu une convocation. Je l'ai balancée dans le jardin et je suis rentré dans la maison désormais accessible.

J'étais en train de me préparer un en-cas dans la cuisine quand j'ai entendu la porte. C'était Patrick, chargé de provisions. Il avait la convocation à la main. On s'est salués.

– J'ai trouvé ça à la porte, a-t-il dit en me suivant dans la cuisine.

J'ai pris l'épaisse enveloppe et je l'ai jetée à la poubelle.

– La jeter ne va rien changer, a-t-il déclaré.

J'ai opiné du chef.

Il a haussé les épaules et je l'ai aidé à ranger les courses.

– Si papa pose la question, dis-lui que c'est toi qui les as faites.

– Il va penser que je les ai volées. Il demandera rien.

Patrick a hésité.

– Je suis désolé de ne pas avoir été là quand tu avais besoin de moi.

Il m'a tendu un paquet de flocons d'avoine.

– Personne n'était là. Je suis seul responsable de cet accident.

Pendant qu'il cherchait quelque chose à répondre, je me suis rendu compte qu'il parlait des mois après la mort de maman où Jack s'était effondré. Il s'est emparé de plusieurs conserves de légumes. Il levait la tête comme s'il s'adressait aux placards au-dessus du plan de travail tout en rangeant les boîtes à l'intérieur.

– C'était le moment où j'essayais de lancer mon entreprise et je travaillais plus qu'à plein temps, quatre-vingts heures par semaine, mois après mois. Je n'étais pas sur la bonne longueur d'onde et je me suis persuadé que les choses n'allaient pas si mal que ça.

Il a marqué une pause.

J'ai pris une assiette dans l'évier, en faisant mine de m'intéresser à la saleté qui y était restée collée. Je ne pouvais pas m'éclipser sans devoir d'abord maladroitement louvoyer entre les sacs de provisions, les portes des placards ouvertes et cet étranger qu'on appelait mon frère.

– Maman et papa avaient toujours été des alcooliques, pas vrai ? Il n'y avait rien de nouveau sous le soleil.

Je n'ai pas osé relever les yeux ou répondre. Je ressentais une espèce de vertige.

– Avec Fran, je veux dire, on avait beaucoup de raisons de divorcer mais, Dieu la garde, c'est elle qui avait proposé que tu viennes vivre avec nous, alors que McKenzie venait de naître. C'était le plan, mais tu sais comment est Jack, enfin, comment il était, je ne compte pas les fois où il m'a jeté dehors en me disant de m'occuper de mon… tu vois ce que je veux dire. C'est toujours facile de s'excuser après, mais j'avais besoin de le faire. Je te demande pardon.

Je n'ai pas répondu. Il n'a rien ajouté. J'ai ouvert le robinet. J'ai lavé la vaisselle. Il a rangé les burritos surgelés.

– Tu te rappelles quand maman est rentrée de l'hôpital et qu'on…

Un souvenir de nous quatre sur le lit des parents en train de regarder des dessins animés avec des plateaux télé m'est soudain revenu.

– Arrête, arrête tout de suite. Putain de bon Dieu de merde, arrête!

Il s'est tu. Il a plié les sacs en papier et les a rangés derrière la poubelle exactement comme Jack, comme moi, et comme maman le faisait. Si on avait besoin d'un sac en papier pour une raison quelconque, il y en avait toujours cinq ou six soigneusement pliés entre le mur et la poubelle. Pendant dix ans, j'avais perpétué la tradition dans tous les trous à rat où j'avais vécu. Et continué quand j'étais rentré à la maison.

La porte d'entrée s'est refermée. J'ai entendu Patrick passer les vitesses en repartant dans son SUV.

22

J'avais treize ans, et l'année entière passée à le haïr avait rendu papa plus petit, et en plus j'avais grandi. Je faisais déjà la même taille que lui, même si j'étais une copie dégingandée et mal coordonnée. Je rasais mon début de moustache en suivant les techniques entrevues dans les pubs à la télé. Avec la vigueur toute neuve de mes muscles et l'invincibilité de la jeunesse, je le défiais. Je provoquais des disputes quotidiennes rien qu'en lui jetant des regards noirs, en faisant cliquer un stylo ou en tambourinant sur la table quand il m'avait supplié de respecter le silence. On échangeait des coups de poing et je n'avais jamais le dessus.

– Je vais dormir chez un copain, ça te va, Jack ?

Je m'étais approché de son fauteuil et j'avais renversé son gobelet Mickey du bout de l'orteil en parlant. Il ne s'en était pas rendu compte.

– Casanova était un sale con, a-t-il déclaré sans détacher les yeux de la télé. N'importe quel mec avec du fric et du bagout peut séduire des milliers de filles. Moi, j'en ai séduit une, la même femme toutes les nuits, des milliers de fois. C'est ça qui prouve qu'on est un bon amant.

– De la poésie pure, Jack. Sers-toi un autre verre.

– Maintenant elle est morte. On me l'a enlevée, bon Dieu de merde.

– Oui, maintenant elle est morte. – J'étais décidé à ne pas l'imiter, même dans le chagrin. – Et ça vaut mieux pour elle, j'ai ajouté pour l'insulter lui, pas elle.

L'alcool a flambé dans ses yeux, soudain désembués et fous de haine.

Il a bondi sur ses pieds et m'a giflé à la volée. La marque sur ma joue était cuisante. Il a paré ou ignoré les moulinets dérisoires de mes poings. Il m'a plaqué contre le mur, son avant-bras pressant sur ma carotide. Le choc m'avait coupé la respiration et plusieurs photos de famille s'étaient décrochées. La rage fusait de ses narines. Mon tee-shirt s'est lentement déchiré alors que je tentais de me dégager. Il m'a balancé une claque sur l'autre joue et il a brandi un doigt sous mes yeux.

– Même ici, même dans cette maison, il y a des limites à pas franchir.

Il m'a lâché. Il est allé reprendre son verre, s'est aperçu qu'il s'était renversé et a donné un coup de pied dedans. Intact, le plastique dur a rebondi avec de petits bruits secs. Jack a filé vers sa chambre et claqué la porte.

Près de la maison, un chemin de fer aux rails rouillés traversait une forêt de pins du nord au sud. J'ai suivi le long tracé gris du ballast. À chaque sortie j'allais plus loin et je gravais mes initiales sur les troncs d'arbre. En fait d'aller "dormir chez un copain", j'allais passer la nuit dans ma forêt. Le soir venu, j'allumais un feu et je respirais l'encens de la fumée et de l'humus jusqu'à me sentir singulièrement apaisé. Je contemplais la Voie lactée et je luttais contre la terreur que m'inspiraient les autres planètes, tous ces mondes lointains. Je m'imaginais soulevé et arraché à la Terre, entraîné dans un tourbillon de vide vers des gerbes de lumière.

Je n'ai pas mis longtemps à me repérer dans ces bois de pins. Une contrée encore sauvage bordée par les banlieues, assez vaste pour qu'il y reste quelques cerfs sur lesquels des culs-terreux venaient tirer illégalement depuis la cabine de leurs camions, mais assez limitée pour que je sache, même si je me perdais, que je retrouverais au plus tard mon chemin le lendemain. Me perdre était exactement ce que je recherchais.

De l'autre côté de la forêt se trouvait tout un quartier de grosses baraques blanches, serrées comme des sardines. En longeant la clôture, je cherchais une fenêtre ouverte ou un autre moyen d'entrer par effraction.

À la place, j'ai aperçu une fille aux longues jambes de biche. Elle avait les yeux farouches et fuyants, et les cheveux courts et noirs.

La première fois que j'ai vu Melissa, elle était en compagnie de la première fille que j'allais embrasser. Elles jouaient sous un arbre couvert de fleurs roses, une scène absolument irrésistible pour l'adolescent que j'étais. J'avais déjà l'habitude de tomber chaque jour amoureux d'autres filles aux cheveux courts et noirs et aux couches d'eye-liner, des filles en shorts de skateuse avec des pansements sur les genoux et des filles qui souriaient quand nos regards se croisaient.

L'autre fille était juchée sur les épaules de Melissa. Ses pieds nus s'accrochaient aux reins de sa copine alors qu'elle tirait sur ses bras pour secouer les branches et faire tomber les fleurs.

Elles m'ont repéré et observé fixement.

– Eh, mec, qu'est-ce que tu regardes ?

– Tu t'es perdu ? a demandé son amie.

– Approche un peu. Pourquoi tu restes là-bas ?

– Tu vis dans le coin ? Tu ne serais pas SDF ou un truc du genre ?

– Si, j'ai répondu, mentant autant pour me montrer aimable que pour avoir l'air un peu mystérieux. L'attention de filles comme elles chauffait l'imagination de garçons comme moi pendant des semaines.

– Ne bouge pas.

Elles se sont avancées jusqu'au milieu de jardin, en baissant la voix comme si c'était nécessaire, sans me quitter des yeux une seconde.

– Tu voudrais quelque chose à manger ou à boire ?

J'ai grimpé à l'arbre et me suis laissé retomber dans leur jardin. On s'est présentés.

– Tu ne pues pas comme un clochard, a déclaré Melissa tandis que nous entrions dans la maison.

Elles m'ont préparé un sandwich, servi des Cheetos dans une assiette en carton, et elles m'ont posé des tas de questions.

– Où est-ce que tu te douches ?

En sirotant mon verre de soda, j'ai inventé des réponses.

– Dans les relais routiers.

– Tu as déjà embrassé une fille noire ? a demandé Melissa en désignant son amie.

Le feu m'est monté aux oreilles. Heureusement, la copine était encore plus gênée que moi.

– Elle n'a jamais embrassé un garçon blanc. Elle voudrait savoir ce que ça fait.

– Je n'ai jamais dit ça.

Elle a donné une tape à Melissa sur l'épaule et a détourné le regard.

Melissa nous a placés face à face comme des mannequins dans une vitrine. Je n'osais ni bouger ni parler, de peur que la magie s'arrête. Elle a posé les mains sur nos têtes et nous a facétieusement poussés l'un vers l'autre. La proximité de la fille et l'anticipation éveillaient chaque cellule de mon cerveau reptilien de garçon.

Je l'ai embrassée et, durant ces quelques secondes, les yeux fermés, je n'ai ressenti aucun doute, aucune inquiétude, aucune culpabilité. J'ai soudain compris que ce que j'avais éprouvé jusque-là n'était qu'une vague manifestation de la force de gravité. Dès la fin de ce baiser, j'en voulais un autre, et je savais que j'en voudrais toujours plus.

J'ai regardé la fille. Un ruban de tissu lui retenait les cheveux qui formaient comme une auréole de boucles. Son regard hésitant s'est posé sur mon visage.

Elle a murmuré un timide : "Pas mal." Et elles ont gloussé de rire.

Melissa, qui n'avait pas bougé, a scruté nos expressions. Elle a paru satisfaite de ce qu'elle y lisait, ou plus exactement par ce qu'elle avait réussi à orchestrer.

– Je pense que ça te plaît d'embrasser les filles noires. Beaucoup, même.

Sa copine avait toujours l'air gênée et elle a fait semblant de regarder la télé pendant que Melissa s'asseyait à côté de moi et continuait à me poser des questions. Au bout d'un moment, son amie lui a dit qu'il fallait qu'elles parlent.

Melissa avait l'air agacée en la suivant dans la chambre. Quand elle est revenue, seule, elle m'a expliqué que je devais partir avant le retour de son père. Plus tard, j'apprendrais que c'était un mensonge.

– Passe-moi ton numéro, j'ai dit, l'urgence prenant le pas sur mon manque d'assurance chronique.

Melissa l'a noté et m'a tendu la feuille qu'elle venait d'arracher au bloc. J'ai écrit le mien.

– C'est quoi, ça ? a-t-elle demandé.

– Ah… oui… Je vis plus là maintenant. C'est un endroit où j'avais l'habitude de squatter.

Je m'apprêtais à effacer le numéro mais, en souriant, elle m'a pris le bloc des mains.

– Tu m'appelles, hein ? On pourra se faire une sortie ensemble, a dit Melissa pendant que nous traversions son jardin.

J'ai escaladé la clôture et repris mon chemin, sans penser à papa qui devait être à la maison et à ses déclarations à l'emporte-pièce sur l'amour, mais je me suis demandé si de l'extérieur on pouvait voir que, maintenant, je savais ce qu'était un vrai baiser. Je me suis concentré sur le souvenir de la fille et de Melissa qui nous regardait, et je me suis demandé combien de temps j'attendrais avant de l'appeler.

23

Le lendemain de l'incident des Coronas, quand Jack m'avait enfermé dehors, je prenais mon petit-déjeuner quand j'ai entendu la porte de sa chambre s'ouvrir et se refermer.

– Tu veux des œufs au bacon ? j'ai crié.

La porte d'entrée s'est ouverte.

– Bonjour, Jack.

La porte s'est refermée.

– Eh ben, va te faire foutre, j'ai lancé au mur.

J'ai laissé le bocal où Jack jetait tous les jours ses pièces de monnaie décider de ce que j'allais faire ce jour-là. Empochant quelques pièces de vingt-cinq cents enfouies sous d'autres plus petites, j'ai pris le chemin de la Filling Station pour aller boire un café.

– Qu'est-ce qu'il y a dans cette boîte ? j'ai demandé à Sarah qui faisait glisser vers elle un carton posé sur le comptoir.

– Un type l'a laissée là il y a exactement cinq secondes. Il m'a dit que Dieu voulait qu'il me la donne.

Elle a fait pivoter la boîte vers moi. J'ai découvert un dessin de catcheur, en tenue de lutte panthère, une épaisse ceinture autour de la taille et un haltère avec la barre centrale qui fléchissait sous le poids. À la place de la tête qu'on se serait attendu à trouver, moustache et crâne rasé, le cou finissait par un trou. En gros caractères d'imprimerie, on pouvait lire : "L'INCOMPARABLE MISTER SHAKEY". Elle m'a désigné le carton du bout du menton. Je l'ai rapproché de moi pour regarder à l'intérieur, et la tête d'un chat est sortie par le trou.

L'Incomparable Mister Shakey avait le corps d'un catcheur et la tête d'un chat gris.

– Avant de partir, il m'a dit que le père Noël était son papa, et que lui, c'était le lapin de Pâques. Ensuite, il s'est approché du comptoir, il m'a expliqué que Dieu était l'expéditeur et qu'il n'y avait pas besoin de signer. Avant que j'aie trouvé quoi répondre, il a ajouté : "Miss Barmaid, je vous présente Mister Shakey, Mister Shakey, je vous présente Miss Barmaid." Et il a tourné les talons. Maintenant, je suis propriétaire d'un chat qui, apparemment, s'appelle Mister Shakey.

– Le lapin de Pâques m'a rien apporté à moi.

– Je ne sais pas ce que je vais en faire. Mon frère est super allergique. Impossible de le ramener à la maison.

– Je vais le prendre.

– Sérieux ? Ça serait génial. Je ne voulais pas l'abandonner dans un refuge. Mais, vraiment, je ne peux pas le ramener chez nous. Je vais te déposer en voiture. On peut s'arrêter dans une animalerie. Je lui achèterai des croquettes, de la litière et tout ce qu'il faut.

J'ai failli dire oui. Mais je voyais déjà ce qui allait se passer. On irait jusqu'à la voiture. Sarah serait juste à côté quand je positionnerais mes satanées guiboles et que je me hisserais maladroitement à l'intérieur, du fauteuil roulant à la banquette. Et il faudrait recommencer cette manœuvre épouvantable devant l'animalerie, puis à la maison. Tout ce temps sans savoir de quoi parler à part le chat et l'inévitable "Comment ça t'est arrivé ?". Le lendemain, elle raconterait à ses collègues comment elle avait emmené ce mec en fauteuil roulant acheter de la litière pour le chat qu'elle avait réussi à lui refiler.

– Pas la peine. J'habite pas loin.

Elle a insisté et moi aussi.

J'ai traversé le quartier à grand-peine. À chaque poussée, le carton menaçait de me tomber des genoux. Le chat passait la tête dehors à chaque secousse un peu trop forte, mais la plupart du temps il se tenait tranquille et il ne miaulait pas.

La voiture de Jack n'était pas dans l'allée. J'ai roulé non sans mal jusqu'à la serre. J'ai ouvert la porte et caressé la fourrure grise, mais sans autre résultat que quelques ronronnements. Le chat ne voulait pas se réveiller. J'ai jeté un coup d'œil vers la maison des voisins. Le canapé où la femme enceinte et son mari mangeaient des plats à emporter devant la télé était vide. Les rideaux de la chambre étaient tirés.

Une vie entière de mauvais choix, comme se glisser par effraction chez les autres, est une habitude qu'on a du mal à perdre. Quand j'étais ado, un psychologue m'a expliqué que ce comportement exprimait ma recherche d'un foyer parfait, à cause du mien, qui était loin de l'être. En vérité, je suis seulement curieux.

J'ai reposé l'Incomparable Mister Shakey, toujours endormi, dans sa boîte, et j'ai roulé jusqu'à la porte des voisins. Comme je m'y attendais, la clé était sous le paillasson.

Il y avait trop de meubles dans cette maison, apparemment personne n'y touchait jamais, comme si c'était un modèle d'exposition. Les tableaux étaient tous pareils, des aquarelles ordinaires dans des cadres noirs, représentant des paysages connus : le mont Rushmore, les gratte-ciels de New York, le Golden Gate à San Francisco, la Space Needle futuriste de Seattle. On aurait dit qu'on leur en avait fait cadeau avec les meubles. La table de la salle à manger était mise pour six personnes, avec des porte-serviettes en céramique bleue. Je me suis approché des portes coulissantes vitrées du salon et, par la fenêtre, je regardais la serre de Jack quand le chat a trouvé le moyen de s'échapper discrètement et de disparaître. La télé occupait presque tout un mur. J'ai revu le mari qui tenait le ventre de sa femme tandis qu'elle le regardait. Deux moniteurs de surveillance pour bébé étaient posés face à face sur la table basse. J'en ai allumé un et j'ai écouté les parasites. Je ne savais pas comment faire la paix avec Jack. Il allait me jeter dehors et il n'aurait pas tort. J'aurais dû aussi m'excuser auprès de Patrick mais je savais que je ne le ferais jamais. J'avais envie que Sarah me serre à nouveau dans ses bras en me disant: "Tiens le coup." J'avais envie qu'elle m'appelle encore "mon p'tit". Ça m'avait fait du bien. Les parasites avaient quelque chose d'apaisant.

J'ai repensé à la première rencontre avec Melissa. C'était mon premier coup de cœur. Mon premier chagrin d'amour. Elle aurait pu garder cette place dans mon souvenir, mais il avait fallu que je casse tout. À l'hôpital, j'avais remâché l'injustice qui avait voulu que mon accident et sa mort se soient produits alors que j'avais enfin décidé de changer du tout au tout: plus de conneries, plus de castagne, plus de cavale. Je me mentais à moi-même, et Melissa était morte à cause de ce mensonge.

J'ai regardé alentour et je me suis imaginé le couple ramenant leur bébé à la maison. Tous deux épuisés mais plus forts de l'espoir qu'ils plaçaient dans leur précieux fardeau. Qui sait, peut-être ce gosse était-il aussi maudit que moi. Une mère morte et un père ivrogne n'ont sans doute pas autant d'importance qu'on leur en prête. Qu'est-ce que je faisais chez eux? Je n'étais vraiment pas près de changer, ni ce soir-là avec Melissa ni aujourd'hui. Accepter cette vérité, c'était comme encaisser un coup dans le bide, et je l'avais bien mérité.

Une voiture s'est garée dans l'allée. J'ai éteint le babyphone et je l'ai fourré dans ma poche sans réfléchir. Après la porte coulissante vitrée donnant sur le patio et le jardin, il y avait deux marches. Impraticable. Le moteur a arrêté de tourner.

J'ai refermé la porte coulissante derrière moi. Deux marches entre la fuite et moi. Les portières ont claqué. La panique m'a envahi.

J'ai imaginé mes deux jambes en mouvement. Le pied gauche se posant sans effort sur la première marche. Le droit sur la deuxième. Succès. Un pas après l'autre, laissant derrière moi le jardin de mon voisin et la connerie de plus que je venais de faire. Une part de moi pensait que c'était faisable. Il suffisait de le vouloir. J'ai regardé mes genoux, comme s'ils allaient revenir à la vie. Les verrous ont tourné. La porte d'entrée s'est ouverte. Des voix ont résonné.

J'ai envisagé de quitter mon fauteuil, de descendre les marches en glissant sur mes fesses et de le tirer derrière moi. Non, ça prendrait trop de temps. J'ai soulevé les roues arrière avec l'idée de sauter en avant.

Deux personnes, un homme et une femme, se parlaient en traversant la maison. Un trousseau de clés de voiture a cliqueté en tombant dans un bol sur le comptoir de la cuisine. La femme a murmuré quelques mots tendres.

J'ai agrippé mes roues et je me suis préparé à me laisser descendre doucement en marche arrière. Mais à peine mon poids a-t-il porté sur la première marche que la gravité a gagné la partie. Mon dos et mes épaules ont claqué contre le ciment. Ma tête a cogné par terre avec un bruit sourd. Plus sonné que blessé. Mes genoux pointaient vers le ciel. J'ai roulé sur moi-même et mes jambes ont heurté le sol à leur tour. Je gémissais tout ce que je savais.

La femme est apparue devant la vitre. Elle portait le bébé emmailloté dans une couverture. Elle a ouvert la porte coulissante.

– Bonjour. Vous avez besoin d'aide ? a-t-elle demandé avant d'appeler son mari. Chéri, il y a un monsieur, un monsieur en fauteuil roulant, dans le jardin. On dirait qu'il s'est fait mal.

L'homme l'a rejointe. La femme se balançait pour bercer le bébé contre son épaule et lui tapotait le dos. Elle paraissait inquiète, on aurait dit qu'elle voulait protéger son enfant de ma bêtise contagieuse.

– Il habite à côté. C'est le fils de Jack, a dit le mari.

– Vous avez besoin d'aide? a-t-elle répété comme si j'étais dur de la feuille. Vous voulez qu'on appelle l'hôpital?

J'ai secoué la tête.

– Que fait-on? elle a demandé à son mari.

– On va le remettre dans son fauteuil, je suppose.

Il a redressé l'engin, puis il s'est penché au-dessus de moi, tentant de décider quelle était l'étiquette pour soulever un paraplégique qui ne vous avait pas été officiellement présenté. Il a passé les bras sous mes aisselles et, en m'agrippant solidement, il m'a replacé à grand-peine sur mon siège. Il sentait bon. Je n'osais pas les regarder, ni lui ni sa femme avec le bébé dans les bras. À nouveau assis, j'ai ramené mes jambes. J'avais les oreilles en feu tellement j'étais gêné. Des traînées de sueur me dégoulinaient des aisselles aux flancs. À travers les pelouses, l'homme m'a poussé jusqu'à chez moi.

– Vous êtes sûr que tout ira bien?

– Oui, je vous remercie. Désolé de vous avoir dérangés.

Je me suis dépêché de rentrer et j'ai refermé la porte.

Jack est rentré tard ce soir-là. Allongé sur le canapé, je faisais semblant de lire. En fait, je repensais à Melissa et à la nuit où elle était morte. Les réverbères projetaient sur le macadam les ombres épaisses des voitures stationnées et des immeubles alentour. Le corps inerte de Melissa gisait sur la chaussée. Sous son bras, il y avait aussi une ombre, ou une tache de sang, je n'aurais pas su dire. J'ai essayé de me concentrer sur notre première rencontre. Je la revoyais, toute jeune, avec son amie, la première fille que j'avais embrassée, jouant dans le jardin. Je voulais remplacer la nuit de sa mort par les mille autres que nous avions passées ensemble, deux gosses stupides qui faisaient des bêtises d'enfant.

– Ça s'est passé comment au boulot?

– Bien. J'ai eu une conversation sympa avec le voisin d'à côté.

Et merde. J'avais toujours le baby-phone dans ma poche.

– Ils sont rentrés de l'hôpital aujourd'hui. Leur petite fille est née il y a deux jours. Quatre kilos. Margaret. J'ai toujours aimé ce prénom.

– Tu veux manger un morceau ?

– Non. Je suis fatigué. Et toi, tu as fait quelque chose aujourd'hui ?

J'ai pensé à dévier la conversation en lui parlant de mon nouvel animal de compagnie qui chassait les écureuils dans le jardin. J'aurais aussi pu lui dire que j'avais utilisé les dernières pièces de son bocal pour acheter des croquettes à la suite de l'incident avec les voisins. J'ai deviné que ça ne ferait qu'aggraver le problème.

– Pas grand-chose.

– Dommage. C'était une belle journée pour aller s'affaler dans le patio des voisins et foutre une trouille du diable à de jeunes parents. Ils se posaient beaucoup de questions auxquelles je n'ai pas su répondre. Tu veux t'expliquer ?

– Pas particulièrement.

– Tant mieux. Parce que je n'ai aucune envie d'entendre tes bobards. Arrête tes conneries.

– OK, j'arrête mes conneries.

J'ai détourné le regard, craignant qu'il change d'avis et qu'il insiste pour obtenir des réponses.

– Très bien. Bonne nuit.

– Dors bien.

Je regrettais de ne pas en avoir dit plus pour le convaincre que je voulais vraiment changer. Le conseil qu'il m'avait donné il y a longtemps me trottait dans la tête : "L'erreur est humaine mais persévérer est con."

24

J'ai grimpé à l'arbre et j'ai frappé à la porte arrière de chez Melissa. Elle m'a ouvert et m'a serré dans ses bras comme si on se connaissait depuis des années. On est allés dans sa chambre. Il y avait encore des poupées et des jouets dans les coins, relégués par des intérêts d'adolescente comme des fringues et des posters de mecs blasés habillés en noir.

– Je ne veux pas sortir avec toi.

– Moi, je veux sortir avec personne, j'ai menti.

– Cool. Alors, on va au ciné ?

J'ai acheté un billet, je l'ai retrouvée devant l'issue de secours et fait entrer. On est passés d'un film à un autre en finissant les boîtes de pop-corn abandonnées sur les sièges. On a exploré les espaces de stockage derrière les portes qui disaient : "Interdit au public." Je me suis imaginé en train de l'embrasser en lorgnant sur son visage qui se découpait sur les images vacillantes du film. Elle a surpris mon regard, m'a traité de "débile mental" et a repoussé mon menton dans la direction de l'écran. On est repartis à minuit, après la dernière séance. On a dormi dans son lit.

Enfin, *elle* a dormi.

Moi, allongé à ses côtés, j'ai passé la nuit à regarder le plafond. Tous les sens en éveil en sentant la brûlure de son genou contre le mien.

Pendant des mois, on s'est vus tous les jours. Je n'ai jamais recroisé la fille que j'avais embrassée. On passait notre temps à faire toutes les conneries qui tiennent lieu de rébellion aux ados. On se donnait des missions comme voler des plantes en pot sur une véranda et les mettre dans celle du voisin. À Noël, on a transformé la crèche d'une église du quartier en une orgie sauvage qui rassemblait les bergers, les Rois mages, les moutons et Marie autour d'un nain de jardin dans sa mangeoire. On volait à la tire pour le plaisir plus que pour le fric : une énorme pastèque dans une épicerie, un seul bâton de ski dans un magasin d'articles de sport, enfin tout ce qui nous paraissait aussi absurde que difficile à piquer. On se glissait dans les piscines des hôtels de luxe et on nageait en sous-vêtements. Et les aventures de chaque soir se terminaient en nuit d'insomnie dans son lit.

Quand on regardait la télé, quand on allait au cinéma ou simplement quand on admirait les lumières de la ville depuis la terrasse d'un parking, elle mordillait et suçotait les pointes de ses cheveux. Pendant qu'elle dormait, une nuit, j'ai approché mon visage tellement près du sien que j'ai senti son souffle me caresser les lèvres. J'ai pris une de ses mèches dans ma bouche et je l'ai suçotée comme elle, mais je n'en ai tiré aucun plaisir.

Elle me confiait ses secrets. Moi, mes mensonges. Son père avait fondé une nouvelle famille et il ne s'intéressait plus du tout à Melissa. Sa mère avait aussi d'autres choses en tête que sa fille. Elle n'avait jamais l'air surprise de voir cet ado qui passait son temps à manger dans sa cuisine. Pendant que j'attendais que Melissa se réveille, sa mère me demandait de lui faire un café et elle retournait dans sa chambre en traînant les pieds. Melissa se plaignait de la façon dont sa mère soutirait de l'argent à son père et à tout un défilé d'autres hommes. Melissa ne supportait plus son bahut. Elle ne supportait plus ses copains. Elle en avait marre du confort facile, marre d'être une jolie fille, marre de son quartier résidentiel plein de gens qu'elle connaissait depuis l'école élémentaire, marre de la carte de crédit d'urgence qu'elle utilisait pour ses courses et sa pension, du frigidaire toujours plein de bouffe, du placard débordant de fringues, du centre commercial, des garçons qui la pelotaient sous les gradins pendant les matchs de base-ball, des cours particuliers de piano deux fois par semaine. Elle en avait marre d'en avoir marre.

Pour elle, j'étais une espèce de poupée Ken avec lequel elle pouvait s'entraîner à des jeux d'adulte et essayer de comprendre les règles du jeu entre garçon et fille. Je ne me plaignais pas qu'elle s'amuse avec moi, mais parfois mes désirs frustrés se transformaient en colère. Son refus de reconnaître mon envie d'elle rendait tout ce qu'elle disait exaspérant. Je lui aboyais dessus, je claquais la porte et je l'abandonnais pendant plusieurs jours jusqu'à ce qu'elle m'appelle en larmes et s'excuse de ce qu'elle avait bien pu faire pour me mettre en rogne. Alors je disais que ce n'était rien, et nous nous mettions aussitôt à échafauder notre nouvelle aventure.

– Et si on fuguait ?

– Rassemble tes affaires, on y va ! j'ai répondu.

Elle a hésité quelques secondes avant de me mettre au défi de le faire.

Je l'ai amenée à la gare de triage, quelques bâtiments de bric et de broc au bout d'un enchevêtrement de rails entre des tas de ferraille rouillée dans un air qui empestait le diesel.

– On fait quoi maintenant ? m'a-t-elle demandé, un peu effrayée.

– On attend qu'il y en ait qui démarre, j'ai répondu comme un type désabusé qui sait de quoi il parle. Un de mes bobards favoris était que je passais mon temps à sauter dans des trains en marche.

Cette première fois était suffisamment excitante en soi pour nous faire oublier les heures d'attente. Je lui racontais des histoires de passagers clandestins que j'avais lues dans des bouquins ou des magazines. Quand une locomotive s'est avancée sur la voie, on a bondi de notre cachette et on s'est jetés dans la gueule ouverte d'un wagon de marchandises.

Des années plus tard, j'ai appris qu'on avait eu beaucoup de chance de n'avoir attendu que trois heures. On n'avait pas la moindre idée du danger qu'on courait. Ma vie aurait-elle été différente si Melissa ou moi nous étions fait une entorse en sautant dans le wagon ? Si on était restés là toute la journée, assis par terre, les chaussettes trempées par la pluie, sans qu'aucun train quitte la gare ? Si j'avais deviné l'avenir qui est maintenant mon passé, est-ce que ça aurait suffi à me faire rester tranquillement à la maison ? Le jour où un junkie m'a attaqué avec un manche de râteau pendant que je dormais dans un tunnel. Ou quand deux brutes de flics, l'arme au poing, m'ont traité de pédé, volé mes fringues et relâché en caleçon à l'autre bout de la ville. Si j'avais su que j'allais voir un ado tomber d'un train en marche et se péter la colonne vertébrale à des kilomètres de tout poste de secours, cela aurait-il suffi à nous sauver, Melissa et moi ?

Au lieu de ça, on s'est mis à chanter "Movin' Right Along'" en laissant nos jambes pendre du wagon. On a balancé des pierres dans le brouillard du paysage vert et jaune. On était à bord d'un train qui faisait la navette entre deux gares à une demi-heure de distance l'une de l'autre. La loco a freiné, s'est arrêtée, et on a sauté. On a traversé les voies comme si on nous poursuivait, mais on s'est juste attiré un coup d'œil un peu las du conducteur quand il a mis pied à terre.

Notre ligne d'arrivée, ça a été quelques rangées de mobile homes entourés de tables de pique-nique branlantes et de camions piqués de rouille aux pare-chocs couverts d'autocollants. Au coin il y avait une épicerie, le "Big Bob's", où on a fêté le succès de l'expédition en s'offrant du Coca et des donuts rassis.

Plus tard, on a passé la nuit dans son lit à rigoler en se racontant notre aventure. On a pensé à d'autres endroits où on pourrait aller, et mes balades solitaires qui m'avaient appris à connaître le réseau ferré m'ont aidé à peaufiner mon image de spécialiste des trains pris en marche.

On a joué à se battre et à chahuter. Elle me tenait par les poignets et utilisait tout le poids de son corps pour me clouer au lit. Elle enfouissait le menton au creux de mon épaule.

Elle a compté jusqu'à deux avant que je réussisse à la désarçonner et on a repris la lutte. J'ai échappé à sa prise et sauté sur elle, je lui ai immobilisé les mains et je l'ai fixée droit dans les yeux. Un… deux… trois.

Sans la lâcher, je me suis écrié :

– Et Hulk Hogan, champion poids lourds, garde son titre !

J'ai pris conscience avec gêne de mon érection, et pensé qu'elle aussi avait dû la sentir contre elle. Elle a scruté mon visage et j'ai prié pour qu'elle y trouve ce qu'elle cherchait.

On s'est caressés d'abord avec prudence, mais on s'est vite montrés plus hardis. On s'est embrassés avec fougue et débarrassés de nos vêtements. Elle a enlevé son soutien-gorge et sa culotte avant de retirer mon caleçon. Ah, ses yeux qui en savaient toujours plus qu'elle voulait bien le dire. Ses yeux qui disséquaient les histoires que je racontais pour me faire passer pour quelqu'un d'autre. Ses yeux, à ce moment-là, étaient pleins d'hésitation et de crainte. Tout son corps était raide et tendu. Elle m'a saisi le bras tandis que ma main guidait mon pénis pour entrer en elle.

C'était la première fois, pour elle aussi.

Je l'ai embrassée et j'ai murmuré.

– Ça va aller.

– OK.

Ce n'était sans doute pas ce qu'on pouvait dire de plus romantique au moment de perdre notre virginité, mais pas le pire non plus. Tout irait bien et nous avions besoin de nous rassurer. Nous étions deux enfants en train de franchir irrémédiablement le seuil de l'âge adulte. Un moment charnière pour tous les deux, qui ne se reproduirait pas, qu'on ne partagerait jamais plus avec qui que ce soit. Bien sûr, je n'ai pas pensé à tout ça en m'enfonçant en elle. J'ai poussé tout doucement, très lentement, et je me suis senti coupable quand elle a tressailli.

Tout a fini trop vite, mais nous n'en savions rien ni l'un ni l'autre. On est restés enlacés, surpris de ce qui venait de se passer.

– Excuse-moi, a-t-elle dit avant de se diriger vers la salle de bains. Elle est revenue et j'ai profité pour la première fois du spectacle d'une fille nue qui grimpait dans un lit pour me rejoindre. Elle s'est lovée au creux de mon épaule, le corps encore brûlant, et elle a passé plusieurs fois la main sur ma poitrine. – Je t'aime.

Melissa, la fille inaccessible qui venait de me faire perdre mon pucelage, avait dit "Je t'aime" de but en blanc. Combien de fois m'étais-je mis au défi de prononcer ces mots ? Son "Je t'aime" m'avait tellement ébloui qu'il a fallu qu'elle me pousse du coude pour que je comprenne que je l'avais laissée en plein désert en ne réagissant pas.

– Moi aussi, je t'aime.

Elle a souri, a enfoui sa tête plus profondément et elle a reniflé. On s'est endormis très vite.

On n'est pas sortis très longtemps ensemble. Le matin, je reprenais à pied le chemin de la maison, tout moulu. Sur mes lèvres, je sentais encore ses baisers, je revoyais son corps comme le fantôme des vagues après une journée passée en mer.

Papa n'était plus depuis longtemps qu'un verre renversé, une chasse qu'on a négligé de tirer, un fond de bouteille, l'odeur de brûlé d'une pizza oubliée au four, une porte fermée, une silhouette vautrée sur le canapé, une coupure sur ma lèvre tuméfiée ou un coquard à mon œil. La maison elle-même s'est mise à disparaître quand j'ai rencontré Melissa.

25

Dans un effort pour éviter tout nouveau problème avec Jack ou les jeunes parents d'à côté, j'ai roulé jusqu'à la bibliothèque municipale, choisi un poste dans la rangée d'ordinateurs et je me suis mis à chercher du travail. J'avais appris à être sur place de bonne heure pour éviter la cohorte des adolescents amateurs de jeux vidéo, mais pas trop tôt pour ne pas être obligé de subir la compagnie du vieil homme qui matait en ligne des vidéos de femmes pratiquant le yoga tout en se grattant une plaque d'eczéma sur la nuque.

Le premier e-mail venait d'une librairie. Sur la ligne "Objet", on lisait: "Je suis tellement désolé." Je l'ai mis à la corbeille sans prendre la peine de consulter ce courrier de plus qui expliquerait son refus par l'exiguïté de ses toilettes ou la marche au seuil de la porte. Leurs auteurs se sentaient toujours très mal, mais jamais au point de rendre les lieux plus accessibles. Le deuxième e-mail provenait d'une chaîne de restaurants. L'approche était différente: ils dressaient la liste de toutes les raisons pour lesquelles j'avais tort de postuler. Il me restait trois e-mails à ouvrir.

Le quinquagénaire qui me faisait face me fixait. J'ai senti son regard, mais il lui a fallu encore quelques secondes avant de se rendre compte que je le regardais moi aussi.

Il m'a adressé un rapide sourire et s'est replongé sur son écran.

– Vous vous demandiez ce qui m'est arrivé?

– Un accident de voiture, je suppose.

– Non, le gluten. Un petit pain de trop, et je suis parti pour une vie de malheur. Maintenant je n'ai plus qu'à patauger assis dans ma merde avec pour seule consolation la pitié des autres et des jambes aussi réactives que des nouilles.

Il s'est à nouveau planqué derrière son écran. J'ai effacé les e-mails restants.

– Dieu maudisse cette putain de Betty Crocker et ses saletés de recettes ! j'ai lancé avant de repartir vers la maison.

Je me suis assis à la table de la cuisine devant le baby-phone, un petit cube bleu surmonté d'une grosse antenne dépliée pour la réception. On n'entendait que des grésillements électriques et des parasites. De temps à autre, un roucoulement rauque, un grognement ou un gargouillis de bébé jaillissait comme une étoile filante du haut-parleur. Je me penchais en avant, en attendant ces moments où la femme entrait pour parler à son nourrisson. J'essayais de me rappeler la voix de maman. C'était presque une insulte pour elle que je n'y arrive pas. Je n'ai pas remarqué le bruit de la clé de Jack qui tournait dans la serrure.

– Qu'est-ce que tu fabriques ?

Jack s'appliquait à se montrer aimable mais il était épuisé. Il a repéré le sac de croquettes sur la table. Il faisait son âge maintenant. C'était dur de s'habituer à la vitesse à laquelle il avait vieilli. Je les avais remisés, lui, maman et tout le reste, dans un coin de ma tête. Il n'existait plus pour moi depuis longtemps.

– J'écoute la radio.

– Jarred, je vais te parler sérieusement. Fais bien attention à ce que je te dis : on n'a plus l'âge ni l'un ni l'autre pour ce genre de conneries. Tu es chez moi ici. Tu es le bienvenu, et tu l'as toujours été. Mais c'est ma maison, pas la tienne. Je veux que tu arrêtes de fourrer ton nez chez les voisins. Je veux que tu me dises comment on s'est retrouvés avec un chat. Et je veux que tu arrêtes de me prendre pour un imbécile. Tu me suis ?

J'ai continué à fixer mes mains posées sur le baby-phone. Jack s'est appuyé au dossier de la chaise face à moi.

– Je te suis.

J'ai levé les yeux en espérant qu'il verrait que j'étais sincère.

– J'aimerais te croire.

J'ai rebaissé les yeux vers le baby-phone.

– Ce genre de choses arrivent parfois.

– Non, elles arrivent à cause de toi. Ensuite, tout le monde doit payer les pots cassés. Ça suffit maintenant. Tu as vingt-six ans. Tu en as pas un peu marre ? C'est le même genre d'absurdité qui a causé la mort de cette fille et qui t'a fait te retrouver en fauteuil roulant. Combien de fois tu veux que ça recommence ? Il faut te reprendre, Jarred.

Je n'avais rien à répondre. Il avait prononcé à haute voix tout ce que je pensais tout bas.

Jack s'est calmé.

– Qu'est-ce que tu as fait pendant ces dix ans ?

– Sans doute la même chose que toi. Rien.

Jack a fait une nouvelle tentative. Il s'est assis à table.

– Tu te rappelles le jour où tu as donné les clés de la maison à un type en fuite à Phoenix ? Il avait environ vingt-trois ans, il s'appelait Eman.

– Non.

– Moi, oui. Parce qu'il s'est pointé devant ma porte avec une note de ta main qui disait : "Bon pour une entrée. Signé El Presidente." Tu lui avais filé tes clés et dit qu'il pouvait rester autant qu'il voulait.

J'ai lâché un petit rire nerveux.

– Qu'est-ce que tu as fait ?

Il m'a pris le baby-phone des mains et l'a examiné.

– Je l'ai accueilli. Il était dans un sale état. Il a dormi dans ta chambre pendant près de deux ans. Je l'ai fait participer au programme des Alcooliques Anonymes.

Mon premier filleul. Il a rencontré une Canadienne et il est allé vivre là-bas avec elle. Il m'écrit encore de temps en temps en m'appelant "papa". Il est tiré d'affaires.

Il a reposé le baby-phone.

– J'aurais peut-être dû revenir quand j'étais en Arizona, j'ai dit en allumant le moniteur, mais il n'y avait que des parasites.

– Peut-être bien.

Jack l'a soulevé à nouveau et le baby-phone a disparu dans le berceau de ses mains rugueuses.

– On fait la paix ?

– Jarred, tu es le seul à faire la guerre.

J'ai chassé les larmes qui me montaient aux yeux.

– Allons faire un tour. On va se prendre un café ?

– Je ne suis pas sûr. Je suis fatigué. Il y a quelque chose d'ouvert à cette heure-ci ?

– Oui, un café qui s'appelle la Filling Station en face de la supérette.

– Ça me va.

Il s'est levé et a posé sa main sur mon épaule.

– Une seconde. – J'ai fait un aller-retour jusqu'à ma chambre. – Regarde. Lequel tu préfères ?

Je lui ai montré un tee-shirt sur lequel on pouvait lire : "Je m'en fous de Jésus, et pas envie de vous dire pourquoi je suis dans un fauteuil roulant", griffonné au feutre.

– Ce ne serait pas un maillot de corps à moi, ça ?

– Ou bien celui-là ?

Et je lui en ai montré un autre.

– Charmant ! Le deuxième. Il a plus de punch.

– C'est bien ce que je pensais.

Et j'ai retiré le tee-shirt que je portais pour le remplacer par celui qui disait : "Je ne suis pas ta B.A. de la journée."

À la Filling Station, Jack a examiné les tableaux aux murs. Il a fait ses blagues habituelles sur la nourriture pour les lapins et les hippies en regardant le menu végétarien, mais il s'est extasié sur les bromélias qui pendaient des fils électriques comme des ampoules. Il est monté sur une chaise pour voir comment elles étaient accrochées tout en précisant à quelle espèce elles appartenaient. Il a déclamé leur nom latin comme on donne une absolution.

– Je ne connaissais pas ce café, a dit Jack.

– On peut pas trouver des endroits nouveaux si on accepte pas de se perdre, et on peut pas se faire de nouveaux amis si on parle pas aux inconnus.

– Et d'où tu le tiens, ce petit proverbe ?

– De toi, je crois.

– Alors, ça doit être vrai, il a déclaré en continuant à observer les plantes.

– Et comment se porte l'Incomparable Mister Shakey ? m'a demandé Sarah en posant nos cafés sur la table.

Jack a levé les sourcils.

– Les écureuils se payent sa tête, mais il est heureux. Je te présente mon père, Jack.

– C'est du café aromatisé au café ? lui a demandé Jack.

– Bonsoir, Jack. Buvez-le et pas d'insolence, elle a répliqué avec un sourire désarmant, avant de s'éloigner.

– C'est un bon numéro, celle-là.

Jack a bu une gorgée avant de reposer sa tasse qui a cliqueté sur la soucoupe, et un peu de café a débordé. Il a secoué son bras, l'air un peu inquiet.

– Un problème ?

– J'ai des fourmis dans les mains. – Il a ouvert puis replié ses doigts. – Rien de grave. Trop de café et pas assez d'heures de sommeil.

Depuis un moment, il doublait son temps de travail.

– Jack, j'ai dit avec sollicitude.

– Si tu en fais tout un fromage, ne compte pas sur moi pour te parler de mes vertiges, a-t-il plaisanté.

– C'est pas drôle.

– Je vais mettre la pédale douce sur la caféine, a-t-il dit avec un clin d'œil en prenant une autre gorgée de café.

– À moins que tu ailles voir un docteur, comme une personne normale, j'ai insisté. Pour que Jack parle de ses problèmes, ça devait être sérieux.

– Raconte-moi les autres endroits où tu es allé. Comment c'était, l'Arizona ? J'avais toujours rêvé de voyager plus. Ta mère faisait de l'agoraphobie, un truc incontrôlable. Elle avait peur du monde extérieur. J'ai pourtant essayé, beaucoup essayé.

– Jack, tu te rappelles le jour où tu es venu me chercher à l'hosto ?

– Bien sûr.

– J'avais failli me tirer la veille. – Il m'a fixé d'un air grave. J'ai poursuivi : – J'étais triste et j'avais les jetons. Très mal, aussi. Mon voisin de chambre était avec sa petite amie et je me sentais trop seul.

Jack a agrippé son mug à deux mains. Il fronçait les sourcils et j'ai cru qu'il était fâché. Mais quand il a répondu, j'ai compris :

– Eh bien… je suis content que tu ne te sois pas… enfui ce soir-là, a-t-il dit d'une voix brisée.

– De toute façon, je serais pas allé très loin à pied. – Je me suis forcé à rire pour dissiper la tristesse qui nous enveloppait. J'avais envie de lui dire la vérité sur cette fameuse nuit, sur Melissa et tout le reste, mais je n'y arrivais pas. J'ai balbutié : – J'ai décroché un entretien d'embauche demain.

– Vraiment ? Tu t'en sens capable ? Ne te presse pas si tu n'es pas prêt.

– Je suis prêt.

26

Melissa et moi passions à pied devant un centre commercial.

– Et si j'allais chourer quelque chose pour qu'on se déchire la gueule ? Toi, tu feras le guet, a-t-elle proposé. J'ai envie de me soûler.

– Je passe.

– Du genre pas marrant aujourd'hui, c'est ça ? Je parie que tu es craquant quand tu as un coup dans l'aile. Allez, viens.

Elle m'a enlacé.

– Je bois jamais.

Quelqu'un qui buvait, pour moi, c'était cette loque humaine dans notre garage, qui courait toujours après son gobelet Mickey et qui salissait la mémoire de maman.

– Pas marrant.

– OK, je suis pas marrant.

Elle m'a pris par la main et je l'ai laissée me remorquer.

– On va faire comme j'ai dit, McGinnis, a-t-elle insisté en regardant par-dessus son épaule.

– Je croyais qu'on était partis pour dévaliser le palace d'un dealer.

– On va faire les deux. Je suis la femme. Tu dois m'obéir. – Puis elle a changé de tactique, de l'autorité à la supplique. – S'il te plaît, s'il te plaît, s'il te plaît, la cerise sur le gâteau. Je te ferai voir mes seins.

Elle a soulevé son tee-shirt pour me montrer son soutien-gorge.

– Je veux bien te chouraver quelque chose, mais pas question de boire.

Elle m'a embrassé. Elle m'a regardé droit dans les yeux.

– Tu vas boire avec moi.

Désert, le palace du dealer n'était même pas fermé à clé et y entrer était un jeu d'enfants. Dans le quartier on racontait que la maison était restée inachevée parce que le propriétaire qui dealait de la came était en prison. Vu ce que ce même quartier racontait sur Jack et moi, j'avais des doutes, mais les dorures partout et le marbre rose rendaient les rumeurs crédibles.

Déjà familière des mécanismes simples qui faisaient marcher les garçons, elle a réussi à me faire boire. En écoutant une radio laissée là par les maçons, nos jambes entremêlées, nous nous sommes assis dans la chambre principale au dernier étage et avons regardé par la fenêtre ma forêt éclairée par les reflets des réverbères sur la ligne d'horizon.

– T'es pas normal. Regarde comme tes tétons sont petits.

Elle me les a pincés puis m'a repoussé d'une bourrade quand j'ai fait semblant de vouloir lui donner le sein.

On sirotait le whisky en profitant de la vue et de nos corps quand on a entendu un gros bruit provenant du rez-de-chaussée.

– Chut, écoute, j'ai ordonné.

– Quelqu'un est en train de casser un carreau.

– Vite, rhabille-toi.

Les yeux écarquillés, j'ai scruté l'obscurité au-delà du seuil de la chambre. D'autres bruits ont retenti en bas. Melissa s'agrippait à moi.

– On va sortir par le garage, j'ai décidé.

Un autre bruit. Le rire d'une fille. On s'est regardés et on a tendu l'oreille. Nouvelle cascade de rires.

– C'est des gosses, a dit Melissa.

Nous avons précautionneusement descendu l'escalier jusqu'à apercevoir trois types et deux filles qui traversaient la maison.

– Ohé! a chantonné Melissa.

Ils ont sursauté et se sont retournés avant de s'affaler les uns sur les autres en se marrant comme des bossus. Tout le monde parlait en même temps, Melissa expliquant notre peur, et eux la leur. Une des filles nous a raconté que, pendant que les garçons cassaient le carreau et se faufilaient à l'intérieur, elles, les filles étaient passées de l'autre côté, qu'elles avaient essayé la porte et qu'elles l'avaient trouvée ouverte.

Melissa nous a fait faire le tour de la maison, en jouant les propriétaires. Elle nous a parlé de sa vie de femme au foyer, courant les magasins, couchant avec son coach personnel, sirotant de la liqueur de banane avec sa gouvernante. En traversant l'enfilade interminable de chambres à coucher, elle s'est aussi inventé des enfants pour amuser la galerie. Je me rappelle d'une certaine Roxy, âgée de dix ans, qui pissait encore au lit, et de Tête-de-courge, notre premier-né difforme, conséquence inévitable du fait que nous étions frère et sœur.

Comme d'habitude, elle me bluffait et me flanquait la frousse à la fois. Elle n'avait peur de rien en compagnie de ces jeunes adultes qui avaient décroché la lune en atteignant la terminale et possédaient leur permis de conduire. Tout le monde la suivait en riant à gorge déployée; on a vidé la bouteille de whisky et entamé les bières qu'ils avaient apportées. De retour dans la chambre principalee avec la radio des maçons, on était tous complètement soûls. J'enviais la façon dont Melissa s'était attiré l'affection de tous. Chaque fois qu'elle se levait pour danser ou qu'elle se penchait pour taxer une cigarette à une des filles, les garçons lui mataient le cul ou plongeaient les yeux dans son décolleté.

Son regard si spécial emballait tout le monde, même les filles. Ça faisait très mal de s'apercevoir que Melissa n'ignorait rien de l'effet qu'elle produisait. Je n'étais pas le seul qu'elle pouvait rendre fou d'elle.

J'ai passé le bras autour de ses épaules pour signifier qu'elle était à moi, mais elle s'est tortillée pour se dégager. J'ai essayé de l'embrasser et elle m'a posé un bisou sur les lèvres avant de détourner la tête. Elle s'est mise à plaisanter de plus en plus à mes dépens. Chaque fois qu'elle reprenait le récit du moment où nous les avions entendus débarquer au rez-de-chaussée, elle me faisait paraître plus lâche. Et on continuait à boire, les autres bientôt aussi pétés que nous.

Elle a fait une blague sur mes tétons. Elle m'a mis au défi de les leur montrer.

J'ai protesté, mais moi aussi je voulais que ces terminales m'apprécient.

Elle a continué à me pousser à le faire. Tous se sont joints à elle et j'ai fini par céder.

Melissa m'a pincé le bout d'un sein en disant: "Il a des tétons de bébé." Ce qui était une plaisanterie entre nous devenait une humiliation publique. J'ai regardé tous ces visages hilares.

– Qui tu es pour causer? Le trésor du Pirate? C'est pas pour rien qu'on te surnomme Piqûre de Moustique!

Les garçons ont crié "Putain!" et "Merde alors!". Elle a relevé le défi, en bombant la poitrine, les sourcils froncés. Mais, après ça, elle m'a complètement ignoré. Je me suis mis à faire la gueule dans mon coin tout en regardant Melissa rester au centre de l'attention. Un beau gosse blond a risqué une blague vaseuse sur mes tétons.

– C'est ça. On n'a qu'à se battre. T'es le plus grand de tous. Lève-toi un peu!

Tous se marraient parce que je mimais un combat de boxe et faisais le clown devant mon public.

– Moi et mes petits tétons, on va te défoncer, l'Asperge.

J'ai retiré mon tee-shirt et tambouriné sur mes pectoraux. Je lui ai balancé une grande claque. Tout le monde en a été pétrifié. Il était beaucoup plus costaud que moi mais il avait la trouille.

– Qu'est-ce qui tourne pas rond dans ta tête? est intervenue Melissa en me repoussant.

J'ai trébuché et je suis tombé. Les filles piaillaient elles aussi. Les gars me conseillaient de rester putain de cool; celui que j'avais giflé gardait le silence.

– Tu ferais mieux de te casser maintenant, m'a dit Melissa. Tu te conduis comme un con.

– D'accord. D'accord. – Je me suis relevé maladroitement. – Je suis désolé que tu aies pris une baffe et que Melissa ait de petits nichons.

J'ai descendu l'escalier en titubant et je suis parti me réfugier dans ma forêt où toutes les récriminations du lendemain se sont alignées entre les arbres pour m'accueillir.

Pendant plusieurs jours, je l'ai appelée et j'ai enregistré des messages pitoyables et geignards sur son répondeur, je me suis embusqué devant chez elle pour essayer de lui tomber dessus par surprise. J'ai séché les cours et pris deux bus pour aller arpenter les couloirs de son lycée sans la moindre idée d'où je pourrais la trouver.

J'ai grimpé à l'arbre et me suis laissé tomber dans son jardin. J'ai frappé à la porte. Rien. J'ai cogné plus fort. Les rideaux ont remué. Elle a entrebâillé la porte juste assez pour que j'aperçoive le type que j'avais frappé assis sur son canapé qui faisait mine de regarder la télé. Bien sûr, il fallait que ce soit lui.

– Qu'est-ce que tu veux?

– Te parler.

– Vas-y.

Sa froideur m'a abasourdi.

– Ça y est? Tu as fini? Rentre chez toi. – Je savais qu'elle n'avait jamais cru à mon histoire de SDF, mais c'était un mensonge qui nous arrangeait bien tous les deux. – J'en ai ma claque de jouer à la baby-sitter avec toi.

– Qu'est-ce que je t'ai fait?

Elle a levé les yeux au ciel et refermé la porte.

– Attends ! Je t'ai écrit ça.

Et je lui ai tendu une épaisse liasse de feuilles volantes pliées en deux.

Elle est ressortie, un petit sourire aux lèvres. Mon cœur palpitait d'espoir.

– Tu peux me prêter ton briquet ?

Elle l'a pris et a mis le feu au rectangle de papier. Elle m'a regardé pendant que je regardais le spectacle. Quand les flammes ont pris, elle a lâché le paquet de feuilles et les a écrasées du bout du pied. Elle a jeté le briquet par-dessus mon épaule. La porte a claqué.

Je suis repassé de l'autre côté de la clôture. J'ai entassé des feuilles mortes autour du tronc de l'arbre où j'avais vu Melissa et la fille que j'avais embrassée en train de jouer. La flamme minuscule de mon briquet était invisible dans la lumière du soleil, mais elle a embrasé les feuilles et a avidement dévoré la pile. L'arbre n'a pas tardé à brûler lentement à son tour. Les flammes sont montées à l'assaut des branches et elles ont mis le feu aux feuilles desséchées qui s'y accrochaient encore.

Melissa, suivie par son nouveau petit ami, s'est ruée dans le jardin. Je lui ai adressé mon sourire le plus rayonnant et l'ai saluée d'un geste royal, ravi de leur air hébété. Melissa criait quelque chose mais je ne sais plus quoi. J'ai désigné le grand blond, lui ai jeté mon regard le plus dément et lui ai fait un doigt d'honneur, puis je suis parti.

Avant même d'atteindre la maison, j'avais déjà le cœur en morceaux. Je me suis enfermé dans ma chambre pour mettre au point des plans ridicules afin de reconquérir Melissa.

Papa était terré dans sa chambre avec son gobelet Mickey. J'ai pris ses clés de voiture et je me suis précipité chez Melissa. En tournant pour entrer dans son quartier, je me suis fait arrêter par un policier qui avait bloqué la route avec sa voiture de patrouille. Juste derrière lui, j'ai aperçu un camion de pompiers garé devant la maison de Melissa.

– Quel âge as-tu ? m'a-t-il demandé.

Jack a tardé plusieurs heures avant de venir me chercher au commissariat. Ils m'ont fait asseoir devant un bureau jusqu'à ce qu'il arrive. Aucune charge n'était officiellement retenue contre moi. J'ai seulement eu droit avant de partir à la leçon de morale que donnent invariablement les flics dans ces cas-là. On a pris un taxi pour rentrer. Je ne sais pas si c'est parce qu'ils ne pouvaient pas nous rendre la voiture tout de suite ou parce que papa était trop soûl pour prendre le volant. Je ne me suis pas posé la question sur le moment.

Pendant tout le trajet, j'ai regardé par la vitre sans rien voir. Je pensais toujours à Melissa et à mes plans de réconciliation. Une part de moi aurait voulu tout raconter à Jack. Assis à ses côtés dans le taxi, j'aurais pu lui demander conseil. Il m'aurait sûrement dit d'oublier Melissa. Il aurait deviné que c'était le genre de fille qui ne m'aimerait jamais en retour, pas comme j'en avais besoin en tout cas. J'ai essayé de penser à la façon de lui dire combien j'avais mal et besoin d'elle. J'aurais pu l'interroger sur maman et lui. Peut-être que, cette fois, on aurait réussi à se parler. Probablement pas, mais j'ai du mal à me le dire autrement.

Au lieu de ça, je n'ai pas osé croiser son regard, je suis resté immobile comme une proie. Quand le taxi s'est arrêté dans l'allée, je me suis préparé à l'explosion de colère qui lui ressemblait. Il a payé le chauffeur sans son baratin habituel.

Est-ce qu'il commencerait par me taper dessus, ou allait-il d'abord se mettre à beugler et à me menacer ? Je l'ai suivi dans la maison à distance prudente.

Il s'est retourné.

Je me suis arrêté.

– Ferme la porte.

J'ai fermé la porte.

J'ai attendu.

On est restés face à face. J'étais acculé mais il n'a pas bougé. Moi, je n'osais pas faire un pas. Il regardait dans ma direction mais il n'avait pas l'air de me voir. Il y avait une lucidité dans ses yeux qui me désarçonnait. Je m'attendais au pire. Je n'avais aucune idée de ce qu'il allait faire.

Je me suis mis à pleurer.

Il a disparu dans sa chambre.

Je me suis enfermé dans la mienne, sans comprendre ce qui venait de se passer.

27

Le bus que je devais prendre pour aller à mon entretien d'embauche était en train de traverser l'ancien quartier de Melissa pendant qu'un petit homme au fort accent mexicain critiquait les autres passagers : "Elle a un gros ventre, la dame ! Il sent pas la rose, le monsieur !" Il m'avait observé depuis son siège derrière le chauffeur pendant que j'attendais que la plateforme élévatrice se déploie. J'ai positionné mon fauteuil dans l'espace réservé et bloqué mes freins sans qu'il me quitte des yeux. Quand nos regards se sont croisés, il a hoché la tête sans le moindre commentaire, et je me suis estimé heureux.

L'adresse de l'entretien était un immeuble de trois étages. J'ai cherché le numéro du bureau noté sur la fiche de contact qu'on m'avait remise à l'agence d'intérim. À part ce numéro, il n'y avait aucun logo ou écriteau pour le distinguer des autres dans le couloir. J'avais déjà les reins en capilotade mais j'étais résolu à montrer que je pouvais le faire.

Je suis resté devant la porte à me demander si je devais frapper ou entrer directement. On ne voyait rien à travers le verre dépoli.

Finalement je suis entré sans frapper et je me suis retrouvé dans une espèce de vestibule. Trois chaises alignées devant un mur. En face, on pouvait lire le mot "burau" sur une porte. Le reste de la pièce était envahi de piles de cartons cabossés et endommagés par la pluie, qui montaient jusqu'au plafond. Élimée sur les deux seuils, la moquette, d'une couleur d'origine ivoire ou ocre clair, était devenue grise comme le pelage d'un loup malade. L'atmosphère sentait le moisi et, de façon déconcertante, elle rappelait ces déodorisants qu'on trouve dans les urinoirs de bars.

La pièce était trop encombrée pour que je puisse parquer mon fauteuil sans gêner le passage. J'ai adressé un petit sourire à l'homme et la femme qui occupaient déjà les chaises et je me suis serré contre un tas de cartons. Cinquante ans d'une vie sédentaire avaient fait de la femme une créature androgyne et empâtée. On remarquait seulement la pupille blanche d'un de ses yeux et ses cheveux sales, avec des reflets qui sentaient la coloration bon marché. Sa frange était plus longue d'un côté que de l'autre. J'en ai conclu que c'était d'elle que venait l'odeur de déodorisant, ce qui n'était sans doute pas très juste de ma part. Le type à côté d'elle avait exactement la même silhouette qu'elle, poitrine et rondeurs comprises. Il avait eu la sagesse de se laisser pousser un bouc pour remplacer le menton que la nature avait oublié de lui donner. On n'a pas échangé un mot. J'ai renoncé à essayer de détourner les yeux et j'ai regardé l'homme avec fascination et dégoût quand il s'est mis à se curer le nez comme on astique des cuivres.

Le recruteur a ouvert la porte du "burau" et nous a toisés. Difficile de lui reprocher la déception qu'il s'est à peine donné la peine de dissimuler. Je désespérais moi-même de l'humanité entière à ce stade.

Le décrotteur de nez a mis fin à ses fouilles quand le recruteur a appelé son nom. Un quart d'heure plus tard, la porte s'est ouverte à nouveau et le recruteur lui a dit d'attendre dans le vestibule pour signer des papiers pendant qu'il interviewerait les deux autres. Ensuite, il m'a désigné du doigt. J'ai suivi ce capitaine d'industrie, affublé d'un maillot de golf à rayures et d'un short en toile avec un téléphone portable dans un étui accroché à la ceinture. Le "burau" n'avait rien à envier au vestibule. Des piles de cartons déformés qui crachaient des enveloppes assiégeaient le bonhomme et sa table de travail.

Le recruteur s'est appuyé dessus les bras croisés. Il y avait des petits pointillés de taches de moutarde sur son maillot. Je ne pouvais pas en détacher le regard. Sans décroiser les bras, il a consulté mon formulaire de demande d'emploi.

– Jarred McGinnis ?

– Oui monsieur.

– Qu'est-ce qui vous est arrivé ?

– Le SIDA.

Il a écarquillé les yeux.

– Vous pourrez remarcher un jour ?

– Pas sûr d'en avoir envie. Je trouve plus facilement à me garer comme ça. – J'ai serré le poing en un geste de victoire. – Vous voyez ce que je veux dire.

– Vous avez une expérience de travail ?

– Dans le remplissage d'enveloppes ?

– Hum…

– Eh bien je n'ai pas de véritable expérience professionnelle, mais je me considère comme un amateur de talent. Je mets mes propres lettres dans des enveloppes depuis presque vingt ans. Et je veux dire que je le fais du début à la fin. Adresse de l'expéditeur dans le coin supérieur gauche. Le timbre qu'il faut en haut à droite. Je lèche, je colle et j'expédie. Vous payez combien pour ce boulot, au fait ?

– Le minimum autorisé par la loi.

Il a ricané.

Je me suis forcé à rire un peu trop fort et un peu trop longtemps.

– Où est-ce qu'on me donne mon chèque ?

– Je crois qu'on a tout le personnel qu'il nous faut.

Je suis rentré à la maison et me suis déshabillé dans ma chambre. J'ai retiré chaussures et chaussettes à grand-peine. J'avais les pieds rouges et enflés, un des bénéfices secondaires de la paraplégie. Quand on ne fait pas travailler les muscles des jambes, le sang et autres liquides corporels descendent et stagnent dans les pieds. On peut enfoncer le doigt dans la chair comme dans une boule de pâte levée. Le creux persiste pendant quelques secondes avant de se remplir à nouveau. C'est une bonne animation pour les goûters d'enfants.

Concentré sur mes mottes de chair boursouflées, j'ai fléchi le deuxième orteil, un petit tressaillement miraculeux. Si j'y étais contraint, je pourrais peut-être marcher. En poussant sur mes bras, j'ai soulevé mon corps entier, en me disant qu'une urgence secrète dans tous mes muscles allait peut-être venir à ma rescousse. Au lieu de quoi, je me suis lourdement affalé sur mon lit, j'ai glissé et me suis retrouvé par terre en entraînant mes draps.

J'ai repensé à la veille du matin où Jack m'avait sorti de l'hôpital. Je lui avais dit que je comptais m'enfuir de cet endroit. Ce n'était pas vrai.

Il fallait que je sorte de cette chambre. Je ne voulais plus entendre les murmures ravis et les baisers que partageaient mon voisin et sa petite amie alors qu'ils jouissaient de la chaleur l'un de l'autre. Jamais plus je ne connaîtrais de contacts intimes. Ce corps inutile et constamment douloureux que m'avaient laissé les chirurgiens me devenait insupportable. Ils m'avaient sauvé la vie sans jamais se demander si elle valait la peine d'être sauvée. Je m'étais enfoncé dans les eaux sombres et miroitantes du parking. La pluie avait rafraîchi l'atmosphère. Il restait plusieurs voitures et quelques camions sur leurs emplacements, mais pour l'essentiel la nuit était déserte. Les phares d'une ambulance silencieuse éclaboussaient de bleu la canopée des arbres qui bordaient la route. Est-ce que j'aurais dû laisser un mot ? L'idée m'a traversé mais je l'ai trouvée ridicule et écartée. Quelqu'un remarquerait-il mon absence ? Est-ce que j'allais regretter quoi que ce soit ?

Un instant je serais là, et l'instant d'après j'aurais disparu. C'était aussi simple et limpide que ça.

Sous la lumière des réverbères, mon ombre s'étirait et s'allongeait sur toute la largeur de la route. Les contours de ma tête et de mes épaules se distinguaient nettement. La partie inférieure n'était qu'une masse de ténèbres. Les roues et les rayons du fauteuil roulant projetaient sur l'asphalte un rébus indéchiffrable de boucles et de barres.

J'avais du mal à voir clair à travers mes larmes, mais j'apercevais des phares qui tournaient et se dirigeaient vers moi. Ils s'avançaient, m'éblouissaient jusqu'à ce que tout se fige dans un instant de lumière. Le moteur ronronnait plus fort. Le bruit des pneus qui collaient à la chaussée mouillée se rapprochait. Ça y était. Je me sentais prêt. Cet ersatz de corps me faisait trop mal. J'ai serré mes paupières en me poussant au milieu de la route.

À peine un crissement de freins, puis plus rien que le moteur tournant au ralenti et le bruissement des feuillages au-dessus de nos têtes. Le conducteur me fixait d'un regard sans expression à travers son pare-brise. Un quadragénaire avec une banane blonde bien nette et des lunettes à monture noire sur un nez majestueux. Il est sorti et a fermé la porte. Il a fait quelques pas avant de repartir vers son camion pour allumer ses feux de détresse. Il n'a pas dit un mot mais il s'est emparé des poignées du fauteuil pour me ramener vers l'hôpital. J'étais un peu comme un caddy abandonné que le vent avait poussé par hasard sur sa route. Dans le hall désert, il s'est penché, a serré mes freins et il est reparti. Ses feux de détresse clignotant encore, le camion a disparu dans la nuit.

Quand je suis rentré dans ma chambre, la petite amie du plouc était repartie ou bien ils dormaient. Dans le silence et l'obscurité, je me suis hissé sur mon lit, le souffle court et irrégulier. Cette humiliation me faisait l'effet d'une fièvre. Je brûlais de haine. Je détestais ce conducteur. Quel nul ! Il n'avait pas respecté le marché que nous avions conclu. J'étais anéanti par l'inanité de ce suicide raté. J'aurais pu finir non pas mort, mais plus handicapé encore, plus cassé, avec une blessure au cou et incapable de respirer sans l'assistance d'une machine. J'avais envie de me précipiter dehors, de rechercher ce conducteur et d'implorer son pardon. Ensuite, je me suis souvenu d'avoir appelé Jack. Oh mon Dieu ! Jack ! Il n'avait pas eu de mes nouvelles depuis dix ans. Il viendrait récupérer ma carcasse. Est-ce que je le détestais à ce point pour lui faire ça ? Je me suis juré de lui demander pardon d'avoir été un mauvais fils et de tout ce que je lui avais fait subir. Le matin, quand il est venu me chercher, pour me sauver une fois de plus et sans poser de question, j'ai failli à cette promesse. Je n'ai rien dit. Ni excuses ni remerciements.

Jack m'a saisi par la cheville et il a tiré très fort.

– Jarred !

Je me suis cogné la tête contre le sommier.

– Aïe ! Stop, stop ! Je t'ai entendu. Je sors, je sors.

– Mais qu'est-ce que tu fous sous le lit, bon Dieu ?

Je me suis glissé hors de ma cachette.

– J'en sais rien.

– Tu n'en sais rien ? a hurlé Jack. J'ai cru que tu étais mort. Que tu avais trop pris de tes saletés de médocs !

J'avais honte de lui avoir fait peur. Je me sentais coupable mais je n'arrivais pas à me convaincre de lui parler.

– Doucement les basses. Je me suis encore planté à un entretien. Je me sentais comme une merde. J'avais envie de me planquer. Calme-toi un peu.

– Aller ramper sous le lit, je te demande un peu. Tu as vraiment quelque chose qui ne tourne pas rond.

– On a tous besoin d'un peu de spéléologie en chambre quand on est déprimés.

– Imbécile.

– On fait un tour ?
– D'accord.
Je préférais la Filling Station pour flirter avec Sarah mais Jack avait plutôt envie de passer chez Mr. Donut. C'est lui qui régalait, alors on y est allés. Il a commandé un déca.
– Tu comptes me raconter ce qui s'est passé à l'entretien ?
– Je préfère pas. Disons surtout que, pour eux, j'étais de la chair à travail manuel sans cervelle.
– Tu attends toujours qu'un poste de PDG te tombe tout cuit dans le bec ?
– Si les primes sont bonnes, je pourrais envisager la chose. Jack ?
– Oui.
– Tu vois ça ?
J'ai étendu les bras et étiré les doigts.
– Je vois quoi ?
– Imagine que mes bras soient quatre fois plus longs et mes doigts dix fois plus. Ça te donnera une idée de l'envergure du raté que je suis !
– Oh, bon sang, Jarred. Détends-toi un peu.
– J'ai quand même une bonne nouvelle.
Je la lui ai confiée. Dans le bus en revenant de cet entretien désastreux pour ce boulot de remplissage d'enveloppes, j'avais reçu un coup de fil de l'inspecteur chargé de l'enquête sur l'accident.
– Tu veux dire que la police lâche l'affaire ? a demandé Jack.
– Oui, je crois. Il m'a dit qu'ils allaient "arrêter les poursuites". J'ai l'impression qu'ils n'ont jamais cru à la nouvelle version de l'histoire que leur a servie le conducteur.
– C'est une très bonne nouvelle, alors.
– Sans doute. Ça va pas changer grand-chose pour Melissa.

– C'est vrai.

– Et ça n'empêchera pas non plus son mari de nous harceler, toi et moi.

– Ne t'en fais pas pour si peu. D'après moi, il en a rien à cirer. Il est riche et il peut se permettre de faire de la vie des autres un enfer. Il était blessé, en rogne, et il a lâché ses avocats sur tout ce qui bougeait. Ils finiront par se lasser d'essayer de tirer du sang d'une pierre. Tu te sens mieux ?

– Je suis pas sûr de ce que ça me fait. Soulagé, c'est sûr, mais… je sais pas.

Ensuite, je lui ai parlé de Melissa. Pas de ce qui s'était passé la nuit de sa mort, mais comment je l'avais rencontrée quand on était à peine adolescents. Je lui ai rappelé le jour où je lui avais piqué sa voiture, et je lui ai expliqué que c'était parce qu'elle m'avait plaqué.

Pendant qu'on parlait, j'ai mesuré le coût de mon retour aux rides de son visage. Les poches sous ses yeux étaient devenues des ombres en forme de demi-lunes. Il avait une barbe d'un jour, ce qui n'était pas dans les habitudes de cet homme si soucieux de son apparence.

– Je me rappelle ce jour au commissariat comme un signal d'alarme. Les flics me regardaient comme l'ivrogne de merde que j'étais devenu. Assis là à signer des papiers face à ces nullards donneurs de leçons, j'ai compris dans quelle fosse j'étais tombé. C'est à ce moment-là que j'ai arrêté de boire et que j'ai commencé à mettre de l'ordre – à essayer de mettre de l'ordre – dans le bordel de nos vies.

Sauf qu'il n'avait pas vraiment arrêté de boire ce jour-là. Je connaissais la vraie histoire du soir où il avait lâché l'alcool. Il ne se rappelait peut-être pas qu'il me l'avait racontée. Peut-être l'avait-il oubliée. Au fil des ans, les histoires qu'on se raconte se modifient. Forcément. Qui voudrait être un faire-valoir ou un personnage secondaire dans le récit de sa propre vie ? On choisit les scènes et les chapitres pour raconter une fiction dont on est le héros. C'est la seule manière de survivre aux entailles, aux blessures et aux cicatrices que la vie nous réserve. Et pourtant, on garde le couteau à la main.

On est rentrés avec deux cafés à emporter. Je tenais le mien entre mes genoux. J'avais compris comment boire une gorgée et reposer le gobelet sans devoir m'arrêter. En tournant à l'angle de notre rue, j'ai vu une voiture garée sur le trottoir d'en face, devant la maison. Le conducteur était adossé à la carrosserie, les bras croisés, et il nous regardait avancer. De plus près, j'ai reconnu la moustache de flic et le pantalon en toile trop large.

– C'est l'agent de recouvrement.

– Essaie de ne pas le prendre trop mal. Il fait son métier, c'est tout. Je vais réceptionner ses papiers, le remercier, et chacun continuera son petit bonhomme de chemin.

Quand nous nous sommes approchés, Moustache a montré mon café du doigt en disant : "Boire ou conduire, il faut choisir." Une gerbe de café a transformé son parebrise en vitre teintée et j'ai filé vers la maison en plantant Jack sur place.

28

Quelques semaines après que j'avais mis le feu à l'arbre dans le jardin de Melissa et m'être fait arrêter pour conduite sans permis, un beau jour, sans raison apparente, le museau souriant de Mickey, vierge de toute tache de whisky, a pointé de la poubelle. La peau de Jack était devenue bistre. Il avait plus de cheveux gris que dans mon souvenir, et les poils de sa barbe formaient des rayures pareilles à la fourrure d'un putois. Il était constamment au bord des larmes, ce que j'avais le plus de mal à réconcilier avec l'image ancienne d'un père invincible. Pour la première fois, je m'étais dit qu'il était vieux.

– Jarred, je vais encore à une réunion ce soir, tu peux rester à la maison ?

J'ai jeté un coup d'œil à son front tuméfié.

– Tu voudrais pas gagner la bagarre pour une fois ?

Il a tâté une zone douloureuse sur l'arête de son nez.

– Arrête un peu de jouer les petits malins. Je t'ai demandé de rester à la maison ce soir.

– Je passe la nuit chez des copains.

Je n'ai pas demandé ce que voulait dire "réunion", et moi, quand je disais "chez des amis", ça ne signifiait plus aller camper tout seul dans la forêt près de la maison. J'avais fait la connaissance d'autres désaxés de mon âge et de quelques fauves un peu plus vieux dans notre ville. J'étais vite devenu doué pour rencontrer des meufs tout aussi prêtes que Melissa à se frotter jusqu'à l'épuisement à mes désirs inextinguibles. Ce soir-là, un pote et moi avions l'intention de voler une brouette pleine de fleurs au cimetière pour les déposer devant la maison d'une fille de vingt ans que j'avais embrassée à une fête.

– J'aimerais que tu restes là ce soir.

Je n'ai pas reparu à la maison avant la sortie du lycée le lendemain. Quelqu'un était assis avec Jack dans le séjour. Une créature au teint pâle manifestement émergée d'un bureau situé au dixième étage d'un haut immeuble tout en vitres sous des néons fluorescents et un plafond décoré de carreaux finement texturés. Le type avait l'air d'être à peine sorti de la fac. Un épi de cheveux blond cendré a tressauté au sommet de son crâne quand il s'est levé en me tendant la main. La créature avait un nom.

– Bonjour. Je m'appelle Thomas.

– Je voulais que vous fassiez connaissance hier soir, a dit papa. Je t'avais demandé de rester à la maison.

– Mais moi, je t'avais dit que je passais la nuit chez des copains.

– La prochaine fois que je te demande quelque chose, je voudrais que tu le fasses.

Thomas a détourné le regard en remontant ses lunettes sur son nez.

J'ai évité de répondre, ne sachant qui était exactement ce visiteur. Était-il envoyé par le lycée ? Un travailleur social ? Un flic ?

– Je voulais que tu rencontres Thomas.

J'ai tourné les talons.

– Assieds-toi ! a beuglé Jack.

Je me suis assis.

Thomas a encore remonté ses lunettes.

– Arrête de jouer les ados chiants et montre un peu de respect aux autres. Nous savons tous les deux que tout… que tout s'est effondré quand ta mère est morte. J'ai conscience de t'avoir fait du mal très souvent et je veux faire amende honorable. Thomas m'aide depuis un certain temps à suivre le programme et à ne plus toucher à l'alcool. Je te le demande comme un service. J'ai besoin que vous deux vous entendiez bien. OK ?

– Enchanté, Jarred. Tu peux être fier de ton père. Beaucoup de gens n'arrivent pas à passer le seuil de la première journée, et je ne te parle pas de la première semaine.

J'ai fixé Thomas, les yeux exorbités. Il s'est tourné vers Jack, mais je ne l'ai pas lâché du regard.

– Bon Dieu. N'en parlons plus ! a crié Jack.

Que Jack ait invité Thomas à la maison m'apparaissait comme une trahison. J'avais l'habitude d'être tout le temps en colère, mais devant un témoin de l'extérieur j'avais surtout honte. Des deux sentiments, la colère était le plus facile.

Des mois se sont écoulés où Jack était absent tous les soirs. Thomas venait le chercher pour le conduire aux réunions des Alcooliques Anonymes. Je l'attaquais et le harcelais avec de petits défis adolescents qui, auparavant, m'avaient valu quelques baffes et coups de pied avant qu'il s'enferme dans le garage ou sa chambre. Ces derniers temps, c'était plutôt moi qui battais en retraite et claquais les portes, incapable que j'étais de m'habituer à ce Jack calme et patient qui ne buvait plus.

– Jarred, je voudrais que tu rentres à la maison après l'école demain.

– Tu vas nous ramener un petit chien ?

– Jarred, je suis sérieux.

– Aussi sérieux que des hémorroïdes ?

Nous savions tous les deux que je m'apprêtais à le défier.

– Jarred.

– Combien de fois faudra-t-il que je te conseille d'aller te faire foutre, Jack ?

Il a souri. Mes nerfs se sont tendus. Il y avait une menace dans ce sourire. Il s'est caressé le menton, puis il s'est étiré et a lancé ses poings en avant. J'ai tressailli de surprise et reculé d'un pas. Il a froncé les sourcils et s'est retourné, disant en s'éloignant :

– Tu m'accompagnes à une réunion ce soir, c'est important.

– On verra.

– C'est tout vu.

Après les cours, j'étais assis sur le trottoir devant un 7-Eleven avec mes copains. Jack s'est arrêté et est descendu de voiture.

– Salut, fiston. On y va ?

Je l'ai suivi docilement, mort de honte. Nous sommes rentrés à la maison et Thomas était déjà là, installé dans le séjour. Je me suis réfugié dans ma chambre, boudeur et odieux, jusqu'à ce qu'on frappe à ma porte et que, pour la deuxième fois, Jack me demande :

– On y va ?

Je les ai suivis jusqu'à une église dont nous avons fait le tour. Vieille, ignorée du plus grand nombre, ses murs de pierre fièrement dressés comme pour nous impressionner. J'ai eu de la peine pour elle. Nous avons longé le trottoir jusqu'à un bâtiment cubique situé derrière. En approchant, nous avons distingué le visage des fumeurs rassemblés devant la porte à demi éclairés par la lumière qui filtrait des fenêtres. Ils n'étaient ni tous blancs ou noirs, ni tous riches ou pauvres, ni tous employés de bureau ou ouvriers. Une autre des petites plaisanteries favorites du Seigneur : la fraternité humaine ne s'éprouve que dans l'addiction. Où d'autre Jack aurait-il fréquenté un type comme Thomas ?

Ils ont échangé poignées de main et embrassades en se glissant dans le groupe. Jack m'a présenté, et leurs noms ont fusé. La sympathie bienveillante de ces gens ne connaissait pas de limite. Le visage bouffi et las, ils bavardaient en riant. Anciens combattants d'une guerre qu'on ne célébrait plus.

Jack et Thomas sont allés s'asseoir dans les premiers rangs. Moi au fond, près de la sortie. Chaque personne qui passait devant moi établissait un contact visuel et me souriait. J'en étais embarrassé pour eux.

Face à la salle était assis un homme élégant entouré de deux pancartes écornées sur lesquelles on pouvait lire les douze étapes et les traditions des Alcooliques Anonymes. Il se tenait le dos bien droit et croisait les mains avec une patience ostentatoire. Sur la table, il avait posé son chapeau en feutre bleu à sa gauche, et un livre, bleu lui aussi, à sa droite. Une fois le public installé, il s'est mis à lire d'une voix bien entraînée qui soulignait l'importance et la vérité de chaque énoncé. À part moi, tous savaient ce qu'il fallait répondre à chacune des invites de celui qui dirigeait l'office ou la réunion, quel que soit le nom qu'ils donnaient à ce rassemblement.

L'homme élégant a proposé aux participants de partager leur expérience.

Un par un, ils se sont levés pour prendre la parole. Chaque histoire me picotait et me grattait jusqu'à ce que je finisse par me sentir toutes les muqueuses à vif. Chaque personne qui se levait et se présentait comme un alcoolique témoignait d'une famille détruite et d'une vie brisée. Une jeune fille aux allures de rockeuse tendance gothique avec un piercing au septum a déclaré qu'elle se réjouissait d'être alcoolique. Je n'étais pas sûr de comprendre ce qu'elle voulait dire, mais je les détestais tous pour les espoirs déçus qu'impliquaient leurs excuses. J'ai absorbé la tristesse de chaque orateur jusqu'à sentir mes mains trembler. Leurs familles respectives acceptaient-elles de voir leurs humiliations rendues publiques dans ce spectacle de la misère humaine ? Tous parlaient de leur égoïsme quand ils buvaient, mais aucun ne mentionnait le nombrilisme qui entourait le rétablissement. Leur entourage n'avait pas le choix : il fallait les soutenir. En fait cette salle était pleine d'extorqueurs d'émotions.

Je n'ai pas osé regarder Jack quand il s'est levé.

– Je m'appelle Jack et je suis alcoolique.

La panique m'a saisi aux tripes quand l'assistance a répondu : "Salut, Jack." J'avais envie de m'enfuir. Ce qu'il s'apprêtait à dire allait briser quelque chose en moi. Je le savais.

– On ne fréquentait pas les bars. Ma femme et moi on se satisfaisait tout à fait de boire à la maison. Mais on n'était pas des alcooliques, ah ça, non ! Les alcooliques n'ont pas de travail fixe, ils ne paient pas leurs traites, ils n'élèvent pas leurs deux enfants. Mon fils cadet est ici ce soir.

J'ai senti son regard se poser sur moi, mais j'ai plongé le mien dans la flaque de boue au fond de mon mug de café.

– Je ne crains pas de vous confier que j'ai une trouille d'enfer. C'est la deuxième chose la plus dure que j'aie jamais eu à faire. La première, c'était m'arrêter de boire.

Un murmure d'approbation a parcouru la foule.

Je les détestais. Je les détestais. Je les détestais.

– Je suis abstinent depuis quatre-vingt-dix jours et je voudrais partager mon histoire. Je sais aujourd'hui que ma femme et moi étions des alcooliques. Tous les jours, on rentrait à la maison en courant pour prendre un verre. On était amoureux depuis le lycée, et l'alcool avait toujours fait partie de nos vies. On a pris beaucoup de bon temps ensemble.

"C'était une femme incroyable. Même dans les tréfonds de notre maladie commune, elle s'assurait que tout allait pour le mieux. Elle préparait le dîner. Vérifiait que les enfants faisaient leurs devoirs, portaient toujours des vêtements propres, elle venait les embrasser dans leurs lits et tout le reste. Elle faisait tout ça pour une seule et simple raison : pour qu'elle et moi puissions nous soûler sérieusement. On était régulièrement dans les vapes avant la fin de la soirée.

"On s'apprêtait à boire jusqu'à en mourir. On ne se l'était jamais dit, mais c'était ça le plan. Mais elle est décédée des suites d'un anévrisme, et elle m'a laissé seul avec un gamin de dix ans et un sérieux problème d'alcoolisme. J'aurais du mal à décrire la colère que j'ai ressentie contre tout et tout le monde."

Tais-toi. Tais-toi. Tais-toi.

– Mais je n'allais quand même pas laisser un petit incident de parcours comme la mort de ma femme m'empêcher de boire. J'ai utilisé toute ma colère et toute ma douleur pour m'expliquer pourquoi j'avais besoin de boire encore plus, en oubliant ce gosse, mon plus jeune fils, qui, lui, avait besoin de sa maman, et surtout maintenant de son père. La plus grande partie des cinq années qui se sont écoulées depuis que j'ai enterré ma femme jusqu'au moment, il y a quatre-vingt-dix jours, où j'ai arrêté de boire, m'a échappé. Rien que des bouteilles vides et une liste d'erreurs. Je ne me rappelle pratiquement rien à part la douleur et, dès le réveil, la nausée, les tremblements et le besoin de boire.

Je me suis avancé au bord de mon siège. Les jambes fléchies, prêt à bondir et à détaler.

– On évoque souvent un moment de prise de conscience. Je veux vous parler de ma prise de conscience. Quand j'ai compris, vraiment compris, que j'étais malade et à bout de forces et que je n'en pouvais plus d'être malade et à bout de forces.

Quelqu'un a applaudi et lancé :

– Racontez.

– Je n'avais pas travaillé depuis que j'avais perdu ma femme. Je n'avais pas besoin de grand-chose : une maison où me terrer et un rayon alcools à proximité. Ce jour-là, j'avais passé la journée à boire, exactement comme d'habitude, mais là, je me suis mis dans la tête qu'elle me manquait tellement que je voulais la rejoindre au ciel. Mon fils s'en tirerait mieux sans moi.

Je devinais que tous les fumeurs souriants que j'avais rencontrés devant la porte devaient me prendre en pitié.

Si l'un d'eux se retournait pour me regarder, j'étais décidé à jeter mon café à son visage compatissant. Ils pouvaient se foutre où je pense leur urne de collecte de dons et chacune des douze étapes de leur putain de programme.

– J'avais un vieux pistolet caché quelque part dans notre placard.

Mon cerveau a cessé de délirer et des larmes me sont montées aux yeux malgré moi.

– J'ai fouillé dans tous les recoins en m'agrippant à la tringle à vêtements pour garder l'équilibre. Crac ! Je me suis effondré dans le placard, je me suis cogné le front contre le mur et toutes ses robes sont tombées sur moi.

Je me suis rappelé avoir remarqué son front tuméfié et son nez meurtri, et l'avoir accusé de s'être battu une fois de plus dans un bar.

– J'ai déchiré ses robes, je les ai envoyées valser dans tous les sens et piétinées. Un magnifique festival d'auto-apitoiement. Dieu riait à mes dépens encore une fois. J'en étais sûr et, quand j'ai trouvé le pistolet, je l'ai sorti de la toile cirée qui l'emballait – Jack a mimé le geste de tenir l'arme d'une main, tandis qu'il le dégageait de sa gangue de l'autre – et je l'ai approché de ma tempe sans hésiter. J'ai senti la résistance de la gâchette. Peu à peu, elle a cédé. J'ai entendu le petit bruit métallique et senti le déclic.

“Mais rien ne s'est passé. Par la grâce de Dieu. J'ai lâché le pistolet, je me suis roulé en boule et je me suis endormi. À mon réveil, j'ai feuilleté les Pages jaunes et j'ai trouvé ma première réunion des Alcooliques Anonymes.

“J'ai mesuré la dure vérité. Ma prise de conscience. J'ai compris que je n'avais pas pleuré ma femme. J'étais si malade qu'elle m'importait moins que l'alcool. Je m'étais sans arrêt répété que je buvais à cause de ce que Dieu m'avait fait. Il m'avait pris ma femme et laissé seul. Mais ce moment de prise de conscience m'a montré que je me trompais. J'étais un salaud d'égoïste. Je ne buvais pas à cause de ma femme ou pour défier Dieu. Je buvais parce que je voulais me soûler. J'étais seul responsable. Quand j'ai compris que boire m'importait plus que de rester fidèle à sa mémoire et d'élever notre fils comme il se doit, j'ai su que j'étais allé trop loin. Je suis venu à cette première réunion aussi dévasté que la plupart d'entre nous et, dès que j'ai prononcé les mots à haute voix, dès que j'ai reconnu que j'étais un alcoolique, je me suis révélé à moi-même."

J'ai entendu la voix de papa se briser et je n'ai pas osé relever les yeux.

– Le sale tour que l'alcool vous joue, c'est qu'il vous laisse ressentir la douleur, mais qu'il ne la laisse pas vous pénétrer. Il balaie ces sentiments, si bien que vous devez les redécouvrir encore et encore, ce qui vous donne envie de boire davantage. De sorte que, durant ces premières semaines, en plus de m'assurer que je ne boirais plus une goutte, j'ai dû faire le deuil de cette femme parfaite jusqu'à hurler à la mort. Et la seule chose qui m'a fait tenir, c'était d'avoir une barre chocolatée dans une poche et la liste des prochaines réunions dans l'autre. Ce soir, c'est ma quatre-vingt-dixième réunion en quatre-vingt-dix jours.

L'assistance entière a applaudi.

– Merci. Merci à tous, et merci à toi, Thomas, mon parrain, pour m'avoir amené aussi loin.

Tous applaudissaient encore quand je me suis cogné dehors contre un gros bonhomme qui soufflait la fumée de sa cigarette au clair de lune. J'ai fait demi-tour sur moi-même pour jeter un "va te faire foutre!" à son visage abasourdi, et je me suis enfui dans la nuit en essuyant mes larmes et ma morve.

29

Lors d'un entretien d'embauche pour un emploi de classement et de saisie de données pour une entreprise d'usinage, la voix aiguë et nasale de la recruteuse m'a agacé. Depuis des semaines, mon dos me faisait constamment souffrir et je n'avais plus la patience de faire comme si on pouvait même songer à m'engager. En réponse à ses questions sur “les trous dans mon CV”, j'ai lâché lentement un long grognement, fait rouler mes yeux dans leurs orbites et suis resté la bouche ouverte une bonne minute.

La recruteuse m'a ramené dans le hall en poussant mon fauteuil tandis que je riais sous cape, dissimulant mon hilarité sous des gémissements. Elle s'est dépêchée de passer une porte qu'elle avait déverrouillée au moyen du badge d'identité suspendu à son cou.

– L'ambulance arrive tout de suite, a dit l'agent de sécurité.

Je me suis redressé pour soigner ma sortie, la plaisanterie ayant assez duré, mais une douleur cuisante, authentique celle-là, m'a coupé en deux.

Quand Tweedledee et Tweedledum, un duo d'ambulanciers jumeaux tout droit sortis d'*Alice au pays des merveilles*, ont fait franchir les portes automatiques à mon brancard, j'étais déjà recroquevillé et je me tenais l'abdomen pour le protéger de tentacules chauffés à blanc qui tenaillaient des organes dont je ne connaissais même pas l'existence.

– Je vais m'évanouir, j'ai annoncé. Je n'ai eu qu'à peine conscience du trajet vers l'hôpital et de l'admission, sauf par intervalles fugitifs, avant de retomber dans l'obscurité : les secousses quand on a chargé le brancard à l'arrière de l'ambulance, la sirène qui vagissait au-dessus de moi pendant qu'un des jumeaux remplissait un formulaire, le dérapage dans un virage pris trop vite, le souffle glacé de l'air conditionné tandis que nous traversions les couloirs, une belle femme en blouse blanche qui m'a demandé où j'avais mal, un appareil blanc et borgne qui ronronnait au-dessus de moi, le silence immobile et les innombrables trous noirs.

– Monsieur, est-ce que vous pouvez retirer vous-même votre pantalon ? Il faut qu'on vérifie votre petit robinet et la plomberie autour, a dit un vieux monsieur à l'accent texan prononcé, armé d'un stéthoscope.

– Docteur, je préfère qu'on emploie des mots d'origine latine quand un inconnu s'apprête à examiner mes organes génitaux.

– Comme vous voudrez. Besoin d'aide pour le caleçon ?

Jack est entré dans ma chambre en compagnie d'une infirmière qui lui fournissait des explications.

– Votre fils a des calculs vésicaux et il a ressenti les douleurs correspondantes, mais il les a attribuées à sa lésion de la moelle épinière et au stress. L'opération était très simple et aucune complication n'a été enregistrée.

– Ben si je m'attendais à cette visite ! je me suis exclamé.

– Mr. McGinnis, m'a-t-elle annoncé. Vous pourrez sortir dès que vous vous en sentirez capable. Il faut vous attendre à des douleurs assez aiguës. Vous pouvez en prendre deux toutes les quatre heures, a-t-elle ajouté en secouant un flacon de comprimés.

– Quatre toutes les deux heures, c'est compris, j'ai répondu en adressant un clin d'œil à Jack.

– Non, deux comprimés, quatre heures. Pas plus de huit par vingt-quatre heures. C'est important. Il faut aussi boire de dix à quinze verres d'eau de cinquante centilitres par jour. Votre urine va être de couleur rose. Ce n'est pas grave, mais si le problème persiste plus de trois jours, il faut nous contacter. Le numéro de téléphone se trouve sur votre feuille de sortie. Avez-vous des questions ?

– Oui, madame. Est-ce que... dites-le-moi franchement, est-ce que je remarcherai un jour ?

– Hum. Hum. Je pense que vous connaissez la réponse.

Et elle a détalé. J'ai pouffé de rire.

– Tu te sens mieux, on dirait, a dit Jack. Prêt à rentrer à la maison ? Je vais chercher ton fauteuil.

J'ai fumé une cigarette pendant que Jack me poussait.

– J'ai essayé de trouver du boulot. De me comporter comme il faut, pour une fois. Attends, laisse-moi faire, j'ai dit quand nous avons atteint le bord du trottoir. J'ai soulevé les roues avant pour atterrir en douceur sur la chaussée.

Une passante a fait un commentaire :

– Il faut que vous fassiez attention.

Jack a répliqué :

– S'il avait la moindre jugeote, vous croyez qu'il serait dans ce fauteuil roulant ?

– Moi, je voulais juste vous prévenir...

– Eh bien, c'est fait, l'a interrompue Jack, et elle nous a fusillés tous les deux du regard.

– Je sais me défendre tout seul.

– Rien à voir avec toi. C'était elle le problème. Moi aussi, j'ai besoin de me marrer un peu. À part ça, j'allais te dire que tu as reçu un coup de fil aujourd'hui. Il paraît que tu as décroché un job.

De retour à la maison, Jack a annoncé qu'il avait du travail dans sa serre. J'avais mal partout, mais je ne voulais pas rester seul et j'ai proposé de l'aider. Ça a eu l'air de lui faire vraiment plaisir et il m'a installé devant la table qu'il avait aménagée pour moi. Au-dessus du plafond de verre, le grand bleu. Les rares traînées de nuages avaient commencé à se teinter du rose du coucher de soleil. Dans la serre, il faisait bon et les senteurs de la terre se mêlaient au parfum des fleurs.

– Ça, c'est ma recette spéciale de mélange pour les petites racines. Certaines de ces ballerines comme l'orchidée oncidium que tu vois là ont besoin d'avoir les pieds humidifiés en permanence. Tu vas avoir besoin de ces sacs d'écorces de sapin, de fragments de coque de noix de coco et de grains de perlite. Deux, deux, et une mesure respectivement. – Mister Shakey s'est glissé à l'intérieur et frotté aux jambes de Jack pendant qu'il me donnait ses instructions. Il s'est penché pour lui gratouiller la tête. – Ce charbon de bois est de bonne qualité. Pas besoin d'en mettre beaucoup. Je saupoudre le mélange avec, c'est la touche finale.

Il a pris une pincée de poudre noire et brillante dans un grand sac en plastique. Il me l'a montrée puis l'a mise sous le nez de Mister Shakey qui a reniflé avec indifférence avant de bondir sur mes genoux et de s'y nicher.

Nous avons travaillé en silence l'un à côté de l'autre. Le chat s'était endormi sur mes jambes, sans se soucier des projections du mélange que je préparais. La douleur montait mais pas assez pour que je doive interrompre ce moment.

– Jack, je voulais te remercier pour ton aide au cours de ces derniers mois. Beaucoup de ce qui s'est passé est de ma faute. J'étais un ado stupide prêt à tout brûler.

– Parfois même littéralement, a-t-il répondu sans lever le nez d'un enchevêtrement de racines grosses comme des doigts cachées sous des feuilles qui ressemblaient à des oreilles de lapin vertes. Mais non. En réalité, c'est moi qui ai tout laissé tomber : toi, ta mère, nous.

Je ne pouvais plus le voir s'accrocher à la culpabilité, la honte et les doutes que mes délires de jeune con avaient accumulés sur sa tête.

– Jack, tu te rappelles que je t'ai raconté que j'allais m'enfuir la nuit d'avant que tu viennes me chercher à l'hôpital. C'était pas vrai.

Je lui ai raconté ma tentative de suicide ratée et ses yeux se sont remplis de larmes. En se mordillant la lèvre, il a évalué la distance de la serre au bout du jardin pour s'empêcher de pleurer. Je lui ai décrit mon humiliation face à ce conducteur qui m'avait ramené à l'hôpital sans me dire un mot. Je lui ai dit que je m'étais senti cruel de lui avoir téléphoné plus tôt dans la journée pour le faire descendre jusqu'à Houston et me trouver mort après dix années de silence. Mon besoin de le revoir et de lui demander pardon m'avait sauvé la vie.

On s'était arrêtés de travailler. Jack s'est ressaisi avant de me regarder droit dans les yeux. Il a hoché la tête et il a dit :

– Merci.

30

Le lendemain du jour où Jack m'avait amené à sa réunion des Alcooliques Anonymes et où je m'étais enfui, j'étais en train de préparer mon petit-déjeuner. Jack s'est étonné de me voir dans la cuisine me servir des céréales.

– Tu veux venir manger des donuts avec moi ?

J'ai soulevé mon bol et pris une autre bouchée.

– OK. Je te propose un truc. Je vais t'acheter des clopes et on ne reparlera pas de ce qui s'est passé hier soir.

J'ai haussé les épaules et déposé mon bol dans l'évier.

Chez le marchand de donuts, une femme essayait de calmer son marmot qui s'arrachait les cheveux. Il avait les jointures jaune beurre et les poings tout rouges. Entre deux cris, il s'étouffait littéralement en déversant morve, crachats et larmes.

– Hé, gamin. Calme-toi un peu. Tu nous casses les oreilles !

La mère et l'enfant qui continuait à hoqueter ont regardé Jack.

– Charmant bambin, a dit mon père avant de se retourner vers moi. Je t'ai déjà parlé de ma théorie du fossé sur l'éducation des enfants ? Je vais écrire un livre un de ces jours. Ça pourrait me rapporter une fortune. Voilà l'idée. Quand tu as un gosse, tu construis aussitôt un fossé de deux mètres de long sur deux de large. Deux mètres de profondeur. Tu mets le gosse en question dedans. Tu lui donnes tout ce qu'il lui faut. Mais il reste dans le fossé. Quand il est en âge de sortir de ce trou par ses propres moyens, il est prêt à rejoindre l'humanité. C'est comme des classes préparatoires privées, mais pour les pauvres.

– Ton génie m'éblouit.

– C'est la vérité.

On a laissé passer un moment, attendant tous les deux qu'il soit prêt à dire ce qu'il avait vraiment en tête.

– Il est trop tard pour t'imposer des règles. Tu as fait les quatre cents coups, passé ton temps à boire et à fumer Dieu sait quoi. Mais il n'est jamais trop tard pour avoir un père.

J'ai levé les yeux au ciel.

Il a mordu dans son donut, avec ce regard vide, ces yeux durs qui me donnaient toujours à réfléchir.

– Tu as raison. Arrêtons les conneries. Le monde n'en a rien à cirer de toi. – Il a marqué une pause pour donner plus de poids à sa dernière phrase. – La terre continuera de tourner avec un crétin de junkie de plus qui ne peut se vanter de rien d'autre qu'un uniforme de chez Waffle House et sa collection de bangs. Ton seul atout est que tu es le fils de ta mère. Je veux que tu tires davantage de la vie, plus que moi je peux te donner en tout cas. Je te parle sérieusement, regarde-moi.

"Qu'est-ce qui est important pour toi ? Il y a quelque chose qui ne te fait pas lever les yeux au ciel ? Tu es jeune, bon Dieu ! Tu devrais bouillonner de passion et d'hormones. Est-ce qu'il t'arrive de faire un truc qui ne provoque pas une descente de flics ? Qu'est-ce que tu montrerais de toi à ta mère si elle était encore là ?"

Il n'invoquait le nom de maman qu'en dernier recours, comme s'il craignait que sa mémoire ne devienne un prétexte pour m'imposer une discipline plutôt que le dernier lien entre nous. C'était une formule magique, comme "Sésame, ouvre-toi". Il faut lui reconnaître qu'il ne s'en servait que rarement.

J'ai haussé les épaules, mais la porte qui nous séparait s'entrouvrait.

– Si jeune et déjà tellement rasoir ? Rester le cul sur un fauteuil à fumer et à raconter des conneries, c'est ce que tu pourras faire de mieux à mon âge mais…

– Je sais pas. La peinture… J'aime la peinture.

– La peinture ? Moi, je n'y connais rien. Explique-moi.

J'ai essayé. Je n'y connaissais rien non plus, mais l'ignorance n'a jamais arrêté un adolescent. Je me trouvais très intelligent alors d'aimer les dadaïstes et les surréalistes, comme tous ceux qui s'intéressaient aux Beaux-Arts à mon âge. J'avais effectivement une passion. Je ne l'aurais jamais avoué à personne, mais je passais des après-midi entiers caché dans les chiottes du lycée à admirer des bouquins d'art que j'avais volés, je cornais les pages, je gribouillais des commentaires, j'arrachais des illustrations pour les offrir aux filles. Plusieurs fois, j'en avais même convaincu une de faire le trajet de trois heures en Greyhound pour aller visiter les musées de Houston.

Il a bu son café et m'a dévisagé longuement.

– Tu voudrais prendre des cours de peinture ?

– Ouais. Ça serait cool.

– Il y a un type dans notre programme – je crois qu'il a même été assez célèbre – qui disait l'autre jour qu'il cherchait un assistant. Si tu travailles pour lui, je suis sûr qu'on pourrait lui demander de te donner des leçons. Il est du genre relax. Un vieil hippie. Qu'est-ce que tu en dis ?

31

Le coup de fil et l'offre d'emploi arrivés pendant que j'étais à l'hôpital concernaient un poste temporaire pour un travail de bureau. La dame des RH m'a installé dans un box. Quelqu'un y avait imprimé un papier qui disait "Intérimaires" en police Comic Sans. Chaque matin, je trouvais une liste de choses à faire sur ma table. Pour l'essentiel, de la saisie de données plutôt fastidieuse, mais je pouvais écouter de la musique en travaillant. Ma fenêtre donnait sur un immeuble d'habitation. Au fil de la journée, j'aimais bien regarder par les fenêtres et voir les gens vaquer à leurs occupations. Quand j'avais terminé ma liste de tâches, je me penchais sur un bouquin et je lisais, ou bien je dessinais les appartements d'en face sur du papier que j'avais piqué dans l'imprimante jusqu'à 5 heures du soir.

Un e-mail est arrivé dans ma boîte de réception : il venait de la réceptionniste que je remplaçais pendant ses pauses. Elle me rappelait que l'entreprise nous offrait à déjeuner pour fêter la sortie d'un nouveau produit. J'ai tapé ma réponse :

> Chère Mrs. Jones,
> Je ne pourrais imaginer meilleure façon de fêter cet événement mémorable que de partager sandwichs et sodas gratuits avec mes chers collègues. Je ne suis ici que depuis deux semaines, mais je suis convaincu que cette nouvelle version écrasera tous nos concurrents sur le terrain de la facilitation logistique. Nos enfants seront bercés par les lamentations de leurs épouses.
> Soyez prudente au volant,
> Rév. Jarred McGinnis.

Sa réponse m'est parvenue aussitôt.

Jarred,
Je suis navrée. Je ne voulais pas vous adresser cet e-mail. Je crains que le déjeuner ne soit réservé aux salariés permanents. Techniquement, c'est l'agence d'intérim qui vous emploie. Aucun sandwich n'est malheureusement prévu pour vous. Mais s'il y a des restes, vous pourrez vous servir. ;)
Barb

Des piles de sandwichs tout prêts voisinaient avec des sacs de chips et des rangées de sodas sur des nappes en papier à motifs variés. J'ai adressé un signe de la main à la réceptionniste et j'ai mordu dans un sandwich avant de le reposer sur le tas.

Je me suis laissé descendre du trottoir et j'ai écrasé sous mes roues les pensées jaunes et violettes récemment plantées. Un arroseur automatique en plastique a éclaté en morceaux sous mon pneu.

À mon retour à la maison, Jack m'a accueilli en disant :

– Il y a quelque chose qui cloche avec ton chat. Il a eu une attaque. Je l'emmène chez le véto.

– Tu veux que je t'accompagne ?

– C'est ton chat, merde !

– Je crois que je me suis fait virer aujourd'hui.

– On en parlera dans la voiture.

Dans la salle d'attente du vétérinaire, Jack m'a demandé :

– Alors, qu'est-ce qui s'est passé au travail ?

Je lui ai raconté.

– Ce n'est pas ce que tu pouvais faire de mieux, mais tu devrais quand même y retourner demain.

– Mister Shakey McGinnis ?

Le chat s'est laissé faire quand le vétérinaire l'a ausculté. Il le tenait d'une main et le caressait de l'autre. La longue queue grise balayait lentement la table d'examen.

– Vous l'avez depuis combien de temps ?

Jack m'a laissé répondre.

– Pas très longtemps.

– On verra ce que disent les examens de sang. Ses attaques ne semblent pas fréquentes et elles restent relativement bénignes. Pour l'heure, tenez-le à l'œil, surveillez ce qu'il mange pour que nous puissions exclure un diagnostic d'allergie ou d'empoisonnement. Si cela se reproduit ou si ça vous paraît plus grave, ramenez-le-moi.

– Merci, docteur, a dit Jack.

– Monsieur, vous voulez bien examiner mon père ? Il a depuis un certain temps des douleurs à la poitrine, mais il aime jouer les durs à cuire et il refuse de voir un vrai médecin.

– C'est bon, c'est bon. Ferme-la. Merci de nous avoir reçus aussi vite.

– Pas de problème, Mr. McGinnis.

Le lendemain Jack a tambouriné à ma porte et m'a dit d'aller travailler. Je suis arrivé en retard, pas vraiment pressé de me faire virer et de voir ma bouchée de sandwich au thon déduite de mon salaire. Personne n'a pipé mot et, depuis la réception, Barb m'a lancé son bonjour mécanique quand je me suis présenté. Un type des RH a débarqué dans notre section et a prévenu un des autres intérimaires que Mr. Ghosh voulait lui montrer quelque chose.

Alors que l'employé se levait pour partir, je lui ai murmuré : “N'accepte surtout pas, sinon il te demandera de lui montrer la tienne.” Le type des RH s'est tourné vers moi et m'a dit que j'avais été désigné pour faire partie de l'équipe de Bruce et que je le trouverais dans la cuisine au troisième étage.

La panse de quinquagénaire de Bruce menaçait de faire péter les boutons de sa chemise écossaise, usée par les années et les lavages. Assis à une table, il prenait un café dans le bouchon de son thermos, accompagné d'un sandwich au beurre de cacahuètes et à la confiture. Ses mains ébouriffaient sans arrêt les quelques mèches de cheveux châtain-roux qui lui restaient sur le crâne. Une traînée de beurre de cacahuètes faisait une espèce d'épi au sommet.

J'ai roulé jusqu'à la table et j'ai regardé la télé à ses côtés. Bruce sentait le lait caillé.

– Il y a cinq à dix pour cent de chances que je connaisse ce mec suspendu à la corde, a-t-il déclaré en mordant dans son sandwich et en pointant du menton vers l'écran où passait une pub pour l'armée. Sur un fond sonore de heavy metal, un militaire descendait imperturbablement le long d'une corde qui pendait d'un hélicoptère jusqu'à la mer en furie. Les scènes suivantes montraient des images pixélisées de soldats en arme qui traversaient en criant des flaques de boue.

– Et ceux-là, vous les connaissez ?

Sa réponse s'est noyée dans une gerbe de miettes. Quand il a eu avalé, je lui ai posé des questions sur son service militaire. Il m'a déclaré avec fierté qu'il avait amélioré le planning des salles d'état-major dans toutes les bases du monde. J'ai demandé à Bruce s'il se payait ma tête. Et il m'a juré que non.

– Vous connaissez le président ? Vous avez déjà caressé son chien ?

– Connais pas le président, jamais caressé son chien.

La conversation s'est engagée dans des détours dont la logique n'apparaissait qu'à Bruce. Il avait un fils et une fille, et il n'aimait pas les bananes. Avec ce type-là pour m'amuser un peu, je me suis dit que je pourrais accepter de me tenir à carreau pour garder ce job.

– Tu es qui, au juste ?

– Je suis l'intérimaire. Le type des RH a dit qu'il fallait que je vous demande ce que je pouvais faire pour vous.

– Ah oui… J'ai besoin de quelqu'un qui m'aide avec le web design.

Il a hoché frénétiquement la tête en dressant à toute allure la liste des choses à faire. Il m'a jeté à la tête des phrases tronquées, typiques du jargon d'entreprise.

– Tu connais l'HTML ? Le CSS ?

– Non, connais pas.

– Faudra que tu apprennes.

– OK.

– Tu sais te servir de Photoshop ?

– Non, pas de Photoshop.

– En fait tu ne connais rien au web design, c'est ça ?

– Exact.

– Tu as beaucoup à apprendre.

L'enthousiasme de Bruce m'a fait rester là et patiemment hocher la tête à chaque phrase, mais j'imaginais déjà tous les moments où j'allais me planter.

– On peut y arriver, a affirmé Bruce.

J'ai souri et répondu :

– Quand on aura mené à bien ce projet, ils chanteront nos louanges par monts et par vaux pour toutes les générations à venir.

Bruce est sorti de la pièce. J'étais déjà allé trop loin. Je me suis donné une claque sur le crâne au moment précis où Bruce repassait la tête par la porte de la cuisine.

– On y va.

– Tout de suite ?

Je l'ai suivi jusqu'à son bureau. Bruce m'a décrit le software, les mots de passe, les accès réservés, etc. dont j'allais avoir besoin. Au milieu de son speech, il s'est arrêté net. Il s'est passé la main dans les cheveux. À un bout, sa raie marquait 12 heures, à l'autre, elle indiquait 20.

– Où sont ton papier et ton stylo ? Tu ne comptes pas prendre de notes ?

Il a ouvert un tiroir plein de fournitures de bureau. À l'intérieur, tout était parfaitement rangé, chaque chose à sa place. Ça m'a rappelé le souci exagéré de l'ordre qu'avait Jack. Il a sorti un bloc et m'a jeté un crayon. Puis, avec un gros soupir, Bruce a repris depuis le début.

– Pour commencer, tu as des choses à apprendre. Je te donne une journée.

Malgré moi, j'aimais bien bosser pour Bruce. Tous les soirs, Jack et moi parlions de nos boulots respectifs. Les jours passaient vite et, la nuit, je dormais du sommeil béni des travailleurs épuisés.

Quand Bruce était satisfait, il brandissait le poing et disait des trucs comme "On a gagné!", et j'éclatais de rire. S'il pensait que quelque chose que j'avais fait était nul, il se prenait la tête à deux mains, s'arrachait les cheveux et gémissait: "Oh bon Dieu, mec, quel désastre!" avec un vrai désespoir dans la voix. Pour lui, j'avais envie de bien faire. Une seule fois, au moment de se partager les tâches de la journée, il a mentionné mon fauteuil roulant, comme s'il ne l'avait jamais remarqué avant.

– Pourquoi tu n'utilises pas un fauteuil électrique?

– Pas besoin. Mes bras marchent bien. Les fauteuils électriques sont chers, lourds, et s'ils tombent en panne ou que la batterie est à plat, on se retrouve coincé.

– Pourquoi ce machin est juste à côté de ce truc? Recule un peu.

Certaines personnes valides prétendent que le fauteuil n'a aucune importance. Ils s'accroupissent pour se mettre à votre hauteur d'individu différemment valide parce qu'ils ont lu quelque part que ça faisait plaisir aux handicapés. Pour d'autres, vous êtes l'incarnation du bonhomme allumette peint sur les places de parking et la porte des toilettes publiques: une curiosité, un sujet de bavardage ou un symbole mystérieux de l'infirmité elle-même. Enfin, il y a les gens comme Bruce qui, pour une raison ou une autre, ne font pas entrer le fauteuil roulant dans la représentation qu'ils ont de vous.

J'ai fait marche arrière pour laisser Bruce examiner son truc et son machin sur l'ordinateur. Il s'est penché sur le clavier, en marmonnant des suggestions d'actions qu'il a ensuite exécutées lui-même en cognant sur les touches et en secouant violemment la souris.

Je me suis gentiment moqué de lui :

– Moi, j'aime assez la police Sans Serif. Elle donne une espèce de chaleur au texte. Surtout en caractères gras.

Bruce s'est retourné vers moi dans un mouvement théâtral :

– Tu as quelque chose qui tourne pas rond, on dirait. De la chaleur au texte ?

Il s'est redressé et m'a fait face. Je me suis appliqué à ne pas glousser de rire. Il a passé la main dans ses cheveux plusieurs fois en dessinant à chaque passage un nouveau jardin paysagé. On a discuté âprement. Il refusait de parler de police de caractères en termes absurdes comme la chaleur ou le froid. Je hochais la tête, concédant quelques points, et j'ai accepté l'idée qu'il n'y avait jamais ni lieu ni place pour l'Helvetica.

– Qu'est-ce qui te plaît dans ce boulot ? j'ai demandé.

Il a penché la tête, plissé le front, et a tiré un peu sur sa mèche de devant.

– Ça a un sens pour moi.

– Mais rien n'a vraiment d'importance. Cette boîte ne produit rien. On aide des gens à vendre des trucs qu'eux non plus ont pas fabriqués.

– Comment ça, pas d'importance ? Qu'est-ce qui en a, à ton avis ? Écoute, tu es vraiment bizarre. – Il s'est tapoté la tempe, puis sa main est repartie vers le sommet de son crâne. – Mais c'est égal. Tu bosses bien. Tu veux bien la fermer un peu et te remettre au boulot ?

– Je veux bien.

Ce soir-là Jack a rapporté des plats chinois de chez le traiteur.

– Je ne savais pas trop ce que tu aimais, alors j'ai pris un peu de tout.

Il a ouvert les sacs en papier jusqu'à ce que la table disparaisse complètement sous les boîtes en polystyrène pleines d'aliments appétissants, de sachets de sauce aigre-douce et de biscuits chinois.

– Comment tu trouves ton poulet Pow Pow?

Jack ne se rappelait pas les noms de ce qu'il avait commandé, alors il les a inventés.

– Délicieux.

– Comment s'est passée ta journée?

Il a piqué un morceau de poulet avec sa fourchette.

Je lui ai parlé de Bruce et de ce qu'il avait dit de se trouver un centre d'intérêt dans la vie et de savoir le rendre important pour soi.

Après une bouchée de ses nouilles Kung Fu, il m'a dit:

– Mais garde ce secret pour toi, parce que tous les autres s'en foutent.

– Tu dois avoir raison.

– Je suis beau et sage, que veux-tu? Une bénédiction et une malchance à la fois. Maintenant, on fait quoi pour fêter ton premier salaire?

– Payer des dettes! Payer des dettes! Trop rock'n'roll! Trop rock'n'roll! Payer des dettes! j'ai chanté à tue-tête en martelant le rythme sur la table, une baguette dans chaque main.

32

– Où étais-tu passé ? m'a demandé Sarah. Je ne t'ai pas vu depuis un bout de temps.

– Je remonte la pente. Je suis rentré dans le système.

– Et comment ça se passe ?

– Bof…

J'ai haussé les épaules.

– Amen. Et comment va l'Incomparable Mister Shakey ?

– Toujours sur ses pattes. On a dû l'emmener chez le vétérinaire, mais il était pas très inquiet.

Je m'étais installé à ma place habituelle face au comptoir. Sarah m'a apporté mon café et s'est assise à côté de moi. Elle a posé un bloc sur la table.

– J'ai mis au point un questionnaire à remplir. Comment tu écris ton nom ?

Je le lui ai épelé et l'ai regardée le copier en haut de la feuille. Elle avait deux taches de rousseur sur le cou, là où Dracula l'aurait mordue.

– Sarah avec un H. – Elle s'est désignée du doigt. – Dis-moi ta devise personnelle.

– "Mieux vaut en rire qu'en pleurer."

J'ai bu une gorgée de café, mais il était encore trop chaud. Je n'étais pas très doué pour ce genre d'échange.

– Pas mal. La mienne, c'est : "On n'a qu'une vie, alors autant la vivre."

Elle a noté nos réponses sur son bloc.

– Ta règle d'or ? Moi, c'est : "Tout essayer au moins une fois."

– "Même si tu sais ce que c'est, te le fourre pas dans le cul."

Elle a passé le bout de sa langue entre ses lèvres pendant qu'elle écrivait ma réponse. Elle faisait les choses sérieusement et j'ai tout gobé. Elle m'a lu la question suivante :

– Plaisir coupable ?

J'avais envie de répondre "me fourrer des trucs dans le cul", mais je me suis contenté de "caresser les chats de gouttière".

Elle flirtait. Une femme flirtait avec moi. Une belle fille qui s'appelait Sarah flirtait avec moi.

– Ce qui te manque le plus ?

J'ai hésité. Je ne savais pas si elle voulait parler du fauteuil roulant mais sa question paraissait innocente. En tout cas, on pouvait y répondre de plusieurs façons sans avoir besoin de mentir.

– Fredonner avec mes voisins dans les pissotières.

J'ai caché mon sourire derrière ma tasse.

– Quoi ?

– Tu sais, les toilettes réservées aux handicapés sont isolées. Je regrette les bons moments où tous les mecs sont alignés pour pisser devant le même mur.

– Mais qu'est-ce que tu racontes ?

– Tu savais pas que les hommes fredonnent en chœur dans les pissotières ?

– La ferme.

Elle a souri. Son incisive gauche était un poil plus longue que la droite.

– J'ai bien essayé de chanter "Summer Nights" de Grease tout seul, mais c'est pas pareil.

– Tu dis que des conneries. Je vais ajouter cette consigne : répondre sérieusement.

– Mais je suis sérieux.

– Moi, c'est traîner avec les potes, a dit Sarah. Il est bien loin le temps où on débarquait chez les copains rien que pour passer un moment ensemble. On dirait que maintenant il faut prendre rendez-vous des mois à l'avance pour se retrouver. C'est pour ça que je suis revenue, entre autres.

– Tu étais où ?

– À San Francisco. J'étais chargée de projet dans une grande entreprise de technologie. Je faisais de la conception de logiciels. Voilà où vous mènent une licence d'anglais et un prêt étudiant de quarante mille dollars. Un programme intensif de direction de projet, et je me retrouve en train de gagner ma vie penchée sur des tableurs à caresser des grosses têtes dans le sens du poil.

"Je croyais vouloir être adulte quand je le serais. Mais j'avais tort. Je n'en pouvais plus. Un jour, à une réunion, un ingénieur a fondu en larmes en annonçant qu'il savait qu'on allait plier boutique, enfin virer tout le monde, tu vois, après la dernière expédition. Il a dit qu'il n'avait pas vu ses gosses depuis un mois et qu'on allait quand même le mettre à la porte. J'ai bien été obligée de lui dire 'mais non, mais non' parce qu'on avait besoin de lui. Au même moment, sur l'écran de mon téléphone, est arrivé un mail qui me disait de commencer à me débarrasser de l'équipe dès qu'on aurait assuré la dernière commande. Je savais qu'il était dans la charrette."

– C'est moche.

– Refuser d'être adulte m'a semblé la seule chose raisonnable à faire. Le plus triste, c'est que j'ai fait mes valises seulement après l'expédition. Je me suis campée sur le pont pour vérifier qu'on assurait la commande avant d'annoncer ma décision. Je suis restée dans la Baie, en squattant chez des amis et en jouant les SDF.

– J'ai habité San Francisco quand j'étais ado. Pourquoi tu es revenue ?

– Mon frère est très malade. Mais, surtout, j'avais besoin de repartir à zéro.

Elle a consulté son bloc.

– Il nous reste quelques questions. Définition de la beauté ?

– Je suis désolé pour ton frère.

– Aujourd'hui, il va mieux. En fait, tout baigne maintenant. – Nouveau sourire. – Définition de la beauté ?

– La légère courbe de l'arrière de la cuisse d'une femme vue de profil.

– Lamentable ! Dis-moi, tu t'en tires, parfois, avec cette réplique ?

Affreusement gêné, j'ai rougi jusqu'aux oreilles. Je ne pouvais pas faire marche arrière. J'avais envie de prendre mes jambes à mon cou.

– Eh bien, Jarred. J'ai toutes les réponses que je voulais. Je me remets au boulot.

Elle s'est relevée et a salué les clients qui l'attendaient au comptoir. Je m'étais rendu ridicule et je suis parti sans dire au revoir.

Sur le chemin du retour, j'ai retourné dans ma tête tout ce que j'aurais pu répondre à la place. Je me suis repassé notre conversation jusqu'à ce que la bande-son soit pleine de parasites et d'erreurs. Tout moi m'encombrait. Mes bras poussaient sur les roues et soulevaient ce corps inerte et cette tête inutile. J'ai senti la pente de la route et lutté contre la force de gravité qui me tirait en arrière. Le type qui promenait son chien, le facteur, la femme qui arrosait sa pelouse, le gamin sur la banquette arrière d'une voiture qui passait – tous faisaient la même tête : Regarde, il est en fauteuil roulant. Il ne peut pas marcher. Sa vie doit être affreuse. Je parie qu'il est amer, rageur et toujours seul. On commence par penser que tout le monde se paie votre tête, ensuite on apprend à s'en moquer, jusqu'à finir par comprendre qu'en fait chacun est tellement absorbé par ses propres affaires que personne n'a le temps de vous remarquer, et encore moins de se montrer condescendant.

Quand je suis rentré à la maison, Jack m'a barré le chemin.

– Attends. Si on parlait un peu ? Qu'est-ce qui ne va pas ? On dirait que quelque chose te chiffonne.

– Me chiffonne ?

J'ai fait demi-tour pour décrire un cercle autour de lui. Il tenait l'accoudoir du fauteuil roulant.

– Attends une seconde. Parle-moi.

– J'ai vingt-six ans. Je vis chez mon père. Je fais un boulot d'âne bâté pour quelques brins de foin. Je suis endetté jusqu'à mon cul de jatte. Tu t'es endetté pour moi au passage. Je sais que tu as été obligé d'emprunter de l'argent à Patrick et que ça te mine. On sait pas ce qui va se passer avec le mari de Melissa et la plainte qu'il a déposée. Et, par-dessus le marché, il faudrait que je te raconte mes petites misères d'ado attardé au cœur brisé.

– Il pourrait t'arriver pire. Pratiquer une insémination artificielle sur une éléphante, si tu veux un exemple.

J'ai reculé et me suis dirigé vers ma chambre.

– Jack, je suis pas d'humeur.

– Je regardais un documentaire sur la nature et figure-toi que c'est le boulot d'une vétérinaire au zoo de Berlin. Tu pourrais te retrouver enfoncé jusqu'aux épaules dans la foufoune d'une éléphante.

– J'ai pas d'autres choix ?

– Avec ton CV, pas vraiment. Parle-moi de cette fille.

On était devant la porte de ma chambre. Je me suis retourné et lui ai tout raconté.

– C'est celle qui sert dans ce café branché ? Elle a pas l'air mal. Tu veux que je te dise comment tu peux savoir pour sûr qu'elle s'intéresse à toi ?

– OK. Crache le morceau. Comment ?

– Cinq dollars.

Jack a tendu la main.

– Cinq dollars ? Qu'est-ce que tu veux dire ?

– Pas question de te filer un tuyau pareil pour du beurre.

– Tu veux que je te paie pour un conseil de père ?

– Un conseil de père ? Mais c'est un vrai grigri que je te propose. Tu refuses mon aide, espèce de radin ? Tant pis pour toi.

– OK. Je suis. Trois dollars cinquante.

Jack a secoué la tête.

– Aucun marchandage possible.

J'ai sorti mon portefeuille et lui ai tendu un billet de cinq dollars. Il l'a examiné à la lumière.

– La prochaine fois que tu vas la voir, regarde-la bien au moment où elle s'aperçoit que tu es là. Si elle met de l'ordre dans ses cheveux, c'est que tu l'intéresses. Sinon, si elle ne marque pas une pause d'une fraction de seconde, c'est que tu ne lui plais pas.

– Ça valait deux dollars, au plus.

– Écoute, mou du genou. Les femmes sont aussi gênées et hésitantes que toi. Pendant qu'elle se recoiffe, elle pense à toi. Et, surtout, elle se demande si elle te plaît. Elle a envie que tu la trouves belle. Si elle ne tripote pas ses cheveux, tu es rien qu'un client pour elle. Un type qui lui donne de l'argent et à qui elle sert son café. Tu n'es pas sur son radar. Surveille le truc. Essaie.

– Elle s'en fout de moi. Pour elle, je suis un gogol. J'ai dit un truc trop con.

– Ça t'arrive souvent, je suis d'accord. Tu t'inquiètes trop. D'accord tu as l'air d'un patin à roulettes géant. Les femmes ne sont pas si superficielles, en tout cas pas celles qui comptent vraiment. Tu as hérité de mon physique avantageux et de mon charme, la combinaison idéale. Sers-t'en. Tiens. Prends ces cinq dollars. La prochaine fois, si elle fait ce que je t'ai dit, emmène-la dans un endroit sympa. Offre-lui un café.

J'ai pris l'argent et affecté de ne pas remarquer combien Jack était satisfait de lui-même.

– Offrir un café à la barista ?

– Tu n'auras pas trop loin à aller.

– Je peux te poser une question personnelle ?

– Vas-y.

J'ai hésité, testant du bout de l'orteil ce nouveau terrain entre nous sur lequel je m'avançais.

– Tu es sorti avec quelqu'un depuis la mort de maman ?

– Oui, bien sûr.

– Mais t'as pas voulu te remarier ?

– J'en avais l'intention. En théorie, je n'avais rien contre, mais tu sais, j'ai grandi avec ta mère. On était déjà amoureux au lycée. Je l'ai adorée tous les jours de ma vie, et encore aujourd'hui. Je suis devenu un homme à ses côtés et j'ai élevé deux enfants avec elle. On a pris soin l'un de l'autre. Après sa disparition, j'ai été trop occupé à me soûler à mort. Ensuite, trop occupé à essayer de m'abstenir. Finalement, quelques filles sont passées par là pendant un an ou deux, peut-être un peu plus. Beaucoup, carrément moins. J'ai failli en épouser une qui s'appelait Jasmine mais elle s'est ravisée. Elles en ont toutes eu marre d'être un second choix derrière une femme morte. Je ne leur en ai jamais voulu de s'en aller. Ta maman m'a rendu impraticable pour toutes les autres. On se correspondait parfaitement, malgré tout. Aujourd'hui, je suis trop vieux et trop habitué à ma solitude.

Il avait les yeux brillants. J'avais envie de poser ma main pleine de corne à cause du fauteuil sur la sienne, mais je n'ai pas réussi à ordonner à mon bras de le faire.

33

Je n'ai pas vu anguille sous roche quand Jack m'a proposé de me ramener à la maison après une de ses réunions. Je l'ai retrouvé dans le petit restaurant où Thomas et lui jonglaient avec les clichés des Alcooliques Anonymes. Je n'ai toujours rien soupçonné quand Thomas s'est excusé dès mon arrivée. Qu'il s'en aille était loin de me déranger.

– Ta-da!

J'ai montré à Jack le tableau sur lequel je travaillais avec le peintre hippie. J'essayais de copier une photo de maman qu'il avait prise quand ils étaient jeunes.

Sur la photo, elle se couvrait les yeux. Elle avait toujours détesté qu'on la prenne en photo. Un rideau de longs cheveux noirs lui voilait tout le visage, à l'exception de la moitié d'un sourire timide. Elle portait une chemise de cow-boy rouge qui se fondait dans les briques de la cheminée à l'arrière-plan. C'était vraiment une belle femme. À côté d'elle, un homme blond, pas Jack, avec un casque de cheveux façon années 70 et une veste à larges revers, qui portait Patrick tout bébé. Sur le tableau, je les avais coupés, c'était seulement maman.

Depuis plusieurs semaines, Jack et moi parlions des progrès du tableau. Le premier jour, il m'avait forcé à lui raconter comment j'avais tendu et apprêté la toile. Au début, j'étais hésitant, pas très sûr de pouvoir rester aimable. Mais il avait insisté, et quel fils cracherait sur la fierté de son père?

Tous les jours, je passais vite fait au lycée pour voir des copains, mais le plus souvent je me dépêchais de filer chez l'artiste pour qui je découpais des cadres et des marguerites destinés à ses estampes et je lui faisais quelques courses. En échange, il me donnait un peu d'argent et des cours de peinture. De retour à la maison, je m'asseyais sur l'accoudoir de Jack. Il tenait la photo et je lui montrais sur quelles parties je travaillais, j'expliquais comment les différentes couches de peinture interagissaient, comment procéder par blocs de couleur pour réaliser des formes, et je lui confiais même mes délires répétés sur le parfum de l'huile de lin. Il me posait des questions auxquelles je n'avais jamais pensé, que je posais à mon tour à l'artiste avant de relayer les réponses à Jack le lendemain soir.

La toile était presque terminée. C'était le portrait craché de maman. Son sourire était parfaitement réussi.

La serveuse s'est arrêtée à notre table pour admirer mon œuvre. Jack a joué le jeu, mais il avait la tête ailleurs. Ça m'a blessé et je lui ai demandé quel était son problème.

Je ne savais pas que le lycée l'avait contacté au sujet de mes absences répétées, des cigarettes que je revendais aux plus jeunes et des vols à la tire que je pratiquais sur commande. Je chapardais tout ce qu'on me demandait et vendais à moitié prix. Mon nom revenait trop souvent pour ne pas être soupçonné. J'avais été renvoyé.

– Et alors ?

– Alors ? Je veux que tu finisses le lycée, bon Dieu !

Je bouillais de rage. Je me sentais trahi. J'ai décidé de ne pas me défendre mais de préparer ma vengeance.

Les serveuses et les clients regardaient dans notre direction quand il grognait et élevait la voix de temps à autre. J'ai baissé la tête d'un air repentant. Il a brandi des menaces de punitions que j'ai esquivées. Privé de sorties pendant un mois. Non, pour le restant de l'année scolaire. J'ai inventé des mensonges invraisemblables. J'ai invoqué en vain le nom de maman. Tout ça pour que, quand il a fini son chapelet d'accusations, je puisse demander à aller aux toilettes sans qu'il se doute de rien.

– La secoue pas plus de deux fois, sinon c'est déjà de la branlette, a-t-il lancé.

J'ai pris tout mon temps. Assis sur la lunette à regarder le plafond. Je suis revenu tranquillement, je suis passé devant Jack qui a levé des yeux interrogateurs et j'ai marché vers la sortie. Je me suis retourné, j'ai salué de ce geste royal dont je m'étais fait une véritable signature dernièrement et je suis parti. Je ne suis revenu que quelques mois plus tard, les menottes aux poings et les poches pleines de citations à comparaître, de condamnations à plusieurs peines dans un centre pour jeunes délinquants et à des travaux d'utilité publique.

Quand les flics ont tourné les talons, je m'attendais à une bonne baffe, digne du temps où il buvait. À la place, il m'a envoyé dans ma chambre, comme si j'avais griffonné sur le mur de la cuisine avec mes pastels. En entendant Thomas arriver, je suis venu aux nouvelles.

– Je t'ai dit d'aller dans ta chambre. Tu n'as pas le droit d'en sortir.

J'ai éclaté de rire.

– Je me prends juste un truc à boire et je retourne en cellule.

Je n'avais pas vu plus loin. J'allais rentrer finir de lire mon livre dans ma chambre, je m'endormirais et, au réveil, je recommencerais à lui désobéir et retournerais à mes affaires. Mais le regard de Thomas les a trahis.

Je suis allé me chercher à boire, puis je me suis assis sur le canapé, un peu trop près de Thomas, qui n'a pas pu s'empêcher de s'écarter un peu.

– Alors les mecs, qu'est-ce que vous devenez ?

– Thomas est là pour m'aider à faire un truc que je suis obligé de faire.

– C'est sympa, Thomas. Et tu es venu nous aider à quoi, au juste ? Notre déclaration d'impôts ?

Il a regardé Jack. Il m'a regardé. Il a réajusté ses lunettes.

– Je suis ici pour le soutenir.

Jack a pris la parole :

– Je ne sais plus comment faire avec toi. Tu as tellement de colère…

– Je ne suis pas en colère. En fait, je suis plutôt satisfait. On a une jolie maison avec notre gentil Thomas pour se coucher à nos pieds les soirs d'hiver.

– Jarred, je voudrais que tu ailles attendre dans ta chambre. J'ai appelé la police.

J'ai senti des secousses électriques me traverser et mes bras vibrer. Les idées se sont bousculées et entrechoquées dans ma tête. Thomas et Jack étaient soudain tout petits et distants, comme si je les regardais par le mauvais bout d'un télescope.

– Mais pourquoi ? Qu'est-ce que j'ai fait ?

Ma voix était montée dans les aigus et j'en étais gêné.

– Tu n'y es pas. Ce n'est pas à cause de quelque chose que tu as fait. Tu as besoin d'être aidé. Je veux que tu puisses parler à quelqu'un.

– C'est une idée de Thomas ? On dirait bien un truc de gonzesse, genre "exprime ce que tu ressens", qui lui ressemble.

– Non ! Thomas n'a rien à voir là-dedans. – Son ton autoritaire était revenu. – Je ne connais rien au monde de la psychothérapie, mais je pense que c'est ce qu'il te faut. Je suis à bout de ressources.

– OK. Tu peux m'obliger à y aller cette fois. Mais tu comptes appeler un flic pour m'accompagner à chaque consultation ?

– C'est un établissement…

– Un asile de fous ?

J'ai bondi de mon siège, mais Jack m'a maintenu solidement par les épaules pendant que la voiture de police se garait dans l'allée. Jack s'est laissé distraire un instant et j'ai filé dans ma chambre où j'ai fermé la porte à clé.

On a frappé quelques coups hésitants sur le battant alors que je m'apprêtais à sauter par la fenêtre.

– Une seconde, s'il te plaît. J'enlève mes lacets et je suis prêt.

Je suis repassé du côté façade et j'ai frappé à la porte avant de détaler en escaladant la voiture de police du capot au coffre et de dévaler la rue.

Je ne me rappelle pas m'être dirigé délibérément vers chez Patrick, mais quand j'ai émergé de la forêt, sa maison était la plus proche. J'avais marché pendant plusieurs heures et j'étais épuisé et tout engourdi. Patrick me laisserait sans doute dormir là et il me filerait peut-être du fric pour payer le Greyhound.

J'ai frappé à la porte et attendu.

Ma chaussette gauche était toute rouge. Trois entailles à la jambe avaient pissé le sang mais elles avaient séché et formé une croûte brune sur tout le bord. Patrick a ouvert la porte alors que j'étais encore agenouillé pour examiner les coupures.

– Jarred, qu'est-ce que tu fais là ? Que se passe-t-il ?

– Je traînais dans la forêt, je suis tombé et voilà ce que je me suis fait. Je peux entrer ?

– Bien sûr. Mais où est passé ton tee-shirt ?

Je n'avais même pas remarqué que je l'avais perdu.

– La salle de bains est au bout du couloir. Je vais regarder si j'ai un désinfectant.

Je me suis nettoyé, sa femme, Fran, m'a prêté une chemise, et on est restés assis sur le canapé à se regarder comme des étrangers qu'on était. Je me sentais de plus en plus anxieux. Qu'est-ce que j'étais venu faire là ? Mon frère me connaissait à peine. Un fourmillement électrique me parcourait les os. J'aurais voulu que Patrick ne s'arrête jamais de parler.

J'ai longé le couloir et inspecté les chambres. Patrick a entendu les portes s'ouvrir et se refermer, et il m'a rejoint pour me demander ce que je cherchais.

– J'avais oublié comme cette maison était grande.

– Pas si grande. On a profité d'un bon prix. La propriétaire était obligée de vendre. Une occasion à ne pas manquer.

– Putain de merde ! C'est la cuisine, ça ? Fran est chef étoilé ou quoi ?

– Pas vraiment, a rigolé Patrick. En fait, on ne se sert que du micro-ondes.

– Quel gâchis !

Patrick a laissé tomber le masque souriant qu'il se forçait à porter depuis mon arrivée.

J'ai tripoté les boutons de la cuisinière.

– On dirait un super ordinateur. Et ça, c'est un frigo rien que pour le vin ? Tu as hérité de l'alcoolisme des parents ? – J'ai dodeliné de la tête d'un air docte. – C'est une maladie, tu sais ?

– Jarred, qu'est-ce que tu cherches ? Tu veux de l'argent ? Ou seulement te montrer désagréable ?

– Merci, Patrick. Je savais pouvoir compter sur la famille. J'ai besoin de quatre millions en billets non marqués. Un type que j'ai rencontré devant un Kwik-E-Mart va me vendre un sous-marin russe. Mais il faut le dire à personne.

– Pourquoi tu es venu ?

Fran était assise à la table de la cuisine. Elle devait avoir un peu moins de trente ans, mais elle avait les vêtements et la coiffure d'une quinquagénaire.

– Fran, elle est à qui en vrai, cette maison ? Tu es riche ?

– C'est ton frère qui l'a achetée.

– Donc Patrick a de l'argent. Super. Mais riche à quel point ? Millionnaire ?

– Non, non. Pas tant que ça.

Il souriait, en pensant que peut-être un jour, un jour… Sa vanité me donnait envie de décrocher les casseroles en cuivre suspendues au-dessus du four futuriste ou de balancer un coup de pied dans la machine à capuccino-distributeur de glaçons ou de sodas, enfin un truc du genre multifonctions.

– Donc tu joues les millionnaires philanthropes ? Quand est-ce que tu vas te décider à aider un peu papa ? Sa baraque tombe en ruine depuis la mort de maman. Il a besoin de plus d'espace. Tu pourrais peut-être lui construire une nouvelle serre ? L'ancienne arrête pas de prendre feu.

– Tu sais parfaitement que papa n'accepte aucune aide.

– C'est bien pratique. Surtout pour toi.

– Tu es venu ici pour remuer la merde ? Papa m'a raconté toutes tes petites combines.

Patrick a élevé la voix. Du fond de la maison, McKenzie, leur fille, a appelé sa mère.

– Il t'a dit quoi, papa ? Il t'a parlé de toutes les fois où il m'a dérouillé quand il avait trop bu ? Ça t'avait échappé, pas vrai ? Tu étais déjà parti dans le vaste monde pour amasser un tas de fric en forçant des vieilles à te vendre leurs belles maisons ? Tu as su que maman était morte ?

Le regard de Fran allait de nous au couloir d'où provenaient les cris de sa fille qui l'appelait. Plus elle était angoissée, plus je l'étais aussi.

– Évidemment ! s'est étranglé Patrick.

– C'est vrai. D'ailleurs, c'est la seule fois où tu es passé à la maison. Le jour de l'enterrement. Moi, je l'ai entendue mourir. Je l'entends encore mourir tout le temps. Je l'entends s'étouffer et vomir pendant que le sang lui envahit la cervelle dans le séjour de cette saloperie de baraque où papa habite toujours.

– Jarred, tu as besoin de te faire aider. Il faut que tu consultes un psychiatre.

Il avait le visage rouge d'émotion.

– On me l'a déjà dit.

McKenzie braillait maintenant dans le couloir.

– Maman !

Fran était assise au bord de sa chaise, prête à voler vers sa fille, mais elle n'osait pas bouger.

– McKenzie, ma puce, retourne dans ta chambre. Maman va venir dans une seconde, lui a lancé Patrick, avant de se retourner vers moi. Laisse-moi te raccompagner à la maison.

– Je squatte chez un copain. Merci de m'emmener là-bas.

– Non, c'est chez papa que je dois te conduire. Fran, s'il te plaît, tu peux appeler Jack ?

Il gardait les yeux rivés sur moi comme si je risquais de faire quelque chose de terrible si on m'en donnait l'occasion.

34

J'ai emprunté à Jack un de ses vieux costumes de ville sortis tout droit d'un grand magasin des années 80, dans lequel je flottais façon Talking Heads. J'ai déniché un attaché-case d'un autre âge dans le garage, et j'y ai fourré une banane et le baby-phone des voisins pour me porter bonheur. Je me suis fait une raie sur le côté.

Jack me regardait en hochant la tête, le sourire aux lèvres.

– Réunion au sommet ce matin. Faut que j'aie la tête de l'emploi. On va évaluer mon projet. Ça pourrait me valoir la direction du département des ventes à Topeka que je vise depuis un moment.

– Tu me racontes des bobards ?

– Dans les grandes lignes, oui. Mais j'ai quand même créé la page web et le design pour ce nouveau service que l'entreprise veut lancer, et c'est vrai que le projet va être examiné ce matin.

Il avait l'air hésitant. Son regard errait dans la pièce sans jamais se poser sur moi.

– Tu as toujours des douleurs ?

Je m'inquiétais pour Jack et je devinais qu'il me cachait des choses.

– Oui, et je vois le docteur la semaine prochaine. Mais là n'est pas la question. Je veux te dire que je suis fier de toi.

Les larmes me sont montées aux yeux et, à mon tour, j'ai évité de croiser son regard.

– Merci. Je suis sûr que je vais vite trouver le moyen de tout foutre en l'air.

– Voilà qui est parler, fiston ! a-t-il plaisanté.

À mon arrivée au bureau, Bruce a passé en revue mon costume et ma coiffure sans un commentaire.

– Comment étaient les rapports ? Ils ont aimé ce que j'ai fait ?

Bruce s'est retourné. Il avait l'air déçu.

– Quoi ? Je me suis planté quelque part ?

Il a rédigé un e-mail et appuyé sur la touche Envoi.

– Bruce, bon Dieu ! Me laisse pas sécher comme ça ! Qu'est-ce qu'ils ont dit ?

– Ils étaient très satisfaits de ton travail.

– Génial. Mais quoi ?

– Allons faire un tour.

– Tu veux rompre avec moi, chéri ?

Bruce m'a précédé. On a traversé le parking et emprunté un chemin de terre de l'autre côté. Il s'est retourné pour voir si j'arrivais à le suivre mais il n'a rien dit. De temps à autre, il ramassait des cailloux qu'il se fourrait dans les poches jusqu'à ce qu'ils fassent des bosses obscènes.

Au bout du chemin, l'érosion due aux pluies et aux ruissellements avait formé une espèce de Grand Canyon miniature. Des canaux s'étaient creusés dans les couches supérieures du sol produisant des vallées, des corniches alambiquées et des escarpements. La souche grise d'un arbre gisait par trois mètres de fond. Les cercles concentriques du tronc avaient pourri.

Bruce a tiré une poignée de cailloux de sa poche et m'en a tendu un. Il a jeté le sien dans le cœur évidé de la souche. Le projectile a heurté les pierres qui s'y trouvaient déjà et a rebondi à l'extérieur.

– Ça compte quand même, a-t-il déclaré.

J'ai tiré à mon tour mais j'ai manqué la cible, de loin.

On a continué, chacun son tour. Quand j'ai enfin réussi à faire mouche, on a tous les deux hoché la tête avec satisfaction.

– Quand ils ont construit les bureaux, ils ont abattu tous les arbres, a expliqué Bruce. Alors l'érosion a commencé. Elle finira par remonter le long de ce chemin et ils devront dépenser des millions de dollars pour s'assurer que le parking ne tombe pas dans un trou comme cette souche. Je les avais pourtant prévenus.

– Je vois.

– Le projet est terminé. Tu es mis à pied. Je leur ai demandé de t'engager sur un poste fixe, mais ils ont refusé. Il faudrait qu'ils dédommagent l'agence intérim pour t'embaucher et ils ne veulent pas. Je suis désolé. On a fini plus tôt que prévu. Tu aurais pu profiter d'encore un mois de travail.

Bruce m'a tendu la main et je la lui ai serrée.

– Tu as fait du beau boulot, mais il te faut un diplôme. C'est la façon de penser dans l'entreprise. Je suis navré.

– Faut pas. L'érosion sera ma vengeance.

J'ai souri. Bruce a regardé par-delà la cicatrice de terre jaune.

– Oui. Une belle vengeance.

On s'est serré la main à nouveau et je suis allé à la Filling Station.

– Je me suis fait virer, j'ai annoncé à Sarah.

– Ça craint, a-t-elle commenté en débarrassant une table. Je peux t'offrir un café ?

Elle a glissé une mèche rebelle derrière son oreille. Jack avait raison.

– Tu accepterais de sortir avec un loser au chômage ?

– Ça ne serait pas la première fois.

– Est-ce que je t'ai dit que j'ai pas de voiture et que je vis chez mon père ?

– Tu es déjà marié ? Tu as des enfants ? Tu es gay ? C'est le genre de mecs qui me font craquer, d'habitude. À quelle heure tu veux que je passe te prendre ?

35

À l'Elysium, un service psychiatrique fermé pour adolescents, on commençait la journée en se mettant en rang pour recevoir un petit gobelet en carton. Dans le mien, il y avait six cents milligrammes de lithium : des cachets roses au goût de métal qui m'enveloppaient le cerveau dans un édredon de plumes.

Pendant que nous attendions que les soignants nous donnent nos médicaments et regardent sous nos langues, je grommelais parmi mes camarades internés, tout aussi impatients que moi. Je grognais et pestais, mais en vérité, être hospitalisé était comme accéder enfin à ces camps de vacances auxquels les gosses comme moi n'avaient jamais eu droit. Je me pliais de bonne grâce aux règlements et me prêtais à tous les jeux thérapeutiques. Quand le service se mettait à résonner de jurons, de cris, ou que les chaises valsaient, les souvenirs me donnaient la tremblote mais je ne prenais plus jamais de coups. Sauf une fois.

Aster était enfermée en permanence dans la salle de surveillance et on ne la laissait jamais seule. Elle voulait mourir. L'irritation que lui causait le seul fait de vivre mettait le feu à toutes ses cellules. Les habitués du service se partageaient les anecdotes la concernant comme on s'échange des cartes de base-ball, et je n'étais pas là depuis une semaine que j'avais déjà décroché une photo de star pour ma collection.

Je passais discrètement devant la salle de surveillance quand la porte s'était ouverte avec fracas. Le corps trapu d'Aster était venu violemment percuter le mien et m'avait envoyé valser contre le mur. Andy, un des soignants, était au sol. Il lui avait déchiré sa chemise d'hôpital en essayant de la retenir et une miche de sein droit pendait dehors. Elle avait tournoyé sur elle-même et fusillé Andy du regard. Ensuite, elle avait ouvert grand la bouche comme un avaleur de sabres et s'était martelé le fond de la gorge avec une brosse à dents. Elle s'était criblé de coups. Encore et encore. Un geyser de sang et de vomi avait jailli. Andy l'avait plaquée au sol et avait essayé d'immobiliser ses membres barbouillés, tandis qu'Aster pilonnait de coups de poing le torse et la joue du malheureux.

Plus tard ce même jour, j'ai fait la connaissance de Fritz, un squelette ambulant coiffé d'une crête iroquoise bleu délavé qui lui retombait sur l'œil. Assis en tailleur devant la porte d'Aster, il lui chuchotait quelque chose. Une pancarte "Carrelage glissant" était posée par terre à l'endroit où on venait de faire disparaître les traces de son suicide manqué.

– On a thérapie de groupe là maintenant ? a-t-il demandé.

J'ai hoché la tête et on s'est dirigés ensemble vers la salle d'activités puis assis face à face tandis que, l'un après l'autre, chacun des patients faisait son bilan quotidien : comment il se sentait, ce qu'il espérait que lui apportent les séances de psychothérapie et le mot positif qu'il choisissait pour la journée.

Moi, j'ai choisi "s'enthousiasmer".

Pendant que Carol la Boulimique s'exprimait, Ian le Péquenaud, une victime de l'acide, a retiré son œil de verre et se l'est fourré dans la bouche. Fritz et moi étions les seuls à l'avoir remarqué et on a échangé un sourire. Ian a entrouvert les lèvres et l'œil a glissé en direction de Carol, occupée à se rappeler qu'elle était belle, qu'elle était une princesse. La pupille de verre a lentement balayé le reste du groupe. J'ai lâché un petit rire, et l'œil s'est braqué sur moi.

– Chut. Carol est en train de partager son expérience avec nous. Chacun son tour, a dit Kate, la soignante en charge de la séance.

Fritz a ricané, et l'œil s'est posé sur lui.

– Oh mon Dieu ! a gémi Carol.

– Ian ! s'est écriée Kate.

L'œil a tournoyé dans l'orbite de la bouche avant de disparaître. Ian a dégluti. Tracey, la collégienne qui pleurait toujours pendant les réunions des Alcooliques Anonymes, s'est mise à couiner.

– M'dame, j'ai avalé mon œil.

Prise de panique, Kate a bondi de son siège.

– C'était une blague.

Il l'a recraché dans sa main.

– Ian ! Tu présentes tout de suite tes excuses à Carol pour cette interruption !

– Mais, m'dame, c'était juste pour le nettoyer un peu. Il se salit vite. C'est à cause de tout ce porno que je mate.

Autour de la table, tout le monde a ri.

Kate a fait sortir Ian en lui rappelant sévèrement que notre cercle était sacré.

– Je trouve pas qu'il y a de quoi interrompre notre séance de thérapie, vous oui ? a demandé Fritz. Mon mot positif du jour, c'est "Papadopoulos". Lui, c'est "S'enthousiasmer", moi "Papadopoulos".

Pendant des semaines, nous sommes restés inséparables. Fritz, un peu plus âgé que moi, savait tout sur ce que j'avais envie de savoir. L'Église du Sous-Génie, G.G. Allin et les Murder Junkies, *Le Livre de recettes anarchistes.* Tout ce qui comptait pour un jeune de quinze ans rêvant qu'on le trouve cool plutôt que bizarre.

Quand vous êtes interné, il est facile d'apprendre à connaître quelqu'un d'autre. Les médecins, les infirmières et les autres patients vous définissent. On échange des diagnostics en se serrant la main. Vos ordonnances sont vos cartes de visite. La maladie qu'on vous attribue devient votre identité. Carol la Boulimique, Tracey l'Alcoolique, Jarred le Bipolaire. En dehors de cette institution, je n'avais jamais connu la certitude confortable de voir tous les "à cause de" déclinés pour moi.

J'étais interné à cause d'épisodes psychotiques d'automutilation, à cause de la mort de ma mère et à cause d'années de mauvais traitements aux mains de mon alcoolique de père.

Fritz était interné à cause des drogues, à cause de sa relation amoureuse avec un homme plus âgé appelé Jerry, à cause des abus sexuels de son père. Fritz ne croyait pas aux "à cause de".

Fritz avait sa façon bien à lui d'expliquer pourquoi nous étions ce que nous étions. "C'est du fond de la douleur que s'élève le chant des diamants purs que nous sommes." Je ne lui ai jamais demandé ce qu'il entendait par là, parce que j'avais besoin d'y croire.

Je disais tout à Fritz, et tout ce que je lui disais était vrai. Arranger sa propre vie ne l'intéressait pas, mais il savait trouver les mots pour me donner envie d'améliorer mon existence. Sa chambre était en face de la mienne dans le couloir. Assis en tailleur devant nos portes, en mâchonnant ses chewing-gums à la nicotine, on parlait jusqu'à l'extinction des feux.

– Pourquoi tu t'es mis à hurler comme ça aujourd'hui ? Je t'ai entendu. Il faut pas tout mettre sur le dos de ton père.

Les paroles de Fritz, parfumées de nicotine mentholée, faisaient beaucoup plus pour moi que les pilules roses et les soins d'Andy de 9 à 5 tous les jours. C'était à nouveau un mois d'attente et j'en avais besoin.

– Je sais.

– Tu ravales tout ça et tu fais comme si rien pouvait t'atteindre. Tu prends sur toi toute cette culpabilité jusqu'à exploser. Il essaie de t'aider, ton père. Combien de fois tu t'es retrouvé en salle de surveillance, cette semaine ?

Fritz et moi jouions à “mains rouges” dans le couloir. Les siennes, longues et expressives, se posaient avec légèreté sur les miennes. Andy s’est approché de nous, l’air furieux.

– Fritz, Aster te réclame.

– J’entre directement dans sa chambre ou vous l’attachez d’abord ?

Le soignant l’a regardé fixement pour lui signifier que sa question était idiote et il a poursuivi son chemin dans le couloir.

Fritz m’a pris par la main et m’a conduit jusqu’à la porte d’Aster. On s’est assis en tailleur devant. Fritz s’est penché tout près de la jointure du chambranle.

– Aster ?

Un gémissement, douloureux et lent, marqué par une tristesse contagieuse, est passé sous la lourde porte. Un reniflement. Elle pleurait.

– Aster, tu es le ciel de ténèbres pour se protéger duquel ils se barricadent et allument leurs feux. Mais ceux qui acceptent de danser nus et sans crainte sous ta voûte découvriront tes myriades d’étoiles.

– Fritz ? a demandé la voix d’Aster.

– Je suis là. Ferme les yeux maintenant. Je veille sur ton sommeil.

J’ai ouvert la bouche mais Fritz a posé un doigt sur ses lèvres. Nous sommes restés assis en silence pendant plusieurs minutes.

– Comment elle va faire quand tu seras plus là ? j’ai chuchoté. Fritz sortait dans sept jours. Il arrivait au bout des trois mois qu’ils accordaient aux drogués, alors qu’ils ne gardaient les cinglés comme moi que trente jours.

– Je veux même pas y penser.

– Moi, je sors une semaine après toi. On se reverra, j’espère.

Aster a gémi le nom de Fritz.

Il a hoché la tête, mais il m’a fait signe de me taire avant de se pencher pour murmurer à travers la porte.

Deux jours plus tard, nous étions devant la fenêtre de la salle d'activités, gesticulant à l'adresse des passants, et s'ils répondaient à nos saluts, nous léchions le carreau en faisant mine de nous masturber. Kate n'a pas tardé à mettre fin à notre petit jeu mais, au lieu de nous convoquer tous les deux dans son bureau, elle a demandé à Fritz seulement de la suivre. On ne s'est pas revus de la journée et, après le repas du soir, je me suis assis sur le seuil de ma porte en attendant que les lumières s'éteignent.

Le lendemain matin, je l'ai coincé au passage.

– Il faut que je te parle. Rejoins-moi dans la salle d'activités.

– Je suis à la bourre pour mon rendez-vous avec le Dr. Machin-Chose. Tu devrais aller discuter avec Kate.

Dans un espace qui comprenait en tout et pour tout une série de chambres fermées à clé, deux couloirs, le bureau des infirmières et un patio clôturé, il était difficile d'éviter quelqu'un. Fritz a réussi à le faire parfaitement jusqu'à sa sortie. Quand il a essayé de me dire au revoir, je lui ai répondu d'aller se faire foutre.

Après son départ, j'ai erré comme une âme en peine pendant plusieurs jours, ce qui m'a valu une dose supplémentaire de médocs.

J'ai entendu la voix d'Aster qui m'appelait depuis la salle de surveillance :

– Hé, hé, petit.

Les croissants de lune de ses yeux sont apparus à la vitre étroite.

– Hé, hé, petit. Fritz était amoureux de toi.

– Aster, s'il te plaît, éloigne-toi de ce carreau, a dit un soignant à l'intérieur de la salle.

Les deux croissants de lune ont disparu.

– Je t'emmerde, va te faire foutre, fils de pute, a braillé Aster.

36

Chez Sarah, on se sentait d'emblée à la maison. Un petit pavillon traditionnel en bois construit dans les années 30, tout de plain-pied, vert pâle avec des bordures vert sapin. Si on avait fait une carte postale de cette rue, on aurait à coup sûr choisi la maison de Sarah pour figurer au centre. Sur la photo, des enfants joueraient au base-ball sous l'œil d'un golden retriever pendant que le papa tondrait sa pelouse. On y lirait "Tu nous manques!", et ce serait sincère. Sous les auvents, toute la façade était bordée par une galerie profonde. Il y avait une table avec des chaises d'un côté de la porte, et une balancelle de l'autre. Sur les larges marches du perron s'alignaient des pots en argile qui regorgeaient de fleurs bleues couchées par la chaleur. Un chêne, au feuillage fourni et majestueux, ombrageait la maison. Ses racines peu profondes avaient fendillé le trottoir vieux de plusieurs dizaines d'années. Ça m'a rappelé un jour, alors que je traversais le Canada comme roadie du groupe d'un copain, où je m'étais arrêté pour voir une rivière gelée se craqueler d'un seul coup.

Pendant que Sarah se garait dans l'allée, je me suis mis à penser à ce perron et à combien il allait être inévitablement bizarre de me faire porter pour monter les marches.

Elle a serré le frein à main. Mal à l'aise, j'ai attendu qu'elle sorte mon fauteuil roulant du coffre. Clac. Elle mettait une roue en place. Clac…

Elle a cogné à ma vitre.

– Tout va bien?

– Oui, je rêvassais, c'est tout.

J'ai bloqué mes roues, me suis glissé sur le fauteuil, ai posé mes pieds et réajusté mon pantalon, en évitant soigneusement de croiser son regard.

– On va passer par-derrière, a-t-elle proposé.

Longeant une fenêtre sur le côté de la maison, elle a tapoté sur le carreau. De l'intérieur une petite voix haut perchée a poussé un cri d'une joie enfantine sans mélange. Derrière la maison, sa mère se tenait au sommet d'une longue rampe d'accès en bois. J'étais surpris mais surtout soulagé de ne pas avoir besoin d'être hissé à l'intérieur.

– Bonjour, Jarred.

Elle avait la même lueur malicieuse dans les yeux que Sarah. Ses cheveux étaient courts avec des reflets blonds.

– Ooh qu'elle est belle !

– Je te présente Jack, l'orchidée grincheuse. C'est Jarred qui me l'a donnée.

– Mon père en fait pousser.

– Elle est magnifique malgré son nom. Eh bien, Jarred, j'espère que tu as faim.

La mère de Sarah agitait les mains et parlait avec animation comme si elle transcrivait le discours d'un populiste en langage des signes plutôt que de nous décrire la recette de pommes de terre qu'elle avait trouvée sur Internet, assurant à Sarah qu'elle était parfaitement végétalienne. Le père de Sarah a fait son apparition.

– Bonjour, Jarred. Sois le bienvenu.

Il s'exprimait comme le présentateur d'une émission de télé pour enfants. Je me suis un peu hérissé, parce que je le trouvais un peu condescendant, mais il parlait de la même façon à Sarah et à sa femme. C'était la voix d'un homme patient et gentil, et elle allait bien à ce géant de plus d'un mètre quatre-vingts aux épaules larges. Il était chauve et portait une barbe blanche parsemée de poils cuivrés.

– J'espère que tu as faim, a-t-il dit à son tour.

La maison était traversée par un couloir central envahi de photos et d'étagères pleines de bibelots. Il y avait une rampe sur toute la longueur. L'air fleurait bon les oignons en train de rissoler, le poulet rôti et les pommes de terre.

Chaque pièce était peinte d'une couleur différente. Je me sentais déjà à l'aise dans cette maison, au sein de cette famille.

– C'est ma tanière, a dit Sarah en passant devant une chambre aux murs aubergine et au lit défait.

– Là, c'est le bureau de mon père. Il est architecte.

Devant une vaste baie vitrée, la table de travail et l'ordinateur faisaient face au potager. Des rayonnages de livres cachaient les murs de couleur nacre.

– Ça, c'est la chambre de mon frère Marco, a dit Sarah en montrant une porte fermée. Elle a frappé.

– Sarah, entre!

Les sons semblaient imprécis, comme articulés par une personne sourde.

Nous avons pénétré dans une pièce bleu ciel. Près de la fenêtre, sur un lit d'hôpital, un garçon mal rasé s'est soudain illuminé en voyant Sarah. Ses yeux fiévreux, enfoncés dans leurs orbites, paraissaient immenses. Il avait la peau tendue et les lèvres pincées d'une momie qu'on vient de sortir de ses bandelettes. Il a écarté les bras, fermé et ouvert les poings plusieurs fois.

– Sarah! a-t-il couiné.

– Marky Marco.

Elle a pris la main de son frère dans la sienne et lui a embrassé les doigts.

– Sarah.

– Je te présente Jarred.

Marco m'a tendu la main. Je la lui ai serré. Une très légère pression, et j'ai compris qu'il voulait que je m'approche. Il s'est hissé vers moi avec peine. Je l'ai étreint, torse nu dans mes bras, et j'ai senti sa peau, fine et douce, tirée sur les omoplates décharnées, la corde à nœuds des vertèbres et ses côtes saillantes. Sa chaleur brûlante. Sa tête pesait lourdement sur mon épaule. L'envie de pleurer m'a pris sans que je sache pourquoi.

– Heureux de faire ta connaissance, Marco.

Un sourire s'est dessiné, ses lèvres se sont retroussées sous l'effet d'une douleur qu'il a cachée.

Sarah lui parlait et il branlait du chef en clignant des paupières, les membres tremblants. J'ai balayé la chambre du regard : sur les étagères, des piles de gants en caoutchouc et de couches, des boîtes marquées "Stérile" et un récipient d'un rouge détonnant estampillé "Danger biologique". Une machine à dialyse de la taille d'une commode avec ses tubes et ses boutons, un engin futuriste des années 70, installée près du lit. Un vieux fauteuil roulant cabossé, qui devait rester le plus souvent à l'abri de la maison, attendait dans un coin.

– À tout à l'heure, Marco. Au plaisir.

Dans la salle manger, les parents de Sarah mettaient le couvert.

– On ne va pas tarder à passer à table, a dit sa mère.

Un cri a jailli de la chambre de Marco. J'ai regardé Sarah, craignant que quelque chose se soit passé.

– Il chante avec la radio. Il est obsédé par le R&B. Je crois que c'est un groupe qui s'appelle En Vogue, a expliqué Sarah.

– Non, c'est TLC, a corrigé son père en posant une bouteille sur la table.

Nouveau cri.

– Tu vois, a-t-il poursuivi en chantonnant le refrain.

Sarah et ses parents souriaient tous les trois. Je ne savais pas de quoi souffrait exactement Marco, si son état pouvait s'améliorer ni s'il en avait encore pour longtemps à vivre. Mais, à ce moment précis, l'univers entier s'est réduit à cette famille qui écoutait ce garçon chanter faux et à tue-tête sur de la musique pop et malgré tout, ici et maintenant, il m'a semblé qu'aucun mal ne pouvait survenir. Absolument aucun mal.

Une fois les plats posés sur la table, la mère de Sarah s'est à peine assise une seconde avant de disparaître à nouveau. Soit elle resservait quelqu'un, soit elle courait chercher des serviettes, soit encore elle allait jeter un œil sur son fils. Sarah n'a pris que des légumes. Après le repas, nous nous sommes tous retrouvés dans la cuisine à emballer les restes, à laver ou essuyer la vaisselle. Le père de Sarah a fait une petite bise à sa femme sur la joue pour la remercier d'un repas délicieux.

– Allons faire un tour en voiture, a proposé Sarah.

– On va où ?

– Donner à manger aux Canards Détritus.

Elle a sorti deux bouteilles d'eau vides du bac de recyclage.

Nous avons roulé le long de petites routes à deux voies au-delà de vendeurs de mobile homes d'occasion et de stations-services isolées qui projetaient dans le soir tombant leurs promesses fluorescentes de malbouffe et de bouteilles de deux litres de soda. Le décor est passé de la campagne à un mélange de terrains vagues et de bâtiments industriels. De gigantesques véhicules couverts de boue desséchée s'éparpillaient alentour comme des ruminants en train de paître. Nous avons obliqué dans un chemin de terre creusé d'ornières profondes. Des lumières et la laque noire d'une étendue d'eau miroitaient devant nous. Nous avons débouché dans une clairière sur la rive d'un petit lac, face au paysage futuriste d'une raffinerie de pétrole. Des lumières jaunes, blanches, vertes, bleues et rouges éclairaient les créneaux et les flèches de canalisations en métal brossé de différentes tailles. Les volutes de fumée luisaient dans le noir, et d'une tour jaillissaient des flammes orange qui claquaient au vent comme un drapeau.

– C'est magnifique. Comment tu as trouvé cet endroit ? j'ai demandé tandis que Sarah poussait le fauteuil pour me faire traverser le terrain accidenté qui longeait la berge. On s'est arrêtés sur le bord en béton. Elle s'est assise et a laissé pendre ses pieds.

Elle a secoué les dernières gouttes et a revissé soigneusement le bouchon d'une des bouteilles avant de la jeter dans l'eau saumâtre. Elle a rebondi et pirouetté à la surface, poursuivie par de fines vaguelettes, le cou tendu en avant à la recherche d'un compagnon.

– Les Canards Détritus, a-t-elle expliqué. Elle a jeté l'autre bouteille et, poussées par la brise, elles ont exécuté un petit ballet. Sarah a posé un coude sur mon genou et elle m'a montré comment nourrir ses protégés. Nous leur avons lancé des capsules de bouteille, des cailloux et des fragments de béton jusqu'à ce que le vent les pousse de plus en plus loin.

Elle a appuyé la tête sur ma cuisse et je lui ai caressé les cheveux. Une intimité facile et immédiate. Je ne me suis pas posé de questions. Sa présence m'apaisait et je pensais seulement à la douceur de sa peau tandis que je suivais sa mâchoire du bout de l'index.

– Tu as vu ?

Elle tendait la main, les doigts écartés.

– Je dois voir quoi ?

– Mes doigts.

Le zigzag blanc d'une cicatrice passait entre l'annulaire et le majeur.

– Qu'est-ce qui t'est arrivé ?

– Je suis née avec les doigts palmés. Ma mère voulait que je sois normale. Alors elle les a fait séparer. Je ne suis pas sûre que ces affreuses cicatrices soient plus normales, mais j'ai gardé mes orteils palmés. Si tu joues les bonnes cartes au bon moment, je te les montrerai ce soir. Ma mère me détestait pour ça. Elle en rendait mon père responsable, elle a refusé de me nourrir au sein jusqu'à ce que je me fasse opérer. Il a fallu attendre que j'aie six mois pour pratiquer l'opération.

– Ouah ! Jane a l'air tellement cool pourtant…

– Jane est notre belle-mère, mais mon père et elle sont ensemble depuis si longtemps que c'est elle *la* maman. Ces doigts palmés n'étaient pourtant pas un drame. C'était juste une question d'esthétique. Parfois les os eux-mêmes sont soudés. – Elle a serré les doigts. – Papa les a suppliés de laisser mes orteils tranquilles. Il ne pouvait pas supporter l'idée de les voir découper un bébé.

Nous regardions la raffinerie et le lac.

– Deux ans plus tard, Marco est né.

– Je croyais que c'était lui l'aîné. J'avais vraiment tout faux.

– Et non. Papa m'a dit que, quand ils leur ont expliqué tous les problèmes que Marco allait rencontrer, ils ne pensaient pas qu'il irait jusqu'à l'adolescence. Pour alléger l'atmosphère, il a blagué en disant qu'au moins ses doigts et ses orteils étaient normaux. Il se rappelle avoir regardé ma mère à ce moment-là et compris qu'elle allait nous abandonner. Et elle l'a fait. Elle a tout laissé : ses fringues, ses mômes, c'était du pareil au même pour elle. Disparue. Papa est rentré du travail, et il a trouvé le bébé en train de hurler. Moi, je ne m'en souviens pas. Je devais jouer dans ma chambre. Il a essayé de découvrir où elle était passée. Il a téléphoné un peu partout, mais personne ne savait rien. La seule réponse qu'il a obtenue, c'était celle de la mère de ma mère : elle était navrée mais lui serait reconnaissante de ne plus appeler. Quand j'avais dix ans, il a reçu de Californie une lettre d'annulation du mariage. On n'a jamais plus entendu parler d'elle.

– Je sais pas quoi te dire.

Elle a levé les yeux vers moi.

– Pas sûre que tu sois censé dire quoi que ce soit.

Elle a baissé la tête et je lui ai caressé les cheveux. On a observé le reflet de la raffinerie qui scintillait sur l'eau.

Sarah trouvait que la flamme du gaz ressemblait à un monstre marin doté de fins tentacules qui nageait sous la surface.

– Il te surveille. Fais gaffe à te conduire comme il faut.

– Tu veux qu'on aille voir Jack ? j'ai proposé.

– Oui, avec plaisir. Comment ça va, vous deux ?

Je l'ai regardée.

– Tu m'as dit que vous ne vous entendiez pas très bien.

– Un peu mieux en ce moment, je crois. Depuis que je suis rentré à la maison, j'ai compris que je lui reprochais pas mal de choses qui étaient pas vraiment de sa faute.

J'ai respiré un grand coup. Elle a continué à contempler les vaguelettes tandis que je lui effleurais le lobe de l'oreille. J'avais envie de lui parler de ma mère, des années d'adolescence passées seul avec Jack, des années plus solitaires encore quand j'étais en fuite, comme une façon d'expliquer qui j'étais, mais j'avais trop peur de la voir partir en courant.

Elle m'a regardé en souriant.

– Allons-y, mon p'tit. On va voir Jack.

On a repris la direction de la ville. Je n'étais pas sûr de l'adresse mais on a trouvé l'usine assez facilement. On a suivi le trottoir qui longeait le bâtiment. J'ai essayé toutes les portes au passage. Elles étaient toutes fermées à clé jusqu'à ce qu'on atteigne le quai de chargement. Dès que j'ai poussé le battant, une lumière orange s'est mise à tournoyer et une alarme a retenti.

– Vous avez déclenché le système de sécurité. La police va intervenir. Vous avez soixante secondes pour quitter les lieux.

La voix de Jack résonnait dans un haut-parleur à côté de la porte.

J'ai écrasé le bouton d'appel :

– C'est moi.

– Cinquante-neuf secondes. Cinquante-huit. Cinquante-sept.

– Allô, tu m'entends ? C'est Jarred. Coupe l'alarme.

– Cinquante-six secondes.

– On ferait mieux d'y aller.

J'ai fait demi-tour pour partir. L'alarme s'est tue.

– Je t'ai vu sur l'écran de surveillance. Lève la tête.

J'ai regardé. Sarah a fait signe de la main.

– C'est la jeune fille qui te rend complètement gaga ? Je me rappelle vous avoir vue dans ce café chic. Je suis Jack, le papa de Jarred.

– Bonsoir, Mr. McGinnis.

Nous avons emprunté le couloir qui embaumait le sucre, en passant sous des banderoles qui annonçaient de nouvelles saveurs de céréales qui n'étaient jamais que des contrefaçons de marques connues.

– Ça sent bon comme un samedi matin d'enfance, a affirmé Sarah.

Le couloir était ponctué d'affiches sur les procédures de sécurité, de vœux d'anniversaire pour Cindee et d'un formulaire d'inscription pour une équipe de softball. J'ai mis mon nom pour la troisième base. Jack m'a dit d'arrêter.

Dans la salle de repos, il y avait quelques tables et des chaises en plastique ; le long d'un mur, un évier et un frigidaire. Toute une collection de mugs était accrochée à la crédence. Au-dessus, les produits de l'entreprise s'entassaient sur les étagères : café soluble, crèmes, thés et boissons lyophilisées.

– Si vous aimez les trucs en poudre, vous êtes au bon endroit, a déclaré Jack.

– Du Nestlé Quick ! Je n'en ai pas bu depuis petite, s'est exclamée Sarah.

– C'est du faux, mais servez-vous. À mon avis, ça a un goût de poussière de brique sucrée. Jarred, tu prends quoi, toi ?

– Chocolat.

– Vous êtes mes invités. Prenez une chaise. Quel parfum, Sarah ?

– Fraise.

Jack a décroché trois mugs. Il a versé une cuiller de poudre de chocolat, une de fraise et une de café pour lui-même, et il est allé chercher du lait.

– Vous auriez du lait de soja ?

– Pas la moindre idée... – Jack a sorti une brique de lait de soja du frigo. – C'est quoi, ce truc ? Jamais entendu parler.

Il l'a reniflée avant de servir Sarah. Puis, il a versé du lait normal dans sa tasse et la mienne.

– Dégoûtant. Du lait froid et du café en poudre ? j'ai protesté alors qu'il posait le tout sur la table.

– Fiston, ne nous voilons pas la face. Ces breuvages sont horribles. – Il a pris une gorgée du sien. – Sarah, je sais que vous travaillez dans ce café branché. Mais moi je suis vieux et je n'ai plus besoin de faire semblant. Vous voulez des donuts ?

Il s'est levé pour prendre la boîte sur le plan de travail.

– Je crois pas que les donuts soient très véganes, je suis intervenu.

– Des donuts végétaliens ? Mais tout l'intérêt du donut, c'est l'exploitation de l'animal.

– C'est affreux et ça n'a aucun sens, a dit Sarah.

Jack a souri et haussé les épaules.

– Fous-lui la paix, Jack.

– Pas de problème, a réagi Sarah. Ce n'est pas parce que je suis végane que tout le monde doit l'être aussi.

– Pas très végane de ta part, j'ai rétorqué. Aïe, aïe ! Pourquoi tu frappes mon bras et pas le sien ?

Jack a éclaté de rire.

– Au fait, je croyais que tu devais mettre la pédale douce sur la caféine.

– Mais qui est le père dans cette histoire ? s'est enquis Jack en se tournant vers Sarah. Vous êtes une jolie femme, avec apparemment la tête sur les épaules. Qu'est-ce qui peut vous amener à vous intéresser à une patate comme lui ?

– Je ne sais pas. J'aime son sens de l'humour. Et puis, il est pas trop vilain à regarder.

– Il a de qui tenir.

– En plus, vous avez vu combien de places de parking on lui réserve ?

Jack a de nouveau éclaté de rire.

– Elle me plaît, la demoiselle !

Assis autour d'une petite table ronde, nous avons siroté nos boissons en bavardant. Jack a raconté la fois où il m'avait trouvé en train de hurler sous la table avec la tête d'un soldat coincé dans ma narine. Une vraie crise d'hystérie, avec du sang partout.

– Ce gamin était assez malin pour savoir ce que voulait dire "expédition de reconnaissance", mais pas assez pour ne pas se fourrer une saleté de jouet dans le nez.

Sarah a ri de bon cœur.

– Tu finis à quelle heure ? j'ai demandé.

Il a jeté un coup d'œil à la pendule au-dessus de la porte.

– D'ici deux heures.

– Tu veux qu'on reste avec toi ?

– Mon Dieu, non. Je n'ai pas pris ce boulot pour la vie sociale. On se verra à la maison. Content d'avoir fait plus ample connaissance, Sarah.

– Moi de même, Jack.

Sarah m'a déposé devant la maison. Le moteur tournant au ralenti, nous sommes restés un moment à fixer le pare-brise. Elle a rempli le silence avec un grand sourire.

– Tu veux entrer ?

L'air sérieux, elle a répondu par une question :

– Tu as un pyjama pour moi ?

– Haut et bas ?

– Oui.

– Je crois que j'ai un truc qui fera l'affaire.

Elle était dans la salle de bains pour enfiler un boxer et un tee-shirt. Je me suis glissé sous les couvertures. Comment faire pour déplacer ce corps à moitié inutile avec un minimum d'élégance ? Elle allait s'allonger à côté de moi. Ça faisait trop longtemps. Même rouler sur le flanc face à elle allait demander un réajustement maladroit de mes jambes, un mouvement de hanches, un réalignement de mes oreillers. Vraiment pas ce qu'il faut pour séduire.

Elle a refermé la porte derrière elle et m'a décoché un sourire timide. Même les petits tressautements du matelas quand elle a grimpé sur le lit m'excitaient.

– C'est toi qui as peint ça ?

Elle montrait du doigt le tableau de ma mère.

– Quand j'étais ado. À partir d'une photo d'elle. Elle a à peu près notre âge, là.

– Ouah ! Tu étais vraiment doué. Tu devrais te remettre à peindre. J'adore la façon dont elle se cache les yeux, mais on voit quand même qu'elle sourit.

– Elle était vraiment timide. Elle détestait être prise en photo. Je suis content que Jack l'ait gardée.

– Bien sûr qu'il l'a gardée. C'est un portrait de sa femme peint par son fils.

Elle a glissé la main sous les draps et a pris la mienne.

– Tu es prêt ?

Je ne savais pas quoi répondre. J'étais à nouveau un adolescent novice.

– Je crois que tu fais partie des bons. Je vais te montrer mes pieds de canard magiques.

– Je crois pas qu'on devrait se précipiter.

– Je sais ce que je fais.

37

La veille de ma sortie de l'hôpital, j'avais une séance d'entretien familial avec Jack. Nous attendions devant le bureau du psychiatre qu'il nous fasse entrer. Jack était déjà assis quand je suis arrivé. J'ai pris place à côté de lui et nous avons gardé le silence.

Le psychiatre a ouvert sa porte. Il était trapu et avait un gros nez. Il nous a invités à entrer d'un geste ample de sa main replète qui pendait sur sa blouse blanche et que recouvrait une toison d'épais poils noirs. On l'aurait plutôt vu brandir un hachoir que prescrire des antipsychotiques.

– Entrez. Je suis le Dr. McCabe, a-t-il dit en nous conduisant à nos sièges. Désolé que le Dr. Taradash ne soit pas là. Il a eu une urgence familiale et on m'a demandé de le remplacer au pied levé. Je suis justement en train de feuilleter votre dossier. Il semble qu'aujourd'hui soit le dernier entretien avant votre sortie. Je suppose que tu dois être tout content, hum... Jarred?

– Oui, monsieur.

– Il va vous falloir être patient avec moi parce que chaque entretien de ce genre est unique pour chaque famille. Vous avez évidemment mis en place une certaine dynamique au cours de votre thérapie et ce n'est pas facile d'y déroger, en particulier pour le dernier. Jarred, tu peux me dire quelques-unes des règles de base que tu as établies ici?

– On essaie de défendre notre point de vue sans accuser les autres et de l'exprimer en termes de ressenti. On ne crie absolument jamais, on n'élève pas la voix, on n'utilise pas de langage ordurier et on n'imite pas l'accent allemand. *Jawohl?*

Le médecin a hoché la tête sans lever le nez de ses papiers.

J'ai observé Jack pour voir s'il avait remarqué ma blague, mais il posait sur le psychiatre un regard vide. On aurait dit un homme qui attendait qu'on l'appelle au guichet pour refaire sa carte grise. Un examen ophtalmo. Une visite chez le dentiste. Un check-up, mais aucune intervention prévue. Il était là pour signer des formulaires comme c'était exigé de lui.

– Le dossier dit que l'effondrement de l'unité familiale a été causé par le décès inattendu de la mère. C'est exact ?

Il évoquait la mère disparue comme on parle du carburateur foutu. Une pièce mécanique qui rend l'âme. Pour le docteur-boucher, elle était "la mère". Ça m'allait bien. Il n'avait aucun droit d'utiliser son nom.

Au bout d'un mois d'internement, je suis devenu un adepte du langage clinique et thérapeutique pour slalomer entre ce que les gens voulaient entendre sans jamais toucher à la culpabilité que je ressentais concernant la mort de maman, la honte d'avoir un père alcoolique, la violence, la colère tous azimuts, la solitude, la confusion et surtout la tristesse débordante qui me prenait au corps. Je savais que je devais entrer dans leur jeu une dernière fois, ensuite ils me libéreraient et je pourrais n'en faire qu'à ma tête. Le médecin semblait ravi de la façon remarquable dont j'étais réceptif à tout ce que la psychiatrie moderne avait à offrir à un jeune homme troublé. Les réponses mécaniques de Jack étaient ce qui le perturbait le plus. Après notre entretien, j'ai réprimé un sourire narquois quand il lui a demandé s'il avait le temps d'une séance rapide en privé. Je savais d'expérience qu'il allait se voir rappeler l'importance de l'engagement personnel dans le processus thérapeutique.

Le lendemain, Jack a signé ma décharge et m'a ramené à la maison. Pendant des semaines je me suis planqué dans ma chambre en attendant d'être inscrit dans un lycée alternatif où on enseignait aux élèves l'histoire de l'art, les méthodes de contraception, et où on les laissait fumer à la récré. Et puis, un jour, Fritz a téléphoné :

– Qu'est-ce que tu deviens ?

– Rien, j'ai répondu sèchement, sans trop savoir si j'étais en colère ou blessé.

– Je suis désolé de m'être comporté comme un con, mais ils me laissaient sortir seulement si je t'adressais plus la parole. Ils s'inquiétaient de "la nature de nos relations". – Il avait prononcé cette dernière phrase en imitant un ton clinique. – Tu veux aller faire un tour ?

– Je croyais que tu habitais loin dans la cambrousse ?

– Non. Je partage un appartement avec un type qui s'appelle Jerry.

– Jerry ?

Dans le monde extérieur, c'était facile d'oublier comment, à l'hôpital, tous nos problèmes étaient en vitrine. Là-bas, on déballait tout à chaque séance de groupe sans réfléchir à leur importance.

– Il est plutôt sympa.

Je suis allé à vélo à l'adresse qu'il m'avait donnée. L'immeuble était coincé entre les pins comme un cerf-volant échoué. Des aiguilles rousses crissaient sous mes roues et relâchaient leur parfum de cire.

Devant l'appartement de Fritz, un chaton noir couvert de poussière gémissait. Je lui ai caressé la tête et j'ai senti sa fourrure toute douce et son petit crâne au-dessous. Il a disparu à l'intérieur quand un type maigrichon habillé comme un aide-soignant m'a ouvert la porte. Avec ses cheveux frisés, il avait l'air d'un coton-tige roux affublé de lunettes.

– Oui ?

– Fritz est là ?

– Au fond. Fais gaffe, il est pas à prendre avec des pincettes aujourd'hui.

Dans le couloir, je me suis demandé laquelle des deux portes était celle de Fritz. Coton-tige s'est planté derrière moi et a posé les mains sur mes épaules. Je me suis crispé sous ce contact et j'ai dû lutter contre l'envie de le repousser.

Il m'a guidé jusqu'à une porte :

– C'est celle-là. L'autre, à droite, c'est la chambre d'amis. Dis-lui que je suis du soir aujourd'hui.

Coton-tige m'a tapoté l'épaule avant de disparaître.

Fritz a ouvert la porte :

– Ça y est, il est parti ?

J'étais déçu par l'allure de fort en maths de ce Jerry. Fritz représentait pour moi le modèle du mec cool. Ce pauvre type était-il vraiment un pédophile ? Est-ce que Fritz resterait avec lui si c'en était un ? J'étais troublé et une sorte de gêne s'est installée entre nous. Il m'a serré dans ses bras. Je l'ai embrassé. Il était chaud. Moi, froid. Il sentait le tabac.

– Pourquoi tu m'as plus calculé à l'hosto ?

– Je te l'ai dit. Sinon, ils me laissaient pas sortir. J'étais inquiet... je voulais pas... je sais pas.

– On passe l'éponge. Qu'est-ce que c'est, ce truc ?

Je lui montrais un bol rempli d'une bouillie qui ressemblait à des flocons d'avoine bleu roi.

– De la coloration maison. J'allais justement me teindre les cheveux. Tu veux essayer ? Ou tu préfères que je t'offre une boucle d'oreille ? – Fritz a pris une espèce de clou à côté du bol de teinture. – C'est un piercing. Normalement on doit le mettre en place avec un pistolet, mais à mon avis y'a qu'à l'enfoncer.

Assis côte à côte sur le canapé du séjour, on éclusait des bières en regardant des dessins animés. L'oreille me brûlait et je n'arrêtais pas de tripoter le piercing. On gloussait de rire sous nos bonnets de douche et la bouillie bleue qui fumait sur nos cheveux. Le chaton a sauté sur mes genoux et a miaulé jusqu'à ce que je le caresse.

– Comment va ton père ? s'est enquis Fritz.

– Je peux squatter ici ?

– Non.

– Va te faire foutre toi aussi.

– Aster a dix-huit ans aujourd'hui.

J'ai levé ma bière.

– Bon anniversaire, Aster.

– Ça veut dire qu'ils vont l'expédier à l'hôpital public.

– Désolé.

On s'est tournés vers la porte en entendant la clé tourner dans la serrure.

– Salut, chaton, a chantonné Jerry. – Il a montré un pack de bières. – Rebonjour, m'a-t-il dit en s'asseyant par terre entre nous et la table basse. Il a décapsulé une bière et me l'a tendue. J'ai soulevé la mienne, encore à moitié pleine, en guise de "non, merci". Fritz a fini la sienne et en a pris une autre. On a continué à regarder des dessins animés et à siffler des bières. Fritz buvait vite, et il a vidé la plupart des six. Je ne savais pas bien contre qui il était en rogne.

Jerry a pris une boîte de cigares sous le canapé. Il en a tiré du papier à rouler, de l'herbe et une petite balle en caoutchouc noire enveloppée de cellophane.

– Jerry, non.

On a fumé, Fritz aussi, et le monde s'est mis à me glisser sur le corps par petites vagues apaisantes. Je me suis enfoncé dans le canapé en fixant la télé à laquelle je ne comprenais plus rien. Je me suis fait peur tout seul en pensant que, vraiment, je préférais être dans cet état.

Sans savoir comment, je me suis retrouvé dans l'immense lit de Fritz. Je l'ai entendu siffler dans le couloir d'une voix menaçante :

– Je t'interdis d'entrer dans cette chambre. T'avise pas de toucher à ce gosse !

Il a fermé la porte à clé et s'est couché par terre.

– Bonne nuit, Fritz, j'ai marmonné.

Au milieu d'un rêve, j'ai entendu la porte s'entrebâiller. J'ai senti quelque chose de chaud qui me touchait le pied et qui tirait sur ma couverture. Je me suis réveillé et je suis resté immobile : j'avais peur d'ouvrir les yeux et de voir Jerry penché sur moi. Quelque chose a remonté le long de ma jambe, m'a touché le genou, puis la cuisse. J'ai retenu mon souffle. Un poids sur l'intérieur de mes cuisses qu'on forçait à s'écarter. Je me suis redressé d'un bond et j'ai repoussé la couverture avec violence. Le chaton a sauté en l'air, il a craché et s'est enfui de la chambre.

– Pourquoi la porte est ouverte ? a grommelé Fritz.

– Je sais pas. Le chat ?

– Tu m'as foutu la trouille. – Fritz a refermé la porte à clé. – Dors maintenant.

38

Ensuite, allongé sur elle et la serrant fort entre mes bras glissés sous son dos, j'ai enfoui la tête au creux du cou de Sarah pour y nicher de petits baisers, sa chaleur contre ma joue. Je l'ai sentie frissonner.

Quand j'ai relevé la tête, ma joue était baignée de larmes. Elle avait les yeux rouges et gonflés.

– Excuse-moi, a-t-elle articulé avec peine.

– Qu'est-ce que j'ai fait ? Je suis désolé. Qu'est-ce qui se passe ?

– Rien.

Nous avons soulevé le poids de nos corps pour que je puisse m'allonger à côté d'elle. J'ai posé la tête sur sa poitrine et j'ai écouté le murmure de son souffle et le tic-tac de son cœur. Ce cœur, comme tous les autres, pouvait être blessé : infarctus, caillots de sang ou accident de voiture après une soirée trop arrosée. Mais, ce cœur-là, je me suis dit que c'était moi qui risquais de le faire souffrir.

Une vague de panique glacée m'a submergé. Je me suis redressé d'un coup et j'ai repoussé la couverture.

– Qu'est-ce qui t'arrive ?

– Rien. J'ai besoin d'une clope.

– S'il te plaît. Attends un peu.

Je me suis rallongé et elle s'est blottie contre moi. Mon bras et mon épaule, son oreiller. Elle s'est rendormie presque aussitôt tandis que je suivais du doigt les contours de sa taille et de ses hanches. Sous ma paume, le rythme de ce cœur. Pas si fragile, bien mesuré. Je voulais être digne d'une personne comme Sarah. Les battements puissants et réguliers m'ont apaisé.

– Hé, ma belle. J'ai besoin de te parler. Je serai peut-être capable de te dire ces choses en face un jour où tu seras réveillée mais...

Sa respiration était rapide et peu profonde dans son sommeil.

– Quand ma mère est morte, j'étais présent. Pendant le même accident qui m'a mis dans un fauteuil roulant, Melissa, cette fille que je connaissais, est morte à cause de moi. Maintenant, chaque fois que j'entends des freins grincer ou qu'on montre un accident de la route à la télé ou dans un film, j'ai envie de vomir. Melissa recommence à mourir sous mes yeux exactement comme ma mère quand j'étais gosse, et ça ne s'arrête jamais.

Ses lèvres s'entrouvraient à chaque expiration. J'ai suivi le dessin de son nez du bout de l'index. Tomber amoureux d'elle allait être tellement facile.

– J'ai la trouille qu'à cause de moi, on saisisse la jolie petite maison de Jack. Je ne possède rien d'autre que les factures que je ne peux pas payer. Je ne remarcherai jamais et de parfaits inconnus me traitent comme si j'étais un demeuré. Tout ça, je peux le supporter, mais...

“Je vais te dire ce qui me fait vraiment peur, Sarah. Je veux dire vraiment, vraiment peur. Je ne suis pas sûr d'être prêt à assumer une histoire qui marche. Je suis un lâche, et j'espère que tu me pardonneras de tout ce que je pourrais trouver pour foutre en l'air ce truc qui commence entre nous.”

Elle dormait toujours. J'ai passé mon bras autour d'elle. Toutes mes vilaines pensées se sont envolées et je me suis endormi peu après.

39

Jack était assis devant son café et son journal quand je suis rentré de chez Fritz le lendemain matin avec les cheveux bleus et un piercing.

– Au secours, mon fils s'est changé en perroquet !

– C'est bizarre, j'aurais cru que le piercing te défriserait encore plus.

– Mon Dieu ! Tu t'es fait percer l'oreille ? Incroyable. Où tu étais passé hier soir, bon sang ?

– Chez un copain.

– Et ton pote est un pirate ? Les amis ne font pas de trous dans la tête des amis, d'habitude !

Un peu plus tard, il est venu dans ma chambre.

– Tu veux aller faire un tour ?

Il m'a tendu deux pots en plastique remplis de tiges vertes. Leurs petits boutons blancs avaient un parfum pur et amer.

On est allés sur la tombe de maman où on a fait une trêve. On a planté la camomille devant la pierre.

– Tu te rappelles quand on venait ici juste après sa mort ? On s'asseyait là et on parlait d'elle.

– Oui, oui, je me rappelle. Des fois, j'ai du mal à me souvenir du temps d'avant qu'elle soit malade. J'essaie, j'essaie, mais je la revois seulement dans le coma.

– Il faut que tu te la représentes en train de faire quelque chose. Tu te souviens de ce rituel qu'elle avait pour le ménage ? Elle remontait ses cheveux avec un bandana, elle enfilait une vieille salopette. Elle chantait et dansait en écoutant la radio. Tu la revois ?

J'ai fermé les yeux et j'ai vu maman en train de balayer, chantonnant pour elle-même, nageant dans le bonheur de l'instant.

– Oui, j'ai dit, et j'ai ouvert les paupières sur un Jack tout sourire.

Il a éclaté de rire.

– Elle avait cette salopette depuis qu'on était mômes. Putain, ce qu'elle chantait faux ! Dans la voiture, j'étais obligé de monter le son par respect pour les musiciens.

– Les blagues les plus bêtes la faisaient marrer.

– Sa famille était du Midwest. Ils sont tous comme ça, là-bas. Va-t'en trouver quelque chose de vraiment marrant dans l'Iowa.

– Elle me racontait tout le temps des blagues du genre "Monsieur et Madame X ont un fils".

– Toi, elles ne t'amusaient déjà plus mais elle en riait encore… Tu te rappelles quand tu as décidé que tu étais trop grand pour qu'on vienne t'embrasser avant de dormir ?

– Non.

– Elle pleurait comme une Madeleine. "Mon bébé n'a plus besoin de moi !"

– Vraiment ? Je m'en souviens pas du tout. Ça me fait me sentir comme une merde.

– Tu sais, c'est pareil pour moi. Je n'arrive pas à me rappeler son visage. Rien ne me vient. Ça me tue. Parfois quand ça va mal, entre toi et moi par exemple, je lui parle. Et alors, je fais comme si je la voyais, mais ça ne marche jamais. C'est dur. J'ai l'impression de la perdre, d'avoir renoncé à ce que j'ai eu de mieux dans ma vie.

– Même tout petit, je savais que vous étiez vraiment amoureux. Parfois, j'étais jaloux comme une teigne. Des fois, ça me mettait en rage.

– Tu faisais des petites méchancetés comme verser ton jus d'orange dans mes bottes de travail ou gribouiller mes papiers. Il paraît que c'était normal. Moi, je pensais que tu avais surtout besoin d'une fessée. Elle s'occupait très bien de nous. Elle valait la peine de se bagarrer pour elle.

Entre nous, le silence et la tombe de maman.

– Parle-moi de ton copain pirate.
– Je l'ai rencontré à l'hôpital.
– Ah oui. Et il s'appelle ?
– Capitaine Morgan. Son nom te dit quelque chose ?
– Jarred. – Sa voix s'était faite dure. – Tu ne peux pas faire des trucs pareils. Si tu veux que ça marche, il va falloir suivre les règles. Qu'est-ce qu'on avait dit ? Je croyais qu'on avait dépassé le temps des crasses et des mensonges.
– J'étais chez un copain. Je suis encore un ado. Les ados, ça fait des trucs comme ça.
– Jarred, l'hôpital m'a parlé de ton ami. Vous avez chacun assez de problèmes sans éponger ceux de l'autre. Écoute, ce garçon est en cours de convalescence.
– Jamais plus fanatique qu'un récent converti.
Il a eu une expression de ferveur comme si la solution au problème était à portée de main. Je préférais encore le découragement exagéré du temps où il buvait. Ou la rage qui le prenait quand je le provoquais. Il a basculé de la convalescence de Fritz à sa propre rémission. Il a parlé de rachat. Il a évoqué le passé, le temps où personne n'était innocent.
Je l'ai interrompu.
– Les excuses, ça suffit pas. Tu as merdé. Maintenant, tu vis avec. Je suis pas là pour te pardonner. Tu as foutu en l'air des années passées à te traîner comme une loque. Et maintenant, parce que tu regrettes, il faudrait que je te donne mon absolution ? Voilà le marché : tu as tout foiré. Tu te démerdes. Un point, c'est tout. Il te plaît pas, le marché ? Eh bien, il fallait pas tout foirer.
Ma tête a commencé à tourner, j'étais au bord de tomber dans les pommes. Je me suis mis à voir tout flou, la tombe s'élargissait au-delà du possible entre nous, et Jack sembait loin.
– Et tu sais quoi ? Pour mes conneries à moi. Pas d'excuses. C'est mes oignons.

– C'est bon, c'est bon. Calme-toi, Jarred. J'essaie seulement de réfléchir avec toi. Je ne cherchais pas la bagarre.

Il avait la frousse, ou bien il devinait en moi quelque chose d'inquiétant. Les larmes me ruisselaient sur les joues. Je luttais pour souffler assez fort sur mes cordes vocales et réussir à l'injurier.

– J'ai plus besoin d'un père maintenant. Je m'en fous que tu sois fier de moi ou pas. Plus la peine que tu sois là ou pas pour me dire que j'ai déconné. Je sais que je foire tout et je m'en cogne !

– Jarred, il faut que tu te calmes. Tu as les lèvres toutes bleues. Respire. OK, OK. On n'en parlera plus. C'est une des étapes à franchir chez les Alcooliques Anonymes de demander pardon, sauf quand on risque de blesser quelqu'un en essayant…

Une bouilloire s'est mise à siffler dans ma tête.

– C'est pour le décor que tu m'as amené là ? Tu espérais avoir trouvé le moment idéal pour que, quand le soleil se coucherait sur la tombe de maman, je te pardonne, et on s'embrasserait comme un père et un fils ? Va te faire foutre !

Il s'était figé, mais la vieille colère toujours tapie au fond de lui remontait. Il bataillait pour la ravaler, déterminé à la garder en lui, à la digérer, à ce qu'elle s'envenime et se transforme en ulcère ou en cancer, mais il n'était pas question que je le laisse faire.

– Regarde comme tu es content de toi ! Tu adores cette situation. Tu es en train t'excuser ou de te vanter ? C'est pas vraiment clair.

– Arrête, Jarred. Je suis désolé. C'était une erreur ! Jarred ! Arrête tout de suite !

– Personne a envie de revivre toute cette pourriture à part toi. Va donc jouer aux Alcooliques Anonymes avec Thomas. Demande-lui à lui de te pardonner. De te tapoter la tête et de mentir en te jurant que tu as été un bon mari et un bon père.

De fond de ses tripes est monté le cri d'un animal blessé à mort.

– Jarred ! Arrête d'accuser les autres. Comporte-toi comme un homme pour une fois.

– Comme un homme, je l'ai singé.

Il m'a poussé et je suis tombé.

– Jarred. Qu'est-ce qui se passe ? Qu'est-ce que je suis censé faire quand je vois les cicatrices et les marques sur tes bras ? Les trucs louches que tu fais. Les lettres de suicide que tu écris. Les ballons de basket, des putains de ballons de basket, collés au plafond avec du scotch ? Qu'est-ce que ça veut dire ? Les dessins déments que tu fais sur les murs ? Qu'est-ce qui se passe, Jarred ? J'essaie seulement de t'aider.

– Tu m'as abandonné à l'école. Tu m'avais complètement oublié.

Je me suis relevé et j'ai marché sur lui.

– Ma femme était en train de mourir, a-t-il hurlé en me saisissant au col.

– Vas-y, cogne. Je suis sûr que tu sais encore comment. Vas-y, vas-y. Frappe-moi, putain ! Tu savais très bien comment t'y prendre pour me tabasser quand j'avais treize ans. J'en ai seize, t'as encore de quoi prendre ton pied !

Il m'a jeté par terre et a tourné les talons.

40

Sarah a suggéré qu'on fête ça en nous attaquant aux avis de recouvrement. La lumière inondait la chambre. On a soigneusement classé par couleurs les lettres de doléances rédigées en termes professionnels.

Assis côte à côte sur le lit, nous étions occupés à découper le DERNIER AVIS en caractères gras bordé de rouge, le jaune DATE DÉPASSÉE, et notre préféré, RAPPEL GRACIEUX en lettres noires et vertes, des différents courriers. Sarah avait le bout de la langue qui dépassait alors qu'elle se concentrait sur ses ciseaux. J'ai tendu la main pour le lui chatouiller.

– Hé ! – Elle s'est penchée en avant et m'a embrassé. – Je ne me rends même pas compte que je le fais.

Elle a recommencé à tirer la langue et j'ai déposé une bise dessus.

– Tu crois qu'on en a suffisamment pour un mur de plus ?

Le long du plafond et des angles de la chambre, les menaces de poursuites judiciaires créaient un liseré coloré. Les OFFRES DE RÈGLEMENT À L'AMIABLE et les avis d'ACTIONS EN JUSTICE ordinaires en noir et blanc cachaient les prises murales et les cache-interrupteurs.

Elle est montée sur une chaise et a entrepris de coller le papier à la jonction du mur et du plafond.

Jack se tenait sur le seuil, suivant des yeux le liseré. Il a aussi examiné l'interrupteur électrique.

– Quand est-ce que tu comptes retravailler ?

– C'était l'idée de Sarah.

– Hé, petite demoiselle. Arrêtez de l'encourager. Qu'est-ce qui vous a pris ?

– Le conducteur de la Volkswagen a été définitivement reconnu coupable. Il est accusé de conduite en état d'ivresse. L'avocat nous a annoncé que le mari avait abandonné les poursuites contre nous. Maintenant que le conducteur est en cause, il est plus facile de le faire payer lui, et il a effectivement de quoi. Il nous suggère même de déposer plainte nous aussi.

– Voilà enfin une bonne nouvelle, pour une fois.

– Eh oui.

– J'ai rapporté une boîte de ce truc que vous aimez, a dit Jack à Sarah.

– Du Quasi-Quick. Miam-miam. Merci.

– Tu as faim, Jack? j'ai demandé. On allait faire à manger pour fêter ça: je vais pas en prison et il y aura pas de procès.

– Est-ce qu'on peut avoir un peu de viande, ce soir? Si je vois encore une carotte…

– Manger de la viande, c'est tuer, Jack.

– Je sais, Sarah, mais écoutez-moi bien. J'élève seul ce zozo. Il a fallu que j'arrête l'alcool, le tabac et le café. En plus, je suis vieux et j'ai des hémorroïdes. Maintenant, je vais vous poser une question: pourquoi les vaches n'auraient-elles pas droit à leur lot de souffrance, elles aussi?

– Cool, grand-père. Jarred vous fera un steak, a promis Sarah.

– Il n'y a pas que des bonnes nouvelles. Le rapace à moustache en veut toujours à notre fric, j'ai expliqué.

– Qu'est-ce qu'il a dit cette fois?

– Rien que de la musique sur mon répondeur. Écoute.

– Je vais mettre les pommes de terre en route, a dit Sarah en redescendant de la chaise. Jack, c'est vos préférées, des frites rôties au four.

J'ai appelé ma messagerie et j'ai passé le téléphone à Jack.

– Le premier morceau, c'est Blondie, "One Way or Another", D'une façon ou d'une autre. Ensuite, il a rappelé une heure plus tard avec "The More You Ignore Me, the Closer I get", Plus tu m'ignores, plus je me rapproche, de Morrissey. Et je connais pas le troisième.

– C'est Leonard Cohen, mais cette chanson ne me dit rien non plus.

– Il a de bons goûts musicaux, a crié Sarah du fond de la cuisine.

– Ce serait pas du harcèlement, ça ? C'est sûrement puni par la loi...

– Ne pas payer ses factures aussi, a rétorqué Jack.

Je suis allé voir si Sarah avait besoin d'aide. Elle m'a passé la main dans les cheveux et sur la nuque. Je lui ai caressé le dos. Puis je me suis rapproché du tiroir à couverts. Jack nous observait. Nos regards se sont croisés. Il a hoché la tête et s'est assis pour lire son journal. J'ai mis la table.

– C'est chouette d'avoir une âme comme ça dans la maison à nouveau. Ne va pas tout nous gâcher.

J'ai acquiescé, mais j'ai senti la morsure de sa phrase. Deux semaines plus tôt, Sarah et moi faisions les courses à l'épicerie. J'attendais tranquillement à côté d'elle pendant qu'elle examinait attentivement les étiquettes à la recherche de toutes les morts chimiques qu'elle essayait de nous épargner. J'ai senti une main se poser sur mon épaule et découvert la présence d'un type qui portait un pull trois fois trop grand pour lui. Il m'a dit que rien n'arrivait jamais par hasard. J'ai réagi en lui demandant : "Même ça ?", en balayant d'une claque la conserve de macaronis au fromage de sa main. La boîte jaune et bleu lui a heurté le visage avant d'aller rouler par terre. Il a battu en retraite en se tenant piteusement la joue. Je me suis retourné : Sarah fixait la scène d'un air incrédule. Elle n'a pas dit un mot, mais j'ai hoché le menton et parcouru les rayons à la recherche du type au gros pull pour m'excuser.

Sarah a crié :

– Le dîner est prêt.

On s'est assis à table.

– Ma chérie.

– Oui, mon amour.

– Eh, ça va, les tourtereaux, a rigolé Jack. Il s'est penché pour donner un morceau de steak à Mister Shakey.

– C'est devenu un chat d'intérieur, maintenant ? j'ai demandé.

– On regarde la télé ensemble, mais c'est toujours ton chat. Je ne change pas sa caisse.

Quand on n'était pas chez moi à passer du temps avec Jack et Mister Shakey, on était chez elle à jouer aux cartes, à chanter avec Marco ou à bavarder avec ses parents. Lorsqu'elle avait envie de sortir avec des amis, je restais à la maison. Rien qu'à l'idée de me retrouver dans un bar ou un night-club parmi les bien-portants sur leurs deux jambes, je me sentais mal. Je m'imaginais déjà des poivrots me bousculer et se payer ma tête.

– Oh merde ! J'ai oublié d'appeler JJ pour lui dire que je ne viendrai pas ce soir.

– Non, attends un peu. Je vais t'accompagner, si tu veux. On devrait fêter ça.

– Vraiment ?

– Oui.

Après avoir dîné avec Jack, on est allés dans un bar du centre-ville pour retrouver les copains de Sarah.

– Tu sais, les histoires que tu me racontes sur ton père et toi quand tu étais plus jeune ? Ses cuites et vos bagarres ? J'ai du mal à me l'imaginer dans ce rôle.

Je ne faisais pas vraiment attention à ce qu'elle disait, occupé que j'étais à me jouer des scénarios de toilettes inaccessibles et d'escaliers à l'entrée.

– Tu boudes, en fait. Tu n'as pas le droit de bouder. JJ et moi, on est amis, c'est tout. Tu as dit que c'était cool.

– Pas de problème.

On s'est garés et dirigés vers le bar. Un ivrogne a titubé à notre rencontre en se parlant tout seul. Un troupeau d'étudiantes ont plissé le nez avec mépris en essayant de prédire quel chemin il allait prendre.

– C'est le SDF qui m'a donné ton chat, a dit Sarah. On devrait peut-être s'assurer que tout va bien pour lui.

– Salut, la fille du café ! a vociféré l'ivrogne.

Dans les vapeurs de l'alcool, il a essayé de se concentrer sur moi. Il a soufflé si fort que tout son corps a paru s'affaisser. Il a secoué la tête.

– Non, non, non. C'est une honte. Regarde un peu ce qu'ils t'ont fait. Oh bon Dieu ! Je trouve ça trop triste que tu soies en fauteuil roulant.

Une flambée de rage a explosé en moi :

– Eh bien moi, je trouve ça trop triste que tu sois un poivrot qui pue la pisse. On se demande qui s'en tire le mieux.

Et j'ai poussé sur mes roues.

On fendait la foule, Sarah ouvrant le chemin avec un "Excusez-moi" en me désignant d'un mouvement de tête pour que la personne comprenne que s'écarter de deux-trois centimètres ne suffisait pas.

– Jarred, je crois que j'ai compris. En fait, il suffit d'un connard qui balance un truc du genre "sois belle et tais-toi" pour me sentir tellement mal dans ma peau. J'ai compris. C'est vraiment trop injuste.

Nous nous sommes rapprochés d'un groupe de gens qui jouaient à s'engueuler. "Excusez-moi. Excusez-moi." Nous nous sommes frayé un chemin, en les interrompant les uns après les autres dans leur discussion. Dès que nous les avons dépassés, les éclats de rire et les cris ont repris.

– En fait, ce n'est pas contre eux que tu es en rogne, a-t-elle repris. Il y a quelque chose en toi qui leur donne raison, ou qui pense que le monde leur donne raison et les rend aussi sûrs d'eux. Ça me met hors de moi.

J'ai hoché la tête, plein d'amour et d'admiration.

– Tu te sens bien ? a-t-elle demandé.

J'ai levé les deux pouces.

– Tu veux bien me pousser un peu. Je suis claqué.

En s'exécutant, elle s'est penchée et m'a murmuré avant de m'embrasser l'oreille :

– Pas claqué, juste flemmard.

La 6e rue regorgeait de bars et de night-clubs. Sur les trottoirs on voyait de plus en plus de minijupes noires chanceler sur de hauts talons et se faire poursuivre par des cols remontés. Sarah nous a poussés dans ce dédale et je lui ai demandé d'aller plus vite. Elle a accéléré. On éclatait de rire quand des gens faisaient un bond de côté pour nous laisser passer.

Je lui ai donné une tape sur les mains en criant :

– Hé, petite dame, où m'amenez-vous comme ça ? Je ne vous connais pas, moi.

Un homme nous a barré la route.

– Au secours ! Au secours !

– Je suis sa petite amie, a gémi Sarah. Jarred, tais-toi !

Il nous a jeté un coup d'œil salace qui nous a fait éclater de rire.

– Tu es trop con ! a déclaré Sarah.

Nous sommes arrivés devant le bar, où une vingtaine de clients étaient parqués derrière des piliers d'aluminium et des cordons de plastique jaune, le visage bleu à la lumière de leurs téléphones portables. Au premier rang de la queue, trois filles parlementaient avec le portier. Ses yeux pleuraient et, tandis qu'il leur expliquait qu'elles ne figuraient pas sur la liste, il se les essuyait comme si son travail de surveillance lui brisait le cœur.

Je me suis approché du videur.

– Excusez-moi. Est-ce que je peux utiliser vos toilettes pour personnes à mobilité réduite ?

– Allez-y. C'est sur la gauche en entrant.

– Vous avez un problème ?

– Des allergies, a-t-il répondu en passant son énorme main sur ses yeux.

Le bar était du genre nappes noires et martini dry aux baies de goji, et les habitués me rappelaient mon frère

Patrick. J'ai suggéré à Sarah que la plupart de ces gens avaient eu autrefois pour devise, le plus sérieusement du monde : "Bien bosser, bien s'amuser." Elle a ajouté en chantonnant : "Cadres supérieurs du monde, unissez-vous et parlez synergie !" Nous avons fendu la foule "chic et décontractée" en beuglant "Excusez-nous", touchant un bras çà ou là, la roue de mon fauteuil se cognant de temps à autre contre un mocassin.

– J'ai envie de partir, pas toi ?

Comme si elle ne m'avait pas entendu, elle a fait signe à ses amis.

Ils étaient perchés sur des tabourets autour d'une table haute. Ils ressemblaient aux autres clients. Ils ont tous les trois levé de concert le nez de leurs portables.

Sarah m'a murmuré :

– Tu joues pas au con, d'accord ? Fais-le pour moi.

Ils ont tous fait la bise à Sarah. La table était assez haute pour que je puisse y poser le menton. Chaque fois que je disais quelque chose, Sarah et ses amis me regardaient du haut de leur tabouret comme un toutou divertissant. J'ai senti une boule grossir au fond de mon ventre. Le regard de JJ passait inlassablement de moi à la table et il semblait avoir remarqué mon malaise.

– Vous ne voulez pas qu'on trouve un autre endroit ? il a proposé. Ce bar est plein de noceurs du samedi soir. C'est plus du tout une boîte aussi cool que The Crown.

À cause de son histoire avec Sarah, j'étais prêt à le détester, mais quand il a dit ça, je l'ai trouvé plutôt sympa.

– J'ai travaillé au Crown avant, j'ai dit.

– J'adorais ce bar. C'est mon préféré à New York. Alors, c'est à toi qu'on devrait demander conseil. Où on pourrait aller ?

– Je suis pas venu dans le centre-ville depuis un bout de temps. Il doit bien rester quelques bars à l'ancienne dans la 4e rue.

On en a déniché un à une certaine distance de la rue principale, tenu par des hipsters convaincus qui servaient une poignée d'alcoolos tout aussi convaincus, entre des murs couverts de posters Goldenrod vantant les mérites de groupes musicaux du cru et d'affiches publicitaires pour des distributeurs de bière montrant des femmes hyper carrossées avec des moustaches à la Hitler et des dents cariées ajoutées au feutre noir.

– Il ne se passera pas longtemps avant que les hordes de la 6e rue découvrent cet endroit, a déclaré JJ. Les yuppies dans l'industrie de la création comme moi sont le premier signe qu'un bar cesse d'être cool.

– Tu fais quoi ?

– Je travaille pour une maison de disques. – Il a levé les pouces. – Comme comptable.

Il les a baissés.

– Ta sœur bosse toujours dans cette boutique hippie ? Elle pourrait peut-être donner du travail à Jarred ? a demandé Sarah.

Il a pris son téléphone portable.

– Salut. Ça va ?… Ça craint. J'ai un copain avec moi qui cherche du boulot. Vous avez besoin de quelqu'un ?… Cool. Demain ? Super… À plus.

On a passé une bonne soirée. Les copains de Sarah étaient sympas finalement. Ils occupaient tous des emplois de bureau : ressources humaines, projets et comptabilité. La conversation revenait toujours à la gestion du travail, les trajets, les jours de congé encore à prendre. Sarah était dans son élément avec eux. C'était la première fois que j'entrevoyais ce qu'avait dû être son passé de jeune cadre dynamique.

– Comment JJ s'est retrouvé avec un boulot pareil ? je lui ai demandé tandis que nous retournions à la voiture.

– Qu'est-ce que tu veux dire ?

– Comptable ? Plutôt pas marrant pour un gars qui a fait des études de musique.

– Ça s'appelle "grandir". Tu devrais essayer un jour.

– Explique.

– Je veux dire que travailler, c'est toujours rasoir. C'est pour ça qu'on te paie.

On est arrivés devant la voiture. Elle a déverrouillé ma portière.

– Il va se faire bouffer la laine sur le dos par une entreprise qui le réduira en esclavage pour le transformer en cadre d'entreprise, j'ai repris. Il bossera soixante heures par semaine pour qu'on lui verse de quoi s'acheter une bagnole en leasing et se faire construire une maison. Là il aura tellement la trouille de rater une traite qu'il en acceptera quatre-vingts ; et puis, le jour où ses patrons auront besoin de protéger leurs primes, ils descendront le voir dans son bureau, lui diront qu'ils sont terriblement désolés et ils le vireront. Et ces mêmes types auront des parts dans la banque qui fera saisir sa maison et récupérera sa voiture.

Je me suis glissé sur le siège passager. Sarah a rangé le fauteuil dans le coffre et s'est assise au volant.

– Mais il y a une autre possibilité, tout aussi envisageable. C'est que tout se passe bien. Tu n'as plus l'âge de jouer les hipsters "plus cool que moi tu meurs". Et puis, au fond, qu'est-ce que ça peut te faire ?

Elle a démarré et sorti la voiture du parking.

– J'ai bien vu que tout ce bourbier te manque.

– Je n'ai pas envie de me disputer avec toi. Non, je ne regrette rien. Tu parles de Kevin qui est tout content de sa promotion ? Ça te défrise ? Il avait envie de rouler des mécaniques. Grand bien lui fasse. Essaie de ne pas te laisser intimider. Ça te rend pitoyable.

Elle a jeté un coup d'œil dans ses rétros et elle a mis son clignotant pour s'engager sur la voie rapide.

– C'est toi qui m'as fait paraître pitoyable. Garçon en fauteuil roulant a besoin de sa meuf pour lui trouver un boulot miteux payé au salaire minimum.

Elle a grommelé de rage :

– Tu me rends folle. Je ne te prends pas en charge. On est en couple. On s'entraide. Tu cherches un job. Je sais que la sœur de JJ travaille dans un endroit qui a des chances de te plaire. Si tu ne te calmes pas tout de suite, je te cogne.

– Te prive pas.

– Et merde !

Elle a abattu le poing sur le volant.

– Désolé. On efface tout.

– C'est pas ça ! Je n'ai pas remis tes roues dans le coffre. Je les ai posées contre un pilier et j'ai oublié de les ranger parce que j'étais bêtement en train de me disputer avec toi. Putain !

La peur m'a tordu le ventre et mon cœur s'est mis à cogner dans ma poitrine. Sarah s'est traitée de tous les noms, s'excusant d'être aussi nulle. Il m'a fallu tout ce qu'il me restait de contrôle pour garder une voix calme. Je voulais surtout éviter qu'elle s'accable.

– T'inquiète pas. Elles vont pas disparaître. Dis-moi qui voudrait voler les roues d'un fauteuil ?

En fait, les gens volent les roues d'un fauteuil.

Sarah s'est complètement effondrée quand on est retournés au parking et qu'elle a vu le pilier sans les roues dessous. J'ai pensé à l'argent qu'il faudrait pour les racheter, facilement cinq cents dollars. Je voyais mal l'assurance Medicare couvrir le vol. Comment un paraplégique peut-il expliquer qu'il a perdu ses roues ? Je lui ai frotté le dos en lui disant que ce n'était pas la fin du monde. Elle criait, se traitait d'idiote, de bonne à rien.

– Arrête un peu. C'est une erreur. Rien de grave. On va trouver une solution. Regarde, il y a un hôtel de luxe sur le trottoir d'en face. Ils ont toujours un fauteuil roulant à emprunter pour aider les personnes âgées à monter dans leurs chambres. Va leur demander. Explique-leur la situation. Ils pourront pas refuser d'aider une jeune femme et son infirme de petit ami.

En fait, ils ont refusé d'aider la jeune femme et son infirme de petit ami.

J'ai éclaté de rire.

– C'est pas vrai? Ils ont dit non? Quels connards! Sarah, t'en fais pas. Je suis pas fâché. Ça va aller. Approche un peu.

Je l'ai assise sur mes genoux et serrée dans mes bras. Elle s'est tortillée pour se dégager, en continuant à s'excuser.

– Arrête. Tu es merveilleuse. C'est une erreur. On va arranger ça. J'irai chercher des roues au magasin de matériel médical demain matin. Ne t'en fais pas. Vraiment. On est en centre-ville. Il doit bien y avoir un Hilton ou un hôtel du genre dans les parages. Cette fois, tu demandes rien, tu prends le fauteuil comme si tu savais exactement ce que tu as à faire. On leur rendra demain.

Elle s'est garée devant le Four Seasons. Je l'ai embrassée sur la joue et lui ai redit que tout irait bien. Elle a hoché la tête et m'a rendu mon baiser. Cinq minutes plus tard elle revenait avec un fauteuil roulant. Sur le dossier, on lisait le mot "hôtel" écrit au pochoir.

– Pourquoi bleu? Ils en avaient pas de rouge?

Elle m'a regardé d'un air abasourdi, et elle s'est remise à pleurer.

– Je vais voir.

Elle commençait déjà à tourner les talons quand je lui ai crié que c'était une blague. Elle m'a traité d'imbécile et a chargé le fauteuil à l'arrière.

– Ça va maintenant?

On s'est embrassés, et elle m'a répondu que ça allait.

41

Après notre dispute devant la tombe de maman, je ne devais pas revoir Jack pendant dix ans. Mais je ne le savais pas, à l'époque. Je suis allé chez Fritz et je lui ai demandé si je pouvais squatter chez lui.

– OK.

– Et si on faisait un road trip ?

– On irait où ?

– En Californie ?

– Tu as une voiture ? De l'argent ?

– Non.

– Il m'a l'air plutôt merdique ton road trip pour l'instant.

J'ai mis en vente la machine à laver et le sèche-linge de Jack sur les petites annonces. Dès que le type m'a eu filé le fric et qu'il est parti avec les deux appareils sur le plateau de son pick-up, j'ai téléphoné à Fritz pour lui annoncer qu'on mettait les voiles ce même jour.

Je me suis introduit dans la maison des voisins et j'ai pris les clés de leur vieille guimbarde d'Oldsmobile. À l'époque tout le quartier savait contre qui se retourner dès qu'il se passait quelque chose. Notre famille.

J'ai roulé jusqu'à chez Fritz, écrasé le klaxon, et nous voilà partis. On a filé vers le nord pour prendre l'I-40 West, l'autoroute inter-États qui avait remplacé la Route 66. Fritz s'est servi de la carte de crédit de Jerry jusqu'à ce qu'il fasse opposition, le deuxième jour. On chantait à tue-tête avec la radio et on se gavait de cochonneries. Ce premier road trip avait l'air d'être la solution à tous mes problèmes. Fritz disait qu'il fallait un pays aussi vaste, aussi ouvert et changeant que l'Amérique pour découvrir le millième chemin vers l'illumination personnelle. La grand-route est la seule promesse que ce pays ait tenue. Il avait raison.

Quand on a atteint le rectangle qui forme l'extrême nord-ouest du Texas, l'humeur avait déjà changé. Peut-être à cause du paysage. Ces étendues plates et quasi désertiques avec des broussailles basses pour seule végétation ou presque avaient quelque chose de menaçant. Le vent vous giflait avec une opiniâtreté féroce. Dès le Nouveau-Mexique, Fritz reculait chaque fois que je m'approchais de lui. Parvenus à Santa Fe, nous n'échangions déjà plus un mot.

Quelque part dans le désert d'Arizona, nous avons aperçu un homme qui traînait un énorme crucifix sur la terre meuble du bas-côté. Je me suis arrêté juste derrière lui au bord de la route. Il a continué son chemin sans se retourner.

– On devrait faire quelque chose. Il pourrait mourir dans ce désert.

Fritz s'est redressé et il a observé le type.

– Mais quoi ?

– Le prendre en stop ?

Fritz a fait la grimace mais il a accepté.

Je suis descendu de voiture et j'ai trottiné jusqu'à lui, écrasé de chaleur. À force d'être tirée, l'extrémité de sa croix s'était usée jusqu'à n'être plus qu'une pointe tranchante.

– Besoin d'un coup de main ?

Il a secoué la tête.

– Sûr ? On est à bien cinquante bornes du prochain bled.

J'ai continué à lui parler en marchant à sa hauteur pendant encore quelque temps, mais j'ai seulement réussi à le convaincre de prendre des bouteilles d'eau.

– Tu crois qu'il va s'en tirer ? j'ai demandé à Fritz qui avait repris le volant.

– Probablement pas.

Quand on a atteint Flagstaff, on avait fait la paix. La magie de la route avait opéré et on est entrés dans un bar qui organisait une soirée karaoké. On s'est bien marrés jusqu'à ce que je me fasse jeter dehors pour avoir exécuté la danse de Buffalo Bill sur "Goodbye Horses". L'Oldsmobile a rendu l'âme le lendemain, et on a dû continuer en stop jusqu'à Phoenix. Un coup de fil plus tard, la mère de Fritz lui avait fait télégraphier de l'argent, et un billet d'avion de retour vers la maison l'attendait à l'aéroport.

– Tu me plantes là ?

– Je peux pas lui demander deux billets d'avion. Ça la rendrait folle. Tiens, voilà de l'argent pour le car.

J'ai pris le fric et suis parti sans me retourner. J'ai retiré le piercing qu'il m'avait offert et l'ai balancé. J'avais l'oreille en feu.

Pendant que je maudissais Fritz et gémissais sur mon sort, j'ai entendu un bruit de gouttes qui tombaient lentement. Je me suis arrêté pour voir d'où venait ce son. J'ai pensé à un robinet, au filet d'eau d'un ruisseau, des stalactites qui fondent. Du coin de l'œil, j'ai vu qu'il y avait comme une tache de cire sur mon épaule. Je me suis tâté l'oreille et, quand j'ai regardé ma main, elle était tachée de sang.

42

Vous avez les côtes cassées. Ça va vous faire mal. Vous êtes prêt ? Un… deux… trois.

– Il dort encore ? j'ai entendu la voix de Jack demander de l'autre côté de la porte.

– Non, il est réveillé. C'est juste un de ces matins… a répondu Sarah.

– Je vous entends tous les deux ! j'ai crié dans leur direction. Les hippies pourront très bien se passer de moi pour une journée.

Le magasin s'appelait en fait The Store. C'était le genre d'endroit où les clients paient pour verser eux-mêmes leur muesli dans un sac en papier et mixer leur propre beurre de cacahuètes. Le panneau d'affichage proposait des coupes menstruelles, des cours de méditation et du matériel hydroponique, chaque annonce conclue par un "*namaste*". La sœur de JJ, Peggy, m'avait engagé pour tenir la caisse. C'était une petite bonne femme aux cheveux courts qui portait de grosses lunettes, et d'un enthousiasme contagieux. Elle s'était gentiment assurée que je pouvais circuler dans tous les rayons. Quand elle allait dans la salle de repos, elle déplaçait toujours une chaise qui gênait le passage sans en faire tout un foin. La clientèle se composait d'un mélange de hippies, d'étudiants sérieux qui voulaient mettre en pratique leurs opinions politiques et avaient des règles alimentaires complexes (ni viande ni œufs, mais le miel, ça allait) et de mères au foyer dévouées à leur progéniture qui avaient compris que pour avoir un comportement éthiquement responsable, le plus simple était de se l'acheter. Tous les quinze jours, je reversais la plus grande partie de mon salaire à Jack. Il commençait chaque fois par refuser, mais je laissais l'argent sur la table jusqu'à ce qu'il le prenne en grommelant un merci. Je me sentais bien pour la première fois, ou au moins je comprenais ce qu'aller bien peut vouloir dire.

Quand j'ai eu fini de me lever et de m'habiller, Jack était déjà parti, et Sarah, installée dans son fauteuil, regardait la télé avec Mister Shakey sur les genoux. Je lui ai fait quelques gratouillis derrière l'oreille. Elle m'a demandé si j'étais prêt. Oui.

L'agent de recouvrement moustachu était assis dans sa voiture quelques maisons plus loin mais il était concentré sur les papiers qu'il était en train de remplir. J'ai écrasé le klaxon de Sarah. Il a bondi sur son siège, et j'ai eu un moment de satisfaction en croisant son regard au passage.

– Tu ne trouves pas que Jack se comporte un peu bizarrement ces derniers temps ? m'a demandé Sarah.

– Par bizarrement, tu veux dire qu'il est pas toutes les deux minutes en train de m'engueuler ? C'est ça ?

– Je ne sais pas. J'ai l'impression que quelque chose le tracasse.

– Tu peux lui demander, mais il te répondra pas. Derrière les gros sourcils de Jack McGinnis ne se cachent que mystères et mensonges.

À la boutique hippie, j'ai roulé jusqu'à la portière de Sarah et me suis penché par la vitre pour l'embrasser.

– Merci d'être aussi déraisonnablement patiente avec tout ce que je fais de travers.

– Je pourrais te dire exactement la même chose.

Après avoir fini ma journée, j'ai pris un bus jusqu'au café de Sarah pour attendre qu'elle ait terminé elle aussi. Elle s'occupait d'un client, alors je lui ai juste fait un coucou de la main et envoyé une bise en roulant vers mon coin habituel. Au comptoir, le type braillait dans son téléphone portable. Il ordonnait à quelqu'un de ne pas accepter moins de "quatre-vingts K", et répétait sans arrêt "Tant pis pour sa gueule !". Il a regardé la pancarte au-dessus du bar, en ignorant complètement Sarah.

– Un latte avec double dose d'expresso.

Il a coincé son mobile entre oreille et épaule, et tiré son portefeuille de sa poche.

– Quelle taille ? Normal ou grand ? a demandé Sarah.

Sans cesser de parler au téléphone, il a jeté un billet sur le comptoir et lui a tourné le dos.

– Latte. Double expresso. Grand connard, a annoncé Sarah à sa collègue qui préparait les cafés. Puis, elle a pris le billet et rendu la monnaie. Il parlait toujours, appuyé au comptoir. Elle a fait une boule des billets et des pièces et l'a jetée sur le dos du mec où elle est allée rebondir.

– Je voudrais un peu de respect ! s'est-elle écriée.

Sa collègue et le client abasourdis ont regardé Sarah sortir du café en courant. Je l'ai retrouvée en larmes dans la voiture. J'ai tapoté sur la vitre.

– Permis de conduire et papiers du véhicule.

Elle a secoué la tête.

– Permis de conduire et papiers du véhicule.

Elle a baissé la vitre.

– Ça va ?

– Je ne sais pas ce que je fous ici.

Mon cœur égoïste a eu quelques ratés quand j'ai pensé qu'elle allait repartir à San Francisco, mais ce qui me faisait le plus mal, c'était de la voir dans cet état.

– Qu'est-ce que tu racontes ? Oublie ce mec. Qu'est-ce que je peux faire pour toi ?

J'ai ouvert la portière et me suis penché pour la serrer entre mes bras.

– Merci, Jarred. Tu es toujours si gentil avec moi.

43

Après la désertion de Fritz, j'ai pris un Greyhound, résolu à aller jusqu'au bout de mon premier road trip. Le car allait jusqu'à Los Angeles et remontait ensuite toute la côte. Découvrir le rivage déchiqueté de ce jeune continent et l'invraisemblable étendue grise de l'océan Pacifique avait effectivement un parfum de début d'aventure, mais, surtout, je me rappelle la douleur de la solitude qui me déchirait le ventre durant les deux jours du voyage vers San Francisco.

À mon arrivée, j'ai passé des heures dans les cafés, essayant de pêcher un regard au vol, en priant pour que quelqu'un fasse attention à moi. Fritz m'avait filé cent dollars de l'argent expédié par sa mère, mais je ne savais ni où j'allais dormir ni ce qui se passerait ensuite à mon réveil.

Assis sur le trottoir, j'ai vidé un litre de Coca arrosé au Canadian Club. La demi-lune noire de la colline de Bernal Heights s'élevait dans une mer de rues éclairées au sodium. Une fille s'est approchée de moi, et elle m'a tendu un gobelet de granité 7-Eleven. J'ai jeté un coup d'œil dedans et j'ai vu un crapaud au fond qui n'avait pas l'air de se plaindre de son confinement.

– À qui elle ressemble, cette grenouille ? m'a-t-elle demandé.

– Quoi ?

– À qui elle ressemble, cette grenouille ?

– On dirait plutôt un crapaud.

– Ah tu crois, monsieur Je-sais-tout ?

– Bon Dieu, on dirait ce gros lard d'Elvis.

– Exactement. C'est génial. Je m'appelle Karla.

Ses cheveux décolorés en blanc étaient relevés par des pinces et formaient un halo de tresses. Elle était toute maigre, avec des jambes comme des allumettes sous une jupe courte plissée. Elle paraissait aux anges de caresser un crapaud avec une bosse sur la tête qui ressemblait à la banane d'Elvis Presley.

– Tu en veux ? C'est du Canadian Club.

– Picoler, c'est bon pour les losers, a-t-elle dit en buvant une rasade. Tu vis dans le coin ?

– Pas encore sûr.

– Tu peux squatter avec nous. – Elle s'est assise à côté de moi au bord du trottoir et on a continué à observer le crapaud, toujours immobile au fond du gobelet. – On va t'appeler "le Gros Elvis", ça te plaît ?

On a parlé un bon moment en partageant ma bouteille. J'ai observé ses lèvres sur le goulot. Elle me l'a rendue.

J'ai bu une gorgée à mon tour en prétendant qu'elle lui avait donné un goût de cerise et, tout d'un coup, elle m'a surpris en disant :

– Mon beau-père avait les mains baladeuses et, bien sûr, ma mère me croyait pas ; le genre pitoyable "viens t'asseoir sur mes genoux en rentrant de l'école". Je connaissais ces types que j'avais rencontrés à des spectacles. Ça a pas été un problème d'emménager chez eux. C'était la semaine dernière. J'ai une salle de bains rien que pour moi, alors que j'en avais pas à la maison, et tout le monde a des attentions pour les autres. Je pense que ça va te plaire.

– Ma mère est morte. Mon père est un poivrot. Je vais manquer à personne. Alors pourquoi pas ?

– OK. Tu veux venir voir le squat ?

– Je te suis.

J'ai fourré le Gros Elvis dans la poche de ma veste. Il était froid, on aurait dit de la gelée et des os. Le squat en question était une clinique désaffectée près d'une passerelle. Elle s'est glissée dans un trou du grillage et a maintenu le passage ouvert pour moi. On s'est frayé un chemin dans des hautes herbes qui nous arrivaient à la taille. Des grincements de guitare et des cris dans des haut-parleurs ont monté en puissance alors que nous nous rapprochions en enjambant des tas de briques renversées et des pneus remplis de boue et de larves de moustiques.

– Ils font un concert straight-edge ce soir, a-t-elle expliqué.

On est passés devant une porte après l'autre condamnées par du contreplaqué jusqu'à en atteindre une qui ne l'était pas.

– Bouche-toi le nez, a-t-elle conseillé. On est entrés dans une espèce de porcherie : une puanteur qui rappelait celle du sang sur le tablier d'un boucher et des chiottes pour hommes dans une gare de Greyhound. L'odeur s'est collée à moi, m'a fait pleurer avant de m'envahir le nez et la bouche et de pénétrer sous mes vêtements. J'ai remonté le col de ma chemise sur mon visage et j'ai suivi les graffitis enchevêtrés qui couvraient les murs, aussi touffus que du lierre.

– T'inquiète pas. On est loin de l'endroit où on dort, m'a-t-elle assuré alors qu'on écrasait à chaque pas des récipients en plastique et qu'on essayait d'éviter des boules de papier hygiénique pleines de sang. Je l'ai suivie dans un dédale de couloirs éclairés par les lumières de la passerelle.

Pendant plusieurs mois, on a traîné ensemble tous les jours. Les habitants du squat, les ados en cavale et les vieux hippies sont devenus mes potes. Il y avait tellement de jeunes dans les chambres et les couloirs qu'on aurait dit une résidence pour étudiants. On faisait les poubelles et on chapardait dans les magasins. On resquillait pour aller au cinéma et aux concerts. On se défonçait. Ce temps et cet endroit partagés avec Karla sont devenus mon chez-moi. J'ai oublié Jack.

Il a fallu un seul jour pour que tout parte en fumée. On a été réveillés par ce que j'ai cru être les flics qui débarquaient avec leur gaz lacrymogène et leur ordre d'expulsion. J'ai dit à Karla de ne pas bouger le temps que j'aille voir ce qui se passait. J'ai débarricadé notre porte et écarté le bloc de béton du chemin. Quelques mètres plus loin était étendu un type qu'on appelait Crackers, la tête appuyée contre la plinthe comme si le mur était son oreiller. C'est lui qui vivait dans ce squat depuis le plus longtemps. Il savait quels documents envoyer pour éviter les expulsions. Il savait aussi ce qu'il fallait dire aux flics, et sur quel ton leur dire pour qu'ils nous lâchent la grappe. Il avait des combines à revendre et était l'administrateur en titre de notre squat pourri.

Son blouson de cuir était décoré par les bagues en métal de briquets jetables accrochées tout le long de la fermeture éclair, comme deux rangées de fausses dents en métal, et couvert des écussons de tous mes groupes favoris. Ce matin-là, il n'était plus qu'un enchevêtrement de membres, une araignée morte sur le rebord d'une fenêtre. Son visage livide et ses lèvres exsangues m'ont fait comprendre clairement que je venais de voir mon premier cadavre. Quelqu'un lui avait déjà fait les poches à la recherche du reste de ce qui avait provoqué son overdose.

Je suis retourné dans la chambre pour l'annoncer à Karla. Elle était proche de Crackers. Son petit corps frêle s'est mis à trembler dans mes bras. Nous avons décidé d'aller nous soûler dans le parc où il aimait traîner. On a quitté les lieux et constaté que le cadavre avait déjà disparu. En chemin, Karla a insulté un groupe de gens qui s'étaient rassemblés pour le pleurer, en les traitant de touristes et de faux jetons.

L'après-midi, on avait déjà éclusé pas mal de verres, assis sur le banc préféré de Crackers.

– Quand j'étais môme, j'ai entendu ma mère mourir... J'étais au téléphone avec elle et elle a fait une rupture d'anévrisme. J'ai cru que c'était de ma faute.

– Il était où, ton père?

– Ma mère était l'amour de sa vie. Il s'est complètement effondré.

– C'est pour ça que tu t'es tiré?

On a continué à boire et à larmoyer jusqu'à ce que trois modèles réduits de malfrats à peine sortis de l'adolescence s'en prennent à nous.

– Alors qu'est-ce que tu fabriques, petit pédé?

– Écoute, on a un pote qui vient de mourir. Est-ce que vous...

Quand on ne s'y attend pas, même pas très violent, un coup de poing peut vous assommer. Je suis passé par-dessus le dossier du banc. Avant que j'aie repris mon souffle, ils s'étaient jetés sur moi et ils s'accrochaient au banc pour mieux centrer leurs coups de pied. Dès que je réussissais une seconde à battre des jambes et à repousser l'ennemi en jouant des poings, ils me plaquaient à nouveau au sol. Quand on se bagarre avec deux gars en même temps, il vaut mieux se concentrer sur un seul jusqu'à ce qu'il déclare forfait. Si on gagne, le deuxième commence à avoir des doutes et, neuf fois sur dix, on n'a même pas besoin de régler leur compte aux deux. Mais là, je n'arrivais à rien. J'ai aperçu le troisième lascar qui immobilisait Karla sous son pied. Il se payait ma tête pendant qu'elle se tortillait pour échapper à la semelle de sa Nike. Je me suis précipité vers lui, j'ai entendu Karla crier mon nom, mais je n'ai pas vu qui ou quoi m'avait frappé. Quand je suis revenu à moi, elle était penchée sur moi, en pleurs et la joue rougie par une traînée de mon sang.

Dans la salle d'attente de l'hôpital, la douleur pulsait dans tout mon corps. Je me tenais la mâchoire parce que chaque mouvement provoquait des décharges électriques. Une grand-mère avec des bigoudis sur la tête me regardait avec sollicitude tandis que des gémissements m'échappaient. Elle a ouvert son porte-monnaie d'où elle a tiré un mouchoir qui renfermait tout un nid de cachets de Percocet. Karla en a pris deux et est allée les écraser pour les faire fondre dans un peu d'eau.

– Merci, madame, j'ai grogné entre mes dents tout en refoulant une terrible envie de vomir.

– Mon petit, nombreuses sont les afflictions des justes.

J'ai hoché la tête, sans lâcher ma mâchoire et en prétendant que j'avais compris.

Quatre heures plus tard, on m'a fait une radio. Encore quatre, et on m'a attribué un lit. Je suis resté là à faire semblant de ne pas entendre l'infirmière qui demandait et redemandait à une femme en sanglots et complètement ivre si elle voulait qu'on lui fasse subir un test de détection de viol.

Karla n'arrêtait pas de parler, de dire tout ce qu'il lui passait par la tête, pour couvrir cette conversation. Elle échafaudait des plans pour retrouver mes agresseurs. J'écoutais, en me tenant toujours la mâchoire, griffonnant brièvement des réponses sur le bloc-notes de Karla.

Pourquoi tu rentres pas à la maison ?

– Je veux pas rentrer. Je veux rester avec toi. Après, on rentrera ensemble.

Et elle continuait à parler, s'assurant que j'allais bien et me regardant avec compassion.

Pourquoi on l'appelait Crackers?

– J'en sais rien.

Un nom stupide.

– Sois pas con.

Il devait bien avoir un vrai nom et de la famille quelque part.

– Oui, tous des cons, c'est pour ça qu'il s'était enfui, a-t-elle répondu, agacée.

C'était peut-être comme dans les films. Quelque part dans le Wisconsin, sa mère a laissé tomber sa tasse de thé qui s'est brisée en mille morceaux et, tandis qu'elle épongeait le liquide avec un torchon à l'effigie des Green Bay Packers, elle a compris que son fils, autrefois un petit garçon si turbulent, toujours prêt à faire une bêtise et qui adorait le base-ball, était mort. Il ne l'appellerait jamais plus en pleurant le jour de Noël pour s'excuser de tout, comme il l'avait fait encore quelques années plus tôt.

J'ai repensé à Karla, épinglée comme un insecte. Elle était plus résistante que je ne le serais jamais. Elle avait survécu à un beau-père pervers et à une mère qui se contentait de détourner le regard. Mais ce monde n'en avait pas encore fini de la harceler et je ne serais jamais de taille à la protéger.

Je vais rentrer chez moi.

– Quoi ?

Je vais rentrer chez mon père.

– De quoi tu parles ? Juste parce que tu t'es fait dérouiller ? La belle affaire ! Dis-moi un peu à qui c'est jamais arrivé. On compte pas pour toi ?

Tu peux garder le Gros Elvis.

Elle m'a ri au nez.

– Comme tu veux. Va te faire foutre.

Et les yeux pleins de larmes, elle est partie.

Jack m'a dit un jour que les mains d'un garçon étaient toujours trop rêches pour le cœur d'une fille. Il avait raison sur pas mal de sujets.

Après deux semaines d'hôpital, deux semaines d'auto-stop et un faux billet de Greyhound, j'étais rentré. Sur la route, j'avais survécu à coups de milk-shakes de chez McDo. Quand j'ai remonté la rue qui mène chez Jack, je n'étais plus qu'orbites creuses, pommettes décharnées et vêtements flottants. Le voile de fumée avait épaissi la brume de l'aube jusqu'à ce qu'il enveloppe les maisons et s'accroche aux branches de pacaniers dans les jardins.

Il flottait une odeur de bois et de plastique. Deux maisons plus loin que celle de Jack, il n'y avait plus qu'un nid de poutres et de briques calcinées. Dans le meilleur des cas, la famille s'était mise à l'abri et avait passé une nuit blanche ailleurs, la fumée dans les narines, les cendres encrassant encore la baignoire de l'hôtel. Tous se demandant ce qu'ils allaient devenir.

La porte de notre maison, comme toujours, n'était pas fermée à clé. Jack n'était pas là cependant. J'ai laissé un mot : "Désolé", et je suis reparti. Je suis allé au cimetière et me suis couché à côté de la tombe de maman. La camomille qu'on avait plantée avec Jack avait de nouvelles pousses vertes. J'en ai cueilli une fleur et j'ai arraché les pétales délicats l'un après l'autre. Le sentiment de ma solitude m'a étreint si fort que je me suis mis à pleurer.

44

Marco respirait à grand-peine tandis que, de sa main gauche, il grattait nonchalamment son torse nu. Avec, perchées de loin en loin, les notes de quelques quiscales, toute une portée de fils de téléphone traversait le ciel vide de sa fenêtre.

Sarah a approché une chaise du lit de son frère. Elle a passé la main à travers la barrière pour prendre la sienne. Les sacs stériles scellés contenant des tubulures ou des instruments en métal brillant, les tas de protections pour l'incontinence urinaire empilés comme des serviettes de bain et les bacs rouges destinés aux objets pointus ou tranchants ne m'effrayaient plus. Au milieu des produits nécessaires aux soins de Marco se trouvait un dessin au crayon à papier que j'avais fait de lui pour son anniversaire. Leur père l'avait encadré et posé sur son étagère.

– Il va bien ? j'ai demandé.

– Les dialyses l'épuisent. Certaines fois plus que d'autres.

– On va rester ici ce soir. Il aime me voir dessiner. On chantera tous ensemble. On n'est pas obligés de sortir avec les gens de The Store tous les jours.

Sarah m'a décoché un sourire de gratitude.

Les yeux de Marco se sont écarquillés quand il s'est forcé à prononcer une phrase. Le son est d'abord sorti comme un geignement. Il avait le front plissé par l'effort. L'angoisse m'a traversé mais Sarah l'a observé calmement pour essayer de deviner ce qu'il voulait dire. Moi, je n'arrivais toujours pas à savoir à quels moments il était en détresse, et ça m'inquiétait.

– Il veut te montrer ses pièces, a-t-elle dit, et Marco a dodeliné de la tête pour confirmer. Sarah a tiré un sac en tricot de la commode.

– C'est moi qui le lui ai fait, a-t-elle précisé.

Au prix de gros efforts, Marco a réussi à se redresser. Ses gazouillis et ses pépiements me faisaient toujours sourire. Si Marco n'avait pas autant souffert, si fort et si souvent, aurait-il été capable de cette joie facile et communicative ? Était-ce l'échange que la vie avait mis en place pour lui ? Devrions-nous lui envier sa sérénité plutôt que de nous apitoyer sur son infirmité ? Même en sachant que nous serions plus heureux, je soupçonne qu'aucun de nous ne ferait cet échange que Marco, lui, n'avait pas eu à choisir de faire.

Il a montré du doigt le logo de Superman sur le sac où Sarah avait remplacé le S rouge et jaune par un M.

– J'avais beaucoup de temps libre, a expliqué Sarah.

J'ai soulevé le sac, à demi plein de pièces de vingt-cinq cents, et j'ai hoché la tête avec admiration.

– Casino ! a piaillé Marco dont la voix aiguë a souligné le *o* final.

– Il a dit "casino" ?

– Demande-lui.

– Pardon. – Et j'ai reposé ma question à Marco. – Tu as dit "casino" ?

Il a levé d'un coup les sourcils et opiné frénétiquement du chef.

– "Tente ta chance, force le destin" : Marco a fredonné le message publicitaire d'un casino qui passait sans arrêt à la radio. Il a agité les bras et les jambes. "Faites sauter le bouchon ! Claquez des doigts !"

– C'est une vraie obsession. Papa lui confie de petites tâches dans la maison. Ces pièces sont l'argent de poche qu'il a gagné.

– Qu'est-ce que tu fais, par exemple ?

Il a décrit un cercle sans cesser de chanter.

– Tu fais la vaisselle ?

– Oui, et la poussière aussi ; et puis il aide maman dans le jardin.

– Et si on amenait Marco au casino ?

– Je ne suis pas sûre. C'est assez loin, a répondu Sarah. Marco a agité les mains comme un chef d'orchestre et j'ai chanté avec lui.

Ce week-end-là, j'ai tambouriné un petit rythme de fanfare sur la fenêtre, et Marco a crié mon nom pour m'accueillir.

Sarah se tenait devant la porte arrière de la maison.

Je lui ai tendu un vieux costume de Jack.

– Voilà pour notre flambeur ! On peut pas se contenter d'aller au casino. Il faut aussi qu'on ait l'air chic.

Je lui ai montré avec fierté la doublure du costume que je portais. Il était aussi à Jack.

– J'espère que ça, c'est une perruque.

– Oui, modèle "businessman N° 4", bleu nuit.

J'ai enlevé la perruque.

– Et l'attaché-case ?

– C'est pour Marco. Pour qu'il range ses gains.

Je l'ai suivie dans la chambre de son frère.

– Tu te sens assez en forme pour une grande aventure ? lui a demandé Sarah.

– Casino !

– Bon, je vais m'habiller. Quelque chose de digne d'un rapace de Wall Street dans les années 80. Tu peux donner un coup de main à Marco ?

Même si je ne savais pas très bien comment un homme adulte comme moi pouvait s'y prendre pour l'aider à s'habiller, j'ai accepté.

– OK. Qu'est-ce que je peux faire pour toi, Marco ?

– Baisse ça, a-t-il répondu en tapotant sur la barrière du lit. Jambes.

Je l'ai aidé à passer ses jambes par-dessus bord et j'ai senti ses os, aussi fins et fragiles que du balsa.

– Mais regarde-moi un peu ces ongles tordus et rabougris. Dès que tu auras gagné ton premier million, on t'offre un soin pédicure.

Marco s'est esclaffé et a repoussé sa couverture.

– Ouah ! Où est passé ton caleçon, fiston ?

Sarah est apparue sur le seuil, moulée dans une robe longue de couleur crème. Ses cheveux étaient attachés pour mettre en valeur deux petites perles à ses oreilles. Elle portait un rouge à lèvres brillant d'un rouge feuilles d'automne.

– Marco, Jarred serait-il en train de t'agresser sexuellement ?

Il m'a montré du doigt :

– Pervers !

Ils ont tous deux éclaté de rire et Marco a agité son pénis comme un chien remue sa queue.

Sarah lui a enfilé un caleçon jusqu'aux genoux et l'a laissé le remonter.

– Tu as vu comme ta sœur est belle, Marco ? On est vraiment veinards, toi et moi.

Sarah a rougi du compliment. On a aidé Marco à mettre son pantalon et ses chaussures. Sarah a disparu un instant et est revenue perchée sur de hauts talons.

– Regarde-moi un peu mes magnifiques cavaliers !

Et elle a sifflé dans ses doigts.

Leur père a passé la tête par la porte.

– Soyez bien prudents, les enfants. Appelez-moi en arrivant et en repartant. Vous avez bien ses médicaments ? Tout ce qu'il lui faut dans son sac ?

– Tu es sûr que tu ne veux pas venir ? a insisté Sarah.

Il a hésité mais il a fait signe que non.

– Envoyez-moi un texto en partant.

Contrairement à d'habitude, il y avait peu de circulation sur l'I-35, et le ciel comme toujours au Texas était immense. Nos deux fauteuils roulants étaient rangés dans le coffre. J'avais fini par accepter plus facilement ces moments où j'étais assis comme une souche dans la voiture pendant qu'elle démontait ou assemblait mon fauteuil. C'était devenu normal, toutes les petites amies faisaient pareil, non ? Sur la banquette arrière, Marco chantonnait doucement jusqu'aux refrains qu'il se mettait soudain à beugler avec une joie sans mélange. Parfois, il passait la main par-dessus mon dossier pour me tapoter l'épaule. À d'autres moments, il la laissait pendre par la vitre et il riait quand le vent la repoussait avec force.

Sarah le regardait en souriant dans son rétro. Il tendait le menton à l'air frais et au soleil qui brillait au-dessus des arbres. Elle avait toujours le sourire facile, mais encore plus pour Marco.

– J'ai travaillé quelques mois dans un casino au Nevada, je leur ai confié.

– Ça ne m'étonne pas.

Nous avons continué à rouler, bercés par le ronronnement du moteur et des pneus sur l'asphalte.

Pendant que nous cherchions une place de parking, Marco, affublé de la perruque noir corbeau, faisait des bonds sur son siège. Il a passé la tête par la vitre pour brailler le jingle du casino aux gens qui faisaient la queue pour entrer. Sans conviction, Sarah a essayé de le calmer. Elle m'a tapoté sur le genou :

– Quelle bonne idée tu as eue. Merci.

Marco a arrêté de chanter quand nous sommes entrés. Il a balayé avidement du regard tous les recoins de l'immense caverne du casino. Les rangées de machines à sous luisaient et leurs écrans clignotaient pour attirer le chaland. Clic-clac, ding-dong, les huit notes qui annoncent qu'on a gagné, les bips divers et le brouhaha des conversations rebondissaient sous le haut plafond, décoré d'un faux ciel de nuit, avec des ampoules LED qui dessinaient la Voie lactée.

Marco a levé la main et je lui en ai tapé cinq. Sarah l'a poussé vers une rangée de machines décorées d'images de mustangs fougueux et de cow-boys brandissant leurs pistolets. Je les ai suivis. Une bonne femme, la bouche ouverte comme le trou du cul d'un chien, nous regardait fixement.

– Qu'est-ce que vous zyeutez comme ça? Le buffet, c'est là-bas! j'ai lancé quand nous sommes passés devant elle.

– Ha ha, la grosse! a ajouté Marco.

– Marco! Jarred, fais pas le con!

– C'est elle qui nous regardait comme des bêtes curieuses.

– Mais tu as quel âge? Trois ans? On s'en fout, non?

On a trouvé les machines à sous qu'on cherchait au fond de la salle. Sarah glissait les pièces dans la fente et Marco cognait sur les boutons. Il applaudissait quand les roues tournaient. Il applaudissait quand elles s'arrêtaient. Il applaudissait quand on gagnait et que la monnaie ruisselait dans le bac. Il y plongeait les mains en caquetant joyeusement. Son bonheur faisait plaisir à voir.

– Son stock commence déjà à diminuer, a dit Sarah.

Je m'y attendais et j'ai sorti deux rouleaux de pièces d'une poche et trois de l'autre. J'ai laissé Marco boire une gorgée de ma bière. Sarah a protesté, mais pas vraiment. Au bout d'un moment, elle a proposé qu'on déjeune sur place et qu'on reparte.

– Comment tu te sens, Marco? a-t-elle demandé.

Il a secoué l'attaché-case sur ses genoux pour faire tinter les pièces.

– Pas mal.

– C'est Marco qui régale! j'ai proposé.

Le restaurant surplombait la salle du casino. Marco souriait en regardant les clients se faufiler entre les machines. Il poussait un cri chaque fois que l'une d'elles annonçait un jackpot. J'ai découpé son hamburger en morceaux de taille raisonnable. Ça m'a fait me sentir utile mais il n'a pas mangé grand-chose. J'avais peur de ne pas les avoir coupés suffisamment petits. En attendant une tranche de gâteau aux trois chocolats qu'on allait partager, Marco a commencé à se gratter et son regard s'est perdu dans le vague.

On est sortis en traversant le magasin de souvenirs et je lui ai glissé sous la chemise un ours en peluche avec le logo du casino. Il s'est penché en avant en le serrant contre lui.

– Marco, qu'est-ce qui se passe ? Tu as mal à l'estomac ? a demandé sa sœur.

Il a gloussé de rire et secoué la tête en souriant jusqu'aux oreilles.

– Non !

– Mais qu'est-ce que vous mijotez tous les deux ?

J'ai haussé les épaules d'un air innocent.

Dès qu'on s'est retrouvés dans la voiture, Marco a jeté la peluche sur le siège du conducteur en caquetant comme un fou sur l'air du jingle du casino et en faisant des bonds sur sa banquette.

– Marco ! s'est fâchée Sarah. Tu l'as volé ! Tu vas avoir de gros ennuis.

Marco dormait déjà quand nous avons quitté le parking. Ce retour au calme tellement soudain m'a effrayé.

– Ça va aller pour lui ? j'ai demandé plusieurs fois.

– Je ne peux pas m'empêcher de me faire du souci. Parfois, je m'inquiète de tellement m'inquiéter. Je l'ai fait sortir trop longtemps.

– Chut… On s'est bien amusés. Marco a adoré.

– Il va en parler pendant des années. Merci. – Son téléphone a sonné. – Merde ! J'ai oublié d'appeler papa. – Elle a décroché. – Salut… Oui… Désolée… On est en route. Il va bien. Non… il dort… Je sais. Excuse-moi. Je t'aime. À tout à l'heure.

Au sommet d'une montée, nous avons découvert une longue file de voitures. Elles roulaient, mais lentement.

Sarah ne cessait de se dévisser le cou pour vérifier dans le rétro que tout allait bien pour son frère.

Marco a dormi pendant tout le trajet. On s'est arrêtés devant la maison. Le père de Sarah attendait dans la galerie, faisant semblant de ne pas s'inquiéter. Dès qu'il a aperçu la voiture, il s'est levé et nous a adressé un large sourire et de grands gestes. J'ai entendu Marco fredonner doucement "Casino" tandis que son père le portait à l'intérieur.

– Est-ce que je t'ai remercié ? m'a demandé Sarah en approchant mon fauteuil du côté passager.

– Plusieurs fois.

– Et tu m'as entendue ?

– Une fois ou deux. Dans la voiture, tu as dit que c'était plus facile de t'inquiéter pour Marco que pour toi-même.

– Oui.

– C'est ça que je suis pour toi ? Une autre bonne raison de t'inquiéter ?

– Peut-être. Mais rien n'est jamais aussi simple. On est tous un sac de nœuds, plein de ratés et d'erreurs. Et alors ? Tiens, j'ai une autre idée : peut-être que tu me plais. Qu'est-ce que tu en dis de celle-là ?

45

Au bout du parking de la boutique hippie se trouvait un banc de pique-nique où les employés venaient fumer et tailler une bavette pendant leurs pauses. Sarah et moi nous y étions retrouvés, et on bavardait en prenant un café avant que je reprenne mon service.

– On devrait offrir un truc sympa à Jack pour son anniversaire.

– Achète-lui du terreau.

– Tu parles d'un cadeau. Je vais lui offrir une radio satellite.

– OK, n'en fais qu'à ta tête. Si tu lui achètes un truc cher, il sera gêné. Ton cadeau finira dans un placard, il s'en servira jamais, parce que "c'est trop beau". Offre-lui des pots pour ses orchidées, de la vermiculite ou un truc du genre, et il s'extasiera comme si tu l'avais couvert de diamants.

Rose, la directrice adjointe, a garé son pick-up. C'était une femme lourdement charpentée avec des ficelles grises en guise de dreadlocks. Elle a pris le gobelet que je lui tendais. J'apportais toujours son café à Rose. Sarah lui a tendu des sachets de sucre et une touillette. Elle s'est assise lourdement et a ouvert un sachet après l'autre pour en verser le contenu dans son gobelet.

– Quoi de neuf? j'ai demandé.

– Peggy a donné sa dém.

Sarah et moi n'avons pas caché notre surprise et notre déception.

Rose a poursuivi en expliquant que le siège voulait s'intéresser de plus près aux activités de la boutique au jour le jour. Elle n'en savait pas plus. Peggy était partie sans demander son reste et l'envoyé de la direction prenait sa place aujourd'hui même.

– Tu as fini ton café ? m'a demandé Rose.

J'ai hoché la tête, embrassé Sarah et lui ai dit que je terminais à 6 heures. On s'est dirigés vers le magasin, et Sarah vers sa voiture.

– Salut tout le monde. Je me présente : Dean James. Comme James Dean, mais à l'envers.

Un des magasiniers a chuchoté :

– On a touché un vrai connard de cadre sur mesure !

James Dean à l'Envers nous a servi un beau discours sur la rentabilité de l'entreprise assaisonné de jargon hippie dans le genre "tout baigne". Il en a fait des caisses avec les filles.

Après la réunion, on s'est rassemblés dans la salle de repos.

– Le tee-shirt et le jean, c'est juste pour voir si ça lui va. Le soir, il tire le rideau, il éteint les lumières et il enfile son vieux costard à rayures et sa cravate en soie du temps de son MBA, j'ai plaisanté.

– Il va pas tarder à se laisser pousser une queue-de-cheval, a renchéri une des caissières.

Quelques jours plus tard James Dean à l'Envers m'a arrêté en chemin vers les toilettes. Il a observé mon fauteuil et m'a demandé si j'avais besoin de quelque chose.

– D'une augmentation.

– On est en train d'y réfléchir. Je veux dire pour ce que vous avez de spécial.

– Je suis un handicapé, pas un super-héros. Tout va bien, je vous remercie.

– OK. – Il a tapoté sur ma petite roue avant du bout du pied. – Ma porte vous sera toujours ouverte.

Ce soir-là, on a organisé un dîner d'anniversaire pour Jack à la maison. Son gâteau était un donut fourré à la confiture avec une bougie. Il souriait jusqu'aux oreilles quand Sarah est sortie de la cuisine en chantant "Happy

Birthday". Il a soufflé sa bougie et découpé le donut en quatre.

– Pas question que vous dépensiez vos sous pour m'acheter des cochonneries qui ne me servent à rien.

– Silence, l'ancêtre. Ouvrez votre paquet ! a ordonné Sarah.

Jack s'est exécuté :

– De la perlite ! De la vermiculite !

– Je ne savais pas laquelle acheter.

– J'ai besoin des deux. Merci.

J'ai réussi à éviter James Dean à l'Envers pendant une semaine jusqu'à ce qu'on m'annonce qu'il voulait me voir dans son bureau.

Tous les caissiers avaient un truc pour passer un article au scanner en s'assurant qu'il n'était pas scanné. On s'en servait en général pour ses collègues, une sorte de discount officieux pour les employés de la maison. J'avais scanné-sans-scanner une bouteille de vin pour une des filles de l'épicerie fine.

– Le règlement de l'entreprise stipule que voler entraîne un renvoi immédiat.

– Voler ?

– Vous n'avez pas fait payer Suzy pour une bouteille de vin. On me dit que vous êtes par ailleurs un excellent employé de The Store. Il faut que vous compreniez la gravité de la situation, mais je ne veux pas être obligé de vous mettre à la porte. Je vais me contenter d'un avertissement écrit.

J'ai terminé ma journée et pris le bus pour rentrer. Sarah était censée passer me prendre. Elle m'a appelé mais je n'ai pas répondu. Elle m'a envoyé un texto.

Où es-tu ?

désolé sauté dans bus.
mauvaise journée au travail.

tout va bien ?

oui

tu veux que je vienne ?

non

tu es con.

oui

Jack feuilletait un catalogue d'orchidées dans son fauteuil inclinable quand je lui ai raconté ce qui s'était passé avec James Dean à l'Envers au magasin. Il a haussé les épaules et m'a dit que j'aurais dû être viré.

– Tu es avec qui ?

– Tu as volé. Tu t'attends à quoi ?

– C'est pas vraiment du vol.

– Si.

– Qu'est-ce qui va pas ? Tu es bizarre ces derniers temps.

– Te dire d'arrêter de jouer au con n'a rien de bizarre. C'est juste rasoir.

– OK, OK. Mais sérieusement, qu'est-ce qui va pas ? On dirait que tu souffres.

– Le docteur m'a prescrit de nouveaux médicaments. J'y retourne demain.

– Dis-moi ce qui t'arrive, Jack.

Il m'a regardé d'un air inquiet. Je cachais mal ma panique, mais je savais qu'il fallait que je le fasse si je voulais qu'il parle.

– Il ne m'arrive rien. Des misères de vieux, voilà tout. Tu ne voudrais pas m'apporter un thé glacé ?

– Toujours tes conneries de macho, les vrais hommes ont jamais rien.

J'ai pris son verre.

– Allez, ça suffit maintenant. Tout va bien.

Du fond de la cuisine, en remplissant son verre devant le frigo, je lui ai crié :

– Tu mens. Pour que tu te décides à aller voir le docteur, il faut que ce soit sérieux. – Je suis revenu et je lui ai tendu son thé. – T'aurais pas vu Mister Shakey ?

– Après l'avoir brossé ce matin, je l'ai laissé sortir, a-t-il répondu, puis il a bu une gorgée et repris son catalogue.

– Tu vas m'aider à le retrouver ?

– Non.

Je suis sorti chercher le chat. J'ai regardé dans les parages en criant son nom. J'étais quelques numéros plus loin quand j'ai entendu Jack me rappeler. Il était sur le côté de la maison et me faisait signe de me dépêcher de revenir.

– Où il est ? j'ai demandé, tandis que Jack se plaçait derrière le fauteuil et le poussait pour m'aider à avancer dans les hautes herbes.

Mister Shakey était un gros animal à tête carrée. Une bête couleur gris cendré très proche de ses ancêtres les plus sauvages mais, couché sur le flanc sous le rosier, on aurait dit une peluche abandonnée par un enfant. J'ai fait avancer le fauteuil entre les épines, me suis penché pour l'atteindre, mais je n'ai réussi qu'à effleurer la cage thoracique de la malheureuse créature. Il avait les yeux écarquillés, fixés droit devant lui tandis qu'il essayait d'attraper au vol d'invisibles mouches. De la bave rose mouillait les coins de sa bouche. Ses pattes de devant moulinaient comme s'il nageait et celles de derrière étaient tendues et rigides.

J'ai manœuvré pour pouvoir me pencher de côté. Jack a soulevé une branche épineuse qui me griffait le front. Des égratignures rouges perlées me zébraient les bras. Une épine s'est plantée dans ma joue. Je n'arrivais toujours pas à l'atteindre.

– Ramasse-le ! j'ai crié à Jack.

– Jarred, je ne pense pas que ce soit une très bonne idée. Il vaut mieux laisser passer la crise d'abord.

Je tressaillais à chaque décharge électrique qui traversait la petite boule de poils. Un grognement s'est échappé d'entre ses mâchoires qui claquaient tandis que sa tête se tordait dans tous les sens. Ses pattes avant se sont tendues, et toute la tension s'est relâchée.

– Attrape-le. Attrape-le !

Jack a fini par le saisir et le déposer sur mes cuisses. Le chat a remué la tête avant de l'appuyer contre mon genou. Je l'ai caressé sous le menton et il l'a levé. J'ai perçu un faible ronronnement sous mes doigts.

– Tiens-le, je vais pousser le fauteuil, a dit Jack.

Une fois à l'intérieur, Jack a téléphoné au vétérinaire pour lui dire que nous arrivions. Au bout de mes doigts, le cœur minuscule battait sur un rythme irrégulier. Les petits poumons sifflaient péniblement. La patte avant gauche s'est allongée. Je l'ai prise dans ma main et lui ai caressé les coussinets, en priant pour qu'il ne fasse pas une nouvelle attaque. Une de ses pattes s'est à nouveau détendue comme un ressort. Les griffes blanchâtres ont jailli de leur fourreau. Il a respiré profondément. Un long et lent soupir qui a interrompu le ronronnement.

– Raccroche. Raccroche ce putain de téléphone ! Il est mort.

Je ne me suis pas arrêté quand Jack m'a crié de revenir. Je me suis dirigé vers la forêt. Je me rappelais un temps où je me sentais mieux parmi les arbres sous le ciel de la nuit qu'à la maison. Dès la première rangée d'arbres cependant, le sable était trop épais et les racines qui affleuraient trop difficiles à franchir. Chaque fois que je poussais maladroitement sur mes roues, la masse inerte de mon chat glissait de mes genoux comme s'il était liquide.

J'ai déposé le corps à côté du tronc le plus proche. Je me suis laissé descendre jusqu'au sol. De mes mains nues, puis à l'aide d'un bout de bois, j'ai gratté. Mes ongles se sont changés en croissants noirs. J'ai creusé de toutes mes forces, les mottes de terre volaient et j'en avalais une partie au passage. J'ai rampé tout autour, mes talons dessinant un double sillon derrière moi, jusqu'à ce que je trouve un autre bâton pour continuer à forer, avec le cadavre de mon chat juste à côté. À environ trente centimètres de profondeur, les racines étaient trop épaisses et trop enchevêtrées pour que je puisse les arracher. J'avais la jointure des doigts en bouillie, la peau arrachée et souillée d'humus et de sang. Je transpirais à grosses gouttes et j'avais mal partout.

J'ai nettoyé la terre qui maculait la dépouille de Mister Shakey. J'ai essayé de retirer un grumeau de son œil mais, avec mes doigts sales, j'ai encore aggravé les choses. Je l'ai serré contre ma poitrine en sanglotant.

Ensuite, je l'ai couché dans le trou.

46

J'avais vingt-cinq ans. Moins d'un an plus tard, je me déplacerais en fauteuil roulant et Melissa serait morte. Je vivais à Chicago. J'étais complètement pété, et les dents de cette femme me paraissaient minuscules. Alors qu'elle continuait à brailler, elles sont devenues les crocs d'un petit chien, une bestiole aux yeux larmoyants qui jappait pitoyablement. Son poil crasseux était tout décoloré autour du menton. Ses gencives débordaient de sa gueule. Roses et obscènes.

D'un revers de la main, j'ai envoyé valser sa pizza sans aucune raison. C'est seulement quand elle a atterri sur le sol que j'ai compris ce que je venais de faire.

Comme tous les autres clients du bar, j'ai suivi l'arc gracieux de la garniture de fromage et de pepperoni qui décollait vers le plafond criblé d'autocollants. Son atterrissage a commencé une fraction de seconde après que la pizza a eu déposé un baiser bien huileux sur l'affiche d'un spectacle qui scintillait dans la lumière. Un parfait triangle de pâte rouge et jaune couverte de graisse. Après ça, elle est redescendue en piqué vers le ciment qui empestait la bière pour se poser avec le claquement sonore d'une explosion kamikaze.

– Espèce d'enculé, pourquoi t'as fait ça ? Pourquoi t'as fait ça ?

– Enculé, a répété son compagnon, et il a pris son élan pour me balancer un gnon.

J'ai shooté dans son talon et l'ai poussé pour qu'il aille rejoindre par terre la pizza de la dame. J'attendais de voir s'il allait se relever quand j'ai senti une violente douleur à l'arrière du crâne. Je me suis retourné et j'ai pris un autre coup sur la tempe. Migraine assurée et immédiate. Du sang me coulait sur le visage et m'a bouché un œil. La fille aux petits crocs de chien qui avait perdu sa pizza avait retiré un de ses talons-aiguilles et s'appliquait à me mettre la tête en bouillie. Je lui ai arraché la chaussure des mains et j'ai reculé, en tâtant la blessure de mon cuir chevelu entaillé. Elle a essayé de me suivre, en boitillant de façon grotesque sur un pied nu et le haut talon qui lui restait. Elle s'est penchée en avant pour finir de se déchausser, les yeux fixés sur moi sans cesser de me couvrir d'injures, et elle a brandi sa nouvelle arme.

J'ai rendu la chaussure au videur en sortant. Il a fixé mon visage couvert de sang puis il s'est retourné vers l'intérieur du bar.

– Y en a une qui a oublié de prendre ses médocs là-dedans, j'ai lancé avant de disparaître.

J'ai fini la nuit dans le bar d'un copain et me suis réveillé dans un des box. Cette description aurait pu être celle de n'importe lequel des lendemains de fête dans une des dizaines de villes où j'avais vécu après m'être enfui de la maison. Ce matin-là, j'étais censé passer prendre une ex pour l'accompagner à un rendez-vous au Planning familial. Elle m'attendait devant la porte quand je me suis garé. Je suis descendu de voiture pour ouvrir sa portière et je l'ai embrassée sur la joue. Son sourire s'est évanoui. Elle a eu l'air inquiète et vaguement touchée par le D rouge qui me marquait la tempe. Elle m'a saisi au col.

– C'est ton sang ?

J'ai opiné du chef.

– Rappelle-moi encore une fois comment ça se fait que c'est toi qui m'as larguée ?

– Je t'ai déjà dit que c'était une erreur.

– Absolument pas.

– T'es pas obligée de faire ça.

– Tu plaisantes, j'espère.

– Non. On peut trouver un moyen… J'arrêterai…

– C'est tout de suite qu'il faut t'arrêter. Allez, roule. – Elle est montée dans la voiture, les yeux fixés droit devant elle. Elle luttait pour ravaler ses larmes et je me suis senti terriblement coupable. – Jarred. Je suis complètement décidée maintenant. C'est assez dur comme ça. Arrête ton cirque.

– OK, OK.

Nous avons roulé en silence jusqu'à ce que je ne le supporte plus. Je devais trouver le moyen de m'expliquer. De lui dire qu'il fallait me donner une dernière chance, mais je savais qu'elle avait raison, et c'était bien ça le pire.

– La dernière fois que j'ai vu ma mère en vie, c'était en rentrant de l'école. J'avais à peine onze ans. La porte de leur chambre était entrouverte. Mon père lui faisait sa toilette dans son lit. Il y avait un seau d'eau savonneuse posée sur une chaise à côté d'eux. Il y trempait un gant, l'essorait, et il la lavait.

Elle s'est tournée vers moi. Au fur et à mesure de mon récit, j'ai vu le trouble qui se lisait sur son visage se dissiper peu à peu.

– "Assez chaud ?", il lui a demandé. Je m'en souviens parfaitement ; j'entends sa voix qui pose cette question comme si c'était hier, alors qu'on s'est pas parlé depuis, merde, huit ou neuf ans. "Assez chaud ?", il a dit en approchant le gant de sa joue. Elle a fait oui de la tête. Il lui a frotté le cou en s'appliquant à bien passer derrière les oreilles.

J'ai imité son mouvement.

– Elle a tendu les bras comme une gamine, et il les lui a lavés en la tenant par les poignets. Un geste tellement délicat. Il mouillait le gant, l'essorait, et il lui faisait sa toilette. Sans jamais se lasser. Moi je regardais, absolument fasciné. Ils roucoulaient et ils se parlaient sans arrêt. Je me rappelle pas, ou alors j'entendais pas, ce qu'ils se disaient. Ensuite, elle a roulé sur le côté. Il a arrangé les serviettes sous elle, et il lui a lavé le dos, en suivant ses omoplates et sa colonne vertébrale avec son gant.

J'ai dessiné l'action dans l'air.

– Elle le regardait par-dessus son épaule, sans s'arrêter de sourire. C'était une belle femme, ma mère. Je me rappelle qu'il a dit quelque chose d'autre, elle a ri, et il lui a donné une petite claque sur les fesses.

Moi, j'ai tapoté le volant.

– Pour finir, il lui a frotté les pieds. Ensuite, c'était terminé. Il a remis le gant dans le seau, et quand il lui a demandé : "Alors, ça t'a fait du bien ?", elle lui a fait un sourire comme j'en avais jamais vu. Ce regard dans ses yeux, c'était plus que de l'amour. De l'adoration ? J'ai pas le mot qu'il faut. J'ignore s'il y en a un.

J'ai secoué la tête.

– Quand elle est morte, j'ai été plus ou moins livré à moi-même. Je l'ai détesté de se laisser aller comme ça, mais maintenant je me demande bien comment quelqu'un pourrait tenir le coup après avoir été aimé comme ça. Quand on a vu un jour quelqu'un vous regarder comme elle le regardait.

Maintenant, elle pleurait. Je savais que j'aurais mieux fait de me taire, mais c'était trop tard. Je n'avais jamais raconté cette histoire à personne.

– Ma punition pour avoir violé leur intimité à ce moment-là, c'est que je serai jamais quelqu'un d'assez bien, pendant assez longtemps en tout cas, pour mériter qu'un être humain me sourie de cette façon.

Je me suis garé dans le parking du Planning familial en passant devant deux manifestants à l'air désabusé, brandissant des affiches où on voyait une main gantée tenant un tout petit bras et un crâne minuscule avec du sang rouge et noir à l'arrière-plan. "Faites le choix de la vie", disaient leurs affiches.

Je ne suis jamais arrivé au bout de l'histoire. Elle a bondi de la voiture pour se précipiter dans le bâtiment.

Je n'ai pas dit la dernière chose que j'avais vue. Après ce sourire éclatant, Jack s'était penché pour poser la tête contre ses pieds. Elle avait remué les orteils pour lui effleurer les lèvres. Il avait embrassé le gros orteil de chaque pied. J'en garde le souvenir le plus vif.

47

Après avoir enterré Mister Shakey, je suis rentré à la maison. Jack était en train d'apporter un verre d'eau à un quinquagénaire moustachu. Je l'avais déjà vu quelque part mais je ne savais plus bien où.

– Merci, disait l'homme. Je suis désolé de m'être acharné sur vous comme ça. Quand ma Pauline est tombée malade, elle n'avait pas d'assurance santé. Depuis, je suis en colère contre tout.

– Ne vous en faites pas. Vous n'avez pas à vous justifier. C'est votre travail.

– Attendez une minute !

Ça y est, j'avais retrouvé qui c'était.

– Jarred, m'a averti Jack.

– Vous êtes l'agent de recouvrement. Vous êtes un sacré salopard ! – Je me suis tourné vers Jack. – L'agent de recouvrement ? Mais qu'est-ce qu'il fout dans cette maison, putain de merde ? Il devrait être enterré dessous.

J'ai fait voler le verre d'eau qui s'est renversé sur ses genoux.

– Jarred !

– Casse-toi ! Me dis pas que tu chiales, en plus. T'es qu'un parasite. Tire-toi d'ici !

Le type est parti sans demander son reste en bredouillant des excuses.

Jack a lâché sèchement :

– Sa femme vient de mourir.

– Et toi, tu penses que tu es là pour sauver tous les damnés de la terre, pas vrai ? Dommage que tu sois trop pauvre pour avoir un garage à plusieurs places, ô Bouddha le bienfaiteur !

– Va dans ta chambre, fiston.

– Où tu étais quand moi j'avais besoin d'être sauvé ?

– Il fallait bien que ce soit de la faute des autres, pas vrai ? J'en ai ma claque de tout ça, Jarred.

J'ai hurlé.

Les larmes aux yeux, Jack m'a regardé, jusqu'à ce que je m'épuise tout seul.

– Jack. Je sais plus quoi faire.

– Personne ne sait.

Il m'a tendu les mains et on s'est serrés dans les bras l'un de l'autre.

48

On s'est trouvés derrière les poubelles d'une entreprise distributrice de gaz sous l'unique fenêtre du bâtiment encadrant le plafond et la tête aux cheveux teints en bleu d'une vieille dame à son bureau qui s'assurait que les besoins en propane de l'Amérique étaient bien satisfaits. Mon colocataire m'avait déposé à un carrefour tout proche dans le South Side et était reparti dans ma voiture en écrasant le klaxon. J'avais échangé la bagnole contre mes arriérés de loyer. En vérité, il fallait que je quitte Chicago.

On était cinq, et c'était sans doute trop. Quatre filles à la dérive, dans des états de santé mentale et de burn-out variables. Dieu merci, aucune n'avait de chien. La matriarche était une généreuse mère Noël, le cul noir, les joues roses et les yeux bleus, avec des mains encrassées de diesel et des fringues qui empestaient la sueur. Elle savait ce qu'elle faisait, mais les autres, sans expérience, se laissaient facilement tourner la tête. Elles étaient en route pour le Nebraska où un copain avait un mobile-home quelque part, elles ne savaient pas exactement où, dans les zones désertiques qui bordent le Highway 80. Leurs projets étaient vagues et futiles, et même si je me rendais compte que c'était plutôt une bonne chose, ça me barbait. J'en avais ras la casquette des seringues et du manque. Marre des papotages stériles ponctués de "eh, man" et de "nègre", des heures passées à jaser sur les yuppies puants, la liberté, les machos, les bons coups, les squats de crack, les arnaques, les plans cul, cette saloperie d'Amérique, la zénitude, la galère, les groupes et la came. J'avais envie que ces gamines aient la trouille un jour et, pendant les heures qu'on passait à attendre en se faisant bouffer par les fourmis rouges et les taons, je me débrouillais pour échanger nos faits d'armes avec cette mère Noël, Mrs. Claus.

J'avais des cicatrices à exhiber, mais c'est Mrs. Claus qui a soulevé son tee-shirt pour montrer un sein à la peau froncée par la marque d'un coup de couteau, tout en racontant comme si de rien n'était qu'elle avait été violée.

Un gamin de seize ans s'est approché comme si on avait rendez-vous. Il s'est assis à côté de la fille à la tignasse de cheveux noirs moussus et s'est mis à lui parler. Maintenant on était six, donc franchement trop. Un de ces jeunes finirait par nous faire tous arrêter ; on n'y couperait pas.

La crasseuse Mrs. Claus a pointé le doigt vers notre train qui arrivait. Le meilleur de l'aventure commençait. On a couru après, les sacs sur les épaules, on s'est aidés pour monter à bord, et est arrivé ce moment magique où vos pieds quittent le sol et vous vous envolez. Depuis la première fois où j'avais sauté dans un train avec Melissa jusqu'à la dernière, j'avais toujours eu un sentiment de triomphe.

On s'est installés dans un wagon de marchandises et l'humidité a aussitôt trempé nos vêtements de sueur. Une des filles s'est versé de l'eau sur la tête, mais Mrs. Claus lui a conseillé avec sagesse de ne pas la gâcher. Les cahots et les tremblements de ce wagon étaient les pires que j'aie connus. J'avais des élancements dans toutes les dents. Le vent qui s'engouffrait par la portière ouverte ne soulevait que l'odeur des fientes de pigeon en décomposition et notre propre puanteur. Au bout de deux heures, la fille à la tignasse moussue s'est mise à brailler et à brailler encore jusqu'à ce que Mrs. Claus la prenne dans ses bras.

J'étais assis en tailleur à côté de la portière ouverte. Le gamin s'était posé à proximité. Le train a ralenti et il s'est arrêté comme pour exaucer nos prières. Malgré l'immobilité retrouvée, nos corps continuaient à trembler.

Bientôt, la chaleur s'est à nouveau glissée à l'intérieur, et les clochards capricieux que nous étions ont supplié le ciel que le train redémarre. Mrs. Claus s'est penchée sur une carte avec ses filles et leur a fait marquer au stylo le niveau de l'eau dans leur bouteille pour rationner leurs réserves. Elles n'arrêtaient pas de s'étreindre ou de se toucher, même si ce n'était souvent qu'une main qui s'attardait involontairement sur un genou. Je les trouvais belles dans leurs fringues crasseuses, noyées dans les ténèbres du wagon.

Au-delà s'étendaient les espaces infinis du Midwest. Le paysage n'avait rien du charme évident des Rocheuses, mais les couleurs vous sautaient aux yeux. Un ciel plus grand que Dieu, clair et intense, qui captait tellement l'attention qu'on ne comprenait pas pourquoi on avait mis tant de temps à inventer le mot “bleu”. Au-dessous d'épaisses traînées de vert et de jaune, et les touches des maisons si isolées qu'on se demandait quelles existences pouvaient mener les gens sous leurs toits. Dans le lointain la poésie se profilait, mais je n'en avais aucune à offrir.

Le gamin à mes côtés m'a montré une ville à l'horizon.

– Regarde un peu cette merde, man.

J'ai suivi son doigt en direction de la poignée de cubes surmontés d'un toit sous la protection bienveillante d'un château d'eau avec un visage souriant peint dessus.

– Je crache sur cette ville et tous ses habitants. Des esclaves dans leurs cages climatisées.

Et il a fait un doigt d'honneur.

– Tu viens pas de par ici, pas vrai ? j'ai demandé en tirant de ma poche mes cigarettes et mon briquet.

– Non, mec. Un autre bled merdique plein de connards, a-t-il répondu avec un geste du pouce vers l'arrière.

– Tu t'es tiré ?

Je lui ai tendu mon paquet de clopes. Il en a pris une et m'a remercié d'un hochement de tête. Je lui ai donné du feu et il a répondu en soufflant.

– Ouais.

Et la fumée s'est perdue dans le décor.

– Pourquoi ?

– Mon vieux était toujours sur mon dos. Sa nouvelle femme en pinçait pour Jésus et elle voulait que je l'aime aussi. – Il a levé les mains au-dessus de sa tête. – Alléluia !

– Et ?

– Et elle supportait pas que je fume de l'herbe.

– Tu t'es fait coffrer ?

– Loi de la double récidive. Valait mieux disparaître.

– Alors tu t'es tiré ?

L'esprit de Jack s'était emparé de mon corps, apparemment.

– Comme un putain de dératé. – Il a mimé un sprinteur, coudes au corps et tête baissée, comme s'il courait à toute vitesse. – Si je me fais prendre cette fois, c'est la prison fédérale.

J'ai écrasé ma clope par terre en inscrivant mon initiale dans la suie et rangé le mégot dans le paquet pour plus tard. Le gamin m'observait. Je savais qu'il n'allait pas m'écouter mais je le lui ai dit quand même :

– C'était pas très malin de ta part. Tu pouvais pas t'empêcher de fumer ? Je veux dire qu'ils te demandaient pas vraiment la lune en te l'interdisant alors qu'ils payaient tes factures et te fournissaient un toit. La moindre des politesses, à mon avis. Ou, au moins, tu aurais pu avoir la délicatesse de pas te faire pincer.

Au bout d'un moment, il m'a demandé ce que je faisais là.

– La liberté, j'ai dit d'un ton sarcastique.

– De nouveaux endroits. Des gens à rencontrer. C'est ça qui compte. – Il a pointé le doigt tour à tour vers les filles, moi, le plafond du wagon. – Je suis libre d'aller où je veux. J'ai seize ans et plus d'expériences que tous ces nègres qui triment de 9 à 5 dans ce monde de cinglés pendant trente ans. Moi, j'en fais qu'à ma tête.

J'ai continué à regarder droit devant moi. Si je posais les yeux sur lui, je me mettrais à chialer. J'étais lui et il serait moi.

– Je vais sauter dans un train pour n'importe où, a-t-il annoncé fièrement. Tout ça, c'est des conneries, mon frère.

Il s'agitait en voyant que je ne réagissais pas. La locomotive a sifflé et un tremblement a parcouru tous les wagons. Les filles ont poussé de petits cris en battant des mains. Le garçon les a rejointes et je suis resté seul face au paysage.

Il nous restait plusieurs heures à endurer les secousses. Plusieurs jours plus tard, en sortant de ma première douche, j'ai vu que j'avais encore des bleus, on aurait dit une peau de léopard.

Le soleil s'est couché dans un festival de couleurs plus poétique encore. Mrs. Claus nous a assuré qu'on allait voir le bout du voyage. Ils allaient se diriger vers un pays de cocagne plus à l'ouest. Moi, je ne savais toujours pas très bien où j'irais, mais j'avais eu ma dose de trains.

Le gamin a annoncé qu'il fallait qu'il se soulage de toute urgence.

– J'ai vraiment trop envie de chier !

Il a baissé son pantalon. Ses fesses blanches luisaient dans l'obscurité de plus en plus profonde du wagon et pointaient vers moi. Il s'est retourné, s'est agrippé aux montants de la portière et s'est accroupi. Sans jamais cesser de sourire et de blaguer avec les filles.

Le wagon a fait une embardée brutale. Les portières se sont refermées. Il a disparu en un instant, assez vite pour qu'on doute même qu'il avait été là un jour. Les filles ne pouvaient plus arrêter de crier. Elles trépignaient, se serraient les unes contre les autres, s'agrippaient à moi. Dans le silence, la dernière heure a ressemblé à un trou noir. Le lent freinage du train jusqu'à l'arrêt nous a paru encore plus horrible que d'habitude. Quand nous sommes descendus, nous n'avions plus rien d'humain. On s'est frayé un chemin dans les hautes herbes jusqu'à une clôture en grillage, on a fait glisser nos sacs par un trou comme des automates avant de passer de l'autre côté. Les gamines se sont dirigées vers le supermarché Walmart qu'on avait remarqué quelques kilomètres plus tôt. La fille aux cheveux moussus a parlé d'appeler les secours. Moi, j'ai marché vers la route pour faire du stop jusqu'à la ville.

49

Quand j'ai ouvert les yeux, le visage de Jack était juste à côté du mien. Ses yeux noirs luisaient sous les sourcils alors qu'il m'observait avec attention.

– Tu es à poil ? m'a-t-il demandé.

J'ai hoché la tête, pas sûr d'être encore tout à fait réveillé. Après avoir enterré Mister Shakey, j'avais appelé le travail pour me faire porter pâle et passé la journée planqué dans ma chambre. J'avais entendu Jack parler au téléphone avec Sarah et Patrick. Il se passait quelque chose. Ça me faisait penser au jour où il m'avait fait enfermer à l'hôpital psychiatrique. Ramper sous mon lit n'allait probablement pas m'être d'un grand secours si c'était à nouveau ce qu'il mijotait.

– Tu peux me dire quel est le plaisir de te cacher là-dessous ? a demandé Jack en grattant le dessous de mon sommier. Tu le faisais quand tu étais petit. Tu te cachais dans les placards ou sous les lits. Tu te rappelles quand tu te réfugiais dans le garage des voisins ? C'était parfait pour tout le monde. Moins cher qu'un baby-sitter. La dame passait voir de temps en temps si tout allait bien pour toi et elle me téléphonait.

– Sans blague ? J'ai toujours cru que j'étais tout seul.

– Jamais de la vie, petit. Écoute. Lâche un peu l'agent de recouvrement. Il était venu pour nous faire des excuses. À nous deux. Le malheureux était en vrac. Il a encore plus de dettes que nous. Oublie-le. J'ai toujours du temps pour toi.

– C'est pas la question.

Je me suis cogné l'arrière de la tête contre le sommier deux ou trois fois.

– Est-ce qu'on pourrait poursuivre cette conversation assis face à face et habillés normalement ? Je n'ai pas très envie de conserver le souvenir de ce moment comme il est juste maintenant.

– D'accord.

– Tu veux que je t'aide ?

– Je vais me débrouiller.

Il s'est redressé. Ses chaussures en cuir étaient de couleur fauve. Des années d'usure et d'éraflures passées au cirage. On apercevait ses chaussettes blanches entre les chaussures et son pantalon démodé. Le lit a grincé quand il a pris appui dessus pour se relever.

– On se retrouve dans le séjour ? Enfile quelque chose de chic et décontracté.

Les chaussures se sont dirigées vers mon fauteuil. Les roues et les semelles se sont rapprochées.

– Là, c'est bon ?

– Parfait. – Et j'ai agrippé les lattes du sommier pour me hisser à l'extérieur.

Jack a refermé la porte derrière lui.

Je me suis habillé et l'ai rejoint dans la cuisine.

– Ton téléphone sonne, m'a-t-il fait observer en se servant un verre d'eau au robinet, qu'il a vidé d'un trait.

– C'est Sarah.

– Tu ne réponds pas ? – Il s'est servi un autre verre et a marché vers le séjour.

Je l'ai suivi.

– Non.

– Pas très élégant de ta part.

– Sans doute pas.

– Vous êtes fâchés ?

– Non.

– Je suis sûr que tu sais ce que tu fais. – Il s'est assis dans son fauteuil, en tirant le repose-pied. – Il faut que j'aille me faire faire une batterie d'examens à l'hôpital. Ils veulent me régler le palpitant avec une petite opération.

Je vais y passer une semaine, et ça ne me réjouit pas. J'espérais que tu saurais te débrouiller tout seul, mais on dirait qu'il faut que je recommence à m'inquiéter pour toi. Comment tu te sens ?

– J'ai tué mon chat.

– Oh, s'il te plaît, change de disque. Est-ce que tu vas appeler Sarah et t'excuser pour les âneries que tu as dû faire ?

– Ça m'étonnerait.

– Bon, j'aurais essayé. Pendant mon absence, Patrick passera une fois ou deux pour s'assurer qu'il n'y a pas de problème.

– Tout ira bien.

– C'est pour ma tranquillité qu'il le fait, pas la tienne.

– Tant mieux.

Jack a remis le repose-pied en place et s'est levé.

– Tu sais, je pense que ce monde a besoin qu'on lui dise d'aller se faire foutre. Qu'il sache que les McGinnis sont pas encore au bout du rouleau.

– Quoi ? Oh, non !

– Allez, viens. – Il s'est approché de la porte et l'a ouverte en grand. – Allez !

– C'est gênant.

– Ça ne t'a jamais empêché de te conduire comme un imbécile. Amène-toi. C'est ta réputation qui t'inquiète ? Père et fils vont dire au monde d'aller se faire foutre. En avant, marche.

Je l'ai suivi dehors. Pas un bruit, pas un mouvement dans le quartier. Il faisait chaud, mais la journée était agréable. La voiture de Jack était garée dans l'allée.

– Va te faire foutre ! avons-nous crié d'une même voix.

– Tu ne te sens pas mieux ? m'a-t-il demandé.

– Non.

– Moi non plus.

– Voyons si un donut arrangerait pas un peu les choses. C'est moi qui régale.

50

Ce garçon solitaire disparaissait sans arrêt par la porte ouverte du wagon tandis que j'entrais dans une ville qui s'est révélée être Kansas City. Sans cesse, les cris des filles roulaient à mes oreilles et se transformaient en un son qui n'avait plus rien d'humain. Même le souvenir de leurs lamentations me plantait des échardes d'angoisse dans les os. Je débattais intérieurement pour savoir ce que nous aurions pu faire mais je ne trouvais pas de réponse. J'essayais d'imaginer divers happy ends pour le garçon étendu sur le ballast gris dans le vide sans espoir d'une plaine du Midwest. Je m'allongeais à ses côtés en palpant ses os brisés. Nous regardions les rails qui s'étiraient à l'infini sous nos yeux. Peut-être qu'en appelant les urgences, les filles l'avaient sauvé. C'était possible. Le scénario le plus optimiste que je parvenais à inventer était la mort subite. La nuque brisée et point final.

J'ai fini par me retrouver à nouveau à Austin. J'ai essayé de me convaincre que ce n'était qu'une coïncidence. J'ai songé à aller sur la tombe de maman, voir si je pouvais passer quelques jours chez Patrick ou chez Jack, rechercher de vieux copains, comme Fritz ou Melissa. Mais j'y ai renoncé. J'ai trouvé une chambre à louer dans un appartement et un job dans un restaurant italien juste en face. J'avais réduit mon univers à ce logement, ce restaurant et une épicerie ouverte vingt-quatre heures sur vingt-quatre une rue plus loin.

Jusqu'aux grappes de raisin en plastique couvertes de poussière sur les étagères, aucun cliché du restaurant italien ne manquait. Les tables avaient toutes des bouteilles de chianti en guise de bougeoirs, des distributeurs de parmesan ventrus et des bocaux de flocons de piment rouge séchés sur des nappes en toile cirée à carreaux. Sur un mur il y avait un paysage toscan en trompe-l'œil, et des photos encadrées de héros italiens sur les autres. Le portrait de John F. Kennedy semblait être là par erreur jusqu'à ce que le patron m'explique sa théorie sur les origines italiennes de l'ancien président, fils, selon lui, de la veuve du jardinier abruzzais des Kennedy qui l'avaient adopté.

Les patrons complétaient l'atmosphère exagérément italienne de leurs disputes conjugales : les bras battaient l'air, les portes claquaient, les jurons obscènes fusaient, parmi les clients médusés et les assiettes de linguini qui refroidissaient. Elle reprochait avant tout à son mari de porter son alliance au bout d'une chaîne plutôt qu'à son doigt ; rien qu'à la voir suspendue à son cou, elle piquait une crise de rage. La plupart des clients étaient plus ou moins de la famille de l'un des deux et ils prenaient souvent parti.

– Calme-toi, Sara !

– Laisse tomber, Stefano !

Avant le service du soir, la femme préparait un énorme saladier de pâtes et le plaçait au centre de la grande table ronde. À peine assise, elle nous ordonnait impatiemment “Mangez, mangez”, et tout le monde – serveurs, plongeurs, cuisiniers, patrons – s'exécutait. Une grande entreprise familiale. On parlait du travail : les pourboires miteux, les clients pénibles, les menus, les réservations. On commentait le contenu des assiettes en ronronnant la bouche pleine et en hochant la tête de satisfaction. Le mari exposait son idée selon laquelle la race italienne avait tout inventé et que toutes les grandes figures historiques étaient ses *paisani*. Oser avancer que les Chinois avaient inventé la nouille provoquait une apoplexie et un déluge de protestations. La femme s'inquiétait toujours pour moi. Je ne mangeais jamais assez. Un si beau garçon, pourquoi je ne me trouvais pas une jolie fille? Elle me maternait et j'en redemandais.

Après mon service, je restais dans les parages et j'aidais les marmitons ou les patrons, retardant l'heure où je rentrerais dans mon minuscule appartement et où je me soûlerais ou me défoncerais en regardant la télé ou en cherchant Melissa sur Internet. Elle était devenue encore plus belle. Il y avait des photos d'elle en bikini qui souriait devant son assiette sur fond de ciel et mer saphir. Des photos d'elle dans ce qui ressemblait à un jet privé. Des bars à cocktails pleins de jolis visages aux dents parfaites, et elle, au milieu de la foule. Ma jalousie me faisait cracher des "pauvre enfant gâtée" mais je savais la vérité. L'argent ne lui avait jamais rien épargné. Elle se débrouillait bien malgré son enfance difficile. Elle était mariée maintenant, elle s'appelait Mrs. Al-Thani. Un bel homme basané aux sourcils broussailleux. Un ventre naissant sous la chemise sur mesure et des favoris démesurés étaient les seules critiques que j'arrivais à formuler. Sur les photos, son assurance me piquait au vif. J'aurais pu cliquer sur "suivre" à côté de son nom, rédiger un salut enthousiaste, proposer une rencontre la prochaine fois qu'elle passerait par là. Pour autant que je puisse en juger, elle vivait à San Francisco.

Un samedi au restaurant, Stefano m'a confié une enveloppe d'argent et m'a dit de la remettre au type qui allait venir équilibrer les ventilateurs de plafond. Quelque temps après, un break s'est garé sur le parking et je suis allé aider le type penché à l'intérieur qui essayait de dégager son échelle de l'appuie-tête côté passager. Avec son jean et son tee-shirt trop grands, on aurait dit qu'il rétrécissait sous mon nez. Ses yeux bleu iceberg avaient dû être étonnants quand il était jeune. Aujourd'hui, enfoncés dans les plis de sa peau fatiguée par les ans, bordés par des paupières rouges et irritées, ils semblaient un rappel injuste d'une vivacité perdue.

Il est entré dans le restaurant en traînant les pieds et en soufflant bruyamment dans mon dos tandis que je trimballais son échelle et la plaçais sous un des ventilateurs. Je lui ai demandé s'il voulait que je lui apporte ses outils mais il a murmuré, non, merci.

À chaque marche de l'échelle, j'avais l'impression que j'allais devoir appeler les urgences. Il n'avait pas besoin que je lui apporte ses outils parce qu'il n'en avait pas. En utilisant la plus haute marche comme établi, il a sorti de ses poches un rouleau de ruban adhésif et un mélange de pièces de monnaie, de rondelles et de jetons. Il m'a demandé où était l'interrupteur. Je le lui ai montré et il a entamé prudemment la descente puis a traversé la salle. Il a actionné le bouton. Les ventilateurs se sont mis à tourner, de plus en plus vite, tous de guingois. Il est retourné vers son échelle, a marqué une pause et, en s'y agrippant solidement, il a remonté les marches. Il a examiné le ventilateur qui se balançait en tournant. Il est redescendu, a retraversé la salle, a éteint l'interrupteur et est remonté sur l'échelle. Il a choisi une pièce de monnaie, a découpé un morceau de ruban adhésif avec ses dents – une opération que j'ai jugée insoutenablement dangereuse. Il a poussé sur une pale, a suivi son mouvement, et a semblé satisfait. Puis il est redescendu, a traversé la salle, a appuyé sur le bouton. Ça marchait. Les pales ont continué à tourner dans le sens des aiguilles d'une montre avec une belle régularité et sans à-coups. Il a éteint une fois de plus et placé son échelle sous un autre ventilateur. Au beau milieu de ce deuxième diagnostic, le poids qu'il avait attaché au premier ventilateur s'est envolé et est allé dégommer le portrait du pape Jean-Paul.

Il a reculé l'échelle et a lentement ramassé la pièce, avec force soupirs et craquements de toutes ses articulations. Il a recommencé à zéro. Et l'opération s'est répétée encore et encore. Dès qu'un ventilateur arrêtait de brinquebaler, le poids destiné à équilibrer le précédent s'envolait comme une fusée. On approchait du service du soir, et seul le ventilateur numéro 3 semblait accepter de ne pas envoyer valser le petit morceau de métal qu'il avait fixé dessus.

Stefano est revenu. Il a toisé le vieil homme du regard.

– Qu'est-ce qu'il fait là ?

Je lui ai résumé ce qui s'était passé au cours des cinq dernières heures.

– Non. Non. Non. – À chaque "non", le volume montait. – Passe-moi son enveloppe.

Stefano a replié l'eéchelle d'un coup sec et l'a portée jusqu'à la voiture, en se plaignant de toujours payer ce type pour rien. Le vieil homme a subi sans broncher la tirade du patron. Je suis sorti m'en griller une, surtout pour éviter Stefano qui allait se plaindre toute la soirée. Le regard du réparateur était complètement éteint quand il a fait lentement marche arrière pour quitter le parking.

J'ai pointé et je suis rentré chez moi à pied. Dans ma tête, Jack avait pris la place du réparateur. Est-ce qu'il travaillait encore alors qu'il aurait dû prendre sa retraite et du bon temps ? Était-il aussi triste et seul que ce vieil homme ? Avait-il perdu toute fierté ? Je ne savais même pas s'il était encore en vie.

Je n'ai pas répondu aux coups de fil du restaurant ni ouvert ma porte quand je ne suis pas allé prendre mon service suivant.

51

– Salut.
– Salut, a répondu Patrick.
– Comment tu vas ?
– Bien. Et toi ?
– Bien.
– Comment tu te débrouilles tout seul à la maison ?
– Patrick. Je suis pas aussi taré que ça.
– Désolé. On n'a jamais pris le temps de se connaître, mais tu es tout de même mon frère. – Et comme je ne réagissais pas, il a continué. – Papa a l'air de penser qu'il vaut mieux que tu ne saches pas.
– Que je sache pas quoi ?
– On lui a posé une valve cardiaque artificielle. Ils lui ont greffé du tissu de vache et, étrangement, il a trouvé ça très excitant.

Je gardais toujours le silence.

– Il pense qu'il sera sur pied d'ici une semaine. Fais comme si tu ne savais rien. Il n'est pas facile facile en vieillissant. En fait, il devient franchement casse-couilles.
– Devient ?
– Il a chopé une infection, mais il réagit bien au traitement. Au fait…
– Ouais ?
– Papa est vraiment content de t'avoir à la maison. Il ne te l'avouerait jamais, mais c'est la vérité. On dirait que tu l'as réveillé. C'était plutôt le calme plat toutes ces dernières années. – Il a ponctué l'idée par un geste horizontal de la main. – Il passait son temps à jardiner dans sa serre et à regarder la télé. On lui amenait les gosses et il jouait avec eux pendant environ une demi-heure,

puis il recommençait à tourner à vide et ne disait plus un mot. Il t'aime beaucoup, tu sais ? Il t'aime tout court. On n'a jamais été très proches, lui et moi. Je ne me suis jamais senti proche de lui, plus exactement. Je l'aime mais on n'a jamais... Enfin, on n'a pas grand-chose en commun. Tu devrais aller le voir à l'hôpital. – Il a dû voir un nuage passer sur mon visage, parce qu'il s'est dépêché d'ajouter : – Ne t'inquiète pas. Il va bien. Mais il ne va sans doute pas sortir aussi vite qu'il l'avait cru. Tu veux que je t'accompagne ?

– J'irai un peu plus tard. Je te remercie. Je peux prendre le bus.

– Il a repoussé plusieurs fois cette opération. Il craignait que tu en profites pour disparaître.

– Patrick, arrête, s'il te plaît. J'ai besoin de tout sauf d'une nouvelle raison de me sentir coupable.

– Non, non. Ce n'est pas ce que je voulais dire. C'était seulement pour que tu saches que tu comptes beaucoup pour lui. Il parle de toi sans arrêt.

– Patrick, est-ce que ça te dérangerait que je pique un petit roupillon ? Je suis crevé.

– Tu es sûr que tu ne veux pas que je te conduise ?

– S'il te plaît.

– Excuse-moi. Je n'insiste pas.

52

Le restaurant italien a abandonné la partie après deux services manqués. J'ai gémi sur mon sort en voyant à quelle vitesse ils me faisaient passer à la trappe et je ne suis jamais allé récupérer mon dernier salaire. Enfermé chez moi, je pensais à Jack, me mettant au défi de composer son numéro et d'entendre sa voix qui, après trois sonneries, grommellerait : "Allô, Jack McGinnis à l'appareil." Si je m'étais décidé, je ne me serais jamais retrouvé paralysé et Melissa serait encore en vie. Au lieu de quoi, elle avait posté quelques photos et en les regardant j'avais compris qu'elle était en ville, dans un hôtel de luxe du centre.

Je l'ai vue s'avancer sur le trottoir avec ses jambes de biche, et ignorant tous les types qui essayaient de croiser son regard papillonnant de moineau. Je connaissais cette démarche, cette assurance et ce regard. Après une douzaine d'années, sa confiance précoce en elle-même marquait tous ses mouvements. Ça lui allait bien.

Je l'ai appelée et, quand elle m'a reconnu, ses yeux se sont illuminés. On s'est serrés très fort, et je me suis aussitôt senti aussi proche d'elle qu'avant.

– Tu vis toujours ici ? m'a demandé Melissa.

– En fait… – J'ai hésité. – Je suis revenu depuis peu. Et toi ?

– Mon Dieu, non ! Je suis seulement là pour… – Elle a reculé d'un pas et un nuage triste lui est passé fugitivement sur le visage. Le flot des gens qui venaient travailler ou faire leurs courses en ville nous entourait. – On dirait que je suis là justement pour revoir de vieux amis.

En un instant, j'étais redevenu un gamin, complètement sous le charme.

– Ben dis donc, la dernière fois que je t'ai vue…

– La dernière fois, tu étais en train de mettre le feu à ma maison.

– À un arbre derrière ta maison, en fait. Et plus exactement un gros buisson. – J'ai éclaté de rire. – Tu es magnifique ! Tu veux prendre un verre ? J'allais justement traverser la rue.

Elle a hésité.

– J'essaie d'être un peu raisonnable ces derniers temps.

– Sans blague ? Toi, raisonnable ? Laisse-moi t'inviter. Je mixe un cocktail sans alcool vraiment fameux.

Je lui ai montré le bar auquel je pensais.

– On dirait un bouge !

– Mon équipe de marketing le présente plutôt comme un bijou.

– Il est vraiment à toi, ce bar ? – Elle a eu un geste méprisant pour désigner la vitre teintée avec une enseigne lumineuse Bud Light.

– Je vais te faire visiter.

Je lui ai fait un clin d'œil. Je ne savais pas pourquoi j'avais décidé de lui faire croire que j'étais le propriétaire.

Elle a hésité à nouveau.

– On va prendre un café, alors ? j'ai proposé en montrant le Starbucks derrière nous d'où j'avais surveillé son hôtel.

On a beaucoup parlé, mais surtout d'elle. Elle paraissait fatiguée du monde. Elle avait toujours su qu'elle méritait une vie meilleure, mais ce qu'elle avait trouvé, ou la façon dont elle l'avait trouvé, l'avait déçue. Je l'ai laissée croire que j'étais satisfait de n'avoir jamais rien fait de la mienne. Je n'avais jamais prétendu que j'arriverais à quoi que ce soit. Elle a semblé m'envier. J'étais libre. Les garçons d'étage et les cadres supérieurs n'essayaient pas sans arrêt de me sauter. Mes amis n'étaient ni superficiels ni ignorants. Je n'étais pas marié avec un cocaïnomane friqué que je n'aimais pas. Surtout, je ne marchais pas dans le sillage de ma mère.

– Il vient d'une famille très traditionnelle. Traditionnelle et riche. C'est quand même un connard de play-boy. Il vit à cheval entre deux mondes. Il désire être un bon petit musulman, mais il m'a quand même rencontrée dans un club de strip-tease. Je ne dansais pas, si tu te poses la question. Il veut des enfants, moi non.

– C'est quoi, ton nom de famille maintenant ? j'ai demandé pour m'assurer que les renseignements que j'avais glanés sur Internet et ce qu'elle m'avait dit elle-même correspondaient, de peur de révéler par accident que je l'espionnais depuis plusieurs mois.

– Al-Thani.

– Melissa Anne Al-Thani, j'ai répété en riant.

– Mon Dieu, j'avais oublié qu'à part ma mère, tu es sans doute la seule personne au monde à connaître mon deuxième prénom. Mes amis péteraient un plomb s'ils savaient que j'ai ce nom de plouc. Je ne pense même pas que mon mari le connaisse, mais de toute façon il s'en fout.

Elle s'est glissé une petite mèche de cheveux dans la bouche.

– J'ai rencontré un copain à toi.

– Qui ça ?

– Fritz !

– Pas possible ! Comment tu l'as connu ?

– J'organisais des soirées. C'est aussi comme ça que j'ai rencontré Frank.

– Frank ?

– Mon mari.

– Frank Al-Thani.

– C'est comme ça que Farooq se fait appeler.

– Farooq ?

Je savais déjà son prénom. Je savais aussi qu'il travaillait dans la finance, avec ses quatre frères, dans l'entreprise de leur père. Il était souvent en voyage d'affaires et Melissa l'accompagnait le plus souvent.

– En tout cas, a-t-elle soupiré en levant les yeux au ciel, Fritz travaillait comme DJ. On est devenus de bons amis. Je venais de commencer à sortir avec Frank mais je l'avais envoyé balader, parce qu'il souffrait trop de ne plus pouvoir baiser les strip-teaseuses.

– Certains peuvent trouver ça dur.

Elle a empilé nos gobelets vides en continuant à parler. Elle n'accordait jamais un regard aux hommes qui passaient et la lorgnaient.

– Il me suppliait de revenir. Je lui ai fait payer des avions dans le monde entier pour Fritz et moi quand on voulait aller à un concert. Finalement, je me suis remise avec lui. J'ai arrêté de faire la fête avec Fritz peu après pour jouer les épouses modèles. Tellement pathétique.

– C'est pas la Melissa que je connaissais, ça. T'étais pas du genre à te laisser traiter comme une merde.

– Pas par des mecs comme toi, en tout cas. Mais il faut dire que ta famille n'a pas de jet privé.

– Tu as raison. C'est pathétique.

– Un point pour toi. – Elle a jeté un coup d'œil à son téléphone. – Quand on parle du loup…

Elle s'est redressée. Sa voix a pris un ton froid, presque professionnel, et je me suis rendu compte qu'on s'était parlé comme quand on était gosses. Sa façon de bouger, de se toucher les cheveux, de s'affaler sur la table – tout ça venait du passé.

– Comment ? Je suis dans un café avec une copine… Tracy. C'est important ?… Non, pas ce soir, je ne veux pas. Non… Je ne suis pas d'humeur… Frank… On se retrouve à l'hôtel plus tard… Entendu. Salut.

– Il faut que tu y ailles ?

– Non.

– Tu es sûre que tu veux pas faire un tour au bar ? On peut passer un moment dans mon bureau.

Le bar était pratiquement vide et personne n'a remarqué qu'on se dirigeait vers le fond de la salle, une sorte d'entrepôt pour les cartons de bière, les bouteilles d'alcool et les fûts. Il y avait un fauteuil de bureau branlant avec une roulette réparée au chatterton. Un vieil enjoliveur de Mustang qui servait de cendrier était posé sur un petit frigo plein de canettes de bière.

J'en ai décapsulé une et l'ai tendue à Melissa qui a hésité avant de la prendre, et j'en ai ouvert une pour moi. En m'installant sur un canapé tout taché de bière et troué de brûlures de cigarette, je me suis moqué de la mine de dégoût de Melissa avant d'étendre un torchon dessus pour qu'elle se décide à s'asseoir.

– Attends un peu, tu m'as pas expliqué comment vous vous étiez rendu compte que vous me connaissiez tous les deux, Fritz et toi.

Elle a relevé les jambes sur le canapé et m'a poussé un peu pour rire du bout de sa chaussure. Je lui ai retiré ses hauts talons et j'ai posé ses pieds sur mes genoux.

– Quand on a commencé à partager nos soirées, on échangeait des histoires sur nos ex. Je lui ai parlé de toi et de toutes les bêtises qu'on faisait ensemble. Oh mon Dieu, on piquait dans les magasins pratiquement tous les jours !

Je n'ai pas pu m'empêcher de sourire à ce souvenir.

– Fritz m'a raconté qu'il avait connu un certain Jarred la première fois que sa mère l'avait envoyé en cure de désintoxication. Cette ville est plus petite qu'on le croit. On a fait le rapprochement. On a flippé comme des dingues quand on a compris que c'était le même Jarred. Notre premier amour à tous les deux était ce cinglé de Jarred. C'était génial. Tu étais un vrai lien entre nous.

– Si je me rappelle bien, tu m'as plaqué, et il m'a abandonné à Denver.

– Oh que c'est bon ! – Elle a ronronné alors que je lui massais le pied. – Il s'en voulait vraiment. Il a compris qu'il s'était comporté comme un imbécile avec toi.

– C'est-à-dire ?

– Tu étais hétéro. Pas lui.

– Il a été là quand j'ai eu besoin de lui. Je lui serai toujours reconnaissant.

Elle m'a regardé droit dans les yeux.

– Il m'a tout raconté sur la façon dont ton père avait merdé, comment ta mère était morte… Je suis désolée.

J'ai détourné la tête et bu une longue gorgée de bière.

– Je n'avais jamais cru à ton histoire de fugue.

– J'ai jamais su mentir…

– Ah si, tu mentais tout le temps, mais très mal. Je peux avoir une deuxième bière ?

– Bien sûr. – J'ai tendu la main vers le frigo et en ai sorti une autre canette. – Tu le vois toujours, Fritz ?

– Je n'arrive pas à croire que je suis en train de boire des saletés de bière au fond du bar merdique du mec qui m'a dépucelée.

– Le rêve de ta vie.

– Il habite juste à côté.

– Fritz ?

Elle a fait oui de la tête en buvant.

– Il t'a dit comment on s'était connus ?

– Oui, à l'asile de fous.

– Effectivement.

– Rien de surprenant. Continue à me masser les pieds. C'est trop bon.

– Qu'est-ce que tu veux dire ?

J'ai reposé ma bière et soulevé son pied de mes genoux.

– Je parle du fait que tu as mis le feu à un arbre parce qu'une fille t'avait plaqué, a-t-elle répondu, et ça m'a fait rire. J'ai levé ma canette et trinqué avec elle.

– L'incendie d'un gros buisson. Qu'est-ce qui s'est passé après ?

– Ma mère ne m'a pas crue. Elle a dit que j'avais fumé et j'ai été privée de sorties, ou un truc du genre. Je ne me rappelle pas.

– Comment va ta mère ?

Son sourire s'est effacé.

– Toujours la même. Elle adore Frank. Elle baiserait avec lui s'il se laissait faire.

Pendant qu'on parlait, elle vidait ses bières l'une après l'autre. Ce n'était pas de la soif mais du manque. J'ai pensé à tous ceux que j'avais vus faire la même chose. Ça la rendait moins impressionnante, et je m'en réjouissais. À ce moment précis, j'aurais encore pu éviter le désastre, mais j'avais envie d'entraîner quelqu'un avec moi dans ma chute.

– Jarred, ton bar est un taudis !

– Ça fait partie du charme. On fait le ménage. Je veux dire qu'il faut que ça brille. Puis on fait venir une équipe spéciale pour lui donner du cachet. Ils répandent partout de la pisse de vierges bavaroises amatrices de bière. Une fois par semaine, on tache les sièges avec du tord-boyaux qu'on étale avec une brosse en poil de castor. Tu vois ce piège à rats avec ce qui ressemble à un bout de saucisse sèche dedans ? Eh bien, il a été fait à la main.

– Du tord-boyaux ? Allons dans un endroit sympa. C'est Frank qui paie.

Elle a éclusé sa bière et s'est assise sur mes genoux. On était déjà un peu soûls. Je la tenais par la taille. La première femme que j'avais aimée. Une jeune fille à l'époque, mais la mémoire musculaire de son corps était intacte. Je pense qu'elle ressentait la même chose.

– Où tu veux aller ? j'ai demandé.

– Il y a le Numbers.

– Jamais. Ce club est plein de banquiers entre deux âges bourrés de coke. Amusons-nous un peu ! Je connais un endroit. C'est la soirée "Bière à dix cents". T'inquiète pas, je connais le patron. On boira sans payer. – Je lui ai fait un clin d'œil. – Ça va être super. La soirée de la bière à dix cents attire les foules. Il y a de la musique partout. Ça va être génial, je te dis.

Elle a secoué la tête.

J'ai réfléchi pendant quelques secondes.

– Viens, on va voler une bouteille de Jack Daniel's et faire une petite visite à Fritz.

– Je ne l'ai pas croisé depuis une éternité. On s'est un peu perdus de vue. Il habitait chez nous. Frank le détestait. Fritz fauchait tout ce qu'il pouvait. Ça a mal tourné. Il a disparu. La dernière fois que j'ai entendu parler de lui, il avait fait une overdose dans les toilettes d'un club à Amsterdam et il partait en cure de désintoxication. Bobards typiques d'un DJ junkie. Apparemment, on est tous tombés très bas.

– Pas moi. Regarde mon empire. Je domine la situation.

Un homme est entré par la porte de derrière. La lumière du jour est entrée à flots dans la salle. Il a retiré ses lunettes de soleil et nous a regardés.

– Et merde! je me suis écrié.

– Qu'est-ce que vous foutez là?

– On ferait mieux d'y aller, j'ai dit à Melissa avant d'ajouter à l'adresse du type: – On attend Scotty.

On s'est dirigés vers la sortie.

– Mais c'est qui Scotty, putain?

– Le patron.

– Mais c'est moi le patron, connard!

– Désolé, mauvais bar.

On a couru pendant quelques minutes pour être sûrs de ne pas être suivis.

Melissa a piaillé:

– Mais tu es toujours le même petit con. Ce bar n'est pas à toi!

– C'est vrai. J'y avais même jamais mis les pieds de ma vie. Allez viens, on va chercher Fritz et on part ensemble à l'aventure. Ça fait trop longtemps.

53

Après le départ de Patrick, je suis allé passer un moment dans la serre de Jack. J'ai brumisé les racines des orchidées suspendues au plafond. Les gouttelettes sont retombées en pluie et se sont envolées dans la lumière du soleil. Le nuage humide était agréable sur mon visage. Une Habenaria – j'entendais la voix de Jack prononcer le nom de cette espèce – fleurissait sur le comptoir. Presque impossible à faire pousser, et Jack avait réussi à en obtenir des fleurs. J'ai passé le doigt sur les cheveux d'ange de ses longs pétales fins.

Une voiture s'est arrêtée dans l'allée.

J'ai pensé que Patrick avait dû regretter de m'avoir laissé seul jusqu'à ce que j'entende Sarah m'appeler. Je suis allé lui ouvrir et le temps s'est arrêté un instant, chacun de nous hésitant et mal à l'aise. Elle s'est penchée et m'a serré dans ses bras. C'était merveilleux de la sentir si proche, j'avais tellement besoin d'elle à ce moment.

– Salut, le revenant. On ne répond plus à son téléphone maintenant ?

– Excuse-moi.

– J'ai appelé Jack l'autre jour. Je suis désolée pour l'Incomparable Mister Shakey. J'aimerais que tu me parles. Tu me manques.

– Tu ferais mieux de faire comme si j'existais pas.

– Qu'est-ce que tu veux dire ?

Son front s'est plissé. Je lui ai pris la main et j'ai frotté ses articulations du plat de mon pouce. Elle a retiré sa main pour s'essuyer les yeux.

Elle s'est dirigée vers sa voiture et a ouvert la portière. Avant que j'aie eu le temps de la rappeler, elle est revenue en portant en carton. Elle l'a posé sur mes genoux.

Au bord des larmes, elle m'a dit :

– Tu ne veux sans doute pas d'autre chat tout de suite, mais la chatte de la mère de JJ a eu une portée. Ce petit a besoin d'un foyer.

– JJ ?

– Arrête un peu, a-t-elle imploré.

Je ne pouvais pas croiser son regard. J'ai tendu la main pour caresser la boule de duvet à rayures orange qui se blottissait dans un coin de la boîte.

– Je suis désolé. Je fais tout ce qu'il faut et les merdes me tombent quand même sur la tête.

Le chaton a bâillé et s'est étiré, en dévoilant les minuscules aiguilles de ses dents.

– Tu fais ce qu'il faut parce qu'il faut le faire.

– Un chat et une leçon de morale. Qu'est-ce qu'il t'a dit d'autre sur moi, Jack ?

Je me suis détesté aussitôt d'avoir dit ça.

– Jarred. Sérieusement ? Tu es sûr que c'est ce que tu veux ?

Sa voix s'était crispée.

– J'arrête.

– Je voudrais être furax contre toi maintenant, pourtant je n'y arrive pas. Mais je ne suis pas prête à supporter tes conneries pour autant. Tu fais l'enfant.

J'ai fait volte-face sur mon fauteuil.

– Non, ne bouge pas !

– Je suis désolé.

Demi-tour.

– Arrête de t'excuser. Tu veux savoir ce que Jack m'a dit d'autre parce que, lui et moi, on parle. Pourquoi on ne parle pas, toi et moi ? Il m'a raconté ton accident. Tu t'es mis dans la tête que tu avais tué cette fille, alors que c'est faux. Tu t'es persuadé que tu ne méritais pas d'être heureux et tu fais tout ce que tu peux pour que ça n'arrive pas. J'ai peur pour toi, Jarred. Tu as de la chance. Ta mère est morte.

Des feux d'artifice ont explosé derrière mes paupières. J'ai entendu des rafales de vent mugir sous mon crâne.

– Tu m'as dit que les derniers mois de ta mère avaient été beaux. Ma mère à moi nous a rejetés, Marco et moi, putain ! Je ne valais pas la peine d'être aimée. Tu crois que tu as des problèmes ? Ha ha ! Quand tu auras compris tout ça, tu pourras m'appeler. Je tiens à toi, Jarred. Tu ferais bien de ne pas gâcher ça.

– Il faut que j'aille travailler maintenant. Je t'appelle.

– Tu ne le feras pas.

Je lui ai rendu le carton. J'ai entendu la voiture repartir. J'ai saisi une violette africaine posée à côté du fauteuil de Jack. Le pot en argile rouge a volé en éclats en atteignant le sol, laissant tout un fatras d'humus et une plante en lambeaux.

54

Je suis allé travailler à The Store. J'ai pris deux bières dans le frigo et les ai bues derrière ma caisse. Les clients faisaient semblant de ne rien voir ou bien souriaient tandis que je sirotais d'une main en scannant leurs articles de l'autre. On m'a appelé au bureau du directeur.

– Vous ne devriez pas me virer pour ça.

– C'est pourtant ce que je vais faire, a déclaré James Dean à l'Envers.

– Non, je veux dire que j'ai fait bien pire. J'ai envoyé un e-mail au PDG à partir de votre compte en lui disant que vous étiez complètement parti en vrille, genre Kurtz dans *Apocalypse Now*, à bosser parmi ces "accros au tofu", comme vous les appelez dans votre message.

– Le hacking est une infraction punie par la loi.

– Pas vraiment du hacking. Vous aviez oublié de vous déconnecter, j'ai seulement tapé un message et appuyé sur Envoi. Si vous avez terminé de me virer, je vais vous laisser pour que vous puissiez continuer à faire pousser votre queue-de-cheval et remplir votre bulletin d'adhésion à NORML pour soutenir les consommateurs de haschich.

– Sortez de mon bureau !

– Cool, James Dean à l'Envers. On se calme. Je m'en vais.

J'ai roulé jusqu'à l'arrêt du bus. C'était le 7, qui va à l'hôpital en direction du sud ; j'ai pris le 7, en direction du nord. J'ai garé mon fauteuil dans l'espace réservé et me suis mis à claquer des dents. Mon tee-shirt de travail mouillé de transpiration était glacé par le souffle de l'air conditionné. Le bus s'est engagé sous la passerelle et arrêté à la gare routière Greyhound. Au-delà de la vitre, j'ai vu ma mère, plongée dans le coma juste après sa rupture d'anévrisme. Elle souriait et elle était morte, mais nous ne le savions pas. Elle allait nous entretenir dans ce faux espoir pendant plusieurs mois encore. Je voulais revoir tous les petits moments partagés : donner à manger aux canards, m'allonger sur les genoux des parents en regardant la télé, les histoires avant de m'endormir et les baisers de bonne nuit. Elle était pour toujours réduite à ce jour-là et sa voix au téléphone, avec cet anévrisme qui allait nous l'enlever. Tout autre souvenir exigeait un effort, comme si j'essayais de me convaincre d'un mensonge.

Melissa aussi. Cette fille espiègle aux jambes fuselées n'était plus qu'un cadavre avec le cou tordu et un cuir chevelu pareil à une perruque qui aurait glissé. Si j'allais rendre visite à Jack maintenant, il deviendrait lui aussi un vieil homme agonisant dans un hôpital. Il me resterait l'ivrogne violent et un vieil homme mort. Les souvenirs de toute cette année ne dureraient pas.

Les gares routières Greyhound ressemblent de façon troublante aux urgences d'un hôpital qu'auraient peu à peu détériorées les mouvements incessants des malheureuses victimes. Les plafonds, un peu trop bas, pèsent sur les épaules et font du temps un fardeau. Les bandes de peinture bleue font paraître cette gare plus médicalisée que la plupart des autres. Un jeune type au crâne rasé luttait contre le sommeil et tenait dans son poing ce genre de sac en plastique transparent qui contient tous les effets personnels d'un prisonnier récemment libéré. Deux mères obèses à peine sorties de l'adolescence bavardaient en berçant leurs poussettes d'un air absent. Les enfants, trop vieux et trop grands pour rester assis là, hurlaient et se débattaient sous les sangles. J'ai fait la queue au guichet en ignorant les regards inquisiteurs.

– Les vrais gens prennent le car ; l'avion, c'est pour les blancs pleins aux as, a grommelé quelqu'un derrière moi.

Il n'y avait qu'un seul guichet ouvert et la file d'attente devait affronter les regards de passagers assis sur des sièges en métal dotés d'étroits accoudoirs. Ceux qui faisaient la queue devaient franchir avec précaution les obstacles des jambes tendues et les barricades de valises aussi pansues que des petits frigos. Des remugles de pisse provenant des toilettes de l'autre côté du bâtiment se faisaient sentir. Les gens vociféraient contre la femme aux tresses rose bonbon qui tenait le guichet.

– Ça commence à puer la merde ici ! a lancé un jeune dur à cuire au teint cireux.

Une dispute s'est déclenchée aux premiers rangs et un concert de clameurs s'est élevé dans toute la queue. La guichetière a assassiné d'un regard glacial un type en costume de chasse qui se répandait en imprécations et répétait que son chien avait besoin d'aller courser le gibier. Une vieille dame adressait sa supplique au plafond : "Je vais manquer mon car."

Non loin de moi, un vénérable sénior bavardait avec une ado. Il se tenait les genoux en parlant, puis levait les mains pour ponctuer son discours de gestes précis et éloquents. Il portait un costume en lin couleur lilas. Son visage aristocratique, long et anguleux, et son maintien impeccable le distinguaient des silhouettes avachies et épuisées de ceux qui l'entouraient.

La teinture violette des cheveux blonds de l'adolescente couvrait à peine le bout de ses mèches. Elle portait un tee-shirt des Ramones. Son sac à dos de randonneuse était plein à craquer et il devait lui être impossible de le hisser sur ses épaules ou de s'en délester toute seule.

– Écoutez, jeune fille. Je devine que vous avez traversé des moments difficiles. Je suis navré de vous le dire, mais vous n'êtes pas tout à fait prête à assumer les conséquences de vos actes. – Il agitait les bras comme si c'était lui qui venait de faire apparaître le car qui tournait au ralenti de l'autre côté de la vitre et les passagers entassant leurs bagages dans ses soutes. – Vous pensez que vous allez pouvoir charger et décharger votre sac dans ces cars trois jours de suite ? Enfin, pour peu que vous ne le vous fassiez pas voler et que le chauffeur ne démarre pas sans vous. Qu'est-ce que vous avez fourré là-dedans ? Vous avez des lingettes ? La première chose qu'il vous faut, ce sont des lingettes. Le car, ce n'est pas cher, mais jamais très propre non plus. Et à manger ? Vous avez pris des provisions ? Vous en aurez vite assez des McDonald's et des sandwichs hors de prix qu'ils vendent dans les gares routières. Vous êtes prête à vous gaver de graisse matin, midi et soir ? Je suis sûr que vous n'avez même pas de coussin. Non, je ne suis pas méchant. Je ne veux pas me mêler de vos affaires. Mais il vous faut absolument un de ces tours de cou à cinq dollars. Vous verrez. C'est un achat que vous ne regretterez pas.

"Ce que vous fuyez, je ne veux pas le savoir. Ça ne regarde que vous. Si quelqu'un vous pose la question, répondez que ce n'est pas ses oignons. Mais, pour l'instant, vous n'êtes pas prête pour ce voyage en car. Il faut que vous preniez le temps d'y réfléchir. Si c'est votre famille le problème, rien ne vous oblige à rentrer à la maison. Vous avez des amis, j'en suis sûr. Vous êtes une jeune fille trop charmante pour ne pas avoir quelqu'un prêt à vous accueillir. Il y a des églises où vous pouvez vous réfugier. Vous y avez déjà pensé ? Allez-y, mettez vos idées au clair, songez à ce que vous vous apprêtez à faire. Si vous estimez toujours que vous avez besoin de partir à l'autre bout du monde pour résoudre vos problèmes, alors, allez-y. Mais vous m'avez confié vous-même que vous vous étiez décidée sur un coup de tête. Que vous n'aviez pas pris le temps de réfléchir."

Tout en l'écoutant, la fille tirait sur des fils épars qui pendaient de son sac à dos.

– Combien vous avez payé votre billet ? a demandé le vieil homme. Revendez-le-moi. Je vous le rachète. Ne vous en faites pas. Je suis un vieux monsieur. Je n'ai plus aucune raison de garder mes économies. Prenez ça pour un cadeau du ciel. Moi, je ne suis que le livreur.

J'ai manqué la fin de la conversation parce que la file d'attente a avancé et que je suis arrivé devant le guichet.

– Vous vendez des forfaits de voyage ? j'ai demandé à la dame aux cheveux rose bonbon derrière son comptoir.

– Le Forfait Découverte. Combien de jours ? En fait, vous devriez plutôt réserver des trajets individuels, parce qu'il faudra qu'on fasse venir des cars équipés d'un monte-charge.

– Je vois. Où va le prochain ?

– Celui de 6 h 45 ? Celui-là n'est pas équipé pour les gens… comment on dit déjà ?… accessibles… en fauteuil roulant.

– Lequel l'est alors ?

– Il faut réserver au moins quarante-huit heures à l'avance.

55

Sarah était assise sur sa véranda avec JJ. La voir rire avec les cadavres d'un pack de bières sur la table a bouleversé tous mes plans. Quand elle m'a vu remonter l'allée, elle a souri, mais pas pour très longtemps. J'ai fait le tour de la maison pour aller frapper à la fenêtre de Marco. Il a crié mon nom et ça m'a fait plaisir. Sarah était déjà au pied de la rampe quand j'ai tourné à l'angle du mur.

– Salut.

– Salut.

Je savais ce que j'étais censé dire. Les excuses et les explications étaient en ordre de marche à l'avant de mon cerveau, prêtes à défiler. J'avais répété dans ma tête un nombre incalculable de fois ce que j'allais dire. Il fallait que j'exprime tout ce dont j'étais sûr: Sarah était généreuse, intelligente, avisée et belle. C'était la meilleure personne que je connaissais et elle me donnait envie de me montrer bon moi aussi. Pas seulement envers elle, mais aussi avec Jack, avec tout le monde. Ça m'était égal de paraître ridicule. C'était ce que je me sentais prêt à dire.

À la place, d'autres mots se sont pressés dans ma bouche. Des paroles faciles, haineuses, et j'ai vu tout le paysage se tordre dans les flammes et brûler sous mes yeux.

– Ça va, tu t'amuses bien? Tu peux retourner dans tous les endroits haut perchés qui t'ont tellement manqué, j'imagine.

– Jarred, je te rappelle que c'est toi qui m'as repoussée. Je t'ai appelé des milliers de fois. Je suis venue te voir. J'ai compris le message. Je ne suis pas une fille qu'on baise et qu'on range sur une étagère en attendant de décider ce qu'on veut en faire. C'est moche, ta façon de te comporter. JJ est ici parce que en ce moment j'ai besoin d'un ami. Tu crois que tu es le seul qui ait le droit de se sentir seul ?

– Je suis seulement venu te dire que Jack est en train de mourir.

Elle a porté la main à sa bouche. Ses yeux se sont remplis de larmes et son visage s'est empourpré. Elle a remonté la rampe en courant et, au sommet, elle s'est retournée.

– Va te faire foutre ! Tu inventes ces conneries pour me faire du mal. Tu es en train de perdre la face dans une misérable dispute avec ta petite amie, et tu préfères me blesser plutôt que de reconnaître que tu as tort. Va te faire foutre !

J'avais presque atteint la rue quand JJ m'a rappelé :

– Eh, mec !

Il a descendu les marches du perron et s'est approché de moi.

– Quoi ?

Le monde était couvert d'un voile rouge. JJ aussi.

– Elle t'aime. Arrête de la traiter comme de la merde. Sinon…

– Sinon quoi ?

– Sinon je te pète les dents. – JJ essayait d'avoir l'air de plaisanter.

J'ai ri, serré mes freins et lui ai balancé un coup de poing dans l'estomac. Il s'est plié en deux et je l'ai frappé à la mâchoire avant de me jeter à bas de mon fauteuil. Abasourdi et désorienté, JJ m'a relevé pendant que je continuais à boxer dans le vide. Je me suis laissé glisser contre lui et on est tous les deux tombés à terre. Il s'est remis sur pieds à grand-peine. Moi, je suis resté étendu par terre, embarrassé et impuissant.

Sarah s'est précipitée vers nous et a tiré JJ vers la maison.

– Mais regarde-toi un peu, elle m'a crié par-dessus son épaule.

Je me suis assis et j'ai recraché de la terre. Ensuite j'ai rampé jusqu'à mon fauteuil et, au bout de quelques essais maladroits, j'ai réussi à me hisser dessus. Dans le bus, sur le trajet du retour, les gens me fixaient sans la moindre gêne.

56

On a volé une bouteille de Jack Daniel's pendant que la voiture qu'avait commandée Melissa nous attendait devant la supérette. Le chauffeur nous a conduits à l'adresse qu'elle a lue sur son téléphone. La maison de Fritz était sans charme et quelconque. L'allée sans voiture était couverte de couches successives de taches d'huile. Les petits buissons brûlés par le soleil et jamais taillés n'étaient que des faisceaux de brindilles dénudées.

– Fritz bosse toujours comme DJ ?

– Honnêtement, je n'en sais rien, a répondu Melissa.

Un petit homme est venu nous ouvrir.

– Fritz est là ? lui a demandé Melissa.

L'homme nous a toisés avec un mépris exagéré. Ça m'a fait ricaner. Il a pris tout son temps pour nous répondre que non, puis il m'a regardé fixement.

– Vous sauriez où on peut le trouver ?, elle s'est enquise.

– Au travail.

– C'est-à-dire ?

– Rappelez-moi qui vous êtes.

– Des amis.

– Désolé. Je ne vous crois pas.

Et il a fermé la porte.

– Ouah ! Il avait pas l'air content, ce petit homme. On fait quoi maintenant ?

– Je suis sûre qu'il est à l'Area.

– OK. Allons-y.

L'auvent du bar annonçait "Grande Revue de Magnolia Thunderpussy".

– On va se marrer, j'ai dit. Melissa s'est égayée d'un coup. On aurait dit une petite fille quand j'ai repéré

Fritz au bar. Elle s'est précipitée vers lui et ils se sont embrassés.

– Regarde un peu qui j'ai retrouvé.

Fritz m'a dévisagé longuement. Il avait du mal à fixer son regard.

– Jarred ? Oh, mon Dieu ! Mon petit rocker punk !

Il a bondi de son tabouret et on s'est serrés dans les bras. On a parlé et ils ont bavardé. Je commandais à boire sans arrêt, un cocktail spécial après l'autre que je mettais sur la note de Melissa et la carte de crédit de Frank. C'était super de revoir Fritz, mais là où Melissa était simplement devenue une adulte, lui s'était directement changé en petit vieux. Il avait le cheveu rare et terne, la peau grasse et luisante. Il n'arrêtait pas de se frotter les bras et ses mains paraissaient arthritiques. À un moment donné, il a aligné devant nous le régiment à l'uniforme orange et au béret blanc de ses flacons de médicaments. Il a posé le menton sur le comptoir et les a appelés par leurs noms en précisant leur rang : Rivotril, 4 mg le matin, 2 mg l'après-midi et le soir ; Zoloft, 50 mg deux fois par jour ; Bupropion 150 mg ; Dicodin 5 mg ; Celsentri 150 mg deux fois par jour. J'ai calculé son âge : à peine trente ans.

Un habitué après l'autre, même Magnolia en personne, se sont arrêtés pour saluer Fritz. Il paraissait chaque fois aussi enthousiaste que quand il nous avait accueillis, Melissa et moi. Il les trouvait tous magnifiques et c'était toujours un tel plaisir de les voir. Quand la conversation retombait, il s'affaissait comme épuisé par l'effort qu'il venait de fournir.

– Une minute, nous a demandé Fritz, et il a disparu dans les ténèbres du bar.

Nous avons attendu, et attendu encore.

– On s'en va, a proposé Melissa.

– Tu es soûle ? C'est le shot de Tétons au beurre. On aurait dû s'arrêter là.

Melissa a éclaté de rire.

– Quelle idée de commander des trucs pareils ! Ça vous tue.

– On se casse. On va aller s'asseoir au bord de l'eau.

– Il y a de l'eau par ici ?

Près de la porte, Fritz parlait avec un homme dans un box et se penchait à son oreille pour lui murmurer quelque chose.

– Vous partez ?, il a demandé en nous voyant.

– On a un avion à prendre, j'ai répondu.

– OK. Amusez-vous bien. Vous avez mon numéro ?, il a ajouté avant de s'intéresser à nouveau au type dans son box.

Je lui ai posé une main sur l'épaule. Il s'est retourné et on s'est souri. Je lui ai touché la joue : lui, le héros de mon enfance.

– Merci, j'ai murmuré.

Un merci pour tous les mots apaisants qu'il m'avait dits quand nous étions internés, pour l'amour qu'il m'avait prodigué quand j'en avais tant besoin. J'ai exprimé toute l'affection que je ressentais pour lui. Je l'ai mise tout entière dans ce geste et j'ai prié le ciel de ne plus jamais le revoir.

Il a souri à nouveau.

– À plus.

La voiture nous a déposés sous les lunes d'un jaune brillant des réverbères qui éclairaient la marina. Légèrement inclinés, les mâts tressaillaient, leurs gréements pépiant comme des oiseaux qui font leur nid. Le calme m'est revenu peu à peu avec chaque bouffée d'air de la nuit. Melissa m'a dit qu'elle avait appris à faire de la voile l'année d'avant au Qatar. J'ai eu envie de voler un bateau.

– Ne sois pas bête. J'ai un copain qui en a un. Ça ne le dérangera pas qu'on lui emprunte. – Elle m'a montré un yacht, le plus grand et de loin, avec ses flancs peints en blanc et un pont en bois blond qui luisait dans la nuit. – Je crois que c'est celui-là.

– Qui est assez riche pour s'offrir un truc pareil ? C'est dingue. Dégueulasse, en fait.

– On s'y habitue très vite.

– Il y a même un jacuzzi. Un jacuzzi sur un bateau ? – J'ai pressé un bouton sur le bac en émail. Le mécanisme s'est mis à ronronner et l'eau à faire des remous. – On essaie ?

Avec un petit sourire faussement timide, elle a hoché la tête.

J'ai commencé à me déshabiller.

– Tu es sûre que c'est le bateau de ton ami ?

– Non, pas vraiment.

Une lampe s'est allumée dans la cabine. Melissa s'est enfuie en gloussant, titubant encore dans les vapeurs de l'alcool, et je l'ai suivie, mes chaussures et ma chemise entre les mains.

57

Je fumais une cigarette devant le pavillon de cardiologie de l'hôpital. Un vieil homme assis à côté de moi lisait le journal. Le portrait même d'un ancien combattant de la guerre de Sécession : le visage parcheminé, la peau striée de rides tirée sur le crâne, les yeux pareils à des traînées sombres. La cicatrice d'une vieille brûlure interrompait la barbe grise négligée qui lui rampait sur le cou. Il portait une chemise d'hôpital. À la saignée du coude, un filet de sang séché s'échappait du sparadrap et de la gaze, là où il avait arraché sa perfusion. Il m'a regardé et m'a dit : "Si tu veux assister au spectacle, paye-toi un billet d'entrée", et il a tiré sur la demi-oreille qui lui restait.

J'avais l'impression que quelques jours s'étaient écoulés depuis que j'avais cogné sur JJ, mais je n'en étais pas sûr. Patrick était passé le matin pour voir si tout allait bien pour moi, mais j'étais sorti par la porte de derrière et j'avais fait le tour de la maison sans qu'il me voie. Il fallait que je parle avec Jack. Je ne voulais pas qu'il meure. J'ai tiré une grosse taffe de ma cigarette en espérant que ça me donnerait du courage. Les gens entraient et sortaient, en ignorant complètement le vieil homme qui bataillait contre son journal et le type en fauteuil roulant à côté de lui.

– Carl est pas d'accord. Ils sont cinglés s'ils croient que les gens vont soutenir ce truc. Cinglés !

Brusquement il a tourné la page, approché son nez d'un autre article et fait claquer sa langue pour marquer sa réprobation.

Sarah s'avançait sur le trottoir dans ma direction. Une gerbe de fleurs s'échappait de son sac et s'agitait à chacun de ses pas. Elle avait la démarche sautillante d'une petite fille. Une chose de plus qui la rendait parfaite.

– Ça faisait un bout de temps… elle a dit.

J'ai essayé de tirer une bouffée de ma clope, mais je tremblais trop. J'ai fixé ma main, je l'ai retournée plusieurs fois, des hippocampes de fumée s'en sont échappés en cascades.

– Tu ne m'as pas l'air en forme. Ça va ? m'a demandé Sarah. Elle m'a pris la main. J'ai levé l'autre, et elle l'a prise aussi entre les siennes.

– On me pose souvent la question ces temps-ci.

Elle m'a lâché les mains. Je lui ai montré que j'avais cessé de trembler. Il fallait que je saisisse cette chance de lui dire ce qu'elle avait tellement envie d'entendre.

– Les Mexicains, tu parles ! Carl a plus de problèmes qu'eux. Je vais vous dire, moi. Je vais vous dire. Un paysan engage un clandestin. Eh bien, le gouvernement devrait saisir sa ferme et la donner au clandestin. Ça réglerait ce qu'ils appellent la question de l'immigration. Eh !

– Un ami à toi ?

– Plus un mentor qu'autre chose.

– Je déteste les hôpitaux. Cette odeur, surtout. Quand j'étais petite, Marco disparaissait de la maison et, quand il revenait, il sentait l'hôpital. Je me cachais pour l'éviter. Ça le fâchait terriblement. Il criait, il hurlait, mais je ne pouvais pas m'approcher tant qu'il avait cette odeur sur lui. Je m'en veux encore. J'étais vraiment une gamine horrible.

– Tu le faisais pas exprès. Tu veux t'asseoir ?

Elle s'est mise à pleurer.

– Non, tu es un connard. C'est Jack que je viens voir, pas toi.

– Ah ! Tous des menteurs ! – Le vieil homme a bondi sur ses pieds et a fourré son journal entre les mains de Sarah. – Prenez-moi ça tout de suite. Ça rend Carl complètement fou ! – Il s'est éloigné d'un pas lourd.

Sarah a jeté le journal et disparu à l'intérieur de l'hôpital. Je me suis interdit de la suivre. Des vagues de colère partaient à l'assaut de ma colonne vertébrale mais j'ai fini ma cigarette pour lui laisser du temps seule avec Jack. Deux vieilles dames qui marchaient en se tenant par le bras ont sursauté de surprise en passant devant moi. J'ai respiré à fond et je suis entré à mon tour. Je me suis mis à la recherche de Jack en ignorant l'amabilité de façade du personnel et ses refus polis (ils vous disent toujours non), les bébés prêts à piquer leur crise tandis que leurs mères essayaient de les calmer, les visages tuméfiés et hébétés dans la salle d'attente, les scènes qui se répétaient à l'infini, encadrées par les rideaux d'hôpital, de deux personnes – l'une dans son lit, l'autre debout à ses côtés qui essayait de dire quelque chose dans l'espoir que ça suffirait au moins à passer le temps –, et les policiers, toujours par deux, qui arpentaient les couloirs. Partout, des étoiles filantes dansaient sous mes yeux. J'entendais l'océan. Je sentais la brise marine et le goût du sel sur ma langue.

J'ai suivi le dédale stérile qui conduisait à la chambre de Jack. Les fleurs de Sarah étaient dans un vase posé sur son lavabo, mais elle n'était plus dans la chambre. Jack dormait. Il avait écarté ses draps, dévoilant ses jambes maigres et presque glabres, de la couleur du ventre d'un poisson. J'ai rajusté sa chemise de nuit pour lui couvrir les fesses et remonté la couverture. J'ai pris la main du vieil homme. Il a repoussé à nouveau les draps à coups de pied et a roulé sur lui-même en grommelant dans son sommeil.

– Et maintenant ? Et maintenant ?

– Jarred ?

Patrick se tenait sur le seuil de la chambre, sa femme et ses enfants derrière lui.

– Et maintenant ? – J'ai pointé le doigt vers les gosses. Je me suis donné une claque.

Patrick s'est tourné vers sa femme et, sans un mot, elle a hoché la tête et disparu avec les enfants.

– Jarred, qu'est-ce qui se passe ? a demandé Patrick.

J'ai agrippé mes cheveux et plaqué ma tête contre mon épaule. J'ai levé le poing, des mèches émergeant entre mes doigts serrés. J'ai ouvert la main et regardé mes cheveux tomber en cascade. J'ai entendu le martèlement précipité d'un train.

– Il est mort. Tu débarques toujours quand ils sont déjà morts.

– Jarred. Arrête de crier. Il dort, c'est tout.

– Toi, tu les as connus à leur meilleur moment !

– Jarred !

– Est-ce que tu as un jour… Ils t'ont envoyé à la fac. Ils t'ont acheté une bagnole. Toi, ils t'avaient désiré.

J'ai senti le goût du sang dans ma bouche.

– Papa a fait tout ce qu'il pouvait pour toi, a répliqué Patrick, surpris de sa propre colère. Ça m'a fait rire. Il a esquivé le vase de fleurs et fait un pas en avant pour m'empêcher de sortir. Il m'a saisi par les poignets.

Des infirmières et des agents de sécurité ont envahi la chambre. Une lumière dorée a envahi mon champ de vision et fait disparaître le visage de Patrick, les mains qui me maintenaient solidement, le carrelage froid, le relent de produits chimiques sur mes lèvres.

J'ai entendu la voix de Jack :

– Lâchez-le !

58

Quand ça arrive, on ne peut pas prendre de mesures ou calculer l'impact. Cet événement. Le changement infime de vitesse quand la masse d'acier et de verre rencontre la chair et l'os n'est qu'un événement de plus parmi d'autres. Cet événement qui détruit tout. Un événement qui coupe votre vie en deux, l'avant et l'après. Le cerveau l'enregistre avec le même désintérêt mécanique qu'il a pour tous les autres événements de la soirée. C'est l'instant où le monde bascule, le transfert de l'élan, le coup de boutoir grossier d'une Volkswagen Golf gris métallisé. Le hurlement des freins ne s'imprime pas. C'est seulement quand le calme se fait, cette horrible immobilité où même le vent retient son souffle, que le son revient. La première chose qu'on entend, c'est la voix du conducteur qui répète "Oh mon Dieu!" et devient une espèce de bégaiement flou quand il se met à marcher de long en large derrière la voiture et qu'il jette un regard vers vous et Melissa. Il se tient la tête qui tremble violemment. Après l'événement, la ligne du temps se brise et se transforme en une série de flashs et d'impressions éphémères. La jupe de Melissa s'est soulevée, et vous vous attendez à ce qu'elle la réajuste pour cacher des cuisses parfaites et bronzées que vous aviez reluquées toute la soirée. Le cerveau ne s'arrête pas sur la gravité de la position du corps de Melissa ou du sang qui lui macule le visage. Tout ça vous assaille plus tard par vagues assourdissantes qui vous martèlent impitoyablement alors que vous gisez sur votre lit d'hôpital en suppliant qu'on vous donne encore une dose de morphine pour repousser tout ça. Vous actionnez votre bouche, faites marcher vos mâchoires, sentez votre langue et crachez le sang sur votre menton. Votre corps ne répond plus. Vous ne pouvez pas vous lever. Vous soulevez la tête pour regarder vos jambes et leur ordonner de bouger, mais elles n'obéissent pas. Votre bras gauche est trop lourd pour le remuer. La pointe d'un os traverse une plaie rose qui, étonnamment, ne saigne pas. Vous posez le doigt au bout. Est-ce qu'il faudrait appuyer dessus pour que l'os revienne en place ? Vous tournez la tête, vous regardez Melissa et vous priez pour qu'elle bouge. Pour que quelqu'un vienne à votre secours. Vous savez qu'il vous faut de l'aide. Qu'elle en a besoin. À l'aide, s'il vous plaît. Pourquoi ce type qui marche près de la voiture ne fait-il rien ? Au secours, s'il vous plaît. Il s'éloigne. Non, il fait signe à une ambulance de s'approcher. Pourquoi se sont-ils garés aussi loin ? Pourquoi ne secourent-ils pas Melissa ? Allez aider Melissa. Qui est-ce qui hurle ? C'est vous. Ça. Quoi.

59

Ça va vous faire mal. Vous êtes prêt ? Un… deux… trois.

Une tringle à rideau partageait le plafond de l'hôpital. Jack se tenait près de mon lit.

– Jack ? Tu vas bien ?

– Moi ? Mais je cavale déjà. On dirait qu'ils m'ont mis un piège à rat dans le corps avant de me recoudre. – Jack a relevé son tee-shirt pour me montrer la chambre du cathéter destiné à raccorder les perfusions d'antibiotiques qui sortait de sa poitrine. – Regarde, me voilà transformé en cornemuse.

– Qu'est-ce qui s'est passé ? J'ai fait quelque chose de mal ?

Jack a esquissé un sourire las et quitté la chambre.

Il est revenu avec les jumeaux de Patrick. Ils m'ont fixé de leurs grands yeux effrayés.

– Vous voyez ? Oncle Jarred va mieux. Regardez. Dis-leur bonjour, Jarred. Dis-leur que tu es guéri.

– Je vais mieux. Je suis désolé de vous avoir fait peur.

Ils ont tous les deux hoché lentement la tête. Leurs petits corps se sont tournés vers Jack.

– Pas de quoi avoir peur. Hein ? Oncle Jarred va bien maintenant.

Ils se sont accrochés à ses jambes.

– Mais il est encore un peu malade ? a demandé la petite fille sans me quitter des yeux.

– Non, je crois qu'il est complètement rétabli maintenant. Vous voulez retourner voir maman ?

Ils ont fait oui de la tête.

– D'accord. Dites-lui que je vous rejoins tout de suite.

– Qu'est-ce que j'ai fait ?

– Tu m'as réveillé, voilà ce que tu as fait. Tu divaguais et tu délirais comme un hurluberlu. – Il s'est approché du lit et a posé les mains sur la barrière. – Une putain de bagarre au finish avec les infirmières et la sécurité. Ils t'ont mis dans le service psychiatrie. Un étage au-dessus du mien. Ils conseillent un traitement. Et tu as décroché une série de rendez-vous avec un psychiatre.

– Ça vaut sans doute mieux. Les crises de folie chez un ado de quinze ans, ça peut avoir son charme, mais plus vraiment aujourd'hui. J'ai passé l'âge.

– Et moi aussi, mon grand.

J'ai posé ma main sur la sienne, et nous nous sommes souri.

– Je vais prendre mes cachets pour barjo et j'irai chez le psy, mais on peut faire un deal ?

– Ah, c'est reparti pour un tour…

– Non, c'est pas ça. Je suis sérieux. J'en ai ma claque de causer des ennuis à tout le monde, mais toi, tu dois plus rien me cacher.

Le visage de Jack s'est allongé. Il m'a tapoté la main et s'est approché de la fenêtre. Il a tripoté la poignée, mais elle était verrouillée.

– J'ai vraiment pas été bien malin.

Il m'a regardé, s'est excusé avant de regarder à nouveau par la vitre.

– Mais, maintenant, tu vas bien ?

– Oui, les médecins sont contents. Il y a des boulons qui se dévissent à mon âge. Il reste des trucs que je n'ai pas le droit de faire ou pas le droit de manger. – Quelque chose a semblé attirer son attention en contrebas. – Ouah ! Je voudrais que tu voies ce type. Il est joufflu comme une myrtille. Regarde-moi ça ! Je suis sûr qu'il va se garer sur une place réservée aux handicapés.

Jack a de nouveau essayé d'ouvrir la fenêtre.

– Jack !

Il est revenu vers le lit.

– Ce n'est pas parce qu'on a trop bouffé de gâteaux qu'on est handicapé.

– Jack, j'essaie de te parler sérieusement. On va y arriver tous les deux ?

Il a tiré son portefeuille de sa poche et l'a ouvert. Dans le compartiment où les gens rangent en général leur permis de conduire, on voyait le petit mot que je lui avais laissé quand j'étais passé par la maison à seize ans. Le papier était tout élimé. Les plis avaient noirci mais on pouvait encore lire "Désolé".

– Tu l'as fait plastifier ? Gros bêta.

Il me l'a tendu. Je l'ai tourné et retourné entre mes mains.

– Ce petit mot m'a sauvé la vie, a dit Jack. J'avais pensé tellement de fois que je t'avais laissé tomber. Que j'avais laissé tomber ta mère. Ce bout de papier m'a donné le soupçon de pardon dont j'avais besoin pour traverser le pire.

– Jack, aujourd'hui, je veux m'excuser en face. M'excuser pour tout. C'est la dernière fois. Je ne veux plus rien casser ni faire de mal à personne.

Jack s'est penché par-dessus la barrière du lit.

– C'est impossible. On ne peut pas éviter toutes les erreurs. Il faut seulement éviter celles qu'on peut. Et c'est là que tu as besoin d'être aidé. Tu te rends la vie plus dure que nécessaire. Tu t'attaches à tout ce qui est cassé, parce que tu crois que tu mérites tous les ennuis qui t'arrivent. Dans ce monde, les choses ne sont pas une question de mérite.

– C'est quoi le pire truc que je t'ai fait ?

– Jarred, je t'en prie.

– Dis-le-moi.

– Il n'y a pas de pire truc.

Jack s'est redressé et est reparti vers la fenêtre. Il a mis longtemps avant de reprendre la parole.

– Tu te souviens quand je t'emmenais sur la tombe de ta mère ? Apparemment, on se bagarrait moins quand on pensait à elle.

– Oui.

J'ai senti mes yeux commencer à piquer.

– Tu te rappelles la fois où j'ai voulu te donner le collier préféré de ta mère ? – Les mots paraissaient avoir du mal à passer. – Je le lui avais offert pour nos dix ans de mariage. On avait enfin un peu d'argent devant nous, on venait d'acheter la maison, et ça comptait beaucoup pour nous. On avait l'impression d'être enfin devenus adultes. Je t'ai confié tout ça pour que tu comprennes que c'était important. Mais toi, tu es resté planté là, avec cet air furieux que tu avais tout le temps. Je te l'ai tendu. Tu l'as regardé comme si c'était une crotte, et tu m'as demandé : "Tu essaies de m'acheter ?" J'ai tenté de te raisonner, de t'expliquer, mais tu t'es éloigné. Je n'arrivais même pas à t'en vouloir. Je te détestais, je voulais seulement que tu t'en ailles et que tu me laisses seul. Quand tu as fini par le faire, je me suis senti coupable et furieux contre moi-même, et ça a duré dix ans.

– Papa.

C'était la première fois que je l'appelais papa depuis que j'étais môme.

– Je sais que rien n'est aussi simple. Ce n'était pas seulement ce moment précis, et je ne me suis pas senti coupable ou furieux sans arrêt. Mais je m'en souviens comme d'un instant de bascule, où toi et moi, rien ne pouvait plus nous sauver. Tu voulais que je te le dise. Eh bien, c'est fait. – Il s'est retourné pour me regarder dans les yeux.

Ma voix s'est brisée :

– Papa, c'était pas ça que je voulais dire. Pas du tout. Je me sentais trop mal à l'idée de prendre quelque chose qui lui appartenait, comme si j'avais voulu qu'elle meure pour hériter de ses affaires. Je supportais pas l'idée que ma mère soit plus qu'un tas de colifichets. La femme qui dessinait des dinosaures sur les serviettes en papier qu'elle mettait dans mon panier-repas.

Les yeux de Jack se sont mis à briller. Il a ouvert la bouche pour parler, mais il avait le visage tout rouge d'émotion et on aurait dit qu'il allait exploser. Il a avalé sa salive, respiré un bon coup et essayé à nouveau.

– Elle avait peur de tout, a repris Jack. Je suis resté auprès d'elle. J'avais envie de voir le monde. Le même virus du voyage que tu as attrapé. Mais je suis resté. Elle buvait parce qu'elle avait peur. Moi, je me suis mis à boire pour être à ses côtés. Et tu sais quoi ? Elle en valait la peine.

“Parfois, je me demande quand même, si elle n'était pas morte, si on aurait pu tenir ensemble jusqu'au bout. J'aime me dire que notre amour aurait été assez fort, mais je suis content qu'il n'ait jamais été mis à l'épreuve. C'est difficile de penser une chose pareille. J'entretenais sa maladie et elle, la mienne. Cette idée me tue plus que tout le reste. La seule chose qu'il me reste, c'est que j'ai connu un amour aussi rare que possible, que rien ne pouvait détruire, même pas le temps. Cet amour est en sûreté aujourd'hui, parce qu'elle est morte. J'en suis reconnaissant, mais j'aurais tout de même préféré que ce soit moi, et pas elle. Elle aurait su tenir la barre, et elle t'aurait épargné beaucoup de souffrances.”

– Tu peux pas en être sûr.

– J'ai besoin d'y croire.

– Tu penses encore à elle ?

– Tous les jours. Je lui parle. Et elle me manque. Ça non plus, ça ne disparaît jamais. C'est seulement moins fréquent, et moins handicapant. C'est pas un jeu de mots, mou du genou ! – Il m'a fait un clin d'œil. – Parfois, quand même, ça revient si fort que je suis cloué au lit. Mais je me lève et je fais comme si de rien n'était jusqu'à ce que ça passe. Tu as pas mal de choses à régler, mais – il a pianoté sur mon fauteuil – tu as la chance d'être mon fils. Sarah aussi est quelqu'un d'extraordinaire. Chaque jour où vous réussirez à ne pas vous tenir pour acquis, vous aurez ce que ta mère et moi on avait, et sans doute plus encore. Alors réfléchis un peu, et je prie sincèrement Dieu pour que ça arrive, qu'un jour tu auras un gosse aussi casse-pied que tu l'as été, et moi, je me marre à l'avance.

– Moi, j'y crois pas. Il y a des limites aux conneries qu'une femme comme Sarah peut supporter d'un type comme moi.

– Fiston, je t'ai souvent traité d'imbécile. Un père ne devrait sans doute pas dire des choses pareilles. L'estime de soi et toutes ces foutaises, je sais. Mais je n'ai jamais été aussi sûr qu'en ce moment tu es le plus grand des imbéciles, tu ne vois pas plus loin que le bout de ton nez. J'ai observé comment elle te regarde. Et comment toi, tu la regardes. C'est du solide, patate ! Tu l'as trouvée. C'est elle. Vous êtes faits l'un pour l'autre. Elle est venue me voir tous les jours. Sans jamais élever la voix, sans crier, sans piquer de crise, je dois ajouter. Et tu crois qu'on a parlé de qui ?

– OK. J'ai compris.

Jack se redresse et marche vers la porte.

– J'ai dit tout ce que j'avais à te dire. Maintenant, j'ai besoin d'un café.

GÉNÉRIQUE

Auteur	Jarred McGinnis
Traducteur	Marc Amfreville
Directeur littéraire	Anne Marie Métailié
Éditeur	Nicolás Rodríguez Galvis
Assistantes éditoriales	Céline Égéa & Anna Marck
Graphiste	Valérie Gautier
Responsable salons et librairies	Lise Detrigne
Relations presse et communication	Marie Voisin
Responsable des droits	Catherine de Léobardy
Assistante communication	Amrita Sawmy
Responsable du numérique	Frédéric Métailié
Administration	Jocelyne Vallée

Remerciements

D'abord et avant tout, je suis reconnaissant à la famille de lecteurs, de conteurs et d'enseignants dont je viens. Ils m'ont donné la curiosité et un amour des mots d'où tout a procédé.

Avant que ce texte ne devienne un livre, beaucoup de gens ont lu les histoires qui l'ont formé, ils m'ont prodigué des conseils avisés, livré leurs réactions ou simplement écouté quand j'en parlais sans pouvoir m'arrêter. Cette liste ne saurait être que tristement incomplète, mais je dois remercier : Debbie Bogard, Jamie Coleman, Martin Cummins, Sarah Hall, Ruth Harrison, Peter Hobbs, Sam Jordison, Francesca Main, Jane Main, Adam Mars-Jones, Robert McGinnis, Eloise Millar, Anne Mullane, Robin Pavlik, Christina Petrie, Ben Platts-Mills, le Quad Writers Group, Andy Sewell, Natalie Smith, Spread the Word, Karla Steffen, Sam Taradash, Barry Walsh, le Willesden Green Writers' Group, Evie Wyld.

Et à tous mes étudiants, en particulier ceux de First Story, pour m'avoir rappelé que j'avais eu raison de toujours croire en les mots.

BIBLIOTHÈQUE ANGLO-SAXONNE

Leye ADENLE
Lagos lady
Feu pour feu

Brian ALDISS
À l'est de la vie
La Mamelle de Némésis
Mars blanche
Supertoys
Super État
Jocaste

Al ALVAREZ
Nourrir la bête

Mary CAPONEGRO
Star Café

Kate GRENVILLE
Le Fleuve secret
Le Lieutenant
Sarah Thornhill

Jim GRIMSLEY
Les Oiseaux de l'hiver
Confort et Joie
L'Enfant des eaux
Dream Boy

Isabel FONSECA
Attachée

Elnathan JOHN
Né un mardi

Jennifer Nansubuga MAKUMBI
Kintu

Jarred MCGINNIS
Le Lâche

Sam MILLAR
Un tueur sur mesure

Sally MORGAN
Talahue

Pat O'SHEA
Les Chiens de la Morrigan

Francine PROSE
Visites guidées de l'enfer
Blue Angel
Un homme changé

Vamba SHERIF
Borderland

Shubhangi SWARUP
Dérive des âmes et des continents

Mark WINKLER
Je m'appelle Nathan Lucius

BIBLIOTHÈQUE ÉCOSSAISE
dirigée par Keith Dixon

Chris BROOKMYRE
Sombre avec moi
Les Ombres de la toile
L'Ange déchu
Coupez!

John BURNSIDE
La Maison muette
Une vie nulle part
Les Empreintes du diable
Un mensonge sur mon père
Scintillation
L'Été des noyés
Le Bruit du dégel

Dominic COOPER
Le Cœur de l'hiver
Vers l'aube
Nuage de cendre

Meaghan DELAHUNT
Le Livre rouge

Chris DOLAN
La Colonie
Une femme infréquentable

Jenni FAGAN
La Sauvage
Les Buveurs de lumière
La Fille du Diable

Lewis GRASSIC GIBBON
Sunset Song
La Vallée des nuages

Alasdair GRAY
Lanark
Le Faiseur d'histoire

Jackie KAY
Poussière rouge

James KELMAN
Le Poinçonneur Hines
Le Mécontentement
Faut être prudent au pays de la liberté
Si tard, il était si tard
Mo a dit
La Route de Lafayette

Mick KITSON
Manuel de survie à l'usage des jeunes filles
Analphabète
Poids plume

Liam MCILVANNEY
Les Couleurs de la ville
Là où vont les morts
Le Quaker

James MEEK
Un acte d'amour
Nous commençons notre descente
Le Cœur par effraction
Vers Calais, en Temps ordinaire

James ROBERTSON
Le Fanatique
Le Nègre de Dundee
Le Chercheur de vérité

Suhayl SAADI
Psychoraag

Alexander TROCCHI
Young Adam

Louise WELSH
Le Tour maudit
De vieux os
La Fille dans l'escalier

Cet ouvrage a été composé par
Atlant'Communication
au Bernard (Vendée)

ACHEVÉ D'IMPRIMER SUR ROTO-PAGE
PAR L'IMPRIMERIE FLOCH À MAYENNE
EN MAI 2022

N° d'édition : 2129001 – N° d'impression : 100433
Dépôt légal : août 2022

Imprimé en France

VORWORT

Liebe Leserin! Lieber Leser!

Sie haben mit diesem Buch eine Lebenskostbarkeit in Händen! Dies deshalb, weil die darin enthaltenen Schätze aus der berührenden Begegnung mit Menschen in ganz besonderen Situationen des Lebens stammen. Seit 25 Jahren darf ich nun Menschen im Sterben begleiten. Sehr bald und immer bewegender ist mir dabei klar geworden, daß ich in dieser Sterbendenbegleitung in Wirklichkeit Menschen in ganz dichten Phasen des Lebens begleite. Ich sehe darin ein ganz großes Geheimnis des Lebens, daß sich das Leben in der Nähe zum Sterben in aller Tragik so verdichten kann, daß es der höchsten Farbenpracht des Herbstes in der Natur gleicht.

Wenn Sie sich in die folgenden Texte einlassen und die Scheu ablegen, sich auch mit der Sterblichkeit und dem Sterben auseinanderzusetzen, werden Sie in ehrlicher Berührtheit das erleben, was ich so oft erleben darf: eine ganzheitliche Wanderung in lichte Höhen des Lebens! Sie werden Leben einatmen, Befreiung und Heilung erleben, weil Sie vieles auch in Ihrem Leben anders sehen, beleuchten, deuten und erfahren werden. So wie mich fast täglich Menschen mitnehmen auf erschütternde und beeindrukkende Lebensreisen, so möchte auch ich Sie ein Stück mitgehen lassen im Sinn von Lebensermutigung. In jeder Sterbebegleitung erlebe ich jedesmal neu die einmalige und einzigartige Einladung: Lebe jetzt! Lebe bewußt! Lebe intensiv! Es ist Zeit zu leben!

Aus der Tiefe meines Herzens möchte ich mit Staunen und in Dankbarkeit Ihnen einige der Lebenskostbarkeiten und Lebensschätze anbieten, die ich in meinen Sterbendenbegleitungen, die zu Lebensbegleitungen geworden sind, schon erhalten habe. Weil es um so viel, um alles geht, möchte ich Ihnen diese Lebensgeschenke in großer Ehrfurcht und aus geheimnisvollem Staunen heraus anbieten. Wenn ich nur daran denke, wie sehr sich Leben verdichtet, wenn ich erleben darf, daß Tränen zu kostbaren Perlen werden.

Dieses Buch möchte in diesem Sinne ein Buch zum Innehalten, zum Staunen, zum Nachdenken, zum Fühlen, zum Nähren der Hoffnung, zum Wecken der Zufriedenheit, zum Spüren von Lebensmut und zum ganzheitlichen Aufbrechen sein:

Wenn Sie zu den Weinenden gehören, mögen Sie Trost erfahren!

Wenn Sie zu den Lachenden gehören, mögen Sie Übermut verspüren!

Wenn Sie schon resigniert haben, mögen Sie neue Hoffnung schöpfen!

Wenn Sie Lebensfreude schon verloren haben, möge Sie Lebenslust ergreifen!

Wenn Sie sich minderwertig erleben, möge Kraft und Stärke Sie erfassen!

Wenn Sie den Tod fürchten, möge er nun zu Ihrer Einladung für Leben werden!

Wenn Sie sich ständig schuldig fühlen, mögen Sie auf unbeschwertes Leben hin befreit werden!

Wenn Sie in irgendeiner Weise verwundet sind, mögen Sie wieder auf Heilung hoffen können!

Wenn Sie voller Leben sind, möge Ihre Lebensenergie im Überfluß fließen!

Es ist wunderbar, 25 Jahre Menschen im Sterben begleiten zu dürfen und sich dadurch und dabei mitten im Leben vorzufinden. Ich lade Sie ein, sich vom Leben berühren und erfassen zu lassen! Das Leben ruft uns! Die Zeit des Überhörens, des bloßen Funktionierens und daraus Resignierens sollte vorbei sein. Denn es ist Zeit zu leben!

Es ist Zeit, das los zu lassen, was uns am Leben hindert und dem Raum, Zeit und Kraft zu geben, was uns leben läßt!

Mit jenen, die mich in der sich verdichtenden Phase des Lebens am Ende beschenkt haben und beschenken, möchte ich mit Ihnen zu sprudelnden Lebensquellen pilgern. So werden wir neu und intensiv, wachrüttelnd und bewegend dem Leben in Fülle begegnen, frei und heil werdend.

Lassen wir einmal alle bedrohlichen Unkenrufe, gescheiten Reden und beherrschenden Wahrheitsmonopole beiseite und gehen wir mit Sterbenden und ihren Lebenserfahrungen mitten hinein in das Leben. Es wird schön, es wird zum Staunen, es wird gut, es wird vor allem lebensvoll!

Mögen wir gemeinsam und doch einmalig dem Leben begegnen und mitten im Leben sein.

Ihr

Franz Schmatz

GESCHENKTE ZEIT

"Wenn wir jetzt schon ehrlich miteinander reden, muß ich Ihnen auch sagen, daß Ihnen nicht mehr viel Zeit bleibt. Wenn Sie noch Wichtiges erledigen wollen, tun Sie es bald." Es war gegen Mitternacht, auf der Klinik, im Zimmer des mich behandelnden Professors, während eines Aufenthaltes, der schon lange dauerte. Als ich nachfragte, was denn das konkret bedeute, daß mir nicht mehr viel Zeit bleibe, meinte er: "Wenn Sie mich so fragen, denke ich an vier bis fünf Monate." Dann wechselten wir kein Wort mehr außer dem Gruß.

Allein ging ich zurück in mein Krankenzimmer. Vielleicht ging es ihm auch nicht gut, weil er mich nicht begleitete. Es war eine furchtbare Nacht. Die Stunden wurden endlos. Ich war zu dem Zeitpunkt allein im Zimmer. Mein Bettnachbar starb zwei Tage vorher. Auch davon war ich noch sehr betroffen. Obwohl ich über meinen wahren Zustand intuitiv alles wußte, war die zeitliche Prognose ein Schock. In mir war Starre, bis der erlösende Schüttelfrost und dann das Weinen kam. Gehört hat mich niemand. Gekommen ist niemand. Eine Hand zum Halten streckte sich mir nicht entgegen. In dieser Nacht habe ich erfahren, was es heißt, allein zu sein, leer zu sein, ungetröstet zu sein, im wahrsten Sinn am Ende zu sein. Zum Schreien war ich zu schwach und ohne lauten Aufschrei hat mich niemand gehört.

Die Nacht war dunkel, wie keine in meinem Leben zuvor. Ich war auf mich zurückgeworfen! Offensichtlich war ich dadurch aber doch auch ganz bei mir und in mir und das stundenlang, bis in den Morgen, der nach meinem Gefühl so gar nicht anbrechen wollte. Das intensive Weinen dürfte mich doch auch gelöst haben, vieles in mir zum Fließen gebracht haben, obwohl mir die Tränen niemand getrocknet hat, ja nicht einmal jemand wahrgenommen hat.

Die Schwester, die am Morgen dann ins Zimmer kam, dürfte meine total verweinten Augen schon bemerkt haben. Ich hatte das Gefühl, daß sie peinlich berührt war. Gesagt hat sie leider auch nichts. Auch sie ging vorüber, wie viele andere. Der behandelnde Professor kam auch einige Tage nicht vorbei. Ich hätte sehr auf ihn gewartet. Noch in der Nacht, nach dem ersten Weinkrampf, machte ich eine wunderbare Entdeckung, eine Kontrasterfahrung, und vielleicht waren das die bedeutendsten Augenblicke in meinem Leben. Während ich noch mit meinem ganzen Gefühlschaos an der Prognose des Professors hing, daß ich angeblich nur mehr wenige Monate Zeit habe, spürte ich Protest gegen die Prognose und auf einmal tauchte in mir wie eine faszinierende Einladung die Möglichkeit aus meinem Inneren auf, die mir förmlich sagte: "Dann lebe diese Monate, dann mach aus diesen Monaten etwas!"

Diese Einladung, diese Motivation zum Leben, verließ mich dazwischen zwar wieder, aber sie kam doch immer wieder zurück! Gott sei dafür gedankt!

Wie noch nie in meinem Leben durfte ich erfahren, daß mir Zeit geschenkt wird, daß ich keinen Anspruch darauf habe. Und mir wurde klar, daß das Geschenk der Zeit für mich Gabe und Aufgabe ist. Die Erfahrung der geschenkten Zeit wurde für mich bis auf den heutigen Tag immer wieder neu zur Einladung für bewußtes Leben, zum Grund für Staunen und Dankbarkeit, zur Ermutigung, Altes loszulassen und mich für Neues frei zu machen und so zum Auftrag, meine mir geschenkte Zeit zu nützen!

Ich glaube nicht, daß ich seither einen Tag erlebt habe, an dem mir das Geschenk der Zeit nicht bewußt geworden ist. Die darin immer wieder auftauchende Mahnung, daß auch die geschenkte Zeit, die für mich dazugekommene Zeit begrenzt ist, vergesse ich nicht. Ich möchte auch alles tun, um in diesem Sinn ständig bereit zu sein für diese Grenze und fähig zu sein, in Dankbarkeit für die dazugekommene Zeit das verlangte Abschiednehmen nicht nur zu ertragen, sondern zu gestalten. Die geschenkte Zeit ist für mich so Einladung und Mahnung, bewußt zu leben, die eigene Wertordnung ständig weiter zu entwickeln, immer mehr ich selber zu sein, mich immer weniger fremdbestimmen zu lassen und die eigenen gemachten, erlittenen und gestalteten Erfahrungen auch anderen als Impulse und Bausteine begeistert anzubieten, ohne sie missionarisch jemanden einzureden oder aufzuzwingen.

Die geschenkte Zeit ist für mich zur Urerfahrung geworden, aus der heraus ich zu leben versuche. Wenn ich selbstkritisch und hellhörig genug bin, spüre ich in mir, daß der Geschenkscharakter und die Tatsache der Begrenztheit meiner Zeit wirklich mehr Einladung als Bedrohung sind. Aus der Einladung, meine geschenkte Zeit intensiv zu leben, zu erleben, zu verkosten und zu gestalten, erfahre ich auch die Verantwortung vor allem für mich selber und die Mitverantwortung für meine Mitwelt und Umwelt. Diese Einladung und die daraus erwachsende Verantwortung sehe ich seit den befreienden Erfahrungen meiner schweren Krankheit nicht mehr unter dem Aspekt von Drohung, Strafgericht und ähnlichen angstmachenden Strategien. Leid, Krankheit und Tod haben für mich nichts mehr zu tun mit Strafe oder gar Rache Gottes, sondern sie sind eine Dimension des Lebens, Herausforderungen zum Wachstum und in aller Tragik Chancen für Reifung und Entwicklung, wenn ich es schaffe, meine ganz persönliche Antwort zu geben.

Geschenkte Zeit hat mit Herbststimmung zu tun. Wenn ich sie zum Leben nütze, entfaltet sich die Farbenpracht des Lebens. Die Begrenztheit der Zeit will diese Lebensfarben nicht zerstören, sondern ermöglicht sie geradezu. Dann hat auch die Wehmut, die über dem Abschied liegt, ihren Platz, die die Lebensfülle unterstreicht.

BEWEGEND

Welch unglaublicher Kontrast! Ich sitze bei einer jungen sterbenden Mutter! Wir sind allein im Zimmer! Die Frau ist abgemagert und zittrig. Trotz Schmerzbekämpfung haben die Schmerzen tiefe Spuren am Körper hinterlassen. Die Warum-Frage ist noch nicht beantwortet! Wie denn auch? Die Frau ist äußerlich kalt. Sie beklagt, daß auch die sogenannten Freunde immer mehr weg bleiben.

Ich nehme diese vielen erdrückenden Empfindungen gut wahr. Beim Halten ihrer Hände erlebe ich aber auch das andere. In diesem fast schon erstarrten Körper ist eine starke geistig-seelische Kraft spürbar! Aus den Augen dieser jungen Mutter spricht nicht nur Verzweiflung und Trauer, Angst und Leere, sondern auch Dankbarkeit, Hoffnung, Lebenskraft und Lebensfarbe. Auch wenn sie weint, sind ihre Tränen nicht nur Kundgabe von Trauer, sondern auch von Hoffnung und Licht.

Die junge sterbende Mutter ist fähig, ja interessiert, mir von den guten Tagen ihres Lebens zu erzählen. Dabei ist ein Strahlen in ihren Augen, wie ein Sich-spiegeln des Lebens.

Der Kontrast bewegt mich, ich sage es ihr auch und wir teilen miteinander diese ganzheitliche Lebenserfahrung: die sterbende junge Mutter steht am Rand des Lebens und ich darf erfahren, wie sie gleichzeitig mitten im Leben steht. Einerseits ist es unheimlich, aber andererseits ist es so klar, dicht und schön.

In aller Betroffenheit und Erschütterung kann ich frei atmen und spüre so viel Lebenskraft in mir. Dann kommt der Tod zu ihr. Und ich erlebe mit innerer Sicherheit, daß er ihr das Leben nicht nehmen kann und erlebe gleichzeitig die Sicherheit, daß er es auch mir nie nehmen kann.

EIGENE BETROFFENHEIT

Ich habe es nicht vergessen: die schwere Krankheit, die sich in meinen Körper geschlichen hat – die eigene Ohnmacht, Wut, Angst und Einsamkeit – die nichtssagenden Worte rundum – die vielen Untersuchungen und Behandlungen ohne ein wärmendes Wort – die schlaflosen Nächte – die unerträglichen Schmerzen – der Zusammenbruch der Hoffnungen – das Herumreden um die Wahrheit – das viele "Reden vom Wetter" – die nicht vorhandenen Hände zum Anhalten – die versteckten Tränen – das Erleben von Kälte jeder Art – das Alleingelassen-werden – die frommen, aber lebensfremden Sprüche – die abhanden gekommene Sensibilität – die Verletzungen der Intimsphäre – das Ausgeliefertsein – die Leere und Verzweiflung – die Panik und Depression – der Neid auf die Gesunden – der Abfall der Leistung – das fehlende Du – die Sprachlosigkeit auf allen Seiten – die ungehörten Schreie – die Verweigerung der Mündigkeit – die Verletzung der eigenen Würde – das Verdrängen des Sterbens und des Lebens…

Ich habe nicht vergessen, was ich in dieser Hinsicht in meiner eigenen jahrelangen schweren Krankheit erfahren habe. Gott sie Dank hat mich dieses Erleben nicht in den brutalen Tod getrieben, sondern mich zum "Trotzdem" geführt, mich aufgeweckt und mich bis auf den heutigen Tag zu den Menschen gesendet, denen es ähnlich geht. Ich betrachte es als Segen, daß mich die erfahrene Bitterkeit nicht verbittert hat, sondern das drohende Ende mich zu einem neuen Anfang geführt hat. Darin sehe ich ein großes Geheimnis des Lebens, dem ich mich verpflichtet fühle und von dem ich begeisternd erzählen möchte. Du bist dem Tod nahe und darfst gerade daraus wie noch nie zuvor ganzheitlich und dicht das eigentliche Leben erfahren. Obwohl es nicht beschreibbar ist, möchte ich behutsam und in Ehrfurcht davon staunend erzählen.

GANZ ANDERS

Wie ganz anders doch Wahrnehmungen und Erfahrungen sein können! In der Sterbebegleitung darf ich immer neu erleben, wie verschieden Blickwinkel, Sichtweisen und Beleuchtungen im Leben sein können. Was im Alltag nicht einmal mehr registriert wird, was zur Nebensächlichkeit und Unbedeutsamkeit geworden ist und was im Vegetieren und Funktionieren keine Kraft mehr gibt, kann auf einmal eine Quelle der Freude und Energie, Grund zur Hoffnung, Anstoß für Entwicklung und Nährboden für Sinnerfahrung sein.

Oft frage ich mich: Müssen wir zunächst an den totalen Rand gedrängt werden, um die Mitte zu entdecken? Müssen wir zunächst verwundet sein, um die Sehnsucht nach Heilung zu spüren? Müssen wir zunächst das Leben fast verlieren, um es eigentlich zu entdecken? Ist so betrachtet vielleicht der Tod die intensivste Einladung zum Leben?

Im Sterben wird auf den ersten Blick unterbrochen, abgebaut, zerrissen, entzweit, niedergeschlagen, beendet und zerstört! Auf den zweiten Blick wird deutlich, daß es in diesem Loslassen bei entsprechender Offenheit und Bereitschaft um Veränderung, Neuentwurf, Durchbruch, Aufbruch, Erfahrung von Originialität und so Heilung und Leben gehen kann. Das Leben ist wirklich ein Geheimnis, voller Überraschungen und Wunder, wenn wir es nicht einengen, nicht definieren, nicht verordnen und vor allem nicht festhalten. Leben ist ganz anders, als wir es uns oft vorstellen, als wir es haben wollen und in Beherrschung planen wollen. Wenn wahres Leben uns zufallen darf, kommt Lebensdichte auf uns zu und wir sind mitten im Leben. So bekommt das Sterben eine ganz neue Bedeutung, weil das Sterben zur Geburtshelferin für Leben wird. Dann bekommt das Sterben eine neue Bedeutung und damit erst recht das Leben!

Zärtliche Berührung einer Tulpe

Eine Frau, herausgerissen aus dem blühenden Leben, ist sterbend. Sie kann sich kaum mehr bewegen.

In einem Gespräch bittet sie mich, ihr den Blumenstrauß, der am Fenster steht, ans Bett zu bringen.

Dann ersucht sie mich, weil sie selber die Hände kaum mehr bewegen kann, eine Tulpe herauszunehmen und ihr auf den geschundenen Körper zu legen.

Ich tue es!

Nach einiger Zeit nimmt sie liebevoll, behutsam und zärtlich die Tulpe in ihre zitternden Hände. Strahlend betrachtet sie die Tulpe und liebkost sie. Mit letzter Kraft gelingt es ihr, mit ihren Fingerspitzen die Blütenblätter der Tulpe zu streicheln.

"Wie schön, wie edel, wie wunderbar!" beschreibt sie mit Tränen der Freude und der Dankbarkeit die Tulpe.

Lange hält sie die Tulpe noch in ihren Händen und sagt voller Staunen mit dankbarer Stimme mehrmals zu mir: "Ist das Leben nicht wunderbar?"

Und nicht nur mit Trauer fügt sie hinzu: "Die Tulpe wird mich überleben!"

So war es auch. Zwei Tage später starb die Frau. Ich durfte dabei sein, wie sich das Leben gerade angesichts des Todes verdichtet hat. Das läßt auch mich leben.

JA ZUM LEBEN

Wenn ein Mensch nach einer langen qualvollen Zeit des Leidens vor dem Tod stehend fähig und bereit ist, in Bewunderung einer Blume das Leben wunderbar zu bezeichnen und zu erleben, dann fällt mir auf, daß es doch in unserem Alltag unendlich viele Augenblicke gäbe, die uns einladen könnten, für das Leben "danke" zu sagen und Loblieder zu singen. Wir tun es nicht, weil manches oder vieles anders kommt und anders ist, als wir es haben wollen. Dann sehen wir kurzsichtig nur das, was nicht da ist und interpretieren es engstirnig als leer und öde. Die Frau mit der Tulpe hat mich daran erinnert, daß vieles unscheinbar, selbstverständlich, alltäglich und unbedeutsam erscheint. In Wirklichkeit kommt das Leben oft im Unscheinbaren einladend und schenkend auf uns zu. Die vielen kleinen Lebensoasen, an denen wir unberührt vorübergehen, könnten uns vielleicht mehr Lebensfreude, Lebensfrieden und Lebensenergie schenken als das sogenannte große Glücksereignis, auf das wir endlos und uns selber schwächend warten.

Die Frau mit der Tulpe hat mich eingeladen, wieder neu Ja zum Leben zu sagen, seine Wunder wahrzunehmen und im Staunen zu sein, weil dieses mich leben und sein läßt. Wenn es möglich ist, daß ein sterbender Mensch dem Leben so verbunden ist, dann müßte es doch auch in anderen Lebenssituationen möglich sein, dem Leben zu trauen und sich trotz aller Widerwärtigkeiten des Lebens zu erfreuen.

Ich möchte immer ehrlicher und bereiter Ja zum Leben sagen, auch wenn ich viele Herausforderungen des Lebens an mich zunächst überhaupt nicht verstehen kann. Wahrscheinlich ist mein Ja zu meinem Leben die notwendende Voraussetzung, um es auch verstehen zu dürfen.

DAS SOEBEN GEBORENE MÄDCHEN, DAS STIRBT

Mit tiefer Erschütterung gerate ich in eine bewegende Situation. Eine Mutter hält ihr neugeborenes Mädchen in Händen, von dem sie weiß, daß es bald sterben wird. Niemand kann ihr die Warum-Frage beantworten. Ich versuche das erst gar nicht. Die Mutter strahlt Eigenartiges aus. Sie ist voller Trauer und Ohnmacht, voller Wut und Ratlosigkeit und trotzdem erzählt sie mir, daß sie dankbar für ihr Kind und die gute Geburt ist. Sie schafft es auch noch, mir weinend zu erklären, daß sie überzeugt ist, daß auch einige wenige Tage des Lebens Sinn machen können.

Manchmal frage ich mich in solchen Situationen, woher diese Menschen ihre Kraft nehmen. Sind das auserwählte Menschen? Haben sie anderes mitbekommen als ihre Mitmenschen? Sind sie anders? Ich fühle, daß sie auf jeden Fall sehr offen, sehr ehrlich und spontan sind. Diese Menschen sind überzeugt, daß der Fluß des Lebens sich entfaltet und fließt. Sie sind ganz im Sein, das allen Sinn bringt, auch wenn es lange nicht faßbar ist.

Nach einigen Tagen Leben auf dieser Welt stirbt das neugeborene Mädchen. Die Mutter ist überzeugt, daß ihr Mädchen wiederkommt und daß sein jetziges Kommen und Gehen auf seinem Weg zum letzten und eigentlichen Ziel notwendig und gut war. Und die Mutter sagte zu mir: Begreifen kann ich das alles noch nicht, aber daß es bedeutsam für uns alle ist, glaube ich fest!

Ihr blieb in der Trauer nichts erspart, aber die Hoffnung hat sie auch auf den härtesten Wegstrecken nicht verlassen. Wahrscheinlich deshalb, weil sie das Leben nicht festgehalten hat. Bewundernswert!

Das neugeborene, tote Kind

Es ist zum Schreien, zum Klagen, zum Weinen:
Da wird ein Kind gewollt, erwartet und geboren
und muß schon wieder sterben.

Das ist nicht zu glauben, nicht zu begreifen,
nicht zu verstehen und nicht zu akzeptieren.

Mit dem unsagbaren Schmerz kommt
Ohnmacht, Hilflosigkeit und Wut auf.

Warum, warum, warum nur?

Die Antwortversuche, die Trostansätze und
die Ratschläge werden für die Betroffenen zum Hohn.

Bitte seid still, haltet Euch zurück,
laßt alles Gerede und alle Vertröstungen,
verzichtet auf schöne Worte und fromme Sprüche,
hört auf, irgendetwas zu erklären,
gebt lieber allen Gefühlen freien Lauf
und gebt so dem Leben selber
eine Chance!

AUCH DER LEERE PLATZ GEBEN

Ich habe als Kind und Jugendlicher noch gelernt, stark sein zu müssen. Leere, Zweifel, Wut, Zorn und Verzweiflung seien böse und deshalb mit allen Mitteln zu verhindern, wurde uns noch eingetrichtert. Durch viele Erfahrungen aus Grenzsituationen bin ich inzwischen überzeugt, daß Leere und Verzweiflung sich dort am hartnäckigsten ausbreiten und festmachen, wo sie verhindert werden wollen.

Wo der Leere Platz gegeben wird, entfaltet sie sich offensichtlich nicht bis zum Äußersten.

Ich durfte schon vielen Sterbenden helfen, zu ihrer Wut, Leere und Verzweiflung zu stehen und sie anzunehmen. So werden sie ohne negative Bewertung und Selbstverurteilung als zum Leben gehörig erfahren und letztlich auch gestaltbar. Nichts davon ist Schande, sondern ebenfalls Teil des Lebens. Wer in diesem Sinne schwach ist, ist in Wirklichkeit stark. So gehört zu meinen schönsten Erfahrungen in der Sterbebegleitung, wenn Betroffene zu mir sagen: Bei Ihnen darf ich sein, wie ich bin und wie mir zumute ist.

In der ganzheitlichen Begleitung wird nicht eingeteilt, bewertet, beurteilt, eingeordnet, zugeordnet und verordnet, sondern einfach gelebt, wie das Leben nun einmal ist, jetzt ist!

Ich lerne in der Sterbebegleitung zu leben, wie es für mich stimmig ist, und nicht wie andere es von mir haben wollen. Früher, als ich noch mehr lebte, wie es von außen angeordnet wurde, hatte ich fälschlicherweise das Gefühl, daß das Leben es nicht gut meint mit mir. Seit ich immer mehr selber zu leben trachte, spüre ich immer intensiver, daß ich im Fluß des Lebens geborgen bin. Wenn alles seinen Platz und seine Zeit haben darf, bin ich letztlich mitten im Leben.

IMMER WIEDER BLEIBT AUCH DIE VERZWEIFLUNG

Sterben ist einmalig und vielfältig zugleich, wie das Leben es ist. Wichtig ist, daß wir nicht werten. Wenn Verbitterung und Verzweiflung trotz guter Begleitung bis zum letzten Augenblick bleiben, mag auch das seinen tieferen Sinn in einem größeren Zusammenhang haben.

Jedes Sterben hat, wie jedes Leben, seine Bedeutung, seinen Wert, seine Würde und seine Berechtigung. Manche möchten gerne Strategien und Techniken des Helfens entwickeln, die bewirken sollen, daß alle friedlich gelassen und zustimmend sterben. Das wäre Beherrschung des Sterbenden und Mißbrauch für unsere eigenen Ziele. Der von mir begleitete Sterbende muß seinen Weg durchaus nicht so zu Ende gehen, wie ich mir das für ihn oder sie so vorstelle. Sterben darf sich entfalten, wie es auch das Leben darf. So stirbt der eine Mensch zumindest scheinbar ohne Kampf und Krampf, der andere Mensch ist voller Wut, Zorn, Verbitterung, Zweifel und Krampf. Ich finde, es darf so sein, wenn wir in unserer Begleitung nur ausreichend liebevoll waren. Oft mag es nämlich niemand aus der Umgebung aushalten, daß die Sterbende bzw. der Sterbende einen sichtbaren Kampf um das Überleben und gegen den Tod führt und nach außen verzweifelt wirkt.

Es verlangt viel Ehrfurcht und Respekt vor der Würde des Menschen, ihn im Leben und Sterben den ureigensten und stimmigsten Weg gehen zu lassen. Das könnte uns einladen, auch im Leben aufzuhören, ständig zu werten und zu beurteilen, vorzuschreiben und vorzugeben und dabei Menschen zu unterdrücken. Leben muß sich bis zum Tod entfalten dürfen, wie es für den jeweiligen Menschen von der eigenen Sendung und Aufgabe her notwendig und gut scheint!

ALS STERBEBEGLEITUNG NOCH BELÄCHELT WURDE

Als ich vor 25 Jahren begann, mich für Sterbebegleitung zu engagieren, erntete ich von allen Seiten mitleidiges Lächeln, so manche zynische Bemerkung und so manchen Hinweis auf die Unbedeutsamkeit des Ansinnens. Anfangs konnte ich diese Reaktionen auf dem Hintergrund meiner eigenen Erfahrungen in Krankenhäusern und Kliniken nicht verstehen. Aber schrittweise lernte ich es, diese Reaktionen auszuhalten, zu ertragen und dann auch zu einem "Jetzt erst recht" zu finden. An das Aufblühen der ausgestreuten Samenkörner in Form des Engagements für schwerkranke, sterbende und trauernde Menschen konnte ich Gott sei Dank immer glauben. Als ich mit meiner ehrenamtlichen Arbeit in meiner Freizeit begann, war von Sterbebegleitung in diesem ganzheitlichen Sinn kaum etwas zu hören. So wurde mir von einem zuständigen Seelsorger gesagt, ich solle es lassen, weil die ohne mich genauso sterben. Andere meinten, es sei schade um meine Zeit und meine Kräfte. Und dann saß ich wieder an einem Sterbebett und die Blicke in die Augen Sterbender luden mich ein, Anwalt der sterbenden Menschen zu werden und ihnen einen wesentlichen Teil meines Lebenswerkes zu widmen. Schon am Anfang spürte ich, daß ich damit Lebensbegleiter, Anwalt des Lebens und Begleiter in Richtung Heilung vielerlei Art sein darf. Das Spüren dieser Verbindung von Sterben und Leben machte mich stark, ermutigte mich, motivierte mich und ließ mich selber immer mehr gesund werden. Es führte in mir den Aufbruch weiter, der mitten in meiner eigenen Krankheit begann. Das dankbare Lächeln der Sterbenden, das mich umgab und wärmte, ließ mich das Belächeln meiner Umgebung aushalten und darin auch viel lernen.

Das Halten der Hand

Glauben Sie wirklich, daß das Händchen-halten etwas bringt?

Auf das Händchenhalten bei Sterbenden brauchen Sie sich nichts einbilden!

Na, tun Sie immer noch fest Händchen halten bei Sterbenden?

So und ähnlich höre ich es immer wieder.

Oft als Frage, oft als zynische Bemerkung, oft auch als Abwertung.

Anfangs habe ich darunter gelitten, war entsetzt und auch gekränkt.

Heute nicht mehr.

Ich weiß und bin mir sicher, was es für Sterbende bedeutet, in aller Angst, Ohnmacht, Unsicherheit, Einsamkeit und Verzweiflung eine ausgestreckte Hand zu finden, über die Zuwendung, Achtung, menschliche Wärme, Geborgenheit und Trost erfahren werden dürfen.

Du mußt es erleben, um zu erahnen, was da wirklich geschieht!

ES WAR HART UND GUT

Von allem Anfang an wurde mir in den Sterbebegleitungen klar, daß ich selber viel zu lernen hätte. Ich mußte anders werden, nämlich mehr ich selber. Dabei hatte ich jahrelang gehört und gelernt, ich müßte auf mich vergessen, von mir absehen, mich total hingeben und mich als unbedeutsam erfahren. Aber damit kam ich nicht weiter. Ich konnte mich oft zuwenig mitteilen, weil ich mich selber noch nicht ausreichend gefunden hatte. So lernte ich, daß der Weg zu mir selber weiter und schwieriger sein kann, als der Weg zum Du.

Es war hart, die eigenen Gefühle wahrnehmen und schätzen zu lernen, mich den eigenen Ängsten zu stellen, mich der eigenen Tränen nicht mehr zu schämen und vor allem die eigene Freiheit zu entdecken. Daß ich ständig Verantwortung übernehmen muß, war mir klar und das tat ich ausreichend. Aber daß ich auch frei bin und selber leben darf, mußte ich erst mühsam einüben.

Viele sterbende Menschen haben mich in diesen Jahren leben gelehrt und haben mir am Ende ihres Lebens gleichsam eine Einführung in ein gutes, rechtzeitiges und verkostendes Leben gegeben, weil sie mich ein Stück in ihre eigene Lebensgeschichte hinein mitgenommen haben. So sind viele sterbende Menschen, die ich mit ganzer Kraft und ich denke auch mit viel Liebe begleiten durfte, für mich Lehrerinnen und Lehrer des Lebens geworden. Darunter war auch so manches Kind, das jung an Jahren, aber gereift an Weisheit, mir nicht nur viel Kraft abverlangt, sondern mir auch viel Lebensenergie vermittelt hat. Lebensenergie möchte eben fließen!

WAHRHAFTIGKEIT LOHNT SICH

Ich selber wurde in meiner schweren Krankheit im Hinblick auf die Wahrheit lange im unklaren gelassen. Obwohl ich innerlich alles spürte und intuitiv wußte, war ich mit meiner Wahrheit allein. Das war furchtbar. Ich kam mir vor wie in einem Theater, wo alle um mich herum ihre Rollen spielten. Oft empfand ich es als absurdes Theater, unmenschlich und entwürdigend. Dadurch schienen alle so weit weg von mir zu sein und der Abstand und damit die Einsamkeit wurden immer größer. Als ich mit der Sterbebegleitung begann, nahm ich mir vor, niemanden anzulügen, der sogenannten Wahrheit nicht auszuweichen und in aller Behutsamkeit und Feinfühligkeit immer echt und wahrhaftig zu bleiben.

Heute bin ich wirklich stolz darauf, niemanden im Hinblick auf den Ernst seiner/ihrer Situation angelogen zu haben. Von meiner Umgebung wurde das oft nicht verstanden und auch nicht gewollt. Aber ich weiß, daß ich nur dann Anwalt des leidenden und sterbenskranken Menschen sein kann, wenn ich wahrhaftig bin. So und nur so können sich Sympathie, Vertrauen, Sicherheit und Geborgenheit entfalten und eine heilende Atmosphäre wachsen lassen. Das ist eine Grunderfahrung, die auch für das Leben insgesamt gilt. Wenn ich immer mutiger ich selber bin, zu mir selber stehe und mich so in die Beziehungsfelder einbringe, wie ich eben bin, dann verdichtet sich echtes Leben und wir begegnen einander aus der Mitte des Seins. Die Grundeinstellung und –haltung der Echtheit und Wahrhaftigkeit könnten und können die Welt verändern und ihr ein menschliches Antlitz geben. Ist es nicht wunderschön, wenn jemand sagen kann: “Bei Ihnen darf ich sein, wie ich bin!”?

IMMER WIEDER DIE EINLADUNG ZUM LEBEN

Es klingt zunächst paradox. Ich finde, daß es in kaum einem anderen Lebensbereich wahrhaft so um das Leben geht, wie im Umfeld der Sterbebegleitung. Da wird nicht nebenbei über das Leben geredet, sondern das Leben selber bringt sich zur Sprache. Betroffene schauen zurück, blicken nach vorne und erleben sehr dicht das Jetzt und setzen sich damit spontan mit dem Leben, mit ihrem Leben auseinander. Die Rückschau auf den bisherigen Lebensweg und die erlebte Lebensgeschichte bringt oft recht zwiespältige Bilder und der Ausblick in die Zukunft ist oft verstellt oder wie im dichten Nebel. Aus dieser Spannung heraus entscheiden sich nicht wenige dafür, das Jetzt zu leben. So entsteht das eigenartige Phänomen, daß das Leben sich gerade dann verdichtet und intensiv erfahren wird, wenn es zu entschwinden droht. Deshalb wird die Sterbebegleitung zur wirklichen Lebensbegleitung und die Sterbenskranken für die Begleitenden zu einer lebendigen Einladung, sich ganzheitlich mit dem eigenen Leben auseinanderzusetzen, innezuhalten, zu spüren und selber die Lebensmöglichkeiten neu zu entdecken und zu erfahren. Augenblicke werden kostbar, gute Momente intensiv erlebt und das Aufleuchten von Lebensdichte dankbar erfahren. Auf diesem Hintergrund spüren sterbenskranke Menschen natürlich oft Wehmut darüber, daß sie in ihrem Leben zu wenig Zeit und Kraft für sich selber und für ihr bewußtes Leben und Erleben aufgewendet haben. Darum kommt von ihnen immer wieder die Einladung zum vollen Leben an jene, die noch Zeit dafür zur Verfügung haben. Das ist für uns Begleitende eine besondere Mahnung und existentielle Herausforderung und auch Einladung, miteinander wenigstens das Jetzt lebensintensiv zu erfahren und zu gestalten. Das Leben meint es mit uns offensichtlich weit besser, als wir es oft meinen.

Kontrast

Es ist ruhig geworden im Zimmer.

Die sterbende Frau vor mir atmet entspannt.

Sie hat einen langen Kampf gegen den Tod und für das Leben geführt.

Ihr Leben war erlebnisreich und erfüllend.

Mit der schweren Krankheit kamen Hader, Zorn, Ohnmacht, Unruhe, Wut und Trauer.

Sie fühlte sich lange unverstanden.

Zwischendurch zog sie sich in sich zurück.

Das brauchte sie, um zu sich zu kommen.

Dann kam die Wandlung.

Sie verschrieb sich neu dem Leben und wurde trotz Hinfälligkeit lebendig.

Jetzt muß sie gehen.

Alle reden davon, daß sie den Kampf endgültig verloren hat.

Warum eigentlich diese Rede?

Ich erlebe, daß sie den Kampf gewonnen hat.

Sie hat ihr Leben gefunden und sie ist überzeugt, daß sie auf ein neues Leben zugeht.

Sie steht auch im Sterben bereits mitten im (neuen) Leben!

GESCHICHTEN VOM LEBEN

In sogenannten Lebensbilanzgesprächen fühle ich mich oft wie in einer riesigen unerschöpflichen Fundgrube. Was immer Betroffene in ihrem Resümee herausholen, unterstreichen oder auch wegstreichen möchten: es ist erzähltes erfahrenes Leben. Vieles ist belebend, vieles zum Schmunzeln, vieles auch zum Weinen und so manches mag auch ich ein weiteres Mal hören. Besonders berührend sind diese Lebenserzählungen, wenn sie nicht in eine Beurteilung, in eine Unterscheidung positiver oder negativer Art münden, sondern einfach so sein dürfen, wie es eben war. Ohne krampfhafte Bewertung, die dann in eine Schwarz-Weiß-Malerei mündet, entspringt allen Lebensphasen und –ereignissen Bedeutsamkeit und letztlich auch Sinn. Dann stellen sich auch keine nervenden Schuldgefühle ein und es bedarf keiner Schönfärberei und keiner Kundgabe von Minderwertigkeitsgefühlen. Das Leben darf einfach sein, wie es war und wie es ist. Höhen und Tiefen sind einfach legitim und bedeutsam. Jeder Schritt steht in einem inneren Zusammenhang mit anderen Schritten und alles zusammen ergibt eine Lebensentwicklung und eine Lebensgeschichte über der stehen darf: es ist gut, daß es sie gibt, wie es sie gibt.

Nicht beurteilen und nicht verurteilen zu müssen, sich lieber auf die Schulter zu klopfen als ständig an die Brust zu schlagen und das Gewordene als bedeutsam anzunehmen, schenkt viel inneren Frieden, innere und äußere Gelassenheit und vor allem echte Erfüllung. Die Lebensbilanz braucht so nichts mit einer aufgezwungenen Gerichtssituation zu tun haben, sondern das Sterben darf friedvoller Übergang von einer Lebenswirklichkeit in eine neue Lebenswirklichkeit sein. Das gibt Kraft, Freiheit, Dankbarkeit, Mut und macht neugierig auf das Neue.

LOS-LASSEN!

Für mich gibt es einen wirksamen Schlüssel als Zugang zum wahren Leben: das Loslassen! Wer loslassen kann, wer also sterben kann (nichts anderes bedeutet sterben) vermag wirklich zu leben. Ausdrücklich möchte ich an dieser Stelle betonen, daß dies nichts mit Lebensverneinung oder gar Lebensverachtung zu tun hat. Loslassen möchte ich immer mehr das, was mir ganzheitliches, bewußtes und rechtzeitiges Leben jetzt blockiert und vermiest.

Aus Lebensfreude und Lebenslust heraus möge losgelassen werden, was mich am Leben bewußter Art hindern könnte.

Mit innerer Freude und Dankbarkeit denke ich an jene von mir begleiteten Sterbenden, die für mich wahrhaft Meisterinnen und Meister des Lebens geworden sind, die das Leben trotz aller Widerwärtigkeiten geliebt, gelebt und verkostet haben und bis zum Schluß in dieser lebendigen Einstellung geblieben sind und aus ihr Kraft geschöpft haben.

Ich glaube längst nicht mehr, daß die leicht sterben, die sich selber immer gering geachtet und sich und ihre Lebenssehnsüchte und –bedürfnisse unterdrückt haben. Sterbende belehrten und belehren mich eines Besseren: Jene, die wirklich in ihrer eigenen Stimmigkeit ihr Leben voll gelebt und verkostet haben und sich den Lebensgenuß auch durch Leiderfahrungen nicht verderben haben lassen, können in der Regel als Freunde wahren und guten Lebens auch rechtzeitig Abschied nehmen. Sie sind dann auch und gerade im Sterben jene, die sich auf das Neue freuen und es auch verstärkt noch mit Lebensintensität und Lebensfülle in Verbindung bringen.

Loslassen um zu leben, um wahrhaft zu leben und aus dem Vollen zu schöpfen, das lehren mich sterbende Menschen in ihrer Lebenslust, die nicht einmal der Tod nehmen kann, immer wieder neu. Das macht wahrhaft lebendig!

Oft denke ich an die Begleitung einer jungen sterbenden Mutter, die mich bei der Hand nahm und zu mir sagte:

"Herr Doktor Schmatz, sie schreiben Bücher und halten Vorträge. Sagen Sie doch den Menschen immer wieder eines: Sie mögen rechtzeitig anfangen, bewußt und intensiv zu leben!"

LASS DICH BEFREIEN UND MACHE DICH FREI

Das Thema Freiheit ist ein Grundanliegen, das in der Sterbendenbegleitung von den Betroffenen immer wieder zur Sprache kommt. Viele bereuen am Ende ihres Lebens, daß sie sich in ihrem Leben zu wenig um mehr Freiheit gekümmert haben. Die ererbten und erlernten Muster verhindern oft lange Zeit zu erkennen, wie groß die gelebte Abhängigkeit ist. Gerade das Erleben der Grenze verstärkt offensichtlich die Sehnsucht nach Grenzenlosigkeit. Am Ende des Lebens erkennen dann viele Menschen, daß im Leben viel mehr Freiheit und Freiraum vorhanden gewesen wären, als sie zunächst immer gemeint haben. Was wird uns nicht alles von klein auf als vorgegeben, unveränderbar oder angeblich gottgewollt oder schicksalsbedingt eingeredet. Wir bräuchten nur diese Strategien und Mechanismen durchschauen, uns von ihnen befreien und neue Wege gehen und wir würden staunen, wie sich unser Lebensraum erweitern kann.

Eine über achtzigjährige Frau, die, wie sie mir oft sagte, erst mit siebzig Jahren wirklich zu leben begonnen hat, meinte in einem Gespräch zu ihren Mitpatientinnnen und mir: “Der Mensch ist viel freier, als ihr denkt! Ihr müßt mutiger werden! Hört nicht immer auf die da draußen und die da oben, sondern horcht in euch hinein! Man muß sich selber einfach frei leben!” Einige der Mitpatientinnen meinten, das wäre schön gedacht, aber leider utopisch. Darauf meinte die angesprochene Frau, das Utopische höre auf, utopisch zu sein, wenn man es einfach glaubt, daß es möglich ist, und lebt.

In dieser Begegnung habe ich wieder einmal viel lernen dürfen. Freiheit ist Gabe und Aufgabe zugleich. Wenn ich an meine Freiheit glaube, dann erlebe ich sie auch. Es fordert nur Mut, Selbstbewußtsein und das Loslassen von Abhängigkeiten und das Tor der Freiheit tut sich auf.

Wer hält wen?

Innerlich berührt halte ich die Hand
einer sterbenden Frau.

Die Hand wirkt kalt und kraftlos.

Ob sie mich noch hört oder fühlt?

Ihr Sterben dauert schon lange.

Dreimal hat sie mich gebeten, daß ich ihr
etwas für die Selbsttötung besorge.

Sie war enttäuscht, daß ich es nicht tat.

Mir war auch eigenartig zumute.

Ich glaube, daß es ihr gut tut, daß ich
ihre Hand halte und ihre Hand streichle.

Was ich da zwischen uns fließen spüre,
kann ich nicht beschreiben.

Ich bin zu ihr gekommen, um sie zu
halten und zu stützen.

Dabei fühle ich mich ganz stark
gehalten und getragen.

Wer hält da eigentlich wen?

EINMALIGKEIT

Sterbebegleitung ist eine stets neue Herausforderung, die Einmaligkeit des Menschen nicht nur nebenbei zu beachten, sondern zum wesentlichen Charakteristikum zu machen. In diesen Grenzsituationen wird deutlich, daß der Mensch einmalig, unaustauschbar und unverwechselbar ist und nicht eine austauschbare Größe in einer allgemeinen Masse. Deshalb sind allgemeine Ratschläge, unverbindliches Reden, missionarisches Einreden, aufdringliches Verlangen oder nichtssagendes Vertrösten fehl am Platz. Geschieht dies trotzdem, wird für die Sterbenden das Gefühl der Einsamkeit und des Ausgeliefertseins unermeßlich und unerträglich.

Einmaligkeit verlangt Respekt vor der Würde, der Individualität und der Freiheit der Selbstgestaltung jedes Menschen. Sterbende erinnern uns daran, wie wichtig diese Einstellung auch in allen Bereichen des Lebens wäre. Schließlich wird vielen Menschen von Kindheit an vieles vorgesetzt, aufgedrängt, eingedrillt und eingeredet, statt ausreichend die Liebe zur umfassenden Freiheit und ihrer selbstbewußten und verantwortungsvollen Gestaltung zu motivieren. Es wird nämlich nicht nur in der Sterbebegleitung sondern insgesamt in der Lebensbegleitung erfahrbar, wie viele Menschen angepaßt, untergeordnet, sich selbst aufgebend und von außen gelenkt in krankmachenden und selbstzerstörerischen Abhängigkeiten leben. So gesehen haben viele ein Interesse, die Einmaligkeit des Menschen nicht zu fördern, sondern sie den Machtinteressen und Erhaltungsstrategien von Systemen zu opfern. Um sich nicht in diesem Sinn zum Objekt und zur Marionette machen zu lassen, mahnen uns viele Sterbende, die eigene Freiheit zu entdecken und in wahrer Selbstgestaltung in aller Mitverantwortung die eigene Einmaligkeit zu wahren und noch mehr zu fördern.

TOD – GELIEBT UND GEHASST

Wenn ich von der Tabuisierung, von der Verleugnung und Verdrängung des Todes heute spreche, muß ich immer mit Nachdruck darauf verweisen, daß es dabei um jenen Tod geht, der dem Menschen nahe geht. Mein eigener Tod, der Tod eines nahestehenden Menschen und der mögliche Tod eines lieben Angehörigen, der wird weit weggeschoben. Ansonsten lieben die Menschen den Tod. Sie fordern ihn geradezu ein und geben sich ihm hin. In den Massenmedien zum Beispiel muß er fixer Bestandteil sein. In Filmen muß gestorben werden, im Sport müssen sich die Wettkämpfer bis an die nervenkitzelnde Todesgefahr herantasten und auch sonst sorgt die Todesnähe für Spannung, Aufregung und Befriedigung.

Bei einer kirchlichen Veranstaltung wurde mir schon oft vorgeworfen, daß die Rede von der Todesverdrängung nicht richtig ist, da doch gerade hier so viel und so oft vom Tod die Rede ist. Allerdings allgemein und letztlich unverbindlich. Aber wehe, der Tod kommt näher oder ganz nahe.

Der Tod wird geliebt und gehaßt, es wird mit ihm gespielt und er wird eingesetzt, um Angst zu machen, zu drohen, für Spannung zu sorgen, Macht auszuüben, Menschen zu gebrauchen, für Vermarktung zu sorgen, Einschaltziffern zu erhöhen und Absatzstrategien zu organisieren.

Es ist Zeit, daß ich in Ehrlichkeit und Einmaligkeit meinen Standpunkt beziehe, meine Überzeugung abkläre, mir mein Umgehen mit dem Tod, vor allem mit meinem Tod ganzheitlich ansehe und klar werde, wo ich den Tod liebe und wo ich ihn leugne, verdränge und hasse. Um meines Lebens willen brauche ich die Klarheit in meinem Umgehen mit dem Tod, vor allem mit meinem Tod.

WIE IM HERBST: FARBENPRACHT UND WEHMUT

Schon als Kind hatte ich einen besonderen Bezug zum Herbst. Mich beeindruckt das Reifen der Früchte, die sich entfaltende Farbenpracht und Intensität der Herbststimmungen in der Natur. Oft ist es der Nebel, der dem ganzen eine besondere und unvergleichbare Note verleiht. Ob er einfällt, so manches verschleiert oder verhüllt, oder es preisgibt, wenn er sich auflöst, er führt mich zu einem gewissen Staunen. Die Herbstnebel fördern nicht selten auch eine berührende Art von Wehmut, die der Erfüllung nicht im Weg steht, aber doch auch eine vorhandene Begrenzung deutlich macht, das Ende in Erinnerung ruft und auch das Abschiednehmen zur rechten Zeit einfordert. Viele Menschen haben gerade deshalb eine recht differenzierte Einstellung zum Herbst: sie mögen ihn wegen der Farbenpracht und fürchten ihn wegen der Erinnerung an den Abschied.

Nicht nur die Natur kennt den Herbst, er ist auch eine Dimension unseres Lebens. In einer noch nicht vollendeten Schöpfung ist es offensichtlich eine entscheidende Herausforderung, Reifung und Abschied, Farbenpracht und Wehmut miteinander so zu einer Einheit zu gestalten, daß Ganzheit erlebt und letztlich auch verkostet werden kann. Die Natur schenkt ihre gereiften Früchte, läßt sie los zur Nahrung und Freude, aber auch, um sich auf das neue Erblühen und Reifen vorzubereiten. Reifung, Fülle, Buntheit und Loslassen, Übergang erfahren und neues Aufblühen bedingen einander, um Entwicklung auf endgültige Lebensfülle zu fördern und in Gang zu halten. Was wäre der Jahreskreis ohne den Herbst, die Wachstumsphase ohne die Reifung, die Reifung ohne das neue Aufblühen? Was wäre das Leben ohne Abschied, ohne Loslassen und ohne die neue Wirklichkeit?

VOM FURCHTBAREN ZUM FRUCHTBAREN

Der Tod, vor allem der eigene Tod strahlt zunächst für die meisten Menschen bedrohliche Furchtbarkeit aus. Er stellt alles in Frage, zerstört zunächst scheinbar alle Lebenshoffnungen, durchkreuzt alle Lebensplanungen und begrenzt die Sehnsucht nach unbegrenztem Lebensraum zunächst radikalst. So betrachtet, wird der Tod für den Menschen zum Furchtbarsten. Weil dem so ist, reagieren viele Menschen mit seiner Verleugnung und Verdrängung. Scheinbar kann damit seine Bedrohlichkeit umgangen, seine Furchtbarkeit aufgehoben und so das Leben doch schön werden. Dieses Täuschungsmanöver wird aber rasch zur Selbsttäuschung und zum Selbstbetrug. Wer die Furchtbarkeit des Todes umgehen will, kann leicht in ihr mit zerstörten Lebenshoffnungen umkommen.

Lebenschancen erwachsen dort, wo es mir in existentieller Arbeit gelingt, der Furchtbarkeit des Todes die Fruchtbarkeit des Lebens abzuringen und diese zur Entfaltung zu bringen. Weil meine Zeit durch den Tod begrenzt wird, liegt es an mir, diese begrenzte Zeit mit möglichst guter Lebensqualität zu erfüllen. Weil der Tod mit Zerstörungskraft assoziiert wird, kann ich ihn als Herausforderung sehen, mich der Lebenslust hinzugeben und sie mir nicht nehmen zu lassen. So braucht mich der Tod nicht am Lebensgenuß hindern, sondern kann diesen indirekt sogar erhöhen und vertiefen. Vor allem gelingt dies, wenn ich mir von niemandem mehr mit Tod und Sterben Angst machen und drohen lasse. Wenn ich all das an mir abgleiten lasse und mich meinem Tod und meinem Leben selber stelle und es selber gestalte, dann lebe ich wahrhaft und befreit. Nicht in Angst erstarren, sondern die Angst gestalten und mich dem vollen, bewußten und rechtzeitigen Leben stellen, das ist meine Lebenschance. Dann wird der Tod sogar zur Lebenseinladung.

GANZ LEISE DAS DICHTE LEBEN SPÜREN

Es ist wirklich faszinierend. Immer wieder darf ich in der Sterbendenbegleitung erleben, daß das dichte Leben dort erfahrbar wird, wo es nicht (mehr) vermutet wird. Wenn die alles übertönende Lautstärke der heutigen Gesellschaft draußen bleibt, die Hektik des Alltags in den Hintergrund tritt, der Leistungsdruck abfällt, die Lebenshast innehält und der Lebensspaß sich notgedrungen reduziert, meldet sich auf einmal das Leben selbst und bietet sich förmlich an. Unvermittelt, ungewohnt, bescheiden und leise fällt es uns auf einmal zu und bietet sich an, zu bleiben.

Immer wieder erlebe ich es, wenn ich bei einem Menschen bin, der sterbend ist, daß sich im Zimmer eine Lebensatmosphäre einstellt, die auch mich atmen und Lebenskraft spüren läßt. Oft sprechen schwerkranke Menschen selber plötzlich Lebens-botschaften aus. Dann leuchtet oft aus einem geschwächten Körper eine Lebensenergie auf, die aus den Augen strahlt, der Hand Kraft verleiht oder die Stimme stark und klar werden läßt. Und ich darf teil haben, staunen und auch aus dem Vollen des Lebens schöpfen. Einmal sagte eine Patientin in einer solchen Situation spontan zu mir: “Und dazu hätte ich in meinem Leben so oft die Chance gehabt. Warum habe ich sie nicht genützt? Ich sage Ihnen, nützen Sie, nützen Sie es!”

Immer wieder möchte das volle Leben zu uns kommen, an unsere Tür klopfen, unsere Offenheit vorfinden und in der Mitte unseres Seins Heimat und Enfaltungsmöglichkeit finden. Es möchte uns in Natürlichkeit zufallen und nicht künstlich herbeigezwungen und labormäßig produziert werden. Das dichte Leben möchte mein Sein erfüllen. Es kommt nur oft ganz leise, ganz unvermittelt und auch unverhofft. Aber es kommt, wenn ich offen bin und es sein lasse.

Das Leben im Krankenzimmer

Das ist derzeit ein Sterbezimmer –
höre ich vom Personal, als ich auf die Station komme.

Das ist ein Zimmer voller Leben –
erlebe ich in diesem Zimmer
bei den beiden sterbenskranken Menschen.

Schade um ihre Zeit, das bringt doch nichts mehr – wird mir nachgerufen.

Danke für diese Zeit und für die Lebensdichte,
die ich jetzt erleben darf –
sage ich mir beim Verlassen dieses Zimmers.

Warum?

Ich durfte in erwartungsvolle Augen blicken.
Ich durfte die Dankbarkeit für das Befeuchten der ausgetrockneten Lippen erleben.
Ich durfte Lebensenergie spüren, als wir einander bei der Hand gehalten haben.
Ich durfte erfahren, daß uns die gemeinsame Ohnmacht und Hilflosigkeit nahe kommen läßt.
Ich durfte erleben, daß in aller Verzweiflung auch ein Keim von Hoffnung spürbar wurde.
Ich durfte neu erfahren, was es heißt, still, echt und ehrlich einander nahe zu sein, miteinander zu sein.

Das ist doch Leben, bleibendes Leben!

WENN TRÄNEN ZU KOSTBAREN PERLEN WERDEN

Warum nur verachten so viele Menschen die Tränen? – Schon Kinder lernen, daß das Weinen lieber unterlassen werden soll, daß es sich nicht gehöre, zu weinen und daß das Weinen ein Zeichen von Schwäche wäre. Mit Nachdruck wird das dann noch den Buben vermittelt. So haben viele Menschen gelernt, sich des Weinens zu schämen, das Weinen zu unterdrücken, die Tränen zu verachten und somit auch alle Gefühle zu blockieren. Und so erlebe ich häufig Menschen, die sich für ihre Tränen entschuldigen, wenn sie doch fließen. Ist das nicht erschütternd?

Nicht selten ergibt sich dann in der Begleitung auch die Situation, daß der Druck so groß wird, daß doch der bettelnde Aufschrei kommt: “Bitte helfen Sie mir, endlich einmal weinen zu können!”

Können Sie sich vorstellen, welche Durchbruchssituation wir dann gemeinsam erleben, wenn die Tränen tatsächlich fließen dürfen? Tränen transportieren oft im Sinn von Reinigung, jahrelang aufgestauten seelischen Müll ab, drükken die ganze innere Verwundung, Enttäuschung und Verzweiflung aus und werden dann aber zusammen mit dem Gefühl der Reinigung und Erleichterung auch Zeichen von Hoffnung, Erwartung und mitunter auch der Zuversicht.

Immer wieder darf ich erleben, daß Tränen zu kostbaren Perlen werden, für das Empfinden der Betroffenen, aber auch für mich als Begleiter. Von daher ergeht die motivierende Einladung, den Gefühlen ihren ursprünglichen Wert wieder zu geben, das Weinen in all seinen Erscheinungsformen als bedeutsam zu akzeptieren, den echten und spontanen Gefühlsausdruck und Gefühlsausbruch der Stärke und nicht der Schwäche zuzuordnen und den weinenden Menschen in seinem Weinen anzunehmen und zu stützen. Ich habe große Ehrfurcht vor weinenden Menschen und ihren Tränen.

Wie gehen Sie mit Ihren Tränen und denen anderer um?

LEBE JETZT!

Menschen, die auf den Abschied von diesem Leben zugehen, sind eine lebendige Einladung, jetzt zu leben. Deshalb wird auch die Sterbebegleitung in diesem Punkt zur umfassenden Lebensbegleitung. Auch und gerade viele schwerkranke Menschen möchten jetzt (noch) bewußt und intensiv leben. Die ganzheitliche Begleitung möchte ihnen dabei auch helfen, wenn dies ihr persönlicher Wunsch und Wille ist. So erwachsen oft Lebensmomente, die aber so dicht sein können, daß die darin erfahrene Lebensqualität den Eindruck einer "langen Zeit" vermitteln kann. Jetzt leben heißt dann, selber leben, bewußt erleben, intensiv leben, meine Zeit nehmen und sie selber gestalten, wie es für mich stimmig ist. Genau das ergeht dann als Wunsch der Betroffenen auch an ihre Umgebung. Vielen tut es leid, daß sie nicht schon früher, nicht schon die ganze Lebenszeit hindurch Zeit zum Leben gefunden haben.

Lebe jetzt! Schau nicht ständig zurück und fliehe nicht nach vorne, halte die Beschleunigung an, verlasse wenigstens für Momente die Hektik und Hast deines Getriebenseins, hinterfrage deine Wertordnung und damit deine vermeintlichen Wichtigkeiten und nimm dir einfach Zeit zum Leben! Das ist die Lebensbotschaft von Menschen, die im Abschied von dieser Zeit oft erst die Möglichkeiten ihrer geschenkten Zeit erkennen und dann wenigstens nützen möchten.

Lebe jetzt! Das ist keine Drohung, sondern Lebenseinladung. Sie motiviert, dem eigenen Leben eine persönliche Chance zu geben, die Lebensdichte sich entfalten zu lassen und sich das Leben von niemandem verordnen zu lassen.

Wer immer wieder "jetzt" gelebt hat, dem läuft die Zeit nicht mehr davon. Menschen, die den Augenblick leben, verkosten und gestalten, sind nämlich wahrhaft mitten im Leben.

Warum nicht jetzt?

Wenn ich einmal Zeit habe, möchte ich leben!

Später einmal werde ich leben!

Sobald ich beruflich abgesichert bin, will ich leben!

Wenn die Kinder groß sind, werde ich leben!

Im Urlaub werde ich leben!

Wenn wir das Haus fertig haben, werde ich leben!

In der Pension möchte ich leben!

Warum willst du eigentlich
nicht jetzt leben?

STERBEN – LOSLASSEN – BEFREIEN – LEBEN

Schade, daß das Sterben in unserer Gesellschaft so negativ besetzt ist. Im Sterben, auch im Kleinen des Alltags, bin ich eingeladen loszulassen, mich zu befreien und dann neu zu leben. Fortschritt und Bereicherung im Leben, Entwicklung und Erneuerung, Befreiung und reifendes Wachstum gibt es offensichtlich nur über den Weg des Sterbens.

Die Verweigerung und Verachtung des Sterbens hat oft mit dem Festhalten am Vertrauten und Gewohnten zu tun, auch wenn dieses uns schon längst in Erstarrungen, Abhängigkeiten, Blockierungen und Gefangensein verschiedenster Art und Weise getrieben hat. Der goldene Käfig, in dem wir lebenstötend gefangen sind, scheint dann immer noch anziehender zu sein, als die Weite des Lebens, die eben auch mit Risiko, Ausgeliefertsein und zunächst Bedrohlichkeit zu tun hat.

Bedenken wir eigentlich, wie hoch der Preis für die Sterbeverweigerung in unserem Lebensalltag bis hin zum großen Sterben ist? Ist der Preis nicht letztlich die Lebensverweigerung? Kann jemand das Leben lieben, wer nicht gleichzeitig den Geburtsvorgang zum Leben, eben das Loslassen, liebt? Ist, so betrachtet, nicht das Loslassen im Sterben Grundvoraussetzung für stets neues Leben? Wird nicht so die Sterbebegleitung zum unverzichtbaren Grundbestand, ja zur inneren Mitte der Lebensbegleitung? Kann überhaupt jemand Lebensbegleitung anbieten, der bzw. die nicht vorher in Sterbebegleitung erfahren und bewährt ist?

Ich möchte mich befreien von Strategien und Mechanismen, Rezepten und Ansprüchen, denen der Hintergrund des eigenen Sterbens im Alltag des Lebens fehlt. Konzepte und ihre Anbieter, die sich nicht ständig dem eigenen Sterben und Loslassen stellen, sind im Hinblick auf Kompetenz und Lebenswirksamkeit zu hinterfragen. Niemand hat in diesem Sinn für andere ein Recht auf Wahrheit, Weisheit und Lebenswissen!

Loslassen

Wenn ich festhalte,
bin ich gefangen, gelähmt,
erstarrt, energielos, blockiert,
unfrei, ständig im Gestern und
dem Leben immer ferner.

Wenn ich loslasse,
bin ich gereinigt, befreit,
lebendig, voller Energie, offen,
zugänglich, im Jetzt, spontan
und so mitten im Leben.

KEIN PLATZ FÜR STERBENDE?

Sterbende Menschen tun sich in unserer Gesellschaft schwer, ihren Platz zu fordern und zu finden. Sie sind oft Pilgernde, die nicht gerade mit Begeisterung aufgenommen werden. Oft wird ihnen der Eindruck vermittelt, sie sollten das Sterben unauffällig, unbemerkt, rasch und ohne großen Aufwand tun. Einige machen es auch so. Dann gibt es kurze Betroffenheit mit gekünstelter Aufregung.

Die weitgehende Verlagerung des Sterbens in die Krankenhäuser und Heime ist noch nicht automatisch eine Katastrophe und oft auch wirklich kein Abschieben. Was oft zum Himmel schreit ist die Tatsache, daß Menschen, wo immer sich das Sterben vollzieht, den sozialen Tod sterben müssen, bevor sie den biologischen Tod sterben.

Daß sterbende Menschen oft keinen äußeren Raum zum Sterben bekommen, der Atmosphäre ausstrahlt, das Sterben intim sein läßt und das persönliche Abschiednehmen ermöglicht, ist bedrückend und dringend veränderungsbedürftig. Aber noch unwürdiger ist, daß sterbende Menschen oft keine Herzen finden, in denen ihnen wärmend und innerlich stärkend Platz zum Sterben und letztlich zum Leben eingeräumt wird.

Wir brauchen nicht nur offene Türen, sondern vor allem offene Herzen für Sterbende und Lebende, damit das Leben fließen und sich so ereignen kann. Wenn diese Herzen fehlen, büßen auch Wissen, Technik, Konzepte, Strategien, Apparaturen, Fertigkeiten und kluge Überlegungen viel von ihren Möglichkeiten ein. Nur wenn all dies als Mitte die menschliche Offenheit, Zuwendung und Wärme beinhaltet, wird alles zusammen für alle Lebens- und damit auch Sterbensprozesse zum Segen und zur Heilung auf Neues hin.

Wofür ist Platz in meinem Herzen?

Kein Platz!

Wir haben kein Zimmer frei für Sterbende!

Wir haben daheim leider keinen Platz
für den Sterbenden.

Wir können Sterbende leider nicht aufnehmen!

Wir können Sterbende leider nicht behalten!

Wir wissen auch nicht,
wo Sie den Sterbenden unterbringen können!

Kein Platz für Sterbende!

Wer werden die Nächsten sein,
für die kein Platz ist?

DU MUSST GAR NICHTS

Eine Patientin sagte einmal voller Wut zu mir: “Ich muß den ganzen Tag nur müssen!” Sie wollte damit zum Ausdruck bringen, daß jeder nur von ihr verlangt. Jeder weiß, was für sie gut ist, aber keiner fragt sich, was ihr wirklich gut tun könnte!

Ich sage meinen begleiteten Patientinnen und Patienten immer wieder, daß sie von mir aus gar nichts müssen. Was sind schon wirklich die vielen gescheiten Modelle, die vielen formulierten Anweisungen, die sogenannten Wahrheiten und Antworten und die viele Besserwisserei wert, wenn Menschen in ihrem Leben und Sterben an Grenzen stehen. Wer hat denn tatsächlich und woher das Recht, einem leidenden, kranken, sterbenden oder trauernden Menschen im Hinblick auf Gestaltung etwas vorzusetzen, aufzuzwingen, einzureden oder mit Absolutheitsanspruch abzuverlangen? Ich möchte jene, die das so machtvoll tun, erleben, wenn sie selber in dieser Grenzerfahrung stünden. Bevor ich schwerkrank wurde, habe ich auch häufig mitgespielt, wenn andere wußten, was für mich zu tun ist. In den bedrückenden Grenzsituationen gingen mir dann Gott sei Dank die Augen auf und ich erkannte, daß ich nicht nach außen, sondern hinein in die innerste Mitte meines Seins hören sollte und selber entscheiden und auch in Selbstverantwortung handeln muß.

Sterbende mahnen uns, die eigenen Wege zu gehen, in Einmaligkeit, Einzigartigkeit und Originalität. Dann schwindet auch das Bedürfnis und die Sucht, anderen, die durch Leid und Angst geschwächt sind, etwas aufzuzwingen. Auch darin wird die Sterbebegleitung zur Lebensbegleitung. Sie gibt Mut zur Befreiung auf wahres, gutes und selbständiges Leben hin. Dann wächst auch das Selbstwertgefühl und läßt erfahren, daß es gut ist, anders, eigenartig und so gesehen auch ver-rückt zu sein! Leben, wahres Leben ist ver-rückt!

SCHMERZ LÄSST ANDERS SEIN

Menschen mit Schmerzen sind unangenehm. Weil sie ihre Umgebung herausfordern und unsicher werden lassen, landen sie oft in der Vereinsamung. Auch der schmerzerfüllte Mensch selber gerät in eine sonderbare Rolle: es schwinden Konzentration, Leistungskraft, Interesse und Stärke und alles erscheint ungewohnt, belastend, kraftlos und resignativ. Oft gesellen sich Wut auf den eigenen Körper, Neid auf die Gesunden und ohnmächtige Peinlichkeit ein. Da Menschen mit Schmerzen mit ihrer neuen Situation noch überhaupt nicht umgehen können und es auch die Umgebenden nicht schaffen, entstehen oft Distanz, Rückzug, Isolation und Abwehrhaltungen.

Es ist ein Zeichen von Hoffnung, daß die Schmerzbekämpfung nach langem Zögern auch bei uns besser und effektiver wird. Aber ebenso wichtig, ja voraussetzend ist es notwendig, Menschen in ihrem Schmerz, mit ihrem Schmerzerleben ernst zu nehmen und sie in der durch den Schmerz geänderten Situation abzuholen. Niemand hat das Recht, anderen den Schmerz abzusprechen, Schmerzen zu bagatellisieren oder auszureden. Der sich selbst fremd und der Umgebung unangenehm gewordene leidende Mensch braucht es, in der eigenen Not wahrgenommen zu werden. Das gilt nicht nur für Sterbende, sondern in allen Phasen und Situationen des Lebens.

Wie geht es mir in meinem Alltag im Schmerz? Welche Erfahrungen durfte bzw. mußte ich dabei schon machen? Wie komme ich mit meinem Anderssein im Schmerz zurecht? Wohin wende ich mich? Ist mein Aufschrei laut genug? Wird er gehört? Womit wird er in meiner Umgebung beantwortet? Haben Sie schon in ein schmerzerfülltes Gesicht, auf einen schmerzgequälten Körper geschaut? Was haben Sie dabei erlebt, was versäumt?

MITFÜHLEN, ABER NICHT MITLEIDEN

Es ist ein gewagtes Unternehmen, sich auf einem leidenden, fast verzweifelnden und sterbenden Menschen einzulassen und ein Stück des Weges begleitend mitzugehen. Aus meinen Erfahrungen heraus halte ich es für sehr fragwürdig, vom Mitleiden zu reden. Das Leid, vor allem das erdrückende Leid eines Menschen ist so sehr Bestandteil der Einmaligkeit dieses Menschen, daß es im Grunde nicht mit anderen geteilt werden kann. Es kann auch nicht wirklich abgegeben werden. Es ist wie im Sterben selber, wo es auch letztlich kein Mitgehen gibt. Jede und jeder kann nur selber, höchstpersönlich das eigentliche Sterben vollziehen. Eine letzte Einsamkeit bleibt daher im Sterbevorgang bei aller Begleitung vorhanden. Das Mitfühlen, die Betroffenheit, das Berührtsein und alle stützende Begleitung wollen den Wert des leidenden Menschen ansprechen, diesen stärken und ermutigen in der ureigensten und möglichen Weise das eigene Leid zu gestalten. Begleitung möchte Ausdruck des Vertrauens und des Zutrauens sein und so die Würde des betroffenen Menschen wahren und unterstreichen.

Ehrlichkeit und Echtheit verlangen es, das Leid des betreffenden Menschen und das berührende Mitgefühl und Betroffensein nicht zu vermischen. Sonst entspringen erdrückende Botschaften, wie “Das werden wir schon schaffen” oder “Das bekommen wir schon in den Griff” oder auch “Das leiden wir schon miteinander durch”... Die klare Trennung zwischen “Du stehst in einer furchtbaren Situation” und “Ich möchte dich einfühlsam begleiten” muß aufrecht bleiben, wenn es um ganzheitliche Begleitung gehen soll. Auf diesem Hintergrund sind viele sogenannte “Hingabemodelle” radikal zu hinterfragen und in ihrem krankmachenden Charakter aufzuzeigen. Denn Mitleiden würde krank machen, ohne dem Betroffenen wirklich zu helfen.

STÄRKENDE NÄHE – HEILENDE DISTANZ

Je mehr ganzheitliche Begleitung für alle Beteiligten heilende Lebensquellen erschließen soll, desto mehr geht es auch um das rechte Verhältnis zwischen Nähe und Distanz. Es ist wie in der Liebe. Wenn liebende Menschen meinen, ohne gesunde Distanz, ohne heilvollen Abstand zur Wahrung der Selbständigkeit auskommen zu können oder gar müssen, dann wird Nähe erdrückend und die sogenannte Einheit zur Erdrückung und letztlich zur Verwüstung. Liebe braucht alles zu seiner Zeit, behutsame Nähe und behutsame Distanz, damit Lebensfülle sich entfalten kann. Aufdringliche Nähe ohne heilende Distanz, läßt den Menschen nicht mehr selber sein und raubt die Lebensenergie, weil Liebe gesagt und Herrschaft gemeint ist. So brauchen auch Menschen in der Krise, im Leid und im Sterben ein ausgewogenes Verhältnis von stärkender Nähe und heilender Distanz. Ich kann nicht Menschen im Leben und im Sterben zum Loslassen begleiten, wenn ich sie dann selber ständig festhalte und mich an sie und sie an mich binde.

Wahres Leben und wahre Liebe brauchen für Entwicklung auf Erfüllung hin ständig die Erfahrung des Loslassens, damit Freiraum für die Weite, das Neue, das Andere, das Noch-nicht-erlebte, das Geheimnisvolle, das Fremde und das Originelle geschaffen wird.

Wer viel für andere da sein will ist besonders bedürftig auch viel für sich, bei sich und in sich zu sein. Sich an andere zu verlieren ist tödliche Selbstaufgabe und wie die Praxis immer wieder zeigt, Selbstzerstörung bei mir und beim Du. Nur wenn jedes Ich selbständig und stark ist, ist auch das Wir lebensfördernd. Ins Du zu fliehen, vertieft das Leid, versperrt die Heilung und vertreibt das Leben. Einsichtig, offen und selbstbewußt ein gutes Verhältnis von stärkender Nähe und heilender Distanz zu schaffen, läßt atmen, frei werden und stimmig leben.

DEN VERSTORBENEN DIE AUGEN SCHLIESSEN
=
DEN LEBENDEN DIE AUGEN ÖFFNEN

Zu den bewegendsten Augenblicken nach einer intensiven Sterbebegleitung gehört es, dem verstorbenen Menschen die Augen zu schließen.

Ich werde nie vergessen, wie ich das einem verstorbenen Jungen tun durfte, nachdem ich vorher noch eine Stunde mit ihm in letzter Frische ein Lebensbilanzgespräch führen durfte. In diesem letzten Gespräch hat dieser Junge viele herzerfrischende Aussagen gemacht, die voller Lebensweisheit waren. Ich war betroffen, berührt, dankbar und voll Staunen. Als ich ihm dann die Augen schließen durfte, war mir klar, daß er mir vorher für vieles auch in meinem Leben neu die Augen geöffnet hat. Eine tiefe Bestätigung, daß Sterbebegleitung Lebensbegleitung ist und es im Grunde immer wieder neu um das Leben geht.

Das Schließen der Augen ist meiner Erfahrung nach ein behutsam und liebevoll auszuführender Dienst am Verstorbenen. Wenn die Begleitung echt, behutsam und liebevoll war, dann war und ist beides zusammen, das Schließen der Augen und das Öffnen der Augen Ausdruck des Wechselspiels von Geben und Empfangen, das eine gute Begleitung ausmacht.

Für mich ist es berührend, daß ich, wenn ich einem verstorbenen Menschen die Augen schließe, nicht das Gefühl habe, bei einer Lebenszerstörung Zeuge gewesen zu sein, sondern dabei sein durfte, als ein Mensch sich Richtung Übergang auf den Weg gemacht hat, um neu zu leben. Dann kann auch ein abgemagerter, zerstochener und geschundener Körper Frieden, Hoffnung und Neubeginn erahnen lassen. Auch dahin wurden mir schon oft die Augen geöffnet, wenn ich sie einem verstorbenen Menschen geschlossen habe. Da erlebe ich dann oft so viel Offenheit für Leben, Dankbarkeit für Lebendigkeit, Ermutigung zur Lebensgestaltung und Einladung zur Lebenslust. Sterbende und Verstorbene laden uns zum Leben ein. Wir sollten ihnen wirklich nicht aus dem Weg gehen!

UND DER GLAUBE?

Zu den erschütterndsten Erfahrungen in meinen Sterbebegleitungen gehört die immer wiederkehrende Erfahrung, daß glaubende Menschen mir mitteilen, daß ihr Glaube sie jetzt im schweren Leid und an der Grenze zum Tod hin so wenig trägt.

Viele wollen von mir hören, daß glaubende Menschen automatisch leichter sterben. Das kann ich leider nicht bestätigen. Auch wenn mir das manche übelnehmen. Es würde der Ehrlichkeit widersprechen, etwas zu sagen, was gehört werden will, um irgendein System zu bestätigen.

Natürlich ist schon die Einteilung in gläubige, sehr gläubige, weniger gläubige oder überhaupt nicht gläubige Menschen ein absurder Vorgang, der verzichtbar ist. Dann müßte, heute mehr als früher, auch noch die mögliche Unterscheidung zwischen Gläubigkeit und Konfessionalität beachtet werden.

Für mich ist jeder Mensch ein glaubender Mensch, wie immer dieser konkrete Glaube sich ereignet bzw. gestaltet wird. In der Sterbebegleitung zeigt sich für mich aber schon das Problem, daß viele Menschen ihren eigenen Glauben nicht kennen oder sich auch nicht zutrauen. Viele haben, nach meinem Erleben, einen von außen gemachten, überkommenen und in der Folge auch nicht in das eigene Leben integrierten Glauben. Oft frage ich mich auf diesem Hintergrund, ob nicht das Wie des Glaubens anzusehen wichtiger wäre, als nur auf das Was des Glaubens fixiert zu sein. Leid, Krankheit, Sterben, Tod und Trauer lassen eben dann so manchen von außen absolut gesetzten Glaubensinhalt absurd erscheinen. Es ist doch zum Beispiel eine Tatsache, daß oft jene moralisierend anderen das Kreuz zu tragen empfehlen, ja verordnen, die selber im Kreuztragen überhaupt nicht eingeübt sind. Wie würde so manche tolle Predigt aussehen, wenn der Prediger in einer todbringenden Krankheit stünde? Wie würde so manche lehramtliche Kundgabe formuliert sein, wenn die, die sie entwerfen, selber davon betroffen wären? Nein, der nahende Tod stellt vieles in Frage, demaskiert so manches gescheite Reden und Wissen als Machtspiel und läßt vieles in einem ganz anderen Licht erscheinen. Der nahende Tod, die Erfahrung tiefen und gehäuften Leids oder eine nicht enden wollende Trauer schreiben so manche Glaubens-, Sitten- und Wahrheitslehre erheblich um.

Mir, als glaubender Mensch, ist in der Sterbebegleitung unverzichtbar wichtig, mich mit den Betroffenen auszutauschen, einander von unseren Glaubenserfahrungen und Gestaltungsbemühungen zu erzählen und einander zu stärken, die eigenen Glaubens- und Lebenswege noch echter, noch inniger, noch spiritueller und vor allem in Einmaligkeit noch individueller zu leben, ohne zu Kopien voneinander oder anderswoher zu werden.

Es gibt so viele Lebens-, Glaubens- und Sterbegestaltungen, wie es Menschen gibt. Echt und wahrhaftig bin ich und glaube ich, wenn ich aus meiner innersten göttlichen Mitte heraus, in meiner Art, mit meinen Möglichkeiten, mit meiner Sprache, mit meinen Bildern, mit meinem Denken, mit meinen Gefühlen und so aus meinem Sein mein Leben und mein Sterben gestalte. Das ist mein Lobpreis Gottes. Und wenn ich diese meine Melodie singe, spiele und lebe und sie einschwingen darf in andere Melodien, dann wird es ein umfassender Eindruck und Ausdruck göttlicher Lebensfülle. Die Melodie des persönlichen Lebens und Glaubens kann, so betrachtet, nur von innen kommen. Kann sie denn noch Melodie sein, wenn sie von außen eingedrillt wird? Oder wird sie dann nicht letztlich Abgesang?

Für mich ist persönlich gelebter, in Freiheit selbstverantworteter Glaube eine Quelle für dichtes und sich auf Erfüllung hin entfaltendes Leben. Dann glaube ich nicht einfach bestimmte Inhalte, sondern ich bin in der Mitte des Seins, das für mich grenzenlos ist. Das trägt mich dann auch, davon bin ich überzeugt, in meinem Abschiednehmen, Loslassen und Sterben, wie immer das aussieht, was mich erwartet bzw. wie ich mich entscheide, wenn ich das Tor des Todes durchschreite.

SING DAS LIED DER FREIHEIT

Zu den Grunderkenntnissen vieler sterbender Menschen gehört die Überzeugung, freier gewesen zu sein, als sie gemeint haben. Der nahende Tod öffnet die Augen für das, wofür vorher die Augen verschlossen waren. Und da spielt das Thema Freiheit eine ganz große Rolle, auch als Vermächtnis für uns, die wir noch in diesem Leben bleiben. Im Leben sagen wir so oft, so selbstverständlich und so gut eingelernt, daß es eben so ist, daß es eben nicht anders geht, daß ich nicht auskann, daß Veränderung unmöglich ist, daß ich ohnmächtig bin, daß die Abhängigkeit schicksalhaft ist,... Der nahende Tod sagt vielen Menschen offensichtlich, daß es möglich gewesen wäre, statt dem Jammergesang an die Abhängigkeit das Lied der Freiheit zu singen und daraus zu leben.

Auch ich habe im größten Tief meiner Krankheit das Ausmaß der gelebten Abhängigkeiten erlebt, die ich in der Erziehung, vor allem in Internaten, gesammelt hatte. Mir wurde dabei nicht nur bewußt, wie krankmachend diese Abhängigkeiten waren und sind, sondern mir wurde auch klar, daß ich mich schrittweise auch davon befreien kann. Da sah ich wirklich dem Leben ins Angesicht. Ich bin immer noch dabei, aus diversen Abhängigkeiten herauszukommen. Es ist furchtbar und fruchtbar hart, die alten Muster hinter mir zu lassen, weil sie sich immer wieder einschleichen und mich überraschen! Aber ich höre immer öfter, immer deutlicher, immer näher und immer einladender die Melodie, meine Melodie meines Lieds der Freiheit. Auch beim Schreiben dieses Buches höre ich sie innig und intensiv, ja ich habe das Gefühl jetzt schon mitsummen zu dürfen! Eigene Grenzerfahrung und das Begleiten der Sterbenden haben mich erst auf das Lied der Freiheit aufmerksam gemacht. Dafür kann und möchte ich dankbar sein und gleichzeitig die Frage loslassen, warum mir nicht jene, die mich im Leben und Glauben begleitet haben, auch das

Lied der Freiheit geschenkt haben. Gut für mich, daß es mir die Sterbenden eröffnet haben.

Je lauter
die Parolen der Angst
der Ruf nach Disziplinierung
das Androhen von Strafen

Je stärker
die Fesselung an das Alte
das autoritäre Verfügen
das Einreden von Schuldgefühlen

Je versteckter
die Unterdrückung der Freiheit
die Verachtung der Menschenwürde
das Besitzergreifen von Menschen

desto mutiger
sollten wir das Lied der Freiheit anstimmen

LIEBE DAS LEBEN!

Bei Sterbenden und mit Sterbenden das Leben lieben lernen, ist das nicht verrückt? Muß uns Verlust drohen, um es zu schätzen und zu lieben? Was heißt denn eigentlich für mich, das Leben zu lieben?

Mich lehren "Grenzgänger" im Leben, daß Liebe dort beginnt und nur dort für mich erfahren werden kann, wo ich den Anspruch des Habens aufgebe, damit die Liebe sein kann. Genau das lehrt mich mein zu erwartender Tod. Wenn ich mein Leben haben will und es vor dem Tod retten und verdrängend vor ihm verstecken will, verliere ich es eigentlich an ihn. Stelle ich mich der Möglichkeit des Verlustes, läßt mich dies leben.

Das Leben zu lieben, bedeutet, es nicht festzuhalten, es nicht festzumachen, es nicht unter Schutz zu stellen und es nicht ängstlich einzusperren. Wird das Leben als Besitz ergriffen, zieht es sich zurück und läßt uns leer. Darf es sich entfalten und sein, fällt es uns geheimnisvoll zu. Das dürfte sich auch im Umfeld des Sterbens ereignen. Krampfhaft und mit Besitzanspruch das Leben herbeizuzwingen macht offenbar den Kampf um das Leben zum Todeskampf, den der Tod gewinnen muß. Offen zu bleiben und das Loslassen zu probieren scheint dagegen das Leben einzuladen, sich noch einmal oder auch erstmals ganz dicht, ganz qualitätsvoll und ganz erfüllend zu ereignen. Ist es anders erklärbar, daß immer wieder Sterbende sich als wahrhaft Lebende erfahren und mitten aus ihrer Not ehrlich mit Worten oder mit Körpersprache mitteilen können, daß das Leben wunderbar ist? Die Umgebung kann das oft nicht fassen und ordnet es für alle Fälle der Verwirrtheit zu. Aber können nicht sogar oder gerade auch sogenannte verwirrte Menschen die Wahrheit, ihre Wahrheit sagen?

Liebe das Leben, gehe zärtlich und behutsam mit ihm um, lasse es auf dich zukommen, öffne dich ihm und halte es vor allem nicht fest, das ist die Lebensbotschaft und die Lebenseinladung, die ich schon oft von sterbenden Menschen als Kostbarkeit mitnehmen durfte.

Über Leben verfügen
Das Leben besitzen
Das Leben haben wollen
Das Leben festhalten müssen

Bringt das wirklich Leben?

Leben wachsen und entfalten lassen
Leben sich ereignen lassen
Leben auf mich zukommen lassen
Leben als Geheimnis staunend erfahren dürfen
Leben zärtlich lieben wollen

Das schenkt doch wahrhaft Leben!

SAG JA ZUM GENIESSEN

In meinem Aufwachsen habe ich gelernt, daß das Genießen böse und sündhaft ist. Sterbende Menschen haben mich gelehrt, daß es erlaubt, notwendend und gut ist. Es ist faszinierend, Sterbende zu erleben, die es in ihrer Situation schaffen, genußfähig und genußbereit zu sein und der Lust nicht abzuschwören, sondern ihr Erfüllung zu gewähren. Ja, oft habe ich das Gefühl, daß in dieser Phase so manche die Köstlichkeiten in den verschiedensten Lebensbereichen erst so richtig auskosten können. Dann erfüllt sich auch das weise Wort, daß jene, die des Genießens fähig sind, auch für andere genießbar sind. Nicht selten entsteht in der Umgebung sogar erheblicher Neid auf diese Kunst des Genießens, wenn dann gesagt wird, die Betreffenden sollten lieber an ihr Ende denken und sich damit beschäftigen. Oft meine ich dazu, ob jene das nicht ohnedies tun und eben gerade deshalb auch genießen. Das ist nicht das gierige und süchtige Genießen um jeden Preis, sondern das verkostende Genießen mit echter Freude und Befriedigung. So werden Sterbende oft zu wahren Lebenskünstlerinnen und Lebenskünstlern, die sie vorher nicht sein durften. Es tut gut, wenn betroffene Menschen dann so ungeschützt, so befreit und so gelassen auf Anraten von Einschränkung hin spontan sagen: “Was macht denn mir das schon aus?” und dann die normierte Grenze selbstbewußt überschreiten. Oft fügen Sterbenskranke noch hinzu: “Das hätte ich auch schon früher immer tun sollen!” Ist das nicht erfrischend und einladend?

Das Leben bietet so viele Köstlichkeiten. Aber wir gehen vorüber, weil wir auf irgend etwas Herausragendes und Ungewöhnliches warten. Sich an den vielen kleinen Oasen zu erfreuen und genießend zu stärken, macht stark, auch die großen Oasen zu entdecken und aus ihrer Fülle schöpfen zu dürfen. Sag Ja zum verkostenden Genießen, sei es

Dir wert und schöpfe es dankbar aus! Das ist die unaufdringliche Botschaft vieler Sterbender!

Wenigstens sterbend

frei für das eigene Handeln
mutig zur eigenen Entscheidung
stark in der eigenen Meinung
sicher im eigenen Erleben
bereit zum angstfreien Genießen
offen für die Güte des Lebens

Könnten wir nicht schon früher
damit beginnen?

LÖSCHE DAS FEUER DER SEHNSUCHT NICHT AUS!

In jedem Menschen brennt im Herzen ein Feuer der Sehnsucht nach Gelingen, nach Erfüllung, nach Sinn und nach Leben. Immer wieder geht es in den Lebens- und Sterbebegleitungen um dieses Feuer der Sehnsucht. Das göttliche Leben selbst hält es offensichtlich im Menschen wach und entfacht es, oft in unvermuteten Augenblicken. In der Begleitung sterbenskranker Menschen habe ich oft den Eindruck, daß auch der Tod selbst dieses Feuer nicht löschen kann und will, sondern es geradezu entfacht und so tatsächlich Tor zum Neuen wird.

Besonders stark darf ich dies erleben, wenn ich Sterbende erlebe, die, äußerlich entkräftet, innerlich dieses Feuer brennen lassen. Dann ist auch das Empfinden, die Ausstrahlung und auch das Umfeld des sterbenden Menschen nicht einfach nur von Dunkel, Elend, Tragik und Verzweiflung geprägt. Gerade dieses Feuer der Sehnsucht nach neuem Leben, nach Reifung, nach Einswerden mit der Göttlichkeit, nach Einheit mit Ursprung und Ziel schenkt oft Beleuchtungen, Deutungen und Erfahrungen, die das Licht erahnen und auch erleben lassen.

Im Halten der Hand, in der zärtlichen Berührung, im Blick in die Augen, während des Trocknens der Tränen und dem Befeuchten der Lippen wird dieses Fließen der Lebensenergie aus dem Lebensfeuer auch körperlich für die Begleitenden bei entsprechender Sensibilität spürbar. Dann wird die einladende Zusage erlebbar, das Feuer der Sehnsucht nach Leben weder im Leben noch im Sterben zu löschen. So manche Sterbende vertrauen uns dann ihre Hoffnung an, daß es weiter geht, wie immer es weitergeht. Dann denke ich mir oft in solchen Situationen, daß wir uns im Leben viel mehr an diesem Lebensfeuer wärmen könnten. Vielleicht könnten so manche Funken überspringen und weitere Lebensfeuer neu entfachen, damit es heller und wärmer wird in unserer Welt, im Kleinen und auch im Großen. Darum die Einladung, das Feuer der Sehnsucht nach Leben nicht zu löschen.

Warum gibt es so viele Religionen?

Warum können so viele Religionen
das Feuer des Lebens nicht stärker
entfachen?

Warum haben Menschen aller
Religionen so oft das Feuer der
Sehnsucht nach Leben gelöscht?

Kann es daran liegen, daß es,
wie eine sterbende Frau es ausdrückte,
nur ***eine*** *wahre Religion gibt,*
nämlich die Religion der Liebe?

Wäre die Religion der Liebe
vielleicht die einzige, in der es
nicht um die Religion, sondern
wirklich um Liebe und Leben geht?

HÖHEN UND TIEFEN MACHEN DIE LIEBE STARK

Viele Menschen haben in den verschiedenen Lebensphasen die Vorstellung, Harmonie anstreben zu müssen. Auf und Ab, Höhen und Tiefen, Ebbe und Flut werden dann bewertet und gegeneinander ausgespielt. Das illusionäre Ziel ist es dann, daß es allen immer gut gehen muß. Mit gut ist dann die Verhinderung der Polarität gemeint. Dieses Idealbild verfolgt uns bis hinein in die Sterbendenbegleitung.

Es kann nicht Ziel der Begleitung sein anzustreben, daß es den Beteiligten immer gut geht, daß dann alle gelöst, ausgeglichen und voller Harmonie sind. Wenn es so ist, wäre zu fragen, ob nicht die Gefühle mühsam gleichgeschaltet oder ausgeschaltet wurden und ob nicht die Masken in diesen Rollenspielen im Vordergrund stehen.

Höhen und Tiefen kennzeichnen das Leben, solange wir in ihm unterwegs sind und Höhen und Tiefen charakterisieren die Liebe, solange sie lebendig erfahren und gestaltet wird. Eine Bewertung und ein gegeneinander Ausspielen bringen die Probleme und nicht das Wechselspiel von Höhen und Tiefen.

“Bitte helfen Sie mir, daß ich nicht mehr abstürze!” So oder ähnlich drücken betroffene Menschen ihre Situation oft aus. Der Absturz, der Abstieg und der Tiefgang können aber notwendig sein, um den nächsten Aufstieg oder auch Höhenflug vorzubereiten. Weitsicht und das nahe Sehen des Details bedingen einander auch im Leben. Solange wir unterwegs sind, schenkt gerade die Kontrasterfahrung dem Leben Farbe und aus der Spannung auch Energie. Noch ist der Weg das vorgelagerte Ziel, bis wir das Ziel unseres Unterwegsseins erreichen. Der Wechsel von Höhen und Tiefen kann sehr anstrengend sein, weshalb der Wunsch nach Erlösung aus dieser Spannungserfahrung verständlich ist. Aber solange wir auf dem Weg sind, sollten und mögen wir gerade aus dieser Spannung Energie tanken. Dann können wir das Leben lieben und auch unsere Liebe durch die Höhen und Tiefen hindurch stark werden lassen.

Wenn in aller Angst Geborgenheit erfahren wird

Wenn Tränen zärtlich getrocknet werden

Wenn der Konflikt zur Reinigung wird

Wenn Vergangenes nicht mehr aufgerechnet wird

Wenn in den grauen Alltag Farbe kommt

Wenn Isolation durch Umarmung durchbrochen wird

Wenn das Sein das Haben gestaltet

Wenn Liebe das Loslassen ermöglicht

dann ereignet sich Leben

dann sind wir in der Liebe

DAS ABGESCHLAGENE HÄFERL ALS EIN STÜCK DAHEIM

Immer wieder habe ich eine recht alte Frau im Spital begleitet. Dann war sie wieder hier, diesmal offenkundig zum Sterben. Sie war sehr allein und hatte kaum Besuch. Auch von daher war sie mir für jeden Besuch sehr dankbar und schenkte mir viel Vertrauen. Eines Tages bat sie mich mit spürbarer Unsicherheit, ob ich ihr ein Häferl von daheim holen könnte. Ich war zunächst unsicher ob dieses eigenartigen Wunsches. Dann sagte ich ihr aber doch zu. Sie hat mich darauf vorbereitet, daß sich wahrscheinlich der Schimmel über dieses Häferl gezogen hat, da der Transport in das Krankenhaus so rasch erfolgte, daß sie ihr Daheim überstürzt verlassen mußte. Ich fand dann alles so vor, wie es mir die Patientin geschildert hatte. Nach einer vorsichtigen Reinigung des schon sehr abgeschlagenen Häferls brachte ich ihr dieses. Obwohl die Patientin entkräftet war und sich kaum mehr selber aufrichten konnte, setzte sie sich mit letzter Kraft auf, als ich mit dem Häferl in ihr Krankenzimmer kam. Strahlend und voller Dankbarkeit nahm sie ihr Häferl in Empfang. Als ich sie dann bat, mir doch zu erklären, was es mit dem Häferl auf sich hätte, erzählte sie mir, daß dieses Häferl sie seit vielen Jahren durch den Tag begleitet, wenn sie täglich daraus ihren Kaffee, ihren Tee und ihre Honigmilch trinkt. Und dann fügte sie mit Tränen in den Augen hinzu: "Wissen Sie, vor allem wollte ich damit ein Stück von meinem Daheim bei mir haben!" So weit sind wir heute, daß ein sterbender Mensch sich über das Häferl mit viel Mühe ein Stück von daheim holen muß. Sie war dankbar, wenigstens das im Sterben erleben zu dürfen. Ein Sterben daheim, wie sie es eigentlich gewünscht hätte, war nicht möglich. Dafür war sie zu allein. Ich war froh, ihr wenigstens das abgeschlagene Häferl gebracht zu haben.

DAS LETZTE SELBSTGEBACKENE BROT

Eine besonders berührend lebensdichte Erfahrung durfte ich mit einer Patientin machen, der ich mit viel Engagement half, ihren Wunsch zu erfüllen, vor ihrem Sterben noch einmal nach Hause gehen zu dürfen. Nach langem und heftigem Kampf gegen den sich ankündigenden Tod war sie bereit geworden, sich mit ihm und daraus mit ihrem Leben auseinanderzusetzen. So hat sie Kraft und auch noch Zeit gefunden, ihr Leben zu ordnen, sich Klarheit zu verschaffen, sich mit den nicht ausreichend gelebten Lebensmöglichkeiten zu versöhnen und die notwendigen Abschiede vorzubereiten. Im Rahmen der Überlegungen für ein gutes Abschiednehmen wuchs auch der Wunsch und dann die Notwendigkeit, noch einmal nach Hause zu gehen, wenigstens für kurze Zeit. Fast alle waren dagegen, vor allem die Angehörigen protestierten. So klammerte sie sich mit ihren Hoffnungen an mich und wir kämpften gemeinsam für ihr Ziel. Ihr Wunsch wurde Wirklichkeit. Als sie wieder zurückkam erzählte sie mir mit Wehmut und Zufriedenheit, wie sie sich daheim von allen verabschiedet hat und es, so gut sie konnte, losgelassen hat. Mit Glückseligkeit, die aus ihren Augen strahlte, erzählte sie mir auch, daß sie mit letzter Kraft mit Hilfe der Angehörigen ein letztes Mal Brot gebacken hat. Denn das habe sie seit vielen Jahren immer mit viel Freude selber gemacht. Dann lud sie mich ein, mir aus ihrer Lade des Nachtkästchens ein Geschenk als Dank von ihr zu holen. Es war ein Stück Brot, in eine Serviette gewickelt, ein Stück vom letzten Brot, das sie gebacken hat. Es war schon hart. Ich habe dieses Zeichen verstanden. Und ich habe noch nie in meinem Leben so energiereiches Brot gegessen. Ich konnte dieser sterbenden Frau nur aus tiefstem Herzen danke sagen.

KÖNNTEN WIR DOCH SEIN WIE DIE KINDER!

Zu den erschütterndsten und erfüllendsten Begleitungen zählen für mich die Sterbebegleitungen von schwerkranken und sterbenden Kindern. Trotz aller Verdrängungsmechanismen der Erwachsenenwelt leben Kinder eine Ehrlichkeit, Spontaneität und Echtheit, die wahrhaftig beeindruckend und wegweisend ist. Ihre Worte, ihre Blicke, ihre Art des Spielens und ihre Zeichnungen bringen ihre ganze Wahrheit und ihre Befindlichkeit ungeschminkt zum Ausdruck.

Ein achtjähriger todkranker Bub sagte in einem Gespräch über seine Zeichnung zu mir: "Warum kann ich nur mit Dir über alles reden?" Es war für mich sehr schwer dem Kind zu erklären, warum Erwachsene so sind, wie er es erlebt hatte und nicht verstehen konnte.

Wenn es um den Tod geht, haben viele Kinder uns Erwachsenen vieles voraus und wir könnten sehr viel lernen, wenn wir bereit wären, sie zu verstehen und ihnen Kompetenz zuzutrauen. Ich kann oft auch die Angehörigen nur bitten, doch in die Augen ihrer Kinder zu schauen, in sie hineinzuhorchen, ihre Worte zu verstehen, die Zeichnungen ganzheitlich zu betrachten und sich einfach einzulassen und dem Sein Raum zu geben. Sicher können viele Kinder deshalb mit dem Tod, auch mit dem eigenen, besser umgehen, weil sie die von den Erwachsenen so massiv erlebte Endgültigkeit nicht so wahrnehmen. Aber vielleicht könnten wir gerade darin von den Kindern lernen, unser fixiertes Denken etwas lockern und so miteinander dem Sterben und dem Tod anders begegnen.

Wissen Sie was es heißt, wenn Sie erleben dürfen, daß ein sterbenskrankes Kind sich bemüht, die Umgebenden zu trösten? Erschütternd, wenn die Erwachsenen dann darauf abblockend den Verdrängungsmechanismus weiterführen. Natürlich auch, um die Angst auszuschalten und sich selber zu schützen. Aber ist nicht der bessere Schutz und die bessere Bewältigung, uns mit den betroffenen Kindern ganz einzulassen und so zu sein wie sie, nämlich echt, ehrlich, gefühlvoll und spontan?

Wenn ihr nicht werdet wie die Kinder…

Erst seit ich sterbende Kinder begleite,
in ihre Augen blicken darf,
ihre zarte Hand berühren darf,
ihre weisen Worte vernehmen darf,…

verstehe ich

warum wir werden müssen wie die Kinder

DIE BRIEFE DER STERBENDEN MUTTER

Über ein Jahr durfte ich eine noch sehr junge Mutter von zwei kleinen Kindern und ihren Mann begleiten. Als sie erstmals mit mir über ihre Todesahnungen sprach (alle redeten zu diesem Zeitpunkt mit ihr nur über das Gesundwerden), bat sie mich, ihrem Mann nicht zu sagen, was sie da innerlich spürte und eigentlich wußte. Sie haderte mit Gott und der Welt, mit allen. Es war auch verständlich. Vor allem von der Warum-Frage her. Mit der Zeit wurde die Patientin immer offener, sich mit ihrem Leben und Leiden und dann auch mit der Notwendigkeit des Abschiednehmens auseinanderzusetzen. In den letzten zwei Monaten gestaltete sie dann sogar ganz bewußt ihren Abschied. Immer mehr bezog sie ihren Mann und ihre beiden Kinder in dieses Abschiednehmen ein. An einem Abend fragte sie mich, ob sie mir für ihren Mann und ihre Kinder je einen Brief diktieren dürfe. Sie war schon zu schwach, um die Briefe selber zu schreiben. In drei Begegnungen hat sie mir dann die drei Briefe diktiert und mich gebeten, diese nach ihrem Tod den dreien zu überreichen. Es ist kaum zu beschreiben, mit welcher Klarheit, Tröstlichkeit, Ehrlichkeit und vor allem Liebe sie sich in diesen Briefen an ihre Lieben gewandt hat. Sie hat Bilanz gezogen, Dinge geklärt, das Schwere zugegeben, das Neue erhofft und vor allem Mut zum Leben gemacht. Der Mann sagte mir später einmal, er könnte sich überhaupt nicht vorstellen, wie sie die ersten Weihnachten oder ihre Geburtstage verbracht hätten und wie sie ihre Trauer zu dritt ohne diese drei Briefe von seiner Frau geschafft hätten. Das ist angesichts des Sterbens und Todes möglich, wenn Menschen begleitet sich öffnen können und bereit werden, über sich und die Situation hinauszuwachsen. Das ist doch makaber sagten jene, die das Geschehen von außen betrachteten. Dies ist berührend und wegweisend, sagen wir, die wir es erleben und wie ich miterleben durften.

NICHT IMMER KANN BEGLEITUNG AUFRICHTEN

Lebens- und Sterbebegleitungen lassen auch den Begleiterinnen und Begleitern sehr unterschiedliches erleben. Ich habe bisher nur wenige sterbenskranke Menschen erlebt, die Begleitung total ablehnen. Die meisten freuen sich, wollen es versuchen oder sind zumindest zu kürzeren Begegnungen bereit. Oft muß natürlich das Vertrauen erst wachsen.

Eine besondere Herausforderung ist es immer wieder, die eigenen Ziele und Vorhaben denen der Begleitenden unterzuordnen. Der Sterbende steht in der Mitte und darf seine Bedürfnisse, seine Wünsche und seinen Willen anmelden, um seinen eigenen Weg gehen zu können.

Immer wieder muß auch ich aushalten zu erleben, daß ein sterbender Mensch keine Hoffnung findet, alle und alles haßt, in der Verbitterung, Verzweiflung und Sinnlosigkeit bleibt, das Leben und den Tod verflucht, alle Lebenden beneidet und auch verachtet, andere verwünscht und alles für ungerecht hält.

Ich mußte lernen, daß wir auch in der ganzheitlichen Begleitung und gerade in ihr keine Zaubermittel und Wundermittel haben. Auch mußte ich lernen, daß jede Begleitung auch bei größtem Engagement ein Risiko mit offenem Ausgang ist und daß ein menschenwürdiges Sterben nicht verordnet und nicht mit Garantie gemacht werden kann. Wenn jeder Mensch und jedes Leben von Einmaligkeit und Einzigartigkeit gekennzeichnet ist, dann muß es auch das Sterben sein dürfen. Das ständige Arbeiten an den eigenen Mustern, die selbstkritische Reflexion und die Aufarbeitung in der Supervision läßt mich selber vieles loslassen, was ich anfangs meinte, nicht aufgeben zu dürfen. So kann Begleitung für alle zum Segen werden und jede und jeder darf den ureigensten Weg im Leben und im Sterben finden und dann auch selber frei gehen.

LEBENSEINLADUNGEN

GESCHENKT VON SCHWERST- UND STERBENSKRANKEN MENSCHEN

Mir kommt es oft wie ein Feuerwerk des Lebens vor, wenn schwerst- und sterbenskranke Menschen aussprechen, was sie tun möchten, wenn sie noch Zeit und Kraft dafür bekommen, was sie tun würden, wenn sie ihre Lebenszeit nochmals bekämen oder auch nach ihren Vorstellungen etwa im Sinn der Wiedergeburt bekommen werden und was sie denen wünschen, die noch Lebenszeit zur Verfügung haben. Wenn der nahende Tod die Augen für das Leben öffnet, entsteht eine neue Wertordnung, die sich oft von der bisherigen unterscheidet. Von vielen Aussagen, Visionen, Wünschen und Einladungen, die ich dabei schon gehört habe, möchte ich einige hier weitergeben, ohne irgendeine Bewertung vorzunehmen, die ohnedies jede und jeder für sich in Selbstverantwortung treffen muß. Da viele dieser Lebenseinladungen von Betroffenen als Ich-Botschaft formuliert wurden, gebe ich sie als solche weiter. Und wie ich sie in den Begleitungen nicht nach einem Schema geordnet höre, möchte ich sie ebenfalls ohne Ordnung nach einem System weitergeben.

- Ich möchte mit meiner Zeit anders umgehen.
- Ich möchte mir mehr Zeit für mich nehmen.
- Ich will auf mich nicht ständig vergessen.
- Ich will nicht mehr nur für die anderen da sein.
- Ich bin nicht mehr bereit, mir so vieles aufzwingen zu lassen.
- Ich will meinen Tag anders beginnen.
- Ich brauche das Innehalten.
- Ich will mehr genießen.
- Ich will mich weniger sorgen.

- Ich möchte meine Lebenssituation verändern.
- Ich möchte meine Wohnung wechseln.
- Ich möchte mir neue Freunde suchen.
- Ich will mir nicht mehr verschreiben lassen, was ich zu tun habe.
- Ich möchte mit allem Risiko meinen Beruf wechseln.
- Ich will nicht mehr entsprechen.
- Ich möchte neue Hobbies finden.
- Ich will mich selber pflegen.
- Ich möchte reisen und die Welt erleben.
- Ich will mich nicht mehr unterordnen.
- Ich will auch alleine ausgehen.
- Ich möchte mit allen Sinnen leben.
- Ich will meinen Körper lieben lernen.
- Ich möchte mir mehr gönnen.
- Ich will wählerischer sein.
- Ich möchte ein politischer Mensch werden.
- Ich will öfter auf andere zugehen.
- Ich möchte meinen Neid abbauen.
- Ich will frei sein.
- Ich möchte auch anderen alles gönnen.
- Ich möchte Lust bejahen.
- Ich will mich öfters der Ekstase hingeben.
- Ich werde meine Schuldgefühle ablegen.
- Ich lasse mich nicht mehr unterdrücken.
- Ich will mich nicht mehr durch Angst beherrschen lassen.
- Ich tue, was für mich stimmig ist.

- Ich brauche Weite in meinem Leben.
- Ich möchte auf mein Äußeres mehr achten.
- Ich will mich verwöhnen lassen.
- Ich werde mir meine Freizeit einfach nehmen.
- Ich werde Vereine verlassen.
- Ich möchte meine Erfahrungen auch anderen anbieten.
- Ich lasse mich nicht mehr demütigen.
- Ich möchte anderen ihre Probleme selber lösen lassen.
- Ich möchte ich selber sein.
- Ich will auf meine Gesundheit achten.
- Ich möchte mich von meinen Süchten befreien.
- Ich möchte nein sagen lernen.
- Ich möchte Grenzen aushalten lernen.
- Ich werde Grenzen auch übertreten.
- Ich will toleranter werden.
- Ich möchte andere Meinungen achten, ohne meine zu unterdrücken.
- Ich will mehr feiern.
- Ich will nicht mehr auf jedes Warum sofort Antwort.
- Ich möchte begrenzt für andere da sein.
- Ich möchte besser wahrnehmen lernen.
- Ich will gelassener werden.
- Ich will mehr nach innen hören.
- Ich möchte mein Leben lieben.
- Ich will meine Gefühle annehmen.
- Ich will einmalig sein.

- Ich scheue mich nicht, verrückt zu gelten.
- Ich möchte Leidende neu verstehen.
- Ich will zurückhaltender mit Ratschlägen sein.
- Ich möchte singen lernen.
- Ich fange zum Zeichnen an.
- Ich richte mir meine Wohnung neu ein.
- Ich möchte mehr in der Natur sein.
- Ich leiste mir ein Haustier.
- Ich möchte in Zukunft viel lesen.
- Ich will mich nicht mehr berieseln lassen.
- Ich möchte mit meiner Energie bewußter umgehen.
- Ich möchte wie bei einer Quelle auf die Zuflüsse achten.
- Ich fange an, mich selber zu lieben.
- Ich will viel mehr loslassen.
- Ich möchte meine Kreativität entfalten.
- Ich will Geben und Empfangen ins Gleichgewicht bringen.
- Ich werde meinen Glauben selber gestalten.
- Ich will den Sinn selber suchen.
- Ich möchte ganzheitlicher denken, fühlen und handeln.
- Ich will nicht mehr so viele Informationen auf nehmen.
- Ich möchte religiöser werden.
- Ich will viel mehr horchen.
- Ich möchte mich für Menschen am Rande engagieren.
- Ich will Mächtige nicht mehr unterstützen.

- Ich möchte bewußter Abschied nehmen können.
- Ich möchte neue Wege gehen.
- Ich will anders werden.
- Ich möchte weinen lernen.
- Ich will meine Wertordnung selber finden.
- Ich möchte offener für das Wozu sein.
- Ich möchte Krisen nicht mehr verhindern.
- Ich möchte Lebenslust erfahren.
- Ich will die Sexualität genießen.
- Ich möchte zärtlicher werden.
- Ich will meine Berührungsängste abbauen.
- Ich möchte mich selber besser kennen.
- Ich will meine Ansprüche anmelden.
- Ich möchte selber entscheiden.
- Ich lasse mir von niemanden etwas vorschreiben.
- Ich entscheide selber, was ich glaube.
- Ich will vieles loslassen.
- Ich löse mich von Lebensvorstellungen meiner Vorfahren.
- Ich präge mir mein Gottesbild ehrlich selber.
- Ich entscheide selber, wie ich mir mein Weiterleben vorstelle.
- Ich will mutiger und selbstbewußter werden.
- Ich will leben!

Es ist mein Leben

Ich möchte nicht mehr fragen:

Was muß ich tun, damit ihr zufrieden seid?
Was darf ich denken, daß ihr es akzeptiert?
Was darf ich sagen, damit ihr mir gewogen seid?

Ich möchte nicht mehr fragen:

Was muß ich vermeiden, damit ich euer Wohlwollen habe?
Was muß ich unterlassen, damit ihr zu mir stehen könnt?
Was muß ich spielen, damit ihr mich auszeichnet?

Ich möchte nicht mehr fragen:

Welche Maske muß ich aufsetzen, damit ich zu euch passe?
Welche Worte muß ich wählen, damit ihr mir applaudiert?
Wie muß ich sein, damit ihr mich mögt?

Ich möchte mich selber immer neu fragen:

Bin ich ehrlich und echt?
Bin ich ich selber?
Lebe ich aus der Mitte?

LUST UND FREUDE

Was mich in der Sterbendenbegleitung immer wieder neu fasziniert ist, wie sehr sterbenskranke Menschen im Kleinen ihres bedrückenden Alltags Lust und Freude erleben können und daraus Zufriedenheit und Dankbarkeit erfahren und ausdrücken. Ich denke, wir können daraus lernen, in aller Hektik des Alltags die kleinen Momente dichten Lebens zu suchen, zu gestalten und uns schenken zu lassen. Es gibt viel mehr Ursachen für Glücklichsein als wir oft denken. Wenn es unter den widrigen Umständen des nahenden Todes möglich ist, Momente beglückenden Lebens zu erfahren, müßte dies doch auch im Alltag insgesamt möglich sein.

Ich erlebe zum Beispiel:

- daß eine sterbenskranke alte Frau voll auflebt, weil die Friseurin sie so schön gemacht hat.
- daß eine bettlägrige Langzeitpatientin mir erzählt, wie sie sich an jedem Sonnenaufgang erfreut, den sie vom Krankenzimmer aus sehen kann.
- daß ein schwerkranker alter Patient mir in großer Offenheit mitteilt, wie erotisch er es empfindet, wenn die Schwester ihn eincremt.
- daß eine todkranke Frau mir berichtet, wie spannend es für sie war, in der Nacht lange mit der Schwester über das Weiterleben nach dem Tod zu diskutieren.
- daß ein körperlich schon sehr geschwächter Patient sein “Geheimnis” mitteilt, daß er einen Schluck Wein so genossen hat, wie nie zuvor in seinem Leben.
- daß eine ältere Frau mir anvertraut, daß sie unter der Decke einen kleinen Teddybären hat, der ihr das Gefühl gibt, nicht allein zu sein.

- daß eine sterbenskranke Patientin mir voller Freude erzählt, daß sie sich schminken hat lassen und mich fragt, ob ich sie auch schön finde.
- daß eine Patientin mir überglücklich schildert, daß sie erstmals seit drei Wochen für kurze Zeit außerhalb des Bettes stehen konnte.
- daß eine todkranke Mutter mich an ihrem Lieblingsduftöl riechen läßt, das ihr die Angehörigen endlich gebracht haben und das sie jetzt so genießt.
- daß ein sehr alter Mann mir mit spürbarer Erregung berichtet, daß er den ganzen Tag selig ist, wenn eine bestimmte Schwester Dienst hat, weil sie für ihn so viel ausstrahlt.
- daß eine schwerstkranke alleinstehende Frau vor Freude weint, als sie mir erzählt, daß es ihrer Freundin gelungen ist, ihre Katze ins Krankenhaus zu schmuggeln, um sie kurz ein letztes Mal streicheln zu können. (Zwei Tage später starb die Frau.)
- daß eine todkranke Patientin mir immer wieder erzählt, wie gut es ihr getan hat, daß der Oberarzt feuchte Augen bekam, als er ihr sagen mußte, daß eine weitere Operation nicht mehr sinnvoll ist.
- daß ein schwerkranker Mann mit vielen Schicksalsschlägen im Leben erleichtert und glücklich wirkt, nachdem er beim Gespräch endlich wieder einmal weinen konnte.
- daß eine todkranke junge Mutter von zwei kleinen Kindern mich während eines Gesprächs einlädt, mich zum Fenster zu wenden und mit ihr die Abendstimmung der untergehenden Sonne zu genießen.
- daß eine schwerstkranke Patientin mir mit spürbarer Freude erzählt, daß sie in Gedanken

jeden Tag eine Reise "nachlebt", die sie in ihrem Leben gemacht hat und ihr das so viel gebe.

- daß mir ein querschnittsgelähmter, relativ junger Familienvater nach Absetzen der künstlichen Beatmung mit noch heiserer Stimme voller Freude entgegenruft: "Herr Dr. Schmatz – ich kann wieder selber atmen und sprechen! Ist das nicht wunderbar?"
- daß eine Langzeitpatientin, die sich seit Wochen nach dem Sterben als Erlösung sehnt, mir aufgeregt erzählt, wie sehr sie sich über eine Spruchkarte einer Bekannten freut.
- daß eine sterbenskranke Frau mir überglücklich erzählt, wie sehr sie es genießt, wenn jemand von uns sich zu ihr setzt und sie bei der Hand hält.
- daß ein todkrankes Mädchen mir mit überschwenglicher Freude erzählt, daß ein anderes Mädchen ihr vor dem Heimgehen eine ihrer zwei Puppen geschenkt hat.
- daß ein sogenannter "schwieriger" und "lästiger" Patient sich nach einem intensiven Gespräch sichtlich bewegt ausspricht, wie gut er sich jetzt fühle, weil er sich im Gespräch erstmals ernstgenommen gefühlt hat.

Warum nicht schon im Leben

Sterbende können sich an so kleinen Dingen,
an so unscheinbaren Situationen,
an so alltäglichen Erfahrungen erfreuen.

Warum erst im Sterben und nicht
schon im Leben?

Sterbende können so feinfühlig, so zärtlich,
so erotisch, so ungezwungen, so genießend,
so ganzheitlich aufnehmen, spüren, hören,
riechen, berühren.

Warum erst im Sterben und nicht
schon im Leben?

Sterbende können zu Lustempfinden stehen,
eigene Ansprüche stellen, sich Wohlbefinden
gestatten und aus gewohnten Rahmen fallen.

Warum erst im Sterben und nicht
schon im Leben?

Werden wir nicht geboren
um zu leben?

ABSCHIED: QUELLE FÜR LEBEN?

"Abschied ist ein scharfes Schwert", heißt es in einem Lied. Abschied tut weh und erfaßt uns im Innersten. Abschied löst in der Regel Trauer aus und macht Trauer-arbeit notwendig. Gerade deshalb wollen wir das Abschiednehmen nicht wahrhaben, sondern verdrängen, umgehen, hinausschieben oder sogar vermeiden. Aber gibt es wahres Leben ohne Abschied?

Abschied fordert uns existentiell heraus Klarheit zu schaffen, Rückblick auszuhalten, Vorausschau zu wagen, Loslassen zu probieren, Grenzen zu akzeptieren und Neues für möglich zu halten. Abschiednehmen stellt uns in die Spannung von Ende und Anfang, von Gewesenem und Kommendem, von Abbruch und Aufbruch, von Leere und Fülle, von Festhalten und Loslassen. Die sich einstellende Trauer läßt uns die Erschütterung, den Schock, das Nichtwahrhabenwollen, die Unsicherheit, die Not, die Ohnmacht, die Zäsur, das Ausgeliefertsein, die Trennung und die Verkrampfung erleben und möchte uns doch in alledem das Tor öffnen, um Übergang, Veränderung, Reinigung, Erneuerung, Wachstum, Reifung, Entwicklung und einfach Neues erleben zu können. So betrachtet ist Abschied lebensnotwendig, lebensfördernd und dadurch geradezu eine Quelle für Leben. Wir sind vom Leben eingeladen, das Abschiednehmen einzuüben, zu lernen, bewußt zu gestalten und nicht durch Verweigerung des Abschieds uns letztlich auch dem Leben zu verweigern.

Leben ist Abschiednehmen, weil wir offensichtlich nicht für Vergangenheit, sondern für Zukunft, nicht für Erstarrung, sondern für Lebendigkeit, nicht für das Bleiben, sondern das Weiterziehen geschaffen sind. Deshalb verdichtet sich das Leben gerade dort, wo unausweichlich spürbar das Gestern im Heute in das Morgen übergeht, das Alte in das Neue und das Sterben in das Leben.

Wenn du mich liebst, laß mich gehen!

Wenn du mich wirklich liebst:
lade mich nicht ein zu bleiben
halte mich nicht fest
binde mich nicht an dich
verführe mich nicht zu warten
führe mich nicht in die Nostalgie
erzähle mir nicht ständig vom Gestern

Wenn du mich wirklich liebst:
lasse mich los
gib mich frei
gönne mir das Neue
öffne mir die Tore
singe mir das Lied der Freiheit
glaube mit mir an den neuen Morgen

Wenn du mich wirklich liebst,
laß mich gehen!

DIE LEBENSLANDSCHAFT IN DEN AUGEN

Wenn die Lebenszeit eines Menschen sich dem Ende zuneigt, treten in der Begleitung Aktionen und vor allem auch Worte in den Hintergrund. Im Vordergrund stehen dann Berührung und Blicke. Sterbenden in die Augen schauen zu dürfen, ist wie das Blättern in einem farbenfrohen Bilderbuch. Was Augen doch alles ausdrücken, aussagen und vermitteln können! Es erscheinen geradezu Lebenslandschaften in den Augen dieser Menschen. Da kann es sein, daß der sterbenskranke Mensch mich lange anschaut und ich ihn. Vieles nicht Gesagte und vieles nicht Sagbare wird dadurch zum Ausdruck gebracht. Beide Seiten fühlen dann, daß es gut ist, wie es ist und daß verstehende Begegnung stattfindet. Sich den Weg bahnende Tränen erklären dann den Rest. Freilich braucht diese Begegnung entsprechende äußere Rahmenbedingungen, eine ruhige und innehaltende Atmosphäre, viel Offenheit und Vertrauen und vor allem Ehrlichkeit.

Sollten wir nicht alle diese Möglichkeiten der Begegnung in unserem Alltag wiederentdecken? Liebende können, sagen wir, Wünsche einander von den Augen ablesen. Durch unsere laute, aktivistische und hektische Zeit haben wir das tiefgehende Schauen verlernt und nehmen so einander nicht mehr ausreichend wahr. Braucht es unbedingt den Druck des nahenden Todes, um wieder fühlend, hörend, wahrnehmend und schauend zu werden?

Wenn ich sterbenskranken Menschen in die Augen schauen und darin gleichsam ihren Lebensfilm ansehen darf, wird mir immer wieder klar, daß das Leben es wert ist, in jedem Augenblick gelebt zu werden und daß alles losgelassen werden möge, was dieses bewußte Leben in jedem Augenblick verhindert.

LEBENSBILANZ

Zu den Grundbedürfnissen vieler Sterbender gehört es, Lebensbilanz zu ziehen. Dieser Vorgang ist für Begleitende, wenn sie einbezogen werden, einer der erschütterndsten und berührendsten in diesem Rahmen. Die Lebensbilanz ist der Versuch einer Gesamtschau und Gesamtbilanz, teils betrachtend und teils bewertend. Meist geht es in dieser Bilanz wesentlich um eine Sinnantwort oder die Feststellung von Sinnlosigkeit. In der älteren Generation ist die Lebensbilanz (aus meiner Sicht) leider oft beherrscht von der Angst vor einer Strafe, die einem nach dem Tod von einer Art Gericht ereilen könnte. Diese Menschen plagen und quälen sich dann oft mit Fixierungen und Schuldgefühlen ab und schaffen es nicht, hoffend und erwartend auf das Neue zuzugehen. In der mittleren und jungen Generation spielen diese quälenden Ängste Gott sei Dank weit weniger Rolle.

Die Lebensbilanz kann der Versuch sein, sich des Erlebten zu erfreuen, sich mit den nicht gelebten Lebensmöglichkeiten zu versöhnen und sich auf das Neue vorzubereiten. Echte und ursprüngliche Religiosität kann dabei jenes Vertrauen stärken, das glauben läßt, daß alles gut sein wird. Dann ist es oft auch gut möglich, Menschen zu helfen, daß sie nicht depressiv und resignativ das nicht so Gelungene in den Vordergrund stellen, sondern das, was gelungen ist.

Interessant und auffallend ist, daß so viele Menschen in der Lebensbilanz zur Überzeugung kommen, daß sie zu wenig selber gelebt und die vorhandenen Lebensquellen zu wenig genutzt haben. Deshalb betonen überdurchschnittlich viele Sterbende, daß sie mehr verkosten und genießen und bewußter selber und selbstbewußter leben würden, wenn sie ihre Lebenszeit noch einmal bekämen. Deshalb ist das Resümee oft bitter, wenn sterbende Menschen überzeugt sind, daß sie sich zu sehr von außen ausnutzen, beherrschen und lenken haben lassen und daß sie auf sich selber zu oft vergessen haben. Wahrscheinlich hängt das auch damit zusammen, daß so vielen Menschen über lange Zeit eingeredet wurde und wird, daß sie selbstlos sein müssen, daß sie sich zu sehr mit sich selber beschäftigen, daß Selbstverwirklichung egoisitisch oder neurotisch wäre und daß man immer für die anderen zu funktionieren hat. Vor dem Tod stehend erahnen dann aber viele, daß sie sich manipulieren haben lassen und von sich selber weggeführt wurden, um besser beherrschbar zu sein. Vor dem Tod stehend wird im Gegensatz dazu die Bedeutsamkeit von Selbstfindung, Selbstgestaltung und Selbstbejahung als höchst notwendig und wertvoll anerkannt. Eine Mutter brachte es in ihrem Abschiednehmen von ihren Angehörigen auf den Punkt, als sie gleichsam als ihr Vermächtnis sagte: "Lebt euer Leben! Laßt euch nicht vorschreiben, wie ihr zu leben habt! Lebt nach Eurem Gewissen! Lebt voll und ganz!"

Wer kann mehr Lebenswahrheit und Lebensweisheit vermitteln als Menschen, die am Ende ihres Lebens zurück und nach vorne schauen? Ist ihr Wort, ihre Wahrheit, ihre Weisheit, ihre Erfahrung und ihre Bilanz nicht viel glaubwürdiger, wegweisender und zukunftsorientierter als so manches theoretische Lehrgebäude, so manche Schreibtischentwürfe und so manche salbungsvolle Kundgabe?

Meine Lehrerinnen und Lehrer für ein bewußteres Leben sind immer wieder die Sterbenden, die ich begleiten darf. Ihre erlebten und nicht selten durchlittenen Erfahrungen sind glaubwürdige Einladungen, mein Leben mit meinen Lebensfarben selber zu malen.

Wenn ich in meiner Lebensbilanz mit der Frage konfrontiert werde: "Hast du wirklich und selber gelebt?", möchte ich mit einem ehrlichen, lebendigen, überzeugten und herzerfrischenden "Ja" antworten können.

AM STERBEBETT ZÄHLT NUR EINE FRAGE: WER BIST DU ALS MENSCH?

Wir haben in unserem Lebensalltag ständig mit Hierarchien, Funktionieren, Titeln und Würden zu tun. Oft scheint das das Wichtigste zu sein! Wissen Sie, wie wenig das zählt, wenn es um das Sterben geht? Wenn der Patient zum Sterbenden wird, wendet sich auch in der Institution Krankenhaus das Blatt. Jene, die scheinbar alles wissen, alles können, alles versprechen und alles beherrschen, stehen auf einmal hilflos, wortlos, ohnmächtig und verunsichert da und möchten nicht selten den Sterbenden aus dem Weg gehen, statt jetzt ganz auf sie zuzugehen. Je mehr der Mensch zum Sterbenden wird, desto weniger zählt die Funktion, das Wissen, die Hierarchie und die Macht. Titeln und Rangordnungen treten in den Hintergrund. Es zählt nicht mehr die Frage: Bist du Arzt, Schwester, Pfleger, Seelsorger, Therapeut, Sozialarbeiter, Ernährungsberater, Sekretärin, Techniker oder Putzfrau. Es zählt nur mehr eine Frage: Bist du Mensch? Wer und wie bist du jetzt als Mensch?

Wenn der Tod kommt, ändert sich so vieles, dreht sich so vieles um und bekommt vieles eine ganz andere Bedeutung.

Wenn der Tod kommt, wächst die Sehnsucht nach menschlicher Wärme, nach menschlicher Größe und Würde.

Wenn der Tod kommt, zählt nicht mehr der Titel, die Funktion oder die Fertigkeit, sondern die Bereitschaft zur Begegnung.

Wenn der Tod kommt, wird die Macht zur Ohnmacht, das Funktionieren zur Hilflosigkeit, das Rollenspiel zum Desaster und das totale Anstehen zur Chance.

Wenn der Tod kommt, entpuppt sich das schöne Gerede, die beeindruckende Predigt und die starke Parole als eine innere Leere, die Platz für Erfüllung schaffen kann.

Wenn der Tod kommt, beginnt die Zeit der leeren Hände und daraus die Suche nach vollen Herzen.

Wenn der Tod kommt, schreien sterbende Menschen, äußerlich verstummt, innerlich nach Menschen, nach Menschen, die die Hände frei haben, um umarmen zu können.

Wenn der Tod kommt, sind wir herausgefordert, Mensch zu sein und immer mehr Mensch zu werden!

Dann kann der Tod kommen und trotzdem das Leben siegen.

VON TRAUER UND HOFFNUNG GESCHÜTTELT

Vor uns liegt das soeben verstorbene Kind. Seine Eltern und ich stehen vor ihm. Mit der rechten Hand halte ich die Mutter, mit der linken Hand den Vater! Die Mutter weint bitterlich. Der Vater ist wie erstarrt. Er konnte auch vorher nie weinen. Spontan sage ich zwischendurch zu ihm: "Möchten Sie es nicht auch zulassen?" Hilfesuchend schaut er mich an. Dann beginnt auch er bitterlich zu weinen. Mutter und Vater weinen so intensiv, daß es sie im wahrsten Sinn des Wortes schüttelt. Da ich sie beide an der Hand halte, schüttelt es mich mit ihnen mit. Auch meine Tränen fließen. Einige Zeit plagt mich die Frage, was ich noch tun könnte oder müßte. Aber mir wird klar, daß ich tue, was ich nur tun kann: da sein, halten, mitweinen und mitgeschüttelt werden, gemeinsam das Warum nicht beantworten können, gemeinsam die Ohnmacht erleben, gemeinsam im Schock stehen.

Nach einiger Zeit richte ich den verstorbenen Buben etwas zurecht und frage die Eltern, ob ich ganz spontan durch ein Gebet unseren inneren Aufschrei an Gott richten dürfe. Sie erlauben es und ich tue es. Ich tue es auch für die Eltern, weil die Kraft für Sprache nicht reicht. Dann sitzen wir noch einige Zeit bei dem verstorbenen Kind. Wir weinen, wir schweigen, wir stehen an einem Ende, einer Grenze. Es ist furchtbar!

Auf einmal schaut mich die Mutter an und sagt zaghaft zu mir: "Ich weiß nicht – das ist alles so furchtbar!" Und nach längerem Schweigen fügt sie weinend hinzu: "Und doch auch irgendwie schön." Ich bin betroffen.

Seit dieser Erfahrung bin ich mir noch mehr gewiß, daß Begleitung Sinn macht und daß sie ein Wechselspiel von Geben und Empfangen ist.

WAHRE VIELFALT

Sterbende:

Die einen wollen allein gehen – die anderen gemeinsam.

Die einen beten – die anderen nicht.

Die einen sind geduldig – die anderen nicht.

Die einen glauben an gar nichts – die anderen an irgendetwas.

Die einen erwarten die Auferstehung – die anderen die Reinkarnation.

Die einen wollen bald sterben – die anderen noch lange nicht.

Die einen lassen sich fallen – die anderen richten sich auf.

Die einen behaupten sich – die anderen lassen sich alles gefallen.

Die einen schaffen Ordnung – die anderen bleiben im Chaos.

Die einen hassen ihr Leben – die anderen lieben es.

Die einen hadern mit dem Schicksal – die anderen fügen sich ihm.

Die einen bleiben stumm – die anderen sind unüberhörbar.

Die einen verzichten auf alles – die anderen genießen bis zum Schluß.

Die einen sind aggressiv – die anderen depressiv.

Die einen hoffen – die anderen sind verzweifelt.

Die einen werden immer verkrampfter – die anderen immer gelöster.

Die einen weinen – die anderen unterdrücken es.

Die einen hoffen – die anderen resignieren.

Die einen halten fest – die anderen lassen los.

Und die meisten pendeln zwischen dem einen und dem anderen hin und her.

Es geht nicht um die Frage, ob das eine gut und das andere schlecht ist. Wichtig ist, daß wir aus aller spannungsgeladenen Polarität auf vielfältigen Wegen in individueller Originalität zur Lebensfülle finden.

HEUTE KOMMEN SIE DARAN!

Schon seit langem begleitete ich eine brustkrebskranke Frau. Sie wußte um den Ernst ihrer Situation. Trotz vieler depressiver Tiefs fand sie immer wieder Kraft, nicht nur sich, sondern auch noch andere aufzurichten. Darüber gab es immer wieder großes Staunen. Eines Tages bat sie mich, ihr zu helfen, damit sie sich rechtzeitig von den ihr wichtigen Menschen verabschieden könne. Sie stellte eine Liste jener Personen zusammen, die ihr so wichtig waren, daß sie sich von ihnen persönlich und rechtzeitig verabschieden wollte. Trotz Widerstand der Verwandten und Bekannten begann sie ihr Vorhaben. Sie bestellte sich die einzelnen, redete offen und ehrlich mit ihnen und verabschiedete sich ganz bewußt. Mir erzählte sie immer wieder, wie verschieden die einzelnen reagierten und wie viele ihr einreden wollten, daß das alles noch Zeit habe. Aus den Gesprächen entnahm ich, wie wichtig dieses rechtzeitige Abschiednehmen für die Patientin war.

An einem Samstag besuchte ich sie wieder. Sie wirkte recht frisch, was aus ihrem Inneren kam. Als ich mich verabschieden und wie gewohnt den nächsten Besuch vereinbaren wollte, meinte sie: “Nein, so geht das nicht! Heute kommen Sie daran! Heute muß ich mich von Ihnen verabschieden!” Ich war überrascht, aber dann bereit. Sie bedankte sich für die Begleitung, sprach einzelne Phasen zusammenfassend an und gab mir mit einer Umarmung ihre guten Wünsche mit. Es war berührend.

Als ich am nächsten Tag auf der Station anrief, sagte mir die Schwester, daß die Patientin in der Nacht überraschend verstorben sei.

Da wird doch Sterbebegleitung zur Lebensbegleitung!

UMFASSENDE SELBSTBEJAHUNG

Wenn ich von meinen Erfahrungen in der Sterbendenbegleitung erzähle, wird mir immer wieder die Frage gestellt, ob denn die von sterbenskranken Menschen kommenden Einladungen zu mehr Lebensgenuß und Lebensqualität nicht in den Egoismus führen könnten. Früher hatte ich diese Sorge auch. Je mehr ich aber mit kranken, leidenden und sterbenden Menschen unterwegs bin, desto mehr wird mir klar, daß es nicht um Egoismus geht, der mich mir und meiner Mitmenschen entfremdet, sondern um Lebenlust, Lebensgenuß, Selbstbejahung, Selbstliebe und Selbstentfaltung, die mich aus dem Vollen leben und dann aus dem Vollen schöpfen lassen, sodaß ich wie eine Quelle mit vielen sie speisenden Zuflüssen sprudeln kann. Auf diesem Hintergrund habe ich auch selber begonnen, die vielen moralisierenden, oft von Scheinheiligkeit und Doppelmoral geprägten Absagen an Selbstliebe, Selbstbejahung, Selbstgestaltung und gesunde Lebenslust für mich nicht mehr ernst zu nehmen, es denen leben zu lassen, die es wollen, aber mich lieber an den Sterbenden zu orientieren, die mich zum Leben, zum eigenständigen Leben einladen.

Ich kann aus meiner Lebenserfahrung gut verstehen, warum mich so viele Sterbenskranke einladen, vielen Menschen Mut zur umfassenden Lebensbejahung und verkostenden Lebensgestaltung zu machen. Wer sich selber leben traut und dem Leben traut, tritt aus Angst und Ängstlichkeit heraus, erlebt Freiheit und Freiraum, lernt das Leben trotz und gerade wegen aller Grenzen lieben und kann aus dieser Lebenslusterfahrung gar nicht anders, als in Begeisterung auch zu teilen, sich mitzuteilen und zu verschenken.

Lust und Liebe gehören zusammen! Aus dieser Einheit und Ganzheit heraus braucht es dann für das Teilen, das Dasein und Mitsein keine Moralpredigten und schon gar keine angstmachenden Drohungen mehr. Die Lebenslust selber wird zum Motor und zur unwiderstehlichen Einladung, miteinander zu sein.

Wer sich mag,

kann auch andere mögen!

Wer sich gönnt,

kann auch anderen gönnen!

Wer sich versteht,

kann auch andere verstehen!

Wer sich beschenken läßt,

kann auch andere beschenken!

Wer selber lebt,

läßt auch andere leben!

WER VIEL FÜR ANDERE TUN WILL, MÖGE VIEL FÜR SICH SELBER TUN!

"Tun Sie eh viel für sich?" – "Achten Sie gut auf sich!" – "Gönnen Sie sich viel!" – "Genießen Sie Ihr Leben, so gut Sie können!" – "Seien Sie liebevoll mit sich!"

So und ähnlich höre ich es selber oft von sterbenskranken Menschen in der Begleitung. In deren Namen möchte ich diese Lebenseinladungen auch an Sie weitergeben, liebe Leserin und lieber Leser. Vor allem an jene, die sich für Menschen und für Aufgaben besonders engagieren.

Früher galt das Ideal, auf sich selber zu vergessen, immer zur Verfügung zu stehen, nicht zu fragen, wie es mir selber geht und mich ständig hinzugeben. Aus der Psychohygiene wissen wir, daß dies Selbstzerstörung in Raten ist. Echte und wahre Hingabe ist begrenzt aus der Verantwortung für sich und die anderen. Denn Hingabe darf mich nicht selbst zerstören oder mir mein Selbst rauben. Hingabe ist heilend der Selbstfindung zugeordnet. Erst recht mögen jene, die im Dienste des Heilens stehen, selber immer mehr Heilung erfahren. Wer im Heilen anderer sich selber krank macht und letztlich zerstört, tut sich schwer, glaubwürdiger Zeuge und Bote des Lebens und der Lebensfülle zu sein. Deshalb laden gereifte Menschen im Leid und im Sterben oft die Begleitenden ein, auf sich selber nicht nur nicht zu vergessen, sondern doppelt und dreifach zu achten und mit sich liebevoll umzugehen und verkostend, lustvoll und genießend aus dem Vollen zu schöpfen. Wer viel für andere tun will, ist daher eingeladen, viel für sich selber zu tun. Mögen in diesem Sinne viele ihre alten Muster aus Erziehung und Manipulierung und die eingeprägten diesbezüglichen Schuldgefühle loslassen, einen Paradigmenwechsel auch in der Moral vollziehen und sich in Vertrauen und Offenheit der Lebensfülle anvertrauen.

WAS ZÄHLT WIRKLICH?

Der nahende Tod stellt so vieles, mitunter vorübergehend alles in Frage. Was wichtig schien, wird auf einmal zweitrangig und was nebensächlich schien, kann plötzlich große Bedeutung bekommen. Wenn ich vor dem Tod nicht fliehe, sondern ihn akzeptiere, dann hilft er mir, im Alltag des Lebens (und erst recht, wenn mein Tod mir nahe kommt) zu erkennen, was wirklich zählt.

So wie Sterbende angesichts des näher kommenden Todes ihre bisherige Wertordnung hinterfragen und umgestalten, so könnte ich es doch in meinem Alltag auch immer wieder tun. Ich setze mich oft hin und frage mich, was wäre, wenn der Tod in den nächsten Stunden zu mir käme. Jedesmal, wenn ich das versuche, keimt Leben in mir auf und fordert mich heraus, anders zu werden, anders zu sein und anders zu leben. Dann wird mir immer neu klar, daß nur ich wissen und spüren und entscheiden kann, was für mich wirklich zählt. Nur ich kann meine Freiheit ergreifen, meinen Freiraum für mein Leben finden und ausbauen und nur ich bin auch und wirklich verantwortlich. Ich darf nicht mehr zulassen, daß andere bestimmen und verlangen, wie ich zu leben und zu sein habe. Mein Tod erinnert mich an meine Möglichkeiten, an mein Gewissen, an meine Intuition, an mein Lebenswissen und an meine Herausforderung, selber zu leben. Meine Lebenswahrheit kann ich auch im Sinne meiner Sinnerfahrungen nur selber finden und leben. Niemand kann es mir autoritär verordnen. Was für mich wirklich zählt, verlangt von mir höchstpersönliche Entscheidung und Verantwortung. Wenn ich mir dies nehmen lasse oder es delegiere, wird mir gleichsam der Lebensnerv gezogen, die Lebensenergie genommen, die Lebensfreude zerstört und Heilung verwehrt. Das ist der eigentlich brutale Tod. Mein Tod ist gütiger, weil er mich herausfordern möchte, selber zu leben und das immer mehr.

Warum ist das so?

Du liegst im Krankenhaus
und sprichst von der Sonne

Du bist schwerst krank
und sagst, daß Du heute einen guten Tag hattest

Du wirkst körperlich schwer gezeichnet
und erzählst mir, daß du dich innerlich stark fühlst

Du hast so viele Sorgen
und verweist mich auf die schönen Blumen am Fenster

Du erlebst so viel Bedrohliches
und redest von Zufriedenheit

Du hast so viel Unbekanntes vor dir
und sprichst von Dankbarkeit

Warum ist das so?

Warum reden und erzählen nicht die draußen von der Sonne, von einem guten Tag, von der inneren Stärke, von den Blumen, von der Zufriedenheit und von der Dankbarkeit?

Warum ist das so?

Kann sich das ändern?

Will ich das ändern?

Will ich mich ändern?

LEBEN BIS ZULETZT!

Was mich in der Sterbebegleitung immer so fasziniert, ist die Erfahrung, daß bewußtes und qualitätsvolles Leben mit dem Eintritt in eine schwere Krise, in ein schweres Leid oder eine schwere Krankheit nicht einfach automatisch zu Ende sein muß. Die Herausforderung an den Menschen liegt offensichtlich darin, die angelegten Fähigkeiten der Existenz wahrzunehmen und dadurch bewußte Gestaltung gerade im Umfeld von Grenzsituationen wahrhaft zu leben. Ich habe oft in der Sterbendenbegleitung das Gefühl, daß es Menschen schaffen, in aller Schwere und trotz aller Schwere wenigstens für Momente zu einer Leichtigkeit zu finden, die, wenn auch zeitlich begrenzt, intensiv leben und erleben läßt. Dann leuchten aus einem gequälten Gesicht plötzlich die Augen, die heisere Stimme wird plötzlich klar und Bewegungen werden möglich, die vorher undenkbar gewesen wären. Ist das vielleicht eine Vorahnung dessen, was im Tode selbst auch geschieht? Liegt darin vielleicht die urmenschliche und göttliche Herausforderung, gerade dort zu leben zu beginnen, wo dir kein Leben mehr zugemutet, zugetraut und zugestanden wird? Besteht nicht gerade darin die Kunst der wahren Begleitung, Menschen bei ihrem Durchbruch zu diesen Erfahrungen beizustehen und die Wege des Lebens offenzuhalten und ihre Träume dorthin wachzuhalten? Bis zuletzt leben, das Leben lieben, an neues Leben zu glauben und trotzdem das Leben zu suchen, scheint die große Herausforderung zu sein. So lerne ich von sterbenden Menschen, Leben dort zu vermuten, wo es nicht mehr vermutet wird und mich für das Leben dort einzusetzen, wo es von außen abgesprochen wird. Die Entscheidung liegt beim einzelnen Menschen selbst. Nur er bzw. sie kann für sich entscheiden, wie dieses Leben bis zuletzt sich vollziehen mag. Ich jedenfalls staune, wie viele Möglichkeiten zu leben es gibt und das bis zuletzt. Warum erspüren wir vieles davon nicht schon vorher?

SEXUALITÄT GENIESSEN

Vielleicht überrascht es Sie, wenn ich in diesem Buch das Thema Sexualität deutlich hervorhebe. Ich tue es aus zwei Gründen. Erstens bin ich immer wieder entsetzt, betroffen, erschüttert und mit Zorn erfüllt, daß immer noch so viele (nicht nur sehr alte) schwerkranke Menschen sich für ihre gelebte und erlebte Sexualität schuldig fühlen, in diesen Bereichen oft schuldig gesprochen wurden, Angst vor möglichen Strafen nach dem Tod haben und immer wieder einen Zusammenhang zwischen erfahrener Lust und Freude und Krankheit, Leid und Tod herstellen und dann noch ausdrücken, daß sie ohnedies immer wieder versucht haben, ihre Gefühle und Bedürfnisse zu unterdrücken. Daß solche Erfahrungen in der Sterbebegleitung heute noch so oft erlebt werden müssen, schreit meiner Meinung nach mehr zum Himmel, als so manche sogenannte Sünde in der gelebten Sexualität. Denn in solchen Situationen, wo schwerkranke Menschen in ihrer Lebensbilanz erkennen, daß sie um Lebensmöglichkeiten gebracht wurden, und das vielleicht noch im Namen Gottes, läßt wirklich die Frage hochkommen: Mit welchem Recht habt ihr diesen Menschen ihre Lebens- und Liebeserfahrungen, die lustvolle und erfüllende Oasen gebracht hätten, gestört, vermiest und zerstört? Der so gestörte Bezug zur Leiblichkeit, zum Körper und zur Ganzheit des Menschen hat dazu geführt, daß Tod und Sexualität tabuisiert werden und gerade auch die Dimension der Sexualität im Alter verdrängt wird.

Der zweite Grund, das Thema Sexualität hier anzusprechen ist, daß Gott sei Dank auch alte und schwerstkranke Menschen sich Erotik und Sexualität erleben trauen und bei behutsamer Begleitung auch darüber zu sprechen wagen. So sagte mir eine alte und schwerkranke Patientin, die schon über viele Wochen im Krankenhaus lag, daß sie sehr bedaure, daß man das Krankenzimmer nicht vorübergehend absperren könne. Auf meine etwas verwunderte Frage, warum ihr das so wichtig sei, teilte sie mir ihr Bedürfnis mit, daß sie so gerne ihren Mann wieder einmal nackt bei sich liegen haben möchte. Fast entschuldigend fügte sie hinzu, daß sie ohnedies nichts anstellen würden. Dann erzählte sie mir fast rechtfertigend, daß sie seit 52 Jahren verheiratet sind und sich immer noch sehr lieb haben.

Ist es nicht beglückend, wenn Menschen auch im Alter ihre Bedürfnisse wahrnehmen und gestalten können? Und ist es nicht erschütternd, daß wir bis hinein in unsere Krankenhäuser und Heime gar nicht auf die Idee kommen, daß auch alte und kranke Menschen nach ihren Möglichkeiten ihre Sexualität gestalten möchten? Und was bedeutet das alles erst für das Leben insgesamt!

Wir können daraus lernen, wie wichtig es ist, die Ganzheit des Menschen zu sehen und auf sie hin das Leben zu gestalten. Statt den Menschen immer noch einzureden, was alles im Bereich der Sexualität Sünde sein könnte, wäre es verantwortungsvoller und heilender, die Originialität, die Kreativität, die Spontaneität, die positive Sicht der Leiblichkeit und Körperlichkeit, den Reichtum der Liebesspiele, die Bejahung der Lusterfahrung und die Bedeutung der Sexualität als Energiequelle in allen Lebensphasen zu erschließen und zu fördern.

Ich gratuliere immer mit Nachdruck, wenn mir alte Menschen von ihrer gelebten Sexualität erzählen, von der Lust, dem Spaß, der Freude und der Erfüllung, die sie dabei immer noch oder erst jetzt erleben können. Oft denke ich mir bei diesen Erzählungen, daß auch viele junge Menschen und vor allem Paare der mittleren Generation vom Erfindungsgeist und Ideenreichtum dieser alten Menschen lernen könnten, wenn diese versuchen, in Zärtlichkeit miteinander ihre Liebesspiele zu gestalten. Wenn zumindest einzelne alte Menschen mit Begeisterung erzählen, daß sie jahre- und jahrzehntelange neurotische Blockaden und eingeredete Schuldzuweisungen und Schuldgefühle loslassen lernten und jetzt in neuer Freiheit aus Liebe auch ihre Sexualität ungezwungen miteinander leben und gestalten können, dann könnte es doch gelingen, auf breiter Basis zu neuer verantworteter Freiheit, zum Loslassen der krankmachenden Sünden- und Schuldfixierungen und damit zu neuer Lebens- und Liebeskultur zu finden. Nur in dieser Selbständigkeit, Freiheit, Autonomie, Einmaligkeit, Einzigartigkeit und neuer Selbst- und Mitverantwortung können Kulturen der Zärtlichkeit und Liebe wachsen, die Lust und Liebe versöhnen und über die Brücke der Ekstase in die Grenzenlosigkeit vorstoßen lassen. Auf diesem Weg darf dann gelernt, probiert, riskiert und korrigiert werden und braucht Rigorismus und Perfektionismus die Entfaltung der Liebe nicht mehr hindern. Dann brauchen uns Vorschriften, Zuordnungen, neurotische Fixierungen und Machtansprüche nicht mehr in Körperverneinung, Lustverachtung, unnötige Beschämtheit, Selbstaggression, Neid und Egoismus, Scheinheiligkeit und Doppelmoral führen und uns letztlich energielos, depressiv und krank machen. Vielmehr dürfen wir neu erfahren, daß wir für Leben in reicher Fülle geschaffen sind, dem Leben und seinen Kräften trauen, die Lebensenergie fördern und vor allem selber leben dürfen. In dieser Freiheit, Echtheit und Ehrlichkeit wird die Liebe in mir dafür sorgen, daß Brutalität, Gier und Unterdrükkung nicht mehr notwendig sind, sondern wahre Selbstverantwortung immer auch schon Mitverantwortung einschließt.

Gibt es Einladenderes als die Liebe?

Sei in der Liebe und dann tue, was für dich stimmig ist!

MIT ALLEN SINNEN LEBEN

Obwohl wir alle eine tiefe Sehnsucht nach Leben in uns tragen, lassen wir ständig Lebensmöglichkeiten ungenützt vorüberziehen. Deshalb ist die Einladung sterbenskranker Menschen so bedeutsam, doch mit allen Sinnen zu leben. Wer schon Hospizeinrichtungen besucht hat wird erlebt haben, wie vieles dort auf das Ansprechen der Sinne hin orientiert ist. Ob es eine Duftlampe, ein ausdrucksstarkes Bild, eine heilsame Musik, ein kleiner Zimmerbrunnen, ein besonderes Massage- oder Badeöl, eine ansprechende Farbe des Raumes, des Vorhanges oder der Stirnwand, eine besondere Blumenart, ein Stofftier, schöne Servietten, besonders dekoriertes Geschirr, auf die Patientin oder den Patienten abgestimmte Lieblingsspeisen oder -getränke, Lieblingsmassagen,... sein mag, angesprochen dürfen alle Sinne werden, damit die Erotik des Lebens ganzheitlich erfahren wird, bevor das Leben den Übergang in eine neue Wirklichkeit nimmt.

Wer schon erfahren durfte, wie intensiv, wie hingebungs- und anspruchsvoll, wie dankbar und wie sinnlich Sterbenskranke des Genießens und Verkostens fähig sein können, fühlt sich selber auch eingeladen, die vielen Möglichkeiten wahrzunehmen und mit allen Sinnen zu leben.

Trauen wir uns doch, sinnlich zu leben, sinnlich zu erleben, sinnlich zu genießen und sinnlich zu sein, damit umfassende Erfüllung sich die Wege bahnen kann. Lassen wir dabei los, was wir an Einschränkungen, Abtötungs- und Verzichtsblockaden mitgenommen, mitbekommen und uns selber aufgebaut haben. Wer bereit ist, sein Leben zu verlieren (das heißt, seine Lebensblockaden aufzugeben), wird es gewinnen. Deshalb lädt uns auch der gesunde Glaube ein, gutes Leben zu suchen, wahres und umfassendes Leben zu verkosten und uns nicht dem Tod, sondern dem Leben in all seinen faszinierenden Spielarten anzuvertrauen. Wir sind doch schließlich geschaffen, um zu leben!

Mit allen Sinnen

Mit allen Sinnen suchen

Mit allen Sinnen hoffen

Mit allen Sinnen glauben

Mit allen Sinnen lieben

Mit allen Sinnen sterben

Mit allen Sinnen leben

ES IST NIE ZU SPÄT, MIT DEM LEBEN ZU BEGINNEN

Eines Tages kam eine schon ältere Frau in meine Praxis und drückte sehr drastisch ihre schweren Depressionen aus, die sie schon jahrelang quälten. Sie war im wahrsten Sinn bedrückt, von den Lasten ihres Lebens niedergedrückt, kraft- und energielos, resigniert, verbittert, leer und hoffnungslos. Ihr Leben war bis zu diesem Zeitpunkt geprägt vom dauernden Da-sein für die anderen, von schwerer Arbeit und von Selbstvergessenheit. Jetzt hatte sie genug und wollte gar nicht mehr leben. In den Gesprächen mit ihr wurde mir bald klar, daß trotz allem in ihr ein starker Lebenskern mit zugedeckter und ständig unterdrückter Lebensenergie war. Es war für sie sehr schwer, etwas zu finden, was ihr gut tun könnte. Sie sagte mir immer wieder, daß sie nichts brauche, nichts wolle und keine Wünsche habe. Nach längerem Überlegen fiel ihr dann doch ein kleiner Wunsch ein: Sie erzählte mir, daß sie nach dem Verkauf ihrer landwirtschaftlichen Produkte am Markt, bei einer Konditorei vorbeigehe. Da habe sie sich schon öfters danach gesehnt, dort einmal einen Kaffee zu trinken. Als ich sie motivieren wollte, sich doch diesen Wunsch einmal zu erfüllen, meinte sie: “Da würde mir sofort mein Vater einfallen, der uns immer sagte, daß zum Ausrasten auf dem Friedhof Platz sei.” Und diese Stimme höre sie sofort in einer solchen Situation. Um das ganze aufzulockern, bat ich sie, wenn sie das nächste Mal vor der Konditorei stehe, neben der Stimme des Vaters auch meine Stimme, gleichsam als die eines Verführers und Versuchers zu hören, die ihr sagt: “Gönne dir heute einmal einen Kaffee, denn es steht dir zu!” Freudestrahlend kam sie dann in die nächste Therapie und legte mir voller Stolz einen Kassabon auf den Tisch und lud mich ein, genau hinzuschauen, denn sie habe sogar zwei Posten darauf. Mit innerer Stärke und aufrechtem Haupt erklärte sie mir, daß sie sich zum Kaffee auch eine Torte gekauft habe.

Mit über sechzig Jahren hat diese Frau durch diesen, für viele anderen selbstverständlichen, Konditoreibesuch eine Urerfahrung von Genießen und Verkosten machen dürfen, eine Urerfahrung, die für sie zum Durchbruch auf Leben hin wurde. In der Konditorei plagten sie zunächst noch die Schuldgefühle, die vermuteten abfälligen Blicke der anderen, die Sorge, nicht gut genug angezogen zu sein, das Minderwertigkeitsgefühl, als Bäuerin es nicht wert zu sein, mittags in der Konditorei zu sitzen und die Angst, egoistisch zu sein. Aber schrittweise lernte sie, all diese eingelernten Blockaden loszulassen, ihre Muster zu verändern und leben zu lernen. Höhepunkt dieser Lebens-entwicklung war bisher eine Flugreise mit anderen Pensionisten. Sie lernt genießen ohne sich schuldig zu fühlen, und nicht nur anderen, sondern auch sich selber Gutes zu tun und sich dabei wohl zu fühlen. Nicht einmal die spitzen Bemerkungen von Angehörigen und die neidvollen Strategien einiger Bekannten können sie mehr hindern, die entdeckten Möglichkeiten des Lebens zu nützen und auszuleben. Sie braucht inzwischen auch keine Medikamente mehr, drückt auch durch ihre Körpersprache Lebendigkeit und Stärke aus und ist voller Lebensenergie. Ihre eigene Entwicklung fasziniert sie selber so sehr, daß sie danach brennt, sich weiterzuentwickeln und zutiefst dankbar dafür ist, daß sie das alles erleben darf. Für die anderen ist sie unbequemer und schwieriger geworden, aber das macht sie nicht mehr zu ihrem Problem. Als ihr Begleiter stehe ich selber mit Staunen und Freude vor ihr und ihrer Entwicklung. Es ist eben wirklich nie zu spät, um mit dem Leben zu beginnen. Wer sich öffnet, selber in seinem Inneren die Lebenssehnsucht und die Lebensenergie entdeckt und Wege zur Entwicklung sich öffnet und offen läßt, wird anders, nämlich mehr Mensch in Reifung und Entwicklung.

Leben möchte gelebt werden! Dafür ist es nie zu spät.

FRAG NICHT, LEBE!

Warum fragen immer noch viele Menschen im Zusammenhang mit Leben ständig um Erlaubnis?

Kann das Sünde sein? Muß ich dafür einmal büßen? Werde ich dafür bestraft? Darf man so denken? Kann ich mir das zutrauen? Darf ich das für mich tun? Ist das nicht egoistisch? Was werden andere von mir denken? Mache ich da nicht anderen ein Problem? Steht mir das wirklich zu? Wird man das in meiner Umgebung verstehen? Ist Genuß nicht böse? Darf ich auch Lust empfinden? Muß ich da nicht ein schlechtes Gewissen haben? Bin ich da nicht ein schlechter Mensch?

Es erschüttert mich immer wieder neu, wie wenig wir uns leben trauen und dem Leben trauen. Auch ich habe über viele Jahre hindurch diese neurotisierenden und lebensbehindernden Fragen, Parolen und Strategien mitbekommen und weiß daher, welche harte Lebensarbeit es ist, mich von diesen Beherrschungsmustern zu befreien und sie auch im Sinne eines Sterbeprozesses für Leben loszulassen. Mich hat meine eigene schwere Krankheit erstmals massiv herausgefordert, nicht mehr ständig um Erlaubnis zu fragen, sondern selber zu leben. Und manche leidende, schwerkranke und sterbende Menschen halten diese Einladung zum Loslassen und damit Freiwerden für Leben in mir wach. Vor kurzem sagte eine sterbenskranke Frau im vorletzten Gespräch vor ihrem Sterben zu mir: "Wir müssen aufhören, uns das Leben von jenen vermiesen zu lassen, die sich selber nicht leben trauen! Wir dürfen nicht mehr auf jene hören, die sich als Moralapostel aufspielen! Wenn ich nach meinem Tod in das nächste Leben gehe, werde ich mir das Leben von niemandem mehr verbieten lassen. Das habe ich in diesem Leben gelernt, und das nehme ich in das nächste mit!"

Frage nicht ständig um Erlaubnis, sondern lebe! Dein innerster Kern ist göttlich und gut, lebe daraus! So und ähnlich mahnen Menschen gegen Ende ihres Lebens, aus ihren Erfahrungen reif und weise geworden, das Leben, das wahre und rechtzeitige Leben ein.

Ich will nicht mehr fragen:

Mache ich es allen recht?
Sind die anderen mit mir zufrieden?
Entspreche ich meiner Umgebung?
Was werden die anderen von mir denken?
Wie beurteilen sie mich?
Welches Bild haben die anderen von mir?
Werden sie enttäuscht sein?

Ich will nur mehr eines fragen:

Lebe ich wirklich?
Lebe ich mein Leben?

STERBENDE ALS LEHRERINNEN UND LEHRER DES LEBENS

In meinen Ausbildungen habe ich viele Lehrer erlebt. Sie haben alle vieles gewußt, vieles gekonnt, vieles getan und sich sicher auch um vieles gesorgt. Ich bin auch für vieles davon ehrlich dankbar. Aber in Sterbebgleitungen wird mir oft bewußt, daß viele meiner Lehrer kaum Begleiter in das bewußte Leben und Erleben waren. Die Lehrerinnen und Lehrer für Leben, als Begleiterinnen und Begleiter zu den Lebensquellen, habe ich erst in meinen Sterbendenbegleitungen gefunden und finde sie immer neu.

Oft denke ich mir, daß das Wissen wirklich weit verbreitet ist. Aber ist es auch die gereifte Weisheit, die Lebensweisheit? Im Gegensatz zu den so viel wissenden Menschen, die ihre Wahrheit laut hinausschreien und aufzwingen, verkünden im Leben gereifte und weise gewordene sterbende Menschen ihre Lebensweisheit nicht laut, nicht aufdringlich, nicht als letzte Wahrheit, sondern behutsam, leise und vor allem als Angebot, selber zu suchen, zu reifen und zu wachsen. Nicht die Präpotenz und die Macht der Wissenden beeindruckt mich, sondern die Glaubwürdigkeit und Kompetenz der weisen Menschen, die in ihrem Leben und im Zugehen auf das Sterben ihre innerste Mitte gefunden haben und daraus leben.

Schade, daß in unserer Gesellschaft die Lauten die Schlagzeilen prägen und die vielen Lebensbotschaften sterbender Menschen nicht wahrgenommen werden. Aber wahrscheinlich sind diese Lebensbotschaften ohnedies zu kostbar und zu wertvoll, um als Schlagzeile herhalten zu müssen.

Ich bin dankbar, daß ich in den Sterbenden, die ich auf den so wichtigen Lebensabschnitten begleiten darf, immer wieder neu in die Lebensschule gehen darf. Dort wird mir nicht gesagt, was ich zu tun, zu glauben, zu meinen und zu wissen habe, sondern ich darf das Leben selber erfahren, Oasen des Lebens erleben und durch das Miteinander mich selber.

Neues Wissen

Perfekte Technik

Ausgeklügeltes System

Durchdachte Strategie

Unantastbare Autorität

Letzte Wahrheit

Was nützt das alles, wenn damit
Leben blockiert, Sterben verdrängt
und Glaube mißbraucht wird?

Danke

daß Ihr uns vom Leben erzählt,
bevor Ihr geht

daß Ihr uns von Eurer Weisheit mitteilt,
die Ihr gefunden habt

daß Ihr uns an die Kostbarkeit der Zeit erinnert,
die für Euch so knapp geworden ist

daß Ihr uns zum freieren Genießen einladet,
weil Ihr es zuwenig konntet

daß Ihr in uns Hoffnung und Zuversicht wach haltet,
die Ihr trotz aller Bedrohung erlebt

daß Ihr uns die Gefühle schätzen lehrt,
die Ihr so oft verdrängen mußtet

daß Ihr uns mahnt, selber zu leben,
weil Ihr so oft daran gehindert wurdet

daß Ihr uns ermutigt, frei zu glauben,
weil Euch so vieles eingeredet wurde

daß Ihr uns leben lehrt,
bevor Ihr geht

daß Ihr uns vom neuen Leben erzählt,
während Ihr Euch auf den Übergang vorbereitet

DANKE!

Zeit zu Leben

Es ist Zeit
für Innehalten
für Träume
für Loslassen
für Veränderung
für Aufbruch

Es ist Zeit
für Freiheit
für Verantwortung
für Selbständigkeit
für Echtheit
für Heilung

Es ist Zeit
selber zu entscheiden
selber zu handeln
selber zu glauben
selber zu leben
selber zu sein

ES IST ZEIT
KOSTBARE ZEIT
ZEIT ZU LEBEN

FRANZ SCHMATZ

DARF ICH SIE BEGLEITEN?

Für Menschen in seelischen Nöten, Ängsten und Depressionen

Menschen mit Depressionen haben es besonders schwer. Sie fühlen sich oft überhaupt nicht verstanden und bekommen Rat-schläge, die sie noch bedrückter machen. Aber auch die Mitwelt tut sich schwer, dem depressiven Menschen zu helfen. So leiden alle.

Diese Broschüre möchte in die erdrückende Welt depressiver Menschen ein wenig Licht, Wärme und Zuversicht bringen und Angehörigen in ihrer Hilflosigkeit beistehen.

EFFATA VERLAG

ISBN 3-9500782-3-1

Richten Sie Ihre Bestellung bitte an den Buchhandel oder an:

EFFATA VERLAG

A-3500 Krems, Franz Wissgrill-Gasse 7

FRANZ SCHMATZ

DARF ICH SIE TRÖSTEN?

Für Menschen in Traurigkeit und Trauer

Für viele Menschen ist es schwer geworden, mit Trauer bei sich und anderen gut umzugehen. Durch Blockierung von notwendiger Trauerarbeit geraten immer mehr Betroffene von einer Trauerdepression in eine Dauerdepression.

Die gut verständliche Sprache und die lebensnahen praktischen Hilfestellungen machen diese Broschüre zu einem wertvollen Baustein für Betroffene und ihre Angehörigen.

EFFATA VERLAG

ISBN 3-9500782-0-7

Richten Sie Ihre Bestellung bitte an den Buchhandel
oder an:

EFFATA VERLAG

A-3500 Krems, Franz Wissgrill-Gasse 7

FRANZ SCHMATZ

HEILENDE LEBENSTEXTE

für den Alltag

Der Alltag kann besser gelingen, als viele glauben. In diesem Buch werden in meditativer Form Bausteine angeboten, die schwere Tage besser ertragen und bewältigen und die frohen Tage umfassender verkosten und genießen helfen.

Diese heilenden Lebenstexte laden ein innezuhalten, zu sich selber zu kommen, Unheilvolles und Krankmachendes aufzudecken, Veränderungen zu gestalten und neue Wege zu finden, die das eigene Leben schöner und erfüllender machen.

EFFATA VERLAG

ISBN 3-9500782-2-3

Richten Sie Ihre Bestellung bitte an den Buchhandel
oder an:

EFFATA VERLAG

A-3500 Krems, Franz Wissgrill-Gasse 7